ROXANNE BOUCHARD

DER DUNKLE SOG DES MEERES

ROMAN

Aus dem Französischen
von Frank Weigand

Atrium Verlag · Zürich

Deutsche Erstausgabe
1. Auflage 2021
© Atrium Verlag AG, Zürich, 2021
Alle Rechte vorbehalten
Die Originalausgabe erschien 2014 unter dem Titel
Nous étions le sel de la mer bei VLB éditeur, Montréal, Kanada,
© 2014, by Roxanne Bouchard and VLB éditeur
Aus dem Französischen von Frank Weigand
Lektorat: Kirsten Gleinig
Umschlaggestaltung: zero-media.net, München
Umschlagillustration: FinePic®, München
Satz: Greiner & Reichel, Köln
Druck und Bindung: CPI books GmbH, Leck
Printed in Germany
ISBN 978-3-85535-113-8

www.atrium-verlag.com
www.facebook.com/atriumverlag
www.instagram.com/atriumverlag

Für meine Eltern, Claude und Colette.
Ich liebe euch.

»Es gibt Leute, die kommen hierher und protzen rum. Sie prahlen, sie wollen uns auf Teufel komm raus beeindrucken. Sie plustern sich auf. Wir nennen sie: die Touristen.«

BASS, AUS BONAVENTURE

1. FISCHGRÜNDE

Die *Alberto* (1974)

Als O'Neil Poirier durch das Bullauge seiner Kajüte den Rumpf eines Segelboots erblickte, wusste er, dass der Tag wahrhaftig schlecht begann. Poirier kam von den Îles-de-la-Madeleine und hatte von dort seinen eigensinnigen Charakter und seine beiden Fischergehilfen mitgebracht. Sie waren zwei Tage zuvor in Mont-Louis angekommen und hatten sich zügig mit ausreichend Proviant für die Fahrt zur Île Anticosti eingedeckt, wo Kabeljau und Hering auf sie warteten. Weil sie bei Anbruch der Morgendämmerung ablegen wollten, hatten sie sich am Vorabend früh in die Kojen gelegt und nicht gehört, wie das Segelboot direkt neben ihnen festgemacht hatte. Bestimmt hatte das Surren des Generators die Schritte der benachbarten Mannschaft übertönt.

O'Neil Poirier befahl seinen Jungs, aufzustehen. Übel gelaunt ging der Fischer an Deck, um ein bisschen zu poltern, damit diese Sonntagssegler da drüben ein für alle Mal begriffen, dass sie nicht willkommen waren. Wenn ein Mann morgens um halb vier aufstand, um im eiskalten Wasser der Sankt-Lorenz-Strom-Mündung sein Tagwerk zu verrichten, hatte er keine Lust, erst noch ein Segelboot voller schlafender Touristen wegzuschieben, die nur ungern früh aufstanden und außerdem meckern würden, weil sie Angst hatten, die Fischer würden ihre Taue nicht wieder sorgfältig festzurren.

O'Neil ging nach draußen. Der Gipfel an Dreistigkeit war, dass der Besitzer des Seglers die Unverschämtheit besessen hatte, sein Stromkabel direkt an den Fischkutter anzuschließen, anstatt es bis zum Kai zu schleppen! O'Neil Poirier riss es grob heraus, beugte sich über den Einmaster und klopfte kräftig auf das Deck.

»Hey, du Wilder! Komm raus! Wir müssen reden!«

In diesem Moment hörte er von drinnen das Stöhnen einer Frau, einen langen herzzerreißenden Klagelaut, und Poirier spürte, wie sich seine Nackenhaare sträubten, denn solche Schreie hatte der Fischer noch nie gehört. O'Neil Poirier hatte auf dem offenen Meer vor Anticosti schon Windgeschwindigkeiten von 75 Knoten getrotzt und war kein Angsthase. Er packte sein großes Messer zum Kabeljau-Ausnehmen und sprang auf das Segelboot, als ein weiterer Schrei ertönte, noch atemloser als der erste. Er öffnete die Einstiegsluke und eilte im Handumdrehen die fünf Stufen hinab.

»Hey, jetzt reicht's aber!«

Keine Antwort. Lediglich laute Atemzüge und das Geräusch unkoordinierter Bewegungen. Es war heiß, feucht. Im Halbdunkel und dem allgemeinen Durcheinander brauchte Poirier eine Weile, bis er eindeutig wahrnahm, was los war. Er näherte sich langsam, noch misstrauisch, der Koje, wo die Frau lag, und als er sah, was Sache war, handelte er, ohne zu zögern. Mit jenem wild entschlossenen Tatendrang, für den er bekannt war, stürzte er vorwärts, schnitt die Nabelschnur durch, wusch das Baby in lauwarmem Wasser und warf die Plazenta zu den Fischen.

Danach wischte er der jungen Mutter die Stirn, legte ihr das sorgfältig eingewickelte Neugeborene auf die Brust, hüllte die beiden in eine warme Decke und verließ lautlos den Einmaster.

An jenem Tag verschoben die Männer der *Alberto* äußerst vorsichtig das Segelboot der Frau, der in ihrer Not nichts anderes übrig geblieben war, als direkt neben ihnen festzumachen, vergewisserten sich zweimal, dass die Leinen solide waren, und schlossen das Elektrokabel am Kai wieder an. Leicht verspätet fuhren sie schließlich aufs offene Meer hinaus und blickten dabei noch lange zurück.

POSITIONSBESTIMMUNGEN (2007)

Cyrille sagte, das Meer sei wie eine gesteppte Patchworkdecke. Mit Sonnenfäden aneinandergenähte Wellensplitter. Es verschlinge die Geschichten der Menschen und verdaue sie langsam in seinem kobaltblauen Bauch, bis nur noch verzerrte Spiegelbilder an die Oberfläche stiegen. Er sagte, die Ereignisse der letzten Wochen würden langsam im Halbdunkel der Erinnerung versinken.

* * *

Bevor das alles passierte, kam ich mir weiß und durchsichtig vor. Wie ein blank geputztes Glas. Aber leer. Sogar mein Arzt fand, dass ich bleich wirkte. Zu bleich.

»Sie sehen blass aus.«

»Das ist meine natürliche Hautfarbe.«

»Wie fühlen Sie sich?«

»Ich habe das Schlimmste hinter mir. Inzwischen zähle ich die Stunden nicht mehr.«

»Die Stunden?«

»Ja. Bis vor zwei Monaten habe ich schon beim Aufwachen die Stunden gezählt, die ich hinter mich bringen musste, bevor ich mich wieder schlafen legen durfte. Inzwischen habe ich damit aufgehört. Ich denke, das ist ein gutes Zeichen.«

»Das ist sogar ein sehr gutes Zeichen. Gehen Sie zu einem Psychologen?«

»Nein. Ich glaube, das wäre nichts für mich. Ich habe Freunde. Ich will nicht dafür zahlen, mit jemandem zu plaudern.« Er nahm seine rechteckige Brille ab und legte sie auf den Schreibtisch. Er hatte mich einst geimpft und mich vor Röteln, Blinddarmentzündung und einer Unmenge von Schnupfen, Grippen und anderen taschentuchverzehrenden Erkältungskrankheiten gerettet. Er kannte mich schon so lange, dass er sich eine Meinung über mich erlauben durfte. »Warum habe ich das Gefühl, es geht Ihnen nicht gut, Catherine?«

»Es geht mir gut, Doktor … Es ist bloß … Es kommt mir vor, als hätte ich die Gebrauchsanweisung dafür verloren, wie man Dinge spannend findet. Wie man sich begeistert. Ich fühle mich einfach leer. Durchsichtig. Geht Ihnen das auch manchmal so, dass Sie spüren, wie sich die Erde ohne Sie dreht? Als wären Sie gerade aus einem Zug ausgestiegen, würden neben den Gleisen stehen und durch die schalldichte Glasscheibe zusehen, wie drinnen eine Party im Gange ist? Tja, ich stehe momentan im Nirgendwo. Weder auf der Party noch bei denen, die zuschauen. Ich fühle mich wie eine durchsichtige Glasscheibe, Doktor. Keine Gefühle. Nichts.«

»Wie alt sind Sie?«

»Dreiunddreißig, aber an manchen Tagen fühle ich mich viel, viel älter.«

»Sie müssen auf sich aufpassen, Catherine. Sie sind hübsch, kerngesund …«

»Manchmal zieht sich da, wo mein Herz ist, alles zusammen. Mir wird ganz schwindelig, und ich kippe um, mir wird schwarz vor Augen, und ich warte, bis der Tod seine Hand wegnimmt, damit ich wieder aufstehen kann.«

»Das sind Kreislaufprobleme. Haben Sie das öfter?«

»Nein, aber vielleicht passiert es ja noch öfter. Das ist anstrengend für mein Herz.«

»Wenn so etwas passiert, legen Sie sich auf den Boden und strecken Sie Ihre Beine an einer Wand hoch. Das hilft.«

»Und was hilft gegen den Rest?«

»Den Rest?«

»Ja, die Horrornachrichten im Fernsehen, den Tod meiner Mutter, die Pflanzen, die im Winter nicht blühen, das beschissene Wetter, die Komiker, die nicht komisch sind, die Werbung, die läuft, obwohl keiner sie sehen will, die schwachsinnige Politik, die Filme, in denen sinnlos rumgeballert wird, die unaufgeräumte Wohnung, das zerwühlte Bett und die aufgewärmten Essensreste, die in der Pfanne festkleben – was mache ich dagegen?«

Er seufzte. Er hatte es wahrscheinlich satt, Nervensägen wie mir das Leben zu retten, die nicht wussten, was sie damit anfangen sollten, und an die er seine Wunderkräfte lediglich verschwendete. Wieso sollte man einem Typen, der Grippe hatte, Antibiotika verschreiben, wenn er sich eine Woche später sowieso aufhängen würde? »Wie lange ist Ihre Mutter jetzt schon tot, Catherine?«

»Fünfzehn Monate …«

Ich hatte immer gedacht, wenn meine Eltern einmal tot wären, würde ich weggehen. Ich war jahrelang nur auf Seen rumgesegelt, hatte die Nase gestrichen voll vom ganzen Stadtleben in Montréal und träumte vom Meer. Ich wollte sehen, wie in der Gaspésie der Fluss zum Ozean wurde, wollte mich in der Baie-des-Chaleurs auf den Boden kauern und den Atlantik anbrüllen. Ich hatte allen Grund, wegzugehen.

Vor Kurzem hatte ich außerdem einen Brief erhalten, der in Key West abgeschickt worden war und mich zu einem Treffen in ein kleines Fischerdorf in der Gaspésie einlud. Ich wusste, wenn ich irgendwie mit meinen Problemen fertigwerden wollte, wäre das ein guter Anfang. Aber ich traute mich nicht und sah lieber zu, wie sich die Jahreszeiten in grauen Staubschichten auf den Regalen meiner spartanisch eingerichteten Wohnung ablagerten. Wieso sollte ich Wünsche haben? Wieso träumen? Wieso lieben? Ich wusste es nicht mehr. Es fiel mir schwer, mich von mir selbst zu befreien, und ich sah reglos zu, wie der Bürgersteig unter den Schritten der Passanten immer tiefere Risse bekam. Ich war wie ein Seemann an Land, auf dem Trockendock und ohne Segel. Mit Bleigewichten beschwert.

»Tun Sie etwas, um auf andere Gedanken zu kommen, Catherine.«

»Gedanken? Das sind Tatsachen, Doktor! Es gibt Leute, die haben Pläne, die haben Ziele im Leben … Und ich … Ich lebe, aber ich begreife nicht, warum ich darüber in Begeisterung ausbrechen sollte.«

»Sie sind Idealistin. Sie hätten gerne ein aufregendes Leben. Aber nur junge Leute stellen sich das Leben aufregend vor. In Wahrheit besteht das Leben nur aus Alltag. Wir haben zwei Möglichkeiten: Entweder wir verzweifeln, oder wir lernen. Lernen Sie, Catherine.«

»Dass es langweilig ist?«

»Dass jeder Tag ein schöner Tag sein kann.«

»Aha.«

Hinter ihm tanzten Staubkörnchen im Sonnenlicht, das gedämpft durch die senkrechten Fensterläden drang. Im Laufe der Jahre hatte es die alten Latein-Diplome an der Wand in ihren Rahmen vergilben lassen.

»Der Sommer kommt … Warum verreisen Sie nicht?«

»Verreisen? Glauben Sie, Sextourismus in Marokko könnte ein bisschen Aufregung in mein Leben bringen?«

»Nein. Ich meine einfach einen Tapetenwechsel.«

»Was Sie Tapetenwechsel nennen, ist eine Täuschung, Doktor, eine vorübergehende Zerstreuung für Hobbyfotografen, die sich ihr Leben aus exotischen Bildern und Schnipseln zusammenbasteln.«

»Sie sind hart und selbstgefällig, Catherine. Ihre Ironie macht Sie ungerecht.«

»Sie haben recht, tut mir leid. Eigentlich fahre ich gern Auto. Dabei fühle ich mich frei. Aber das ist Benzinverschwendung und schadet ja leider der Umwelt. Außerdem drehe ich mich dabei im Kreis und lande immer wieder da, wo ich losgefahren bin.«

Er stand auf, in seinem weißen Kittel, um mich vor die Tür zu setzen.

»Sind Sie nicht früher mit Ihrem Vater segeln gegangen?«

»Ja, aber Sie wissen doch, was man sagt: Reisen ist nur eine Flucht vor sich selbst …«

»Dann fliehen Sie mal so richtig, Catherine, lassen Sie Ihre Probleme zu Hause und versuchen Sie, sich eine Zeit lang mit etwas anderem zu beschäftigen als mit sich selbst …«

Ich ging nach Hause. Ich las noch einmal den Brief aus Key West. Wo war das, Caplan? Ich sah auf der Landkarte nach. Dann regelte ich meine Angelegenheiten, packte und machte mich auf den Weg. Wie der Arzt es mir verordnet hatte. Ich sagte mir: Wir werden ja sehen, was dabei rauskommt.

Und bald sah ich es.

* * *

Heute rollt das Wasser seinen Wellenteppich gegen den Bug des Segelboots und lässt die gebrochenen Spiegelungen der ersten Sonnenstrahlen darauf schaukeln. Der Wind bläht die Segel, der Horizont ist in blendendes Rot getaucht, der Sonnenaufgang füllt das Meer mit Farben und verwandelt diese Geschichte in ein scharlachrotes Fresko. Der Himmel verfärbt sich blau und rosa, um den Einzug der Sonne gebührend zu feiern. Ein letztes Mal richte ich meine lichtüberfluteten Pupillen auf die zerklüftete Küste der Baie-des-Chaleurs. Sie ist bereits weit entfernt und verschwindet im hartnäckigen Dunst des Morgenrots.

Ich beuge mich über Bord. Im zerbrochenen Spiegel des Wassers bin ich ein zerschmettertes Kirchenfenster, ein durcheinandergeratenes Mosaik, ein funktionsgestörtes Gedächtnis ohne Zeitgefühl, ein Haufen ungeordneter Bilder, die ein verrückter Künstler willkürlich zusammengefügt hat. Ich öffne meine Hände, lasse die Spule meiner Erinnerungen in die Wellen fallen und sich ein letztes Mal darin entrollen.

Kutter und Köder

»Das Strandhotel von Caplan? Wissen Sie was? Das ist abgebrannt, Mademoiselle!« Er öffnete den Geschirrspüler zu früh, und eine gewaltige Dunstwolke waberte ihm entgegen. Schnell schloss er die Klappe wieder und wandte sich mir zu. Er reckte den Hals über die Theke und versuchte, einen Blick auf den Brief aus Key West zu erhaschen, den ich erneut geöffnet hatte, um die Angaben zu überprüfen, aber ich wich einen Schritt zurück.

»Wissen Sie was? Ein Riesenfeuer war das! Das ganze Dorf ist mitten in der Nacht zusammengekommen. Sogar aus Saint-Siméon und aus Bonaventure waren Schaulustige da! Natürlich hab ich bei der Gelegenheit das Bistro aufgemacht. Zwei Tage lang hat es ununterbrochen gebrannt! Die Flammen haben die Wände aufgefressen, überall sind Bettfedern rausgesprungen, die Feuerwehrleute wussten gar nicht mehr, wo ihnen der Kopf steht! Mit der Asche hätte man den ganzen Strand bedecken können! Und wissen Sie was? Alles war hin! Das Hotel, die Bar und die Glücksspielautomaten. Ich hoffe, Sie sind nicht allzu enttäuscht …?«

Ich lächelte. Wenn ich zehn Stunden Auto gefahren wäre, bloß um die Glücksspielautomaten im Strandhotel von Caplan zu sehen, wäre ich bestimmt enttäuscht gewesen, ja.

»Da, schauen Sie: Es stand da drüben, auf der anderen Straßenseite, bloß ein bisschen weiter westlich, aber da ist nichts mehr übrig. Ich würd sagen, das ist schon an die zwei Monate her. Jeder weiß das. Ich verstehe nicht, dass Sie davon nichts mitgekriegt haben, es war auf der Titelseite von *L'écho de la Baie*! Es gab sogar eine Sonderreportage mit Farbfotos! Vielleicht war der Brand eine Straftat, heißt es, und die Versicherungen wollen nicht zahlen. Wenn so was passiert, braucht man immer einen Sündenbock! Wissen Sie was? Schon komisch, dass jemand will, dass Sie da übernachten …«

Ich überprüfte das Datum. Der Brief war zwei Monate vorher in Key West abgeschickt worden. Ich steckte ihn wieder ein. Ich hatte noch nichts zu verbergen, aber auch nichts weiter zu sagen. Er räumte meine Pizzareste ab, warf sie in den Mülleimer und trat unzufrieden einen Schritt zur Seite.

»Wissen Sie was? Der beste Platz, um hier unterzukommen, ist bei Guylaine, gleich um die Ecke. Da werden Sie es viel gemütlicher haben als in dem abgebrannten Hotel!« Aus gebührendem Abstand öffnete er erneut den noch fauchenden Geschirrspüler. Er schnappte sich ein rot kariertes Tuch und begann wie ein Zirkusdompteur den Dampf wegzuwedeln. Dann zeigte er voller Lokalpatriotismus mit dem Kinn auf ein großes Haus, genau östlich von dem Café. Von oben auf den Felsen blickte es ruhig auf das Meer hinab. Eine zauberhafte Herberge, die ihre Gäste mit offenen Armen empfing.

»Das ist die schönste in der ganzen Gegend! Es ist ruhig da, Guylaine hat keine Kinder und auch keinen Ehemann. Und direkt daneben, ein Stück weiter, liegen der Fischerkai und das Hafencafé. Wenn Sie Fischer kennenlernen wollen, dann gehen Sie am besten da essen, am späten Vormittag, wenn die wiederkommen. Jetzt gerade macht Guylaine ihren Spaziergang, aber sie taucht bestimmt gleich hier auf, sie kommt immer bei mir vorbei …« Der Gedanke machte ihn anscheinend sentimental. Versonnen nahm er ein Glas, ließ es beinahe fallen, knallte es wie einen verhexten Gegenstand auf den Tresen, blickte noch einmal nachdenklich hinauf zur Herberge und wandte sich dann mit einem Seufzer wieder mir zu. »Wollen Sie solange einen Kaffee?«

Ich hatte nie besonders viel für Familienpensionen übriggehabt. Meist musste man dort plaudern, erzählen, wer man war, wo man herkam, wo man hinging, wie lange man bleiben wollte, und den Besitzern zuhören, wenn sie in allen Einzelheiten von der Sanierung des Dorfes erzählten. Aber gut. Anscheinend war es aussichtslos, ein Hotel in der Gegend zu finden, und fürs Campen war ich nicht gemacht, also blieb mir wohl nichts anderes übrig, als zu Guylaine zu gehen. Wohin sonst?

Er räumte mein Besteck und mein leeres Glas ab und stellte eine Tasse auf den Tresen, bevor er das Gespräch wieder aufnahm und fragend mit dem Zeigefinger auf meine Handtasche deutete.

»Falls Sie jemanden von hier suchen, kann ich Ihnen bestimmt helfen ...«

Ich zögerte. Ich drehte mich auf meinem Stuhl zur Seite und blickte aus dem Fenster. Ich erinnere mich daran, weil das Meer meine gesamte Aufmerksamkeit in Anspruch nahm. Sein schwerer Geruch, die Kaimauer, die langsam in der Dunkelheit versank und die sich bald unter der undurchsichtigen Daunendecke der Nacht verbergen würde. Was gab es ohne Licht auf dieser Seite zu sehen?

»Wissen Sie was? Ich kenne eine ganze Menge Leute in der Gegend ...«

Ich wusste noch nicht, wie ich über diese Frau sprechen sollte. Sie war für mich immer unaussprechlich gewesen, und jetzt sollte ich plötzlich von einem Tag auf den anderen ganz beiläufig ihren Namen sagen. Musste ich ihn mir erst siebenmal auf der Zunge zergehen lassen, meinen ganzen Mundraum damit benetzen wie mit einem seltenen Wein oder ihn mit den Backenzähnen zu einem weichen Brei zermahlen?

»Wie war der Name noch mal, den Sie suchen?«

Ich musste mich daran gewöhnen, zumindest eine Zeit lang so tun, als hätte ich ihn mir zu eigen gemacht. Ihn wenigstens in mein Vokabular aufnehmen, wenn er schon keinen Platz in meinem Stammbaum hatte. Und dann blickte ich aufs Meer und sprach ihn zum allerersten Mal aus. Ich atmete tief durch und sagte ihn laut und deutlich. »Marie Garant ... Kennen Sie sie?«

Er wich einen Schritt zurück. Sein strahlendes Lächeln erlosch wie eine Kerzenflamme, die plötzlich ausgeblasen wurde. Aufmerksam und misstrauisch musterte er mich von oben bis unten.

»Ist das eine Freundin von Ihnen?«

»Nein. Ehrlich gesagt kenne ich sie nicht ...«

Er nahm das Glas wieder in die Hand und begann es enthusiastisch abzurubbeln. »Puh! Sie haben mir kurz Angst eingejagt! Marie Garant ist nämlich keine Frau, die wir hier mögen. Wissen Sie was? An Ihrer Stelle, als Touristin, würde ich lieber nicht zu viel über sie reden, so machen Sie sich nämlich keine Freunde ...«

»Wie bitte?«

»Aber Sie kommen nicht von hier, also können Sie das ja nicht wissen ...«

»Nein. Kann ich nicht.«

»Sind Sie wegen ihr hier?«

»Ähm ... Nein.« Das war fast gar nicht gelogen. »Ich mache Urlaub.«

»Also doch eine Touristin! Na dann, herzlich willkommen! Ich bin Renaud. Renaud Boissonneau, Rektor der Sekundarschule und Geschäftsmann für jede Art von Geschäften!«

»Freut mich …«

»Wissen Sie was? Wir werden uns um Sie kümmern! Hat Ihnen die Pizza geschmeckt? Der große Touristenrummel hat noch nicht begonnen, normalerweise ist es hier nämlich gerammelt voll! Puh! Immer komplett ausgebucht, die Leute finden das ziemlich originell hier. Haben Sie die Dekoration gesehen? Alles alt und voller Erinnerungen! Ich weiß nicht, ob es Ihnen aufgefallen ist, aber wir befinden uns hier in einem ehemaligen Pfarrhaus. Deshalb ist die Kirche gleich nebenan! Die Terrasse geht einmal rundherum. Wer beim Biertrinken nicht den Kirchturm sehen will, kann sich in Richtung Meer setzen oder in Richtung Fischerkai. Der Pfarrer wohnt da oben. Wer nach zwei, drei Gläschen bereit ist zu beichten, braucht bloß die Treppe hochzusteigen!« Er hatte erfolgreich den Geschirrspüler gezähmt und holte lärmend Geschirr hervor, das glücklicherweise unzerbrechlich war. »Ich mache hier sozusagen alles! Da, sehen Sie die Dekoration? Die habe ich aufgebaut! Ich hab alles genommen, was ich so im Keller hatte! Schauen Sie mal, wie originell: Kutschenräder, die von der Decke hängen (später hab ich noch die Öllampen dran befestigt), Stiefel, hölzerne Vogelhäuschen, Werkzeuge, Sägen, Kabel, Schiffstaue. In der Ecke hab ich alte Regenmäntel aufgehängt … Brauchen Sie einen Regenmantel? Na gut, heute war schönes Wetter … Aber in letzter Zeit hat es viel geregnet, finden Sie nicht?«

»Ist mir gar nicht aufgefallen …«

»Aha! Eine Städterin!« Als gäbe ihm die Tatsache, dass wir aus unterschiedlichen Welten kamen, das Recht zu Vertraulichkeiten, beugte er sich auf einmal zu mir und murmelte: »Und wissen Sie was? Ich mache die Dekoration, ich bediene an den Tischen, kümmere mich um das Geschirr, und wissen Sie, was ich bald auch noch werde? Küchenhilfe! Mit dreiundfünfzig Jahren! Es ist nie zu spät für neue Herausforderungen, Mademoiselle!« Er richtete sich auf und schloss krachend den Geschirrspüler. »Alles, was Sie hier sehen, kommt von mir zu Hause: der Globus, die alten Fotoapparate, die Seekarten, die antike Standuhr, der mittelalterliche Dolch, die Hufeisen ... (Sagt man Hufeisen oder Hufeeisen? Wissen Sie was? Ich glaube, beides geht.) ... die Flaschen, die Tontöpfe, die einzelnen Tassen, sogar die Kochbücher! Erzählen Sie mal: Wie sind Sie hierhergekommen? Durchs Tal oder über die Landzunge?«

»Ähm ... Durch das Tal.«

»Das lob ich mir, Leute, die sich sinnlose Umwege ersparen!« Er schrubbte den Tresen, als versuchte er, seinen Lumpen bewusstlos zu schlagen.

»Sinnlose Umwege?«

»Die Landzunge! Percé, die Basstölpel, die Île Bonaventure ... Der Umweg lohnt sich nicht, Mademoiselle! Wollen Sie da noch hin?«

»Ich weiß nicht. Ich habe noch gar nichts geplant.«

»Gerade heute habe ich nämlich Reiseführer reinbekommen! Ich habe sie noch nicht gelesen, aber ... Ah! Wenn das nicht die hübsche Guylaine ist!« Sofort landete der Lumpen in der Spüle, wie ein peinliches schmutziges Ding.

Guylaine Leblanc war auf den ersten Blick um die fünfundsechzig Jahre alt. Ihr gepflegtes graues Haar, das sie zu einem lockeren Dutt hochgesteckt trug, verlieh ihr das gütige Aussehen einer Großmutter aus einem amerikanischen Film. Sie lachte zärtlich und zwinkerte dem dahinschmelzenden Renaud zu.

»Kennst du schon unsere neue Touristin, Guylaine? Wie heißen Sie noch mal?«

»Catherine.«

»Catherine und weiter?«

»Day. Catherine Day.«

»Catherine Day möchte bei dir unterkommen. Du hast doch bestimmt ein Zimmer für sie frei?«

Renaud küsste Guylaine auf beide Wangen, bevor sie mich auf die andere Seite der Nationalstraße zog, wo sie ihre Boutique, Le Point de Couture, eingerichtet hatte. Sie verkaufte dort selbst geschneiderte Kleidung und nahm auch Änderungen vor. Die Herberge befand sich auf der vom Straßenlärm abgeschirmten Rückseite. Eine geräumige Erdgeschosswohnung, im selben Stil dekoriert wie bei Renaud, mit einem erstaunlich gemütlichen Durcheinander aus alten Gegenständen, ausgestattet mit Ruhesesseln und einer großzügigen Veranda mit Blick auf den unmittelbar darunterliegenden Strand. Die drei Zimmer im ersten Stock waren für Touristen bestimmt, während Guylaine irgendwo am Ende der Treppe zum Dachboden schlief.

Sie bot mir ein Zimmer mit Meerblick an, ihr Lieblingszimmer, wie sie sagte, dekoriert mit Treibholz, ganz in Weiß und Blau gestrichen, mit einem Bett, über dem eine handgefertigte Patchworksteppdecke lag.

Es war ein sehr schönes Zimmer.

Mein erster Morgen in der Gaspésie begann unter einer reglosen gelben Sonne. Ich ging hinunter und gesellte mich beim Frühstück zu den anderen Gästen.

»… meine vier Kinder waren schon aus dem Haus, und mein zweiter Ehemann war gerade verstorben, da hat es mich ziemlich mitgenommen, als mir der Arzt mitteilte, dass man mir eine Brust amputieren musste. Ich hab mich gefragt, was bloß aus mir werden würde …«

Ich goss mir einen Kaffee ein. Ein junges Touristenpärchen saß turtelnd am Tisch, eine ältere Dame hatte sich an Guylaines Fersen geheftet und schnatterte dabei ohrenbetäubend laut vor sich hin.

»… da braucht man sich nichts vorzumachen: Sechsund-
sechzig Jahre alt, vom Leben ramponiert und nur noch eine
Brust, welcher Mann würde mich da noch wollen? Dabei
habe ich immer nur für meine Kinder gelebt …«

Unsere Wirtin verquirlte Pfannkuchenteig mit dem auf-
merksamen und ungezwungenen Gesichtsausdruck, der den
Leuten den Eindruck vermittelt, man hörte ihnen zu, und
der diejenigen glücklich macht, die am liebsten mit Höchstgeschwindigkeit eine Vertraulichkeit nach der anderen von
sich geben.

»… das hier ist meine allererste eigene Reise, ich bin
nämlich noch nie verreist, ich hatte tatsächlich noch nie irgendwelche Pläne – ich kenne nicht mal meinen eigenen Geschmack, Madame! Haben Sie ein Lieblingsgericht? Tja, ich
nicht! Sehen Sie, was ich meine …«

Ich leerte meine Tasse in einem Zug und zog in das Café
am Hafen um.

Dort würde ich von nun an beinahe jeden Morgen frühstücken. Es war ein schöner Ort, der es sich am Rande des
Kais in unmittelbarer Nähe der Seeleute bequem gemacht
hatte und wo die Kellner und Kellnerinnen tatkräftig und
dennoch ruhig herumspazierten. Das Stimmengewirr drehte
sich im Kreis, entwich durch das Fenster und kam durch
die Seitentür wieder herein. Man konnte sicher sein, nicht
allzu viel davon mitzubekommen. Der ideale Ort also für
eine kleine Pause von den Zwängen, der Pünktlichkeit, den
genau durchgetakteten Abläufen des Alltags.

»Himmel, Arsch und Zwirn! Was hab ich dir gesagt?
Schau, die Indianer kommen schon wieder bei Ebbe zurück!«

Ein großer, kräftiger Mann, der eine Kaffeetasse um-
klammerte, wartete auf sein Frühstück. Seine langen Haare waren im Nacken zusammengebunden, und um seinen
Schädel hatte er ein rotes Halstuch geschlungen. Er trug

Jeans, Arbeitsstiefel und einen grauen Pullover. Der Fischer und sein Gehilfe waren heute beinahe mit leeren Händen zurückgekommen. Ich nippte an meinem zweiten Kaffee, als ihr Boot anlegte. Der Hummer hatte ihnen die kalte Schulter gezeigt, und die beiden Männer wirkten niedergeschlagen. Die Kellnerin näherte sich, rote Haare, grüne Augen und das Lächeln einer jungen Frau. Sie stellte die Teller mit Rührei auf die mit Kinderzeichnungen geschmückten Tische. Die Männer schauten ihr dabei zu und bedankten sich. Sie ging wieder weg.

»Schau dir das doch an, Himmel, Arsch und Zwirn: Gleich sitzen die wieder fest! Da, das erste Boot kommt durch ... Na ... Klappts?«

Der strahlende Sonnenschein, der die Ebbe begleitete, lullte das Café mit seiner Wärme ein. Die Sonne funkelte im aufgewühlten Osten.

»Na, ganz schön knapp! Und das andere ist noch gar nicht wieder da!«

Ich mochte Männer, ihr Auftreten, ihre Männlichkeit. Manchmal tat es mir regelrecht weh, zu sehen, wie großzügig und zärtlich einige von ihnen ihre Frauen liebten.

»Himmel, Arsch und Zwirn, die haben es echt nicht eilig! Aber wir wissen ja: Ihr Boot wird von der Regierung bezahlt!«

»A-a-a-aber, arbeiten t-t-t-tun sie schon ...«

»Wenn du meinst ... Auf Urlaub hier?« Auf einmal hatte er sich zu mir umgedreht, ohne dass ich darauf gefasst gewesen wäre. Ich hatte ihn so lange beobachtet, dass ich wohl, ohne es zu bemerken, die Grenze zur Unverschämtheit überschritten hatte. Seine unglaublich blauen Augen trafen mich so unvermittelt, dass ich das Gleichgewicht verlor und mich am Tisch festhalten musste, um nicht umzukippen.

»Ja.«

»Nicht viel los hier, was?«

»Äh … Nein.«

»Es ist schon was los, aber nicht wie in der Stadt: Hier hat alles mit dem Meer zu tun! Im Sommer leben die Leute vom Tourismus … Dem schönen Wetter …«

Gebräunte Hände. Viereckig.

»Und im Winter?«

»Im Winter? Da leben sie von Hoffnung! Beim Fischen ist hier nicht die Hölle los. Siehst du: Hier gibts nur vier Boote. Meines, das von Cyrille und die zwei von den Indianern. Gerade fehlt eins. Die Indianer sind immer spät dran.«

»Woher kommen sie?«

»Aus dem Gesgapegiag-Reservat. Sie sind vom Volk der Mi'kmaq. Ihre Boote stellen sie hier ab, weil ihr Fischplatz nicht weit weg ist. Wenn die Regierung die Fahrrinne ausgraben würde, wäre hier viel mehr los! Aber nein, Himmel, Arsch und Zwirn! Die lassen das alles schleifen! Bau hier einen schönen Kai hin, und du wirst sehen, wie viele Fischer dann kommen, wie viele Freizeitsegler … Und das Café würde viel besser laufen!«

»Warum sind die Mi'kmaq spät dran?«

»Die sind so: Sie gehen spät ins Bett, stehen spät auf und verpassen die Flut! Bei Ebbe wieder hier reinzufahren, ist echt keine gute Idee. Aber was soll ich dir sagen? Die hatten es noch nie mit den Gezeiten! Die machen das immer so: Das Boot fährt in die Flussmündung ein, ein Mann stellt sich nach vorne, um den Steuermann in die Fahrrinne zu lotsen, aber das Wasser steht nicht hoch genug. Der Kapitän lässt den Motor an, um über die Sandbank rüberzukommen, aber er bleibt drin stecken. Schau: Was hab ich dir gesagt? Das zweite Boot kommt! Himmel, Arsch und Zwirn! Gleich stecken sie fest!«

»Wollen Sie ihnen nicht helfen?«

»Wenn du Lust auf nasse Füße hast, nur zu, Mademoiselle! Aber mir ist das zu kalt. Die kriegen das schon hin.«

»Die sind d-d-d-das gewöhnt.«

»Und sonst warten sie halt, bis die Flut wiederkommt! Oder sie ziehen es an Land. Schau mal … schau … Was hab ich dir gesagt? Die schaffen es immer irgendwie! Der Jérémie ist nicht mal ins Schwitzen gekommen!«

Aufrecht vorne am Bug des zweiten Boots, hielt ein Riese, aus dem harten Holz geschnitzt, aus dem man früher Masten baute, lässig ein zum Lasso geknotetes Tau in der linken Hand.

»Und du, wie heißt du?«

»Catherine Day.«

»Ich bin Vital Bujold. Mein Boot ist die *Manic 5*. Und er da ist Victor Ferlatte, mein Fischergehilfe.«

Beide Anfang sechzig. Mindestens. Vielleicht sogar älter.

»Machst du hier 'ne Zeit lang Urlaub, Catherine?«

»Ich weiß noch nicht.«

»Fährst du nach Percé?«

»Ich bin nicht sicher, ob ich Lust auf Touristenattraktionen habe, aber ich habe Angst, dass mir langweilig wird …«

Die Männer lachten, als hätte ich gerade mit hohen Absätzen eine Treppenstufe verfehlt.

»In der Gaspésie gibts nichts außer Langeweile!«

»Ist es wirklich so öde hier?«

»Nicht öde. Es ist anders. Die Gaspésie ist ein Landstrich, der stehen geblieben ist, wo nichts mehr los ist. Wenn du in Caplan bleiben willst, musst du lernen, dich so wenig wie möglich zu bewegen!«

Nachdem er sein Besteck auf den Teller gelegt hatte, schob er langsam das Spitzendeckchen zur Seite und stützte sich mit den Unterarmen auf den Tisch. Die Kellnerin kam vorbei, räumte alles ab, füllte die Tassen auf und ging wieder.

Victor starrte gedankenverloren die Mi'kmaq an. Der Riese war auf den Kai gesprungen, hatte seine Taue befestigt und unterhielt sich lachend mit der Mannschaft des Nachbarboots. Auf einmal versickerte das Stimmengewirr des Cafés in den Spalten zwischen den Brettern, und ein seltsames Gefühl überkam mich.

»Komische Leute, diese Touristen! Fahren in den Urlaub und verbringen ihre Zeit damit, auf die Uhr zu schauen und mit der Kellnerin zu schimpfen, weil sie mehr als zehn Minuten braucht, um sie zu bedienen …«

»Und wenn es g-g-g-gießt, dann sind sie s-s-s-sauer auf uns, als w-w-w-wäre das unsere Schuld!«

»Hier kommen die Touristen nur vorbei. Sie rufen an, reservieren ein Zimmer, kommen am späten Nachmittag, besichtigen die Kirche, suchen am Strand nach Achaten, essen im Bistro zu Abend und gehen ins Bett. Am nächsten Tag frühstücken sie und fahren eilig weiter. Aber wozu diese Eile?«

Victor schüttelte den Kopf, als täten ihm alle Touristen der Welt leid.

»Himmel, Arsch und Zwirn! Kannst du das verstehen, Victor?«

Vital bohrte seine Augen wieder in meine, wie eine Eisenstange.

»Wenn du Abenteuer suchst, musst du nach Disneyland. Hier haben wir nichts Spannendes. Hier gibts nichts außer dem Meer. Unser Leben hier ist stehen geblieben. Nicht mal Wünsche haben wir mehr. Manchmal wünschen wir uns so sehr nichts, dass uns irgendwann die Zeit überholt. Die meisten Touristen ertragen das nicht und fahren schnell weiter.«

»W-w-w-wir nehmen es dir nicht übel, w-w-w-wenn du schnell wieder w-w-w-wegwillst.«

»Und wenn ich bleibe?«

»Hast du zu viel Zeit?«

»Weder zu viel noch zu wenig.«

»Na, dann bleib erst mal ein bisschen. Treib dich rum. Am Kai, am Strand. Du wirst sehen.«

Ich betrachtete verstohlen den großen Mi'kmaq. »Und was passiert dann?«

»Nichts! Das sag ich doch die ganze Zeit: Wenn du aufs Meer schaust, hast du gar nicht das Bedürfnis, dass was passiert!«

»D-d-d-du kannst Achate sammeln. A-a-a-am Strand gibts 'ne M-M-M-Menge davon.«

»Okay. Ich fang an. Mit dem Nichtstun.«

Die Männer standen auf.

»Wir gehen jetzt unseren Hummer verkaufen. Wir lassen dich mit den Indianern allein. Du kannst ruhig rübergehen und mit ihnen plaudern …«

Vielleicht wurde ich rot. Er beugte sich einen Augenblick zu mir hinüber.

»Der Jérémie da, der ist so stark, das kannst du dir nicht vorstellen. Himmel, Arsch und Zwirn! Die sind kräftig gebaut, die Indianer. Muss man ihnen lassen. Also dann … Tschüss, meine Hübsche!«

Sie gingen hinaus. Ich sah immer noch den großen Mi'kmaq an. Jérémie.

Es würde nichts passieren.

An diesem Tag spuckte der Himmel einen langweiligen eiskalten Nieselregen, der einen bis auf die Knochen durchnässte und erschauern ließ wie im Oktober. Ich wickelte mich auf einem Sessel in der Herberge in eine Decke und schlug ein Segelbuch auf, das irgendwo herumlag. Keine gute Idee. Die Schwermut hatte mich gepackt, und ich versank darin mit Haut und Haaren.

Als ich am späten Nachmittag an Renauds Theke auf-
tauchte, hatte die Sonne meine trübe Laune zumindest teil-
weise weggewischt.

Er wienerte sein Werkzeug. Drei große neue Fleischer-
messer.

»Wollen Sie nach Percé fahren?«

»Nicht unbedingt. Ich habe mich bloß gefragt, was Sie
darüber denken …«

»Ha! Sie haben wirklich kein Sitzfleisch!«

»Ich weiß: Ich bin im Urlaub und sollte lernen, gar nichts
zu tun, aber das ist nicht so einfach …«

Liebevoll legte er seine Stichwaffen auf ein Holzbrett,
das offensichtlich ebenfalls neu war. »Wissen Sie was? Sie
brauchen unbedingt einen Reiseführer! Haben Sie schon
den gedruckten Gaspésie-Führer gesehen?«

»Nein.«

»Ich habe gerade einen ganzen Stapel reinbekommen.
Wenn Sie wegfahren wollen, muss ich Ihnen den unbedingt
zeigen!« Er streckte den Arm aus und zog einen aus dem
Verkaufsständer. Er schlug ihn auf und blätterte ihn vor mir
durch. »Da. Schauen Sie sich das an: wunderschöne Farbfotos! Normalerweise folgen die Touristen der vorgegebenen
Route. Aber man muss von Norden her anfangen! Schauen
Sie mal, wie gut das gemacht ist. Man fängt an der Küste
an: ›Besuchen Sie die Gärten von Métis, die Lachstreppe
von Matane und das Haus der sechs Hochzeiten‹, und dann,
dann kommt man in die Haute-Gaspésie. Wissen Sie was?
Ich weiß gar nicht, ob die höher ist als der Rest, aber egal:
›Erleben Sie die faszinierenden Windanlagen von Cap-Chat,
verpassen Sie nicht den Gaspésie-Nationalpark und das
Leuchtturmmuseum von La Martre.‹ Danach kommt die
Pointe, die Landzunge, ›ihre bunten Dörfer, der Forillon-
Nationalpark, der Felsen von Percé, die Basstölpel und die

bunten kleinen Läden auf der Île Bonaventure‹, und dann? Na? Na? Die Baie-des-Chaleurs, ›wo die ganze Familie sich ausruhen und im Meer baden kann‹! Und wissen Sie, was danach kommt? Danach fahren alle gleichzeitig durch das Tal wieder hoch, um so schnell wie möglich wieder in Montréal zu sein, bleiben in dem großen Feiertagsstau Anfang September hängen und kommen nach dreitausend Kilometern todmüde zu Hause an, um ihre Wäsche zu waschen und am nächsten Morgen wieder zur Arbeit zu gehen!« Geräuschvoll klappte er den Reiseführer zu, rollte ihn zu einem Zylinder und reckte ihn drohend in die Höhe wie ein Missionar, der ein satanisches Pamphlet schüttelte. »Hört sich an wie ein Traumurlaub, oder? Ist es aber nicht! Natürlich können Sie da hinfahren, Mademoiselle Catherine. Sie können in Ihr Auto springen und als Touristin vom Südwesten bis in den Nordosten herumkutschieren, aber was haben Sie davon? Nichts! Anderswo sind die Dörfer arm, die Motels geschmacklos, die Restaurants langweilig, und das Meer ist kalt! Die Geschäfte verkaufen nur Ramsch! Souvenirkram, Nummernschilder mit der Aufschrift ›Ich liebe deine Frau‹, Schnapsgläser in Felsenform, Tassen aus Percé, Kanada-Mützen und mit Muscheln verzierte Lampen! Nichts als gottverdammter Ramsch! Und wissen Sie was? Außerdem sind die Unterkünfte schlecht! Wenn Sie nach fünf Uhr ankommen, haut Sie der Typ vom Hotel übers Ohr. Er wird Ihnen einreden, dass seine Schwägerin zum Glück noch ein Zimmer frei hat, ein lächerliches Zimmerchen zu einem Wucherpreis, mit Blick auf einen Hinterhof! Wollen Sie das wirklich?«

»Ähm … Nein?«

»Nein!« Vehement warf er die touristische Anti-Bibel in den gähnenden Mülleimer. »Außerdem, wenn Sie in Richtung Landzunge fahren, dann sind Sie gezwungen, dem Reiseführer umgekehrt zu folgen, und so was ist ziemlich anstrengend, vor allem im Urlaub! Wenn eine Route schon vorgezeichnet ist, dann ist es doch viel einfacher, ihr zu folgen! Und Sie brauchen diese Tour doch gar nicht mehr zu machen, Mademoiselle Catherine: Sie sind schon am Ziel! Sie glauben, Sie langweilen sich, oder? Das liegt nur daran, dass Sie noch nicht den Rhythmus gefunden haben!«

»Aha ...«

»Wissen Sie was, Mademoiselle Catherine? Die Touristen schleppen immer ihre eigenen Probleme mit, wenn sie verreisen! Wenn man wegfährt, muss man die zu Hause lassen!«

»Aha ...«

»Natürlich können Sie bis zur Landzunge fahren. Bleiben Sie doch lieber bei uns. Bei Guylaine!«

Als er mit seinem Vortrag fertig war, holte er aus der Küche eine Tüte und zog vorsichtig eine neue Schürze heraus, die er stolz auseinanderfaltete und sich mit sorgfältigen Handgriffen umband. Auf der Brust prangte in gestickten Buchstaben sein neuer Titel »Küchenhilfe«. Er setzte sich eine lächerliche Haube auf und legte seine sauberen Messer auf das neue Brett.

»Renaud ...?«

»Ja, Mademoiselle Catherine, womit kann ich einen wunderschönen Gast wie Sie glücklich machen?«

»Vital ... Kennen Sie den Fischer Vital?«

»Na klar kenne ich den! Ha! Wissen Sie was? Ich wette, Sie sind verliebt! Ihr Herz ist zersprungen, als er Ihnen sein berühmtes ›Himmel, Arsch und Zwirn‹ vorgesungen hat. Und jetzt wollen Sie bestimmt Ihre Sandalen polieren und heiraten! Guylaine! Du musst ein Brautkleid schneidern! Unsere Touristin will heiraten!«

Guylaine war kaum eingetreten, da wurde sie schon vom Strudel erfasst. »Ach ja? Wen denn?«

»Vital!«

»Den Himmel-Arsch-und-Zwirn-Vital? Der ist schon verheiratet, Catherine …«

Ich wand mich wie ein Hummer im Kochtopf. »Aber nein! Ich bin Vital im Café begegnet, und er hat mir erzählt von …«

»Von Cyrille Bernard!«

»Cyrille Bernard? Wer ist das?«

»Cyrille ist Junggeselle …«

»Ich rufe noch heute Abend Vital an. Er soll Sie einander vorstellen! Gehen Sie morgen ins Café? Denn wissen Sie was, Mademoiselle Catherine? Wenn man trübsinnig ist, dann, weil das Herz noch nicht verankert ist! Und wir finden schon einen Märchenprinzen für Sie!«

»Renaud übertreibt ganz schön, Catherine, aber es stimmt. Cyrille wird Sie auf andere Gedanken bringen.«

»Wissen Sie was? Danach haben Sie bestimmt gar keine Lust mehr auf Percé und diesen ganzen Quatsch!«

* * *

Na gut. Ich gebe es besser gleich zu. Als die wunderbare, strahlende Liebesgeschichte, die mir die Märchen meiner Kindheit versprochen hatten, mir tatsächlich widerfahren war, hatte ich mich extrem ungeschickt angestellt.

Ich redete nicht darüber. Nie. Ich hatte kein Talent dafür, anderen ganz spontan meine allerintimsten Geheimnisse anzuvertrauen, und es fiel mir schwer, meinen Verrat zuzugeben. In einer Nacht hatte ich neun Jahre gemeinsames Leben eingeäschert. Durch einen Funken an der falschen Stelle war meine Beziehung in Flammen aufgegangen.

Ich schämte mich und hatte Angst, wieder am Strip-Poker der Liebe teilzunehmen. Keusch knöpfte ich den Kragen meiner Vergangenheit über dem Kloß in meinem Hals zu. Aus Furcht, Verwirrung oder purer Feigheit hatte ich mich für Enthaltsamkeit entschieden, für die ich auch noch groß-spurig die Werbetrommel rührte. Stolz schrie ich jedem beliebigen Typen ein »Ich bin eine freie Frau!« entgegen, obwohl ich meine einsamen Abende mit aufgewärmten Nudeln und romantischen Komödien voller plumper Schauspieler langsam satthatte. Ehrlich gesagt wusste ich gar nicht genau, was ich mit dieser uneingestandenen Einsamkeit anfangen sollte, und träumte insgeheim davon, ein bisschen was Verbotenes zu tun. Mit meinem erloschenen Herz bezweifelte ich, dass die Liebe mich erneut entflammen könnte, aber insgeheim hoffte ich es trotzdem.

Die lässige Kraft des hochgewachsenen Mi'kmaq hatte mich am Vorabend beeindruckt und ein bisschen aus der Fassung gebracht. Also war ich natürlich neugierig darauf, den anderen Fischer kennenzulernen. Kaum war ich an diesem Morgen erwacht, hockte ich mich bereits an mein Zimmerfenster, um den Kai zu überwachen. Das Boot des Mannes mit dem seltsamen Namen Cyrille Bernard war nicht mehr da. In Windeseile seifte ich mich ein, putzte mich heraus und schminkte mich. Ich suchte mein hübschestes, tief ausgeschnittenes Sommerkleid aus und schlüpfte in meine hochhackigen Pumps. Rückblickend wird mir klar, was für eine merkwürdige Idee das war, sich zu schminken und hohe Absätze anzuziehen, um einen Mann zu treffen, der vom Fischen zurückkam, doch es war mir schon immer schwergefallen, meine Weiblichkeit angemessen zu dosieren.

Ich saß also im Café, lange vor dem Zeitpunkt der Rückkehr der Fischer, die Füße eingezwängt, die Haare fest hinter den Ohren zusammengebunden und das Sommerkleid faltenlos gebügelt. Es wehte ein leichtes, warmes Lüftchen, wie ein Atemzug, der sanft die Röcke aller Frauen in der Gegend bauschte, und die Seeluft, die durch das Fenster drang, rötete meine Wangen.

Die Boote tauchten am späten Nachmittag auf. Ich hatte so viel Koffein in mich hineingeschüttet, dass meine Hände feucht und zitterig waren. Sie kamen näher, legten an. Ich schlug die Beine zu einer hübsch entspannten Pose übereinander. Und die Fischer sprangen auf den Kai.

Ganz im Ernst, ich weiß nicht, wie ich auf die Idee gekommen war, Cyrille Bernard sei ein schöner, kühner, junger Mann. Ich weiß es wirklich nicht. Vital, Victor, Renaud, Guylaine: Sie alle hatten mich gewarnt, nichts von der Gaspésie zu erwarten, warum zum Teufel hatte ich mich also derartig verkleidet? Denn Cyrille war nicht besonders ansehnlich, musste man zugeben. Das Alter hatte sein Haar gelichtet, seine Ohren übermäßig lang gezogen und ihm ein paar anarchische Zahnlücken verpasst. Narben zogen sich in Streifen über sein Gesicht, und trotz seiner Freundlichkeit brauchte man eine Zeit lang, um sich an sein Äußeres zu gewöhnen.

Einen Sekundenbruchteil später dachte ich nur noch an Flucht. Ich ließ das Geld auf dem Tisch liegen, schnappte mir meine Handtasche und stürzte in Richtung Ausgang, doch die Fischer kamen so schnell herein, dass ich zurückgedrängt wurde. Und Vital erledigte den Rest. Als er mich erblickte, drehte er sich lässig zu Cyrille um und zeigte mit dem Finger auf mich, als wäre ich eine Nippesfigur für ein paar Groschen im Regal eines Billigsouvenirhändlers.

»Das ist sie!«

Der alte Fischer hob leicht den Kopf, wie ein Kapitän, der einen Matrosenanwärter musterte. Ich zwang mich zu einem schiefen Lächeln.

Wir kennen das Meer nicht.

Er begutachtete mich abschätzig von oben bis unten und umgekehrt, während ich mit meiner Handtasche, meinem auffälligen Kleid, meiner tief im Dekolleté versteckten Halskette und meinen hohen Absätzen am liebsten auf der Fußmatte im Boden versunken wäre.

»Das ist die junge Frau, die dich kennenlernen möchte.«

»Ich ... Ich bin gerade mit dem Essen fertig ... Ich wollte gerade gehen ... Wir verschieben das, okay?«

»Himmel, Arsch und Zwirn, Cyrille, ich sag dir, du hast echt kein Glück bei den Frauen!«

Gelächter regnete auf mich nieder, während ich feige und voller Scham über mich selbst versuchte, mich zur Tür durchzukämpfen, die jedoch von besagtem Cyrille verstellt wurde, der sich natürlich keinen Millimeter rührte. Vital, Victor und der andere Fischer begaben sich zu den Tischen, doch Cyrille Bernard blieb stehen wie ein dickköpfiger Torwart. Ich muss zugeben, für einen Augenblick bekam ich Angst, fast Panik.

Wasser und Salz.

»Beruhig dich. Ich krieg nicht genug Luft, um dich einzuholen, falls du wegrennst!« Bei jedem seiner Atemzüge ertönte ein mühsames Pfeifen.

»Entschuldigen Sie mich ... Ich ... Ich habe zu tun ...«

»Touristen haben nie zu tun. Wie heißt du?«

»Catherine.«

»Catherine und weiter?«

»Day. Catherine Day.«

»Dann schau mich mal an, Catherine Day ...«

Ich hob den Kopf, und auf einmal durchbohrten mich seine blauen Augen.

Die unergründliche Tiefe, sein unberechenbares Wesen, die Brandung und die Gezeiten.

Er trat einen Schritt zurück.

Und doch …

»Wo kommst du her?«

»Aus Montréal.«

»Warum willst du mich sehen? Soll ich dich mit dem Boot mitnehmen? Ich hasse das, Touristen zum Fischen mitzunehmen …«

Wenn sich der Bug zum offenen Meer hin dreht, wenn die langen vergänglichen Wellen mich auf den Gipfel der Welt hieven und mich in ihrer rauschenden Wiege davontragen. Wenn der Wind in das Stagsegel fährt und das Großsegel bläht, zerstreuen sich meine Zweifel und lösen sich auf. Ich spanne das Tauwerk, schließe die Hände um das Steuerrad, und der Horizont gehört mir.

»Nein, nein, darum gehts nicht. Ich … Ich bin im Urlaub, ich habe nichts zu tun, und Renaud hat gesagt, Sie könnten …«

»Ich könnte was?«

»Ich weiß nicht … Mir vom Meer erzählen, damit ich auf andere Gedanken komme. Es mir erklären.«

Er begann spöttisch zu lachen, und das kränkte mich.

»Wenn du lernen willst, wie das Meer ist, dann musst du aufhören zu rennen, Kleine. Das ist das Erste, was ich dir sagen kann. Nimm dir einen Schaukelstuhl, setz dich auf eine Veranda, schau auf die Wellen und schaukle! Sonst nichts. Entspann dich, das wär schon mal ein guter Anfang.«

Dort bin ich glücklich: in der beängstigenden, stürmischen Erhabenheit des offenen Meeres.

Er trat zur Seite, und ich konnte entwischen, obwohl ich seltsamerweise gar keine Lust mehr dazu hatte. Ich stieg langsam zur Herberge hinauf. Ich zog meine Schuhe aus und ging barfuß an den veralgten Steinen entlang. Im niedrigen Wasser der Ebbe holten die Mi'kmaq fern am Horizont ihre Reusen ein.

* * *

Die ersten Touristen strömten langsam an den Strand, aber das Meer war noch zu kühl, als dass man gewagt hätte, fröhlich hineinzuspringen. Im Sand sitzend, ließ ich ziellos meine Gedanken schweifen.

Wenn die Ebbe kommt, verhakt sich ein Anker in meiner Kehle. Er zieht bei jeder Welle fester und erstickt mich. Wenn das Wasser schwindet, spüre ich einen Schmerz hier in der Brust, ein Echo, das die Worte verwischt, ein undeutliches Murmeln, einen Verlust.

Halb eins. In der Sonne trauten sich einige mutige Kinder ins kalte Wasser. Strandschönheiten schlotterten in ihren bunten Bikinis und schielten dabei zu den halb gebräunten Jungs, die sich gegenseitig eine Frisbeescheibe zuwarfen.

Rüde wirft das Meer mit seiner Brandung meine Bilder durcheinander. An meinen herabhängenden Armen baumeln die enthaupteten Hallelujas meiner Schiffbrüche. Gegen meinen Willen zieht es mich hinaus.

Ich stand ruckartig auf, so schnell, dass mir schwindelig wurde, und lief am Spülsaum entlang, um mich zu bewegen. Ich warf Kieselsteine ins Wasser und lächelte den vorübergehenden Kindern scheinheilig zu. Barfuß im Sand, sammelte ich so viele Steine, wie in meine Hände passten.

»Suchst du Achate, Kleine?«

Dieser Atem, der wie ein Blasebalg aus gegerbtem Leder pfiff, das konnte nur Cyrille sein. Ich blickte auf.

»Zeig mal.«

Ich öffnete die Hand. Ein halbes Dutzend rote, grüne, weiße Steine. »Ich habe schöne Steine gefunden, gestreift und marmoriert, aber keine Achate.«

»Ich hab nie verstanden, warum die Leute immer nach Achaten suchen. Ist wahrscheinlich ein Geduldsspiel.«

Ich schloss meine Finger wieder. »Anscheinend sind das Halbedelsteine.«

»Edel oder nicht, aber die hier haben ganz schön Glück, dass sie in deiner Hand liegen dürfen.«

Ich öffnete noch mal die Hand, um sie mir anzusehen.

»Da liegt übrigens ein großer Achat neben deinem Fuß ...«

Ich hob ihn auf.

Schwer atmend setzte sich Cyrille wieder in Bewegung, und ich folgte ihm. Ich war froh, dass er zu mir gekommen war.

»Hast du dein Festtagskleidchen schon wieder ausgezogen? Da bin ich ja nicht lange in den Genuss gekommen.«

»So was muss man sich verdienen!«

»Renaud hat Vital erzählt, dass du mich kennenlernen willst. Heißt das, du möchtest mit uns fischen gehen?«

»Nein. Das war Renauds Idee, er hat gesagt, Sie würden mich mit Ihren Geschichten auf andere Gedanken bringen.«

»Dir muss verdammt langweilig sein!«

»Ich fühle mich ein bisschen komisch, seit ich hier angekommen bin. Ich bin nicht sicher, ob mir das gefällt. Wenn ich lange am Meer sitze, fühle ich mich schlecht. Als wollte irgendwas aus meinem Herzen rauskommen, aber ich weiß nicht, was.«

»Das ist normal.«

»Normal?«

»Dein Urlaub fängt gerade an, du bist gut gelaunt, bist fit und glaubst, das Meer wird dir guttun. Aber das stimmt nicht. Das Meer ist hart, und man muss aus dem richtigen Holz geschnitzt sein, um ihm ins Gesicht zu sehen. Es wirbelt unsere Erinnerungen durcheinander wie eine Waschmaschine.«

»Ich habe gar nicht so viele Erinnerungen, die man durcheinanderwirbeln könnte …«

»Brauchst du auch nicht: Das Meer denkt sich welche für dich aus. Aber jetzt komm erst mal, mein Sommerhaus ist gleich hier. Wir rauchen einen Joint auf der Veranda und zählen dabei die Wellen.«

Während er mit pfeifenden Lungen vorausging, legte ich meine Steinchen vorsichtig auf die Holztreppe vor dem Haus, wie Schätze, die ich beim Weggehen dort vergessen würde. Die blendende Sonne ließ wogende Glitzerpunkte auf dem Wasser tanzen.

»Das ist schön, oder?«

»Da kriegt man Lust, reinzuspringen!«

»Nie im Leben. Ich hasse es, herumzuplanschen!«

»Was? Du bist Fischer und gehst nicht schwimmen?«

»Kein einziger Fischer hier kann schwimmen! Verdammt unpraktisch, wirst du sagen, aber so ist das.«

»Ich dachte, ihr liebt das Meer …«

»Ich liebe das Meer, nicht das Wasser! Das Wasser hasse ich! Da schwimmt so viel Zeug drin rum, dass ich da niemals baden würde!«

»Du verachtest es?«

»Trotzdem heißt das nicht, dass ich es nicht schön finde! Sieht aus wie ein Mosaik.«

»Du bist ein Poet, Cyrille Bernard!«

»Nein, ich rauche bloß zu viel Gras!«

Ich musste laut lachen. Gemächlich röchelnd drehte er den Joint, zündete ihn an, und die Zeit am Meer blieb stehen. Zwei Wellen.

»Das Zeug hier, Kleine, das ist mit Algen und Meersalz gedüngt. Wenn du das rauchst, segelst du sogar an Land … Und zwar meilenweit!«

Ich wusste nicht, was ich dazu sagen sollte.

»Früher, als noch alles besser war, da gab es hier einen unglaublichen Drogenhandel. Da wurde geschmuggelt, was das Zeug hält! Einmal hat so ein Dealer aus Angst vor dem Zoll seine ganzen Fässer ins Meer geworfen. Als wir gesehen haben, was da an unseren Strand gespült wurde, haben wir echt Augen gemacht! Ich hab noch drei leere Fässer im Keller, und weißt du was? Auch dreißig Jahre später riechen die immer noch nach Marihuana aus dem Süden! Das ist billiger als ein Flugticket: Du steckst den Kopf rein und landest direkt in Jamaika!«

Er reichte mir den Joint weiter, seine Lunge pfiff, und der Tag dehnte sich aus. Drei Wellen.

»Bist du ganz allein?«

»Ja.«

»Wie kommt das?«

»Gibt keinen Grund. Ist eben so.«

»Du schläfst also nicht mit irgendeinem Glückspilz in Löffelchenstellung?«

»Was?«

»Wenn man zwanzig ist, stürzt man sich normalerweise in die Liebe, und dann wird Alltag draus. Man baut sich gemeinsam ein Nest unterm Dach, macht den Speicher voll mit Kindern und schläft in Löffelchenstellung. Du nicht? Schläfst du nicht in Löffelchenstellung?«

»Nein.«

»Warum?«

Drei, vier, fünf Wellen.

»Ich habs versucht, aber …«

»Aber?«

»Schwer zu sagen … Du hast einen guten Job, ein Haus, einen festen Freund, ein kleines gemütliches Nest, aber … dann wirst du dreißig. Und dann kriegst du die Krise, du fragst dich, wie das weitergeht und was du hier überhaupt sollst. Du siehst deinen Freund an und findest ihn langweilig, also kannst du dir nicht vorstellen, Kinder mit ihm zu kriegen. Alles, was du mal schön und witzig fandst, ist plötzlich fett und blöd geworden.«

»Du bist nicht fett …«

Drei Wellen.

»Eines Nachts habe ich ihn betrogen. Wir hatten schon seit Monaten keinen Sex mehr. Ich weiß, ich sollte das nicht sagen, das ist kein Scheitern. Ich scheitere nicht, nie. Am nächsten Morgen um neun ist er gegangen. Ohne ein Wort zu sagen. Er hat in zehn Minuten seine Sachen gepackt und ist abgehauen. Für immer.«

»So ein Arsch!«

»Was?«

»Er hat es geschafft, dass du dich so richtig schuldig fühlst! Wer eine Frau behalten will, muss handeln wie ein Mann. Sonst sieht sie sich woanders um. Das ist normal.«

Sechs Wellen.

»Ein versenktes Schiff bedeutet noch lange nicht, dass man ein schlechter Seemann ist …«

»Bist du verheiratet, Cyrille?«

»Nein. Aber das heißt nicht, dass ich keine Frau im Herzen trage!«

»Das habe ich nicht gesagt.«

»Aber du hast es gedacht!«

»Schläfst du in Löffelchenstellung?«

»Nein.«

»Warum? Bist du ein schlechter Seemann?«

Er zuckte mit seinen knochigen Schultern und schaute mit zusammengekniffenen Augen auf das Meer hinaus. Seine rissigen Hände ruhten auf den Armlehnen des Stuhls. Er blickte in die Ferne.

»Manchmal, Kleine, fehlt einem die Gelegenheit, einer Frau zu sagen, dass man sie liebt.«

Eine Welle.

»Sie hat meinen Bruder geheiratet.«

Ich musste laut lachen. »Entschuldige, Cyrille …«

Er atmete schleppend, schenkte mir ein nachsichtiges Lächeln und verstrubbelte mir mit seiner riesigen Wischmopp-Hand die Haare. Die Sonne brannte sanft, ohne dass es unangenehm war, und der Ostwind verzierte die steigende Flut mit einer schönen weißen Gischtkrone. Cyrille ließ die Wellen kommen und gehen, und alles war so leicht.

»Ich hab nie geheiratet, und irgendwann hab ich gemerkt, dass das, was mir am meisten fehlt, ein Zuhause ist, mit einer Frau am Herd. Einer Frau, die mir die Teller, die Küche, das Bett wärmt. Findest du das komisch? Sie wäre jeden Freitagvormittag zum Friseur gegangen, hätte rote Blumen rund um die Veranda gepflanzt.«

»Sie hätte rumgemeckert, damit du den Müll rausträgst!«

»Und ich hätte ihn rausgetragen.«

Zwei Wellen.

»Ich hätte gern eine Frau zu beschützen gehabt. Ich hätte

regelmäßig den Rasen gemäht und einen schönen Gemüse-
garten angelegt. Sie hätte Tomaten gepflanzt.«

»Tomaten?«

»Ja. Und auch Salat, den mit den gekräuselten Blättern,
Karotten, Erdbeeren, Blaubeeren. Wenn ich eine Frau gehabt
hätte, hätte ich Blaubeeren gepflanzt.«

»Wieso Blaubeeren?«

»Ich habe immer davon geträumt, Blaubeeren vor dem
Haus zu haben.«

»Dann pflanz welche!«

»Blaubeeren züchten dauert lange. Im ersten Jahr bereitest du die Erde vor, im Jahr danach gräbst du deine Setzlin-
ge ein, und Blaubeeren hast du erst im dritten Jahr.«

»Dann säe welche! Dann hast du in drei Jahren Blaubeeren …«

Fünf Wellen. Oder sechs.

»Schon komisch, dass eine schöne Frau wie du ihre Zeit
mit einem alten Typen wie mir verschwendet …«

An diesem Abend blieb ich lange auf und lag in eine Stepp-
decke gewickelt in einem Liegestuhl auf dem Balkon der
Herberge. Junge Pärchen gingen am Strand entlang, Hand
in Hand. Sie flüsterten sich Zärtlichkeiten ins Ohr, lachten,
kümmerten sich um nichts ringsum. Liebende, die gleich
die Vorhänge ihres Schlafzimmers schließen würden. Am
nächsten Morgen beim Aufwachen würde die junge Frau
die warme Schulter ihres Mannes küssen. Eingerollt in die
zerwühlten Laken, würde er langsam den noch verschwommenen Tag einatmen.

Am Kai waren die Boote friedlich vertäut. Wieder sah
ich Jérémies breite Schultern vor mir. Es musste beruhigend
sein, wenn man sich an etwas festhalten konnte. Ich blickte
wieder hinaus auf das offene Meer.

Wir können nichts dagegen tun. Wir gehen an Bord und lassen die Welt zurück, denn wir tragen in uns die Unendlichkeit, und der Horizont ist unsere einzige Antwort.

* * *

»Ehrlich gesagt ist kaum ein Frankokanadier je vom Fischen reich geworden.«

»Catherine, kennst du den Herrn Pfarrer? Er ist kein Fischer, aber wir vergeben ihm trotzdem seine Sünden. Er kommt von da oben bei den Bauernhäusern.«

Pfarrer Leblanc ließ sich nieder. Wie ich schnell begriff, betreute er vor allem zwei Gemeinden: die Kirche und das Bistro. Am Tisch saßen bereits Vital, Victor, Cyrille und ich.

»Stimmt, hier in der Bucht ist kein Fischer reich geworden! Mein Vater, der hat alles gemacht, was man damals machen konnte! Er hat für die Anglos gearbeitet, hatte eine Gaspésienne …« Cyrille atmete schwer.

»Ja. U-u-u-und hat sich v-v-v-verdammt übers Ohr hauen lassen!«

»Weißt du, was Gaspésiennes sind, Kleine? Große Boote, die der Staat den Fischern damals zur Verfügung stellte. Der hat ihnen Boote vermietet, damit sie die kaufen sollten, verstehst du, aber die Fischerei hat sich überhaupt nicht ausgezahlt. Als die Regierung das kapiert hat, hat sie ihnen die Boote wieder weggenommen! Keine Entschädigung, nichts. Zwei Jahre lang hatten die Fischer umsonst gefischt!«

»Das war 1960. Ehrlich gesagt haben sie alles verloren. Die Gaspésiennes sind in den Museumshöfen vermodert.«

Die rothaarige Kellnerin lud die Eier ab, schenkte den Kaffee ein, lächelte und entfernte sich. Die Männer mit ihren karierten Hemden, Jeans und Arbeitsstiefeln bohrten ausgehungert ihre Gabeln in die Omelettes.

»Aber heute lohnt sich das Fischen mehr, oder?«

»Lohnen vielleicht schon, aber das Meer ist leer!«, röchelte Cyrille.

»Liegt das am Klimawandel?«

»D-d-d-da gibts 'ne Menge Theorien, a-a-a-aber klar macht das die Sache nicht b-b-b-besser.«

»Die Schleppnetze für die Jakobsmuscheln sind schuld! Die pflügen den Meeresboden um. Da wächst nichts mehr. Deshalb ist das Meer leer. Sie haben alles umgepflügt!«

Der Pfarrer fasste das Gespräch zusammen. »Erderwärmung, Schleppnetze, Regierung … Die drei Plagen der Fischer!«

Die Teller leerten sich.

»Und wie die uns jetzt nach Krabben fischen lassen. Sie sagen uns, werft die Weibchen zurück ins Wasser und behaltet nur die Männchen. Gerne, aber wenn es keine Männchen mehr gibt, machen die Weibchen von allein keine Babys! Ganz zu schweigen vom Zustand der Kais. Hast du die Kais gesehen?«

»W-w-w-wir haben so viel Zeug, über das wir uns beklagen können. Im W-W-W-Winter müssen wir wieder zum A-A-A-Arbeitsamt!«

»Wir können ja schlecht das ganze Jahr arbeiten und uns dann auch noch beklagen, oder, Kleine?«

Nach und nach begann ich mich zu Hause zu fühlen.

»Geht ihr deshalb fischen? Damit ihr einen Grund habt, euch zu beklagen?!«

»Wir fischen, weil wir Fischer sind. Ich hab das mein ganzes Leben lang gemacht! Ich fang doch jetzt nicht an, irgendwo Rasen zu mähen!«

»Ehrlich gesagt sind alte Fischergeschichten viel spannender als ein Tag am Rasenmäher, stimmts, Cyrille?«

»Von dem Sommer versprech ich mir nicht mehr viel,

Herr Pfarrer. Sieht gar nicht gut aus. Wenn ich keine Erinnerungen hätte, wäre ich bloß ein armer alter Mann.«

»Himmel, Arsch und Zwirn! Erinnerungen oder Seemannsgarn, Cyrille?«

Der alte Fischer zuckte kurzatmig mit den Schultern. Die rothaarige Kellnerin kam wieder vorbei, griff sich die Teller und ging wieder weg.

»Wir sind Fischer, und wir reden über die Vergangenheit. Wenn wir kein Seemannsgarn erzählen dürfen, können wir auch gleich vor Langeweile sterben und für immer die Klappe halten!«

Victor bekräftigte sein Einverständnis mit einem kurzen Nicken. Ein letzter Schluck Kaffee. Cyrille schaute auf die Uhr, sammelte sein Netz, seine Fische und seine Erinnerung ein. Er war abmarschbereit. Vital sah unzufrieden aus.

»Und du, Vital, erzählst du kein Seemannsgarn?«

Ich hatte das in einem leichten Tonfall gesagt, der zu der milden Stimmung des Sommeranfangs passte. Zu meinem großen Erstaunen fuhr er wütend herum. Wir waren gerade aufgestanden, um zu gehen, weshalb er nah genug bei mir stand, dass ich spüren konnte, wie seine ruhige Kraft plötzlich in Schroffheit umschlug.

»Nein. Weder vom Fischen noch von sonst was. Ich kümmere mich um meine tägliche Arbeit, und das wars! Ich hab keine Lust, mir selbst was vorzulügen.«

Ich blickte auf, und seine Augen nagelten mich in den Türrahmen.

»Und auch nicht, dass mir jemand anders etwas vorlügt.«

Einen Augenblick lang glaubte ich, er hätte mich durchschaut. Ich ging schnell hinaus und ließ das Geld auf dem Tisch liegen. Draußen nahm das Gespräch eine andere Wendung, und ich vergaß den Vorfall für den Augenblick. Der

Pfarrer schlug den Weg zum Pfarrhaus ein, drehte sich aber noch fragend um.

»Holt ihr morgen eure Reusen ein?«

»M-m-m-müssen wir wohl.«

Vital kam auch näher, besänftigt von der Seeluft und dem seidigen Rauschen der Brandung.

»Morgen oder übermorgen.«

»Ist die Fangzeit vorbei?«

»In d-d-d-drei Wochen sind die K-K-K-Krabben dran. T-T-T-Taschenkrebse.«

»Das ist 'ne andere Art Reuse ...«

»Und was macht ihr bis dahin?«

»Himmel, Arsch und Zwirn: nichts!«

Wir mussten laut lachen. Er war ein gut aussehender Mann. Mit beiden Füßen auf dem Boden, den starken Knien unter den abgewetzten Jeans wirkte er fest verankert, verwurzelt bis zum harten Kern der Erde.

Der Pfarrer verabschiedete sich mit einem Wink und setzte seinen Weg fort. Cyrille kam schwer atmend wieder auf mich zu.

»Wenn du nichts zu tun hast und sehen willst, wie schön der Sonnenaufgang über dem Meer ist, dann kannst du mitkommen, Kleine. Morgen fangen wir an, die Reusen einzuholen. Gérard und ich fahren ein bisschen später raus als sonst. Es ist noch Platz, wenn du willst ...«

»Ich dachte, du nimmst keine Touristen mit an Bord, Cyrille?«

»Nie!«

»Warum dann mich?«

»Das ist nicht dasselbe: Du bist mein Gast!«

»Ich weiß nicht ...«

»Cyrille hat r-r-r-recht. Wenn du d-d-d-das Meer kennenlernen willst, fahr mit. Sein Boot ist g-g-g-ganz stabil.«

»Es hat nur einen Fehler: Man wird leicht nass, aber du brauchst keine Angst zu haben … Und ich bin ja da!«

Die Gruppe löste sich auf, und alle gingen zu ihren Lieferwagen. Ich folgte Cyrille.

»Ich würde gern aufs Meer rausfahren, aber …«

»Morgen holen wir ein Drittel der Reusen ein, also brechen wir gegen halb sechs auf. Komm mit Stiefeln und Mütze, und ich nehm dich mit an Bord.« Er stieg in seinen Lieferwagen und ließ den Motor an.

»Ich denk drüber nach, okay?«

»Um halb sechs am Kai.«

Ein Wink, ein bisschen Staub, und dann stand ich allein am Strand.

* * *

»Wissen Sie was, Mademoiselle Catherine? Das sind doch schöne Ferien, oder?« Mit seiner schicken »Küchenhilfe«-Schürze und einer lächerlichen Haube bekleidet, schälte der Inhaber des Bistros Karotten.

»Sie haben recht, Renaud. Cyrille hat mich sogar für morgen zum Fischen eingeladen!«

»Gute Idee! Gute Idee! Gehen Sie hin?« Mit dem Schäler in der Hand schlug er brutal auf die Karotten ein, deren orangefarbene Schalen hochspritzten wie bei einem Vulkanausbruch.

»Ich habe mich noch nicht entschieden …«

»Gehen Sie hin, bevor die Fischzeit zu Ende ist! Sie haben ganz schön Glück, dass Cyrille Bernard Sie einlädt. Touristen an Bord kann er nämlich nicht leiden. Es kommt ganz schön selten vor, dass er jemanden einlädt! Das wird Ihnen gefallen: das Boot, der Seegang, die Hummer … Und der Sonnenaufgang! Der Sonnenaufgang hier ist schöner als in Bonaventure!«

»Sie sind ja Feuer und Flamme, Renaud! Wollen Sie mitfahren? Ich kann Cyrille fragen …«

Er reckte seine Mordwaffe in die Höhe und wedelte damit energisch hin und her. »O nein, Mademoiselle Catherine, nicht ich!«

»Warum?«

Ein Stückchen Karotte landete auf seiner lächerlichen Haube. Gleichgültig und konzentriert fuhr er mit der Arbeit fort.

»O nein, ich will da nicht hin! Wissen Sie was? Das ist viel zu gefährlich! Hier ertrinken alle naselang Leute. Du gehst gut gelaunt fischen, Wind kommt auf, und du wirst seekrank, das Boot schaukelt hin und her, du weißt nicht mehr, wo du dich festhalten sollst, und platsch, bist du ertrunken! Da gibts sogar Statistiken drüber, wie viele das sind! Sie würden das nicht glauben, aber hier sterben mehr Leute im Meer als bei Verkehrsunfällen! Und wenn Ertrunkene aufgefischt werden, ist das kein schöner Anblick … Die sind aufgedunsen und ganz blau.« Angeekelt warf er den Schäler in die Spüle, versenkte die Karotten brüsk in einem Wasserkessel, der bis zu seiner Arbeitsfläche hinspritzte, brachte besagten Kessel in die Küche und tauchte wieder auf. »Jedes Jahr gibts hier Tote, Mademoiselle Catherine! Touristen, Fischer, alle möglichen Leute ertrinken. Und sie kommen von überallher: vor allem aus Nouveau-Brunswick, aber auch aus Percé … Die Strömung treibt die Ertrunkenen in der Bucht im Kreis. Einmal haben wir ein Zwillingspaar aus Maria gefunden, das ist ein Dorf auf der anderen Seite. Zwillinge! Die hatten dieselben Eltern! So was ist nicht lustig. Ich weiß, wovon ich spreche. In meiner Familie war zwar keiner Fischer, aber ich hab trotzdem zwei Brüder verloren, die mit dem Kanu unterwegs waren.« Er griff sich einen Lumpen und begann mit der Reinigung seines Holzbretts. Er rieb es mit beiden Händen energisch ab, als gebe er jemandem eine Herzmassage.

»Mit dem Kanu?«

»Das ist lange her. Wenn mich meine Mutter nicht gezwungen hätte, nach Hause zu kommen, um die Hühner zu füttern, dann wäre ich mit ihnen rausgefahren. Wir waren noch ganz jung. Wir gingen auf Rebhuhnjagd, an der Küste entlang, mit Schrotflinten. Weil ich auf dem Hof helfen musste, sind meine Brüder ohne mich los. Dann kam die Sturmbö, und sie sind ertrunken. Knapp zehn Meter vom Ufer entfernt. Das Wasser war vielleicht zweieinhalb Meter tief, unglaublich, oder, Mademoiselle Catherine?«

Seit einer Weile schon winkten ihm zwei Gäste aus dem Bistro ungeduldig zu.

»Das ist traurig. Tut mir leid.«

»Wissen Sie was? Das geht auf keine Kuhhaut, wie viele tödliche Dramen es in meiner Familie gegeben hat! Schuld daran ist ein Ururgroßonkel, der seine Tochter mit einem Cousin verheiratet hat und dann die Sondererlaubnis nicht zahlen wollte. Wissen Sie, was das ist, die Sondererlaubnis, Mademoiselle Catherine? Das war ein Papier, das man brauchte, wenn man seine Cousine heiraten wollte. Und das hätte er bezahlen müssen. Die Leute aus dem Dorf sind zwei Mal gekommen, um Krach zu schlagen, und wissen Sie was? Als er beim dritten Mal immer noch nicht zahlen wollte, da haben sie eine ausgestopfte Vogelscheuche von dem Kerl gebastelt und sie von der Eisenbahnbrücke geworfen, und wissen Sie, wo? Da oben, wo vor zwei Jahren der Typ mit dem Klumpfuß gestorben ist.«

Inzwischen standen die Gäste erbost vor ihm.

»Und seitdem gab es in jeder Generation meiner Vorfahren brutale Todesfälle. Aber als mein Vater von seinem eigenen Traktor überfahren wurde, da hatte ich genug, da habe ich den Pfarrer geholt, und wir haben exorziert.« Er klopfte mit dem Zeigefinger auf die Theke, wie ein Staatsanwalt bei seinem Plädoyer.

»Was haben Sie exorziert?«

»Unser Haus. Aber nicht mit dem Pfarrer von hier, nein, nein. Wir haben einen geweihten Pfarrer geholt.«

»Einen geweihten Pfarrer?«

»Der Pfarrer von Bonaventure, der ist geweiht, und er versteht seine Arbeit. Alle aus dem Dorf, die kommen wollten, waren da, und wissen Sie was? Da wurde gebetet, was das Zeug hielt! Danach sind wir dreimal mit dem Eimer voller Osterwasser ums Haus, und der Pfarrer hat gesagt, ich soll das Osterwasser auf den Rosenstrauch in der Ecke schütten. Den hatte die Ururgroßmutter gepflanzt. Und wissen Sie was? Zwei Wochen später ist der Rosenstrauch vertrocknet. Wir waren exorziert! Jetzt stirbt in meiner Familie niemand mehr!« Er nahm seine lächerliche Haube ab, faltete liebevoll seine »Küchenhilfe«-Schürze zusammen und ging mit seinen ungeduldigen Gästen an deren Tisch, um ihre Bestellung aufzunehmen. Ich blieb ein paar Minuten allein mit der Stille zurück. Als er wiederkam, fragte ich:

»Haben Sie niemals daran gedacht, umzuziehen, Renaud?«

»Wohin denn, Mademoiselle Catherine?«

»Ich weiß nicht ... Weg vom Meer ...«

»Weg vom Meer? Das kann nicht Ihr Ernst sein, Mademoiselle Catherine!? Das Meer ist unser Zuhause! Bloß weil hier Leute ertrunken sind, ziehe ich doch nicht um! Es ist sogar normal, dass mal jemand ertrinkt. Das ist überhaupt kein Grund, sich zu drücken!« Er holte ein paar Biere aus dem Kühlschrank, schnappte sich Gläser und ein Tablett.

»Drücken wovor?«

»Vor dem Fischen mit Cyrille! Als Touristin müssen Sie das kennenlernen, das Meer und das Ertrinken. Ich würde da natürlich nicht hingehen. Aber es ist eine Erfahrung, und Touristen müssen doch Erfahrungen machen. Deshalb ist es eine gute Idee, mit Cyrille rauszufahren. Tun Sie das! Mit ihm zusammen kann Ihnen nichts passieren: Seine Familie hat schon bezahlt!«

»Was soll das heißen, seine Familie hat schon bezahlt?«

Er öffnete fachmännisch die Bierflaschen. »Cyrille hat auch zwei Brüder verloren. Man hat sie nie wiedergefunden. Komisch, aber die Toten von hier, ich glaube, die treiben aufs Meer raus. Wegen der Strömung. Nehmen Sie noch ein Bier?«

»Cyrille hat zwei Brüder verloren?«

»Machen Sie nicht so ein Gesicht, Mademoiselle Catherine. In allen Familien sind Leute ertrunken: in meiner, in der von Cyrille …«

»Und in der von Vital?«

Er blickte wortlos zur Seite und ging los, um die Biere an den Tisch ganz hinten zu bringen. Als er wiederauftauchte, sagte er: »Und wissen Sie was? Die Jungs müssen doch ihre Reusen einholen, oder?«

»Ja, Cyrille fängt morgen damit an. Er macht immer ein Drittel auf einmal.«

»Das ist besser so, so ist es weniger anstrengend für seine Gesundheit! Und es ist eine verdammt gute Idee von Ihnen, mitzufahren, Mademoiselle Catherine!«

»Ich denke darüber nach …« Er zog gewissenhaft Haube und Schürze wieder an. Er strich sie mit beiden Handflächen glatt, während ich das Geld auf die Theke legte.

»Na gut. Ich muss los, Renaud.«

»Schon?«

»Ja. Ich gehe noch ein bisschen am Strand spazieren.«

»Kommen Sie zum Abendessen, wenn Sie Lust haben! Wissen Sie was? Es gibt Fisch, mit handgeriebenen kleinen Karotten!«

Ich hatte die Rückkehr der Mi'kmaq verpasst. Ich war zu spät runter zum Kai gegangen, es war schon fast Abend, also setzte ich mich neben die leeren Fischerboote. Sie schlummerten gerade ein, in den Schlaf gewiegt vom sanften Schaukeln der Wellen, die sich schnurrend an den Kai schmiegten. Wie träge, gleichgültige, dicke Katzen auf dem blauen Kissen des Wassers würdigten sie mich kaum eines Blickes. Sie seufzten und schliefen wieder ein. Ich las ihre Namen und blickte lange auf den Horizont hinaus.

Auf der anderen Seite des Wellenbrechers war die Bucht wie eine listige alte Schmierenkomödiantin in ihr scharlachrotes Paillettenkleid geschlüpft. Die Abendvorstellung hatte ihren Höhepunkt erreicht. Oben auf dem Felsen erleuchtete der Sonnenuntergang die Fensterscheiben der nach Westen gewandten Häuser. Sie war hier. Irgendwo. Die Frau, die mich zur Welt gebracht hatte. Vermutlich sah sie ebenfalls dem Schauspiel zu.

Ich war nun schon ein paar Tage hier, und das Meer begann seine Wirkung zu tun. Ich wollte auch von hier kommen, ich spürte, dass mein Blut im Rhythmus der Wellen strömte. Ich hatte die Gezeiten in mir und ganz bestimmt ein bisschen Salzwasser in den Augen.

Dort, auf dem baufälligen Kai von Ruisseau-Leblanc, dachte ich, es sei vielleicht an der Zeit, Bitterkeit und Groll hinter mir zu lassen. Also beschloss ich, am nächsten Tag mitzufahren, zu Cyrille an Bord zu steigen und ihn zu fragen, ob er sie kannte. Im Dunkeln atmete ich tief durch.

Bald würde ich Marie Garant begegnen.

Der Gedanke beruhigte mich. Ich verbrachte eine gute

Stunde damit, mir die Begegnung auszumalen, meine Hände ins Unbekannte zu strecken, um diese Frau aus dem Fegefeuer zu holen, zu dem ich sie verurteilt hatte. Ich versuchte, ihr Foto wieder in den Rahmen meiner nicht vorhandenen Erinnerung einzupassen.

Sie haben mir die Pilar *vermacht, und ich stach in See.*

Sollte mich später einmal jemand fragen, was ich mit meinem Abend angefangen hatte, könnte ich schwerlich etwas anderes antworten als dies: dass ich die Frau, die mich zur Welt gebracht hatte, – ebenso wie man eine verlegte Zinnlampe wiederfindet, sie glänzend poliert und ihren Docht anzündet – vom Vergessen befreit hatte. Und ich war glücklich gewesen.

Sie haben mir die Pilar *vermacht, und nun muss ich das Meer leer trinken.*

Ich kehrte früh zu Guylaine zurück, grüßte sie eilig und ging hinauf, um mich schlafen zu legen. Zum ersten Mal seit langer Zeit freute ich mich auf etwas. Ich freute mich auf den Morgen. Freute mich darauf, aufs Meer hinauszufahren, mit Cyrille ein Fischerboot zu lenken, mich auf die Landschaft einzulassen und Marie Garant zu begegnen.

Sie haben mir die Pilar *vermacht. Das Meer fordert seinen Tribut von uns, und trotzdem gehen wir an Bord, du, ich und alle, die zu uns gehören.*

* * *

»Hallo, Kleine! Du bist ja doch gekommen!« Cyrilles Atem pfiff in der kühlen Morgenluft.

»Na klar!«

»Aber wir fahren nicht sofort los.«

»Warum nicht? Was ist passiert?«

»Es geht um Vital. Du magst doch Fischergeschichten, gleich wirst du eine hören, die es in sich hat!«

»Ich verstehe nicht.«

»Anscheinend ist ihm eine Wasserleiche ins Netz gegangen … Das hat er gerade über Funk gesagt.«

Das Meer fordert seinen Tribut von uns.

»Wer ist denn der Tote?«

»Bestimmt keiner von uns. Wir sind ja alle hier! Nein, das war ein Witz. Wir wissen es noch nicht. Wenn Vital es nicht gesagt hat, heißt das, dass er ihn wahrscheinlich nicht kennt. Wahrscheinlich ein Tourist aus Nouveau-Brunswick, der sich mit dem Kajak verfahren hat. Oder ein Leistungsschwimmer, der von der Flut überrascht wurde. Immer die gleichen Geschichten.«

Gérard lehnte an dem Lieferwagen. Zwei unbekannte Boote legten am Kai an. Etwas weiter entfernt versuchte ein Mann, ein Gespräch durch ein Funkgerät zu führen.

»Wer sind die ganzen Leute?«

»Typen aus New Richmond. Schaulustige. Wenn so was passiert, kann der Hummer noch ein, zwei Stunden warten. Die Wasserleichen kreisen in der Bucht, also kann es schon sein, dass es jemand aus ihrer Gegend ist … Der da, das ist Robichaud, der Gerichtsmediziner. Mit dem rede ich nicht. Er geht mir zu sehr auf die Nerven.«

Dabei sah Dr. Robichaud ziemlich freundlich aus. Er rief sogar mir einen zerstreuten Gruß zu, bei dem ein lustiges Grübchen unter seinem linken Auge erschien. Cyrille drehte sich einen Joint, obwohl es kaum sechs Uhr morgens war.

Robichaud ignorierte ihn. Ein paar Männer hatten sich lose um den Lieferwagen herum versammelt, vor dem Cyrille sich mit pfeifender Lunge aufspielte.

»Ich will auf jeden Fall stehen. Ich will aufrecht begraben werden, nicht zugedeckt, mit Blick aufs Meer.«

»Hör auf zu träumen. Keiner hier will dich zudecken, Cyrille!«

»Auf meinem Grundstück, mit offenen Augen. Das hab ich schon zu meiner Schwester gesagt. Ich hab zu ihr gesagt: Wenn ich sterbe, begrab mich im Stehen, in meinem Leichentuch, am Strand vor dem Sommerhaus. Ich will noch lange nach meinem Tod aufs Meer rausschauen können, nachsehen, ob sich im Mai die Hummerreusen füllen, ob im August die Makrele anbeißt.«

»Du würdest dir keinen Fischzug entgehen lassen, stimmts, Cyrille?!«

»Auf keinen Fall, so wahr ich Cyrille Bernard heiße! Ich will sehen, wie das Hochwasser im Herbst den Kai mit Salz bedeckt. Und den Sonnenaufgang! Ich will nichts verpassen!«

Er zog an seinem Joint. Die Männer lachten ruhig vor sich hin. Keiner hatte es eilig.

Durch den Rauch des Joints zeichneten sich seine angegrauten Haare ab, die sich allmählich über seiner faltigen Stirn lichteten, in die sich irgendwann früher eine tiefe Narbe eingegraben hatte. Er hatte Schwierigkeiten beim Einatmen, doch er redete wie ein Wasserfall.

»Cyrille, ich will dich nicht ärgern, aber ich glaube, man darf sich nicht irgendwo anders begraben lassen als auf dem Friedhof ...«

»Meine Schwester glaubt das auch. Sie nervt das, diese Art von Laune – so nennt sie das: eine ›Laune‹! Friedhöfe interessieren mich nicht! Da sind viel zu viele Leute! Nicht dass sie nicht ruhig wären, die sind viel ruhiger als die meisten Lebenden, die ich kenne! Aber das ist es eben: Ich finde sie langweilig!«

»Warum lässt du dich nicht einäschern, Cyrille? Danach kann deine Schwester deine Asche ins Meer werfen.«

»Bist du verrückt, Kleine? Ich konnte Hitze noch nie ausstehen.«

Alle lachten, außer Gérard, Cyrilles Fischergehilfen, der still war wie der Strand nach dem Regen. Er sagte fast gar nichts, seitdem er sein Fangrecht verkauft hatte. Er hatte gedacht, er hätte mit 200 000 Dollar ein gutes Geschäft gemacht, aber nach zwei Jahren Vorruhestand musste er wieder ran an die Netze, und diesmal unter Cyrilles Kommando.

»Dabei fällt mir ein, letzten Monat habe ich Irrlichter gesehen … Hast du schon mal ein Irrlicht gesehen, Kleine?«

»Nein.«

Auf einmal erschien ein blasser Fleck am Horizont, auf den alle flüchtig mit dem Finger oder mit dem Kinn zeigten. Vitals Boot.

»Das ist nicht schwer, welche zu sehen … Zuerst musst du auf einen Friedhof gehen, wo noch Leute begraben werden. Nicht auf einen Friedhof, wo es viel zu ruhig ist! Einen echten Friedhof, wo noch was los ist. Am besten im Frühjahr, vor allem, wenn's im Winter viele Tote gegeben hat.« Cyrille machte eine kurze Atempause. »Sagt man viele Tote oder viele Tode? Weißt du das, Kleine?«

»Beides geht, Cyrille.«

»Auf jeden Fall ist im Frühling der Eisschrank voll, und irgendwann, wenn die Erde auftaut, beschließen sie, die ganzen Leichen zu begraben. Und da kommen die Irrlichter raus. Also wartest du in den folgenden Nächten, du hoffst, dass der Mond nicht zu voll ist, und schaust dir das an. Wenn die Leichen auftauen, seufzen die aus vollem Hals. Das sind irgendwelche Gase, die Feuer fangen, wenn sie durch das Erdreich hochsteigen. Sie kommen aus dem Boden raus, und wenn der Wind sie wegfegt, klettern sie auf den Erdhügel und fliehen in den Wald, da drüben bei den Bauernhöfen.«

Im Näherkommen zeichnete sich das Boot immer deutlicher ab. Wir lauschten immer noch Cyrilles atemloser Erzählung, aber alle schauten dabei aufs Meer hinaus.

»Mein Haus steht nämlich neben dem Friedhof, und ich sehe das jedes Jahr. Mit denen möchte ich nicht begraben werden. Was sollte ich denn da, verscharrt mit einer Bande verwesender Alter, die ich gar nicht kenne und die bis in alle Ewigkeit hinter meinem Rücken rumseufzen?«

Cyrille verstummte. Das Boot fuhr in den Jachthafen ein, legte an und wurde festgemacht. Vital war eindeutig stinksauer, und Victor sah ziemlich geknickt aus. Mit gesenktem Kopf grüßten sie kaum die Leute am Kai und würdigten Cyrille keines Blickes. Auf dem flachen Boden des großen Fischkutters, zwischen den Eimern und den Wasserkesseln, lag ein Körper, den die Männer mit einer Plane bedeckt hatten.

Der Gerichtsmediziner stieg an Bord.

»Robichaud ist auch der Dorfarzt«, röchelte Cyrille. »Er wird den Tod feststellen.«

Die Fischer hoben die Plane hoch. Vom Kai aus konnte man lediglich sehen, dass es sich um einen Körper handelte, der sich in einem großen grünen Netz verfangen hatte, das mit gelben und rosafarbenen Fäden geflickt war.

»Es geht nicht anders. Sie müssen ihn in das Netz gewickelt rausholen …«

Der Gerichtsmediziner ergriff das Wort und setzte eine offizielle Miene auf.

»Eigentlich müssten wir auf den Ermittler von der Provinzpolizei warten, aber heute Morgen ist niemand frei. Also brauchen wir Männer, mit Verlaub, die uns dabei helfen, die Leiche mit dem Netz bis zur Leichenhalle der Gebrüder Langevin zu bringen.«

»Zu Fuß?«

»Die Brüder Langevin sind gerade fischen. Sie kommen erst in zwei, drei Stunden wieder. Ich habe den Schlüssel für die Halle. Wir müssen losgehen und die Leiche in ihren Kühlschrank bringen. Cyrille, mit Verlaub, fahr deinen Lieferwagen her.«

Cyrille zuckte zusammen und schnappte nach Luft. »Warum ich?«

»Weil dein Laderaum leer ist.«

»So siehts aus: Du machst deine Arbeit, wie es sich gehört, und dann musst du plötzlich eine Leiche durch die Gegend kutschieren! So was bringt Unglück! Tote kutschiert man nicht mit dem Auto rum!«

»Mit dem Boot auch nicht, Himmel, Arsch und Zwirn, ich hab sie aber trotzdem hergebracht!«

»Cyrille hat nicht unrecht: Tote haben in Autos nichts zu suchen …«

»Gérard, kannst du sie bitte in deinen Lieferwagen packen?«

»Mein Lieferwagen muss dringend in die Werkstatt …«

»Hör zu, Cyrille: Wir brauchen deine Hilfe, und zwar jetzt gleich, mit Verlaub. Wir können ja schlecht warten, bis die Leiche in der Sonne verwest! Wir müssen sie zu den Langevins bringen. Und anders geht es nicht.«

Der alte Fischer schüttelte den Kopf, wie um seine Gedanken zu verscheuchen. Er zögerte einen Augenblick, holte pfeifend Luft und nickte schließlich schlecht gelaunt.

»Schön, Cyrille. Fahr deinen Lieferwagen rückwärts an die Anlegestelle, aber lass drei Meter Abstand, damit wir Platz haben, um uns zu bewegen. Ihr da drüben, wir brauchen jetzt jeden Mann. Stellt euch zwischen das Boot und den Lieferwagen und helft dabei, das Netz raufzuziehen.«

Cyrille setzte den Lieferwagen zurück. Die Fischer näherten sich. Mit karierten Jagdhemden und vom Salz verschlissenen Jeans, Männer von der See, mit breiten Kreuzen, vom hartnäckigen Wind zerfurchten Gesichtern und Augen, die vom vielen Sonnenlicht und der ständigen Suche nach Bojen in der Morgendämmerung zu schmalen Schlitzen geworden waren. Mit schwarzem Bart und tief in die Stirn geschobener Mütze gingen sie ungeordnet auf Vitals Boot zu, um die Leiche herauszuholen.

Nun, wo sie dem Tod gegenüberstanden, hatten sie aufgehört, zu scherzen, und ein drückendes Schweigen machte sich breit. Cyrille stand gegen die Ladefläche gelehnt da und grummelte halblaut. Die Männer packten das Netz an einem Ende und begannen ungeschickt und unkoordiniert zu ziehen.

»Zieht nicht zu fest! Wir dürfen die Leiche nicht beschädigen!«

Dr. Robichaud fühlte sich sichtlich unwohl. Niemand wusste, wie man es am besten anstellen sollte. Auf einmal, vermutlich hatte irgendjemand eine ruckartige Bewegung gemacht, fiel der Kopf des Leichnams zur Seite. Der Gerichtsmediziner fuhr zusammen.

»Sachte! Sachte mit Marie Garant!«

»WAS? Das ist Marie Garant???« Während alle erstarrten, schwang Cyrille sich schwer atmend hoch auf das Boot und stieß die Fischer beiseite. Er fiel vor der Toten auf die Knie, sein Gesicht vor Schmerz und Qual verzerrt. Ohne wirklich zu begreifen, wie, war ich auf einem der harten Zementblöcke am Kai zum Sitzen gekommen.

»Marie … Marie Garant …«

Vorsichtig hob er den kalten Körper hoch, drückte ihn

zärtlich an sich und wiegte ihn hin und her. Langsam und sanft wie eine Welle.

Wenn du das hier liest, habe ich das Meer getrunken. Dann sag zu Cyrille, es ist so weit: Auch ich habe das Meer getrunken.

Die Männer mit Fischerstiefeln und fleckigen Handschuhen wandten sich ab und starrten hinaus zum Horizont. In mir wurde es dermaßen still, dass mir die Ohren brummten, als hätte mir das Leben eine Backpfeife verpasst. Cyrilles pfeifender Atem zerhackte die Luft. Sein magerer Körper, der über der toten Frau kniete, war gebrochen wie eine Brandungswelle, die einen alten Fischer über Bord gespült hatte.

Der Gerichtsmediziner drehte der Szene den Rücken zu. Zwar spielte er sich als offizieller Würdenträger auf, doch atmete er hastig, wie ein Mann, der versuchte, seinen Brechreiz zu unterdrücken. Vital warf Cyrille einen Blick zu, es war unklar, ob er wütend war oder sich schämte. Dann zog er sich auf das Vorderdeck seines Boots zurück und kam nicht mehr wieder.

Victor trat vor. Er bekreuzigte sich vor der Toten und bückte sich, um Cyrille die Hand auf die Schulter zu legen und leise etwas zu ihm zu sagen. Cyrille nickte und hielt dabei die Tote noch immer an seine Brust gepresst. Vitals Fischergehilfe erhob sich wieder und wandte sich an die Männer auf dem Kai.

»L-l-l-lasst uns ein *A-A-A-Ave Maria* b-b-b-beten.«

Die Männer bekreuzigten sich, und der Stotterer begann das Gebet.

»G-g-g-gegrüßet seist du, Maria, v-v-v-voll der Gnade, der He-He-He-Herr ist mit dir, und geb-b-b-benedeit ist die F-F-F-Frucht deines Leibes, Je-Je-Je-Jesus. Heilige Maria,

Mutter Gottes, b-b-b-bitte für uns arme Sünder, jetzt und in der Stunde unseres T-T-T-Todes. Amen.«

Sie kamen langsam näher. Sie nahmen den leblosen Körper sanft aus Cyrilles Händen. Der alte Fischer stand auf, vollkommen durchnässt von ihr. Er blieb einen Augenblick reglos stehen und sah ihnen benommen zu, dann stieg er vom Boot herab und ging zu seinem Lieferwagen. Im Vorbeigehen warf er mir den leeren Blick eines Gestrandeten zu, dem man alles genommen hatte und der nicht mehr wusste, wohin mit seinem Schmerz. Dieser Blick war der Inbegriff menschlicher Verzweiflung. Er drang durch meine Augen tief in mein Inneres, wo ich ihn lange mit mir herumtragen würde.

Schweigend legten die Fischer Marie Garants Leichnam vorsichtig hinten in den Lieferwagen. Cyrille nahm seinen Parka, schob ihn der Toten unter den Kopf, damit sie ohne Erschütterung ruhte. Das zu lange Netz schleifte am Boden, doch niemand wagte es, es um den bereits eingewickelten Körper zu schlagen.

So verließ Marie Garants seltsamer Trauerzug den Kai. Der Gerichtsmediziner fuhr im Schritttempo voraus, gefolgt von dem Lieferwagen eines niedergeschlagenen Cyrille, der eine ältere, zartgliedrige Frau mit zerzaustem weißem Haar transportierte. Marie Garant. Die Frau, die Cyrille geliebt hatte. Das Netz, das den bläulichen Körper der Toten umhüllte, quoll von der Ladefläche. Vier Männer hielten respektvoll die Ränder fest und trugen die ungewöhnliche Trauerschleppe hinter dem Fahrzeug her.

Ich stand erst sehr viel später wieder auf, als die Mi'kmaq ankamen. Sie parkten ihre Lieferwagen abseits und gingen ruhig in Richtung Kai, während auf Vitals Boot die Reinigungsarbeiten beendet wurden. Der Riese Jérémie lächelte mir zu. Es tat mir so weh, dass ich mich vom Meer abwandte.

Reusen und Netze

Er hatte es schon immer gehasst, im Sommer zu arbeiten. Im Sommer zerfielen die Leichen schneller, die Gerüche machten sich brutal in der Luft breit, und die Verwesung erschien allgegenwärtig. Wenn die Sonne den Asphalt aufweichte und die wässerigen Dämpfe die Umrisse unscharf werden ließen, wenn der Schweiß von den Augenlidern tropfte und einem das Hemd an der Haut klebte, dann bekam man einen kleinen Eindruck davon, was totes Fleisch so mitmachte. Eine Leiche im Winter zu finden, war nicht besonders aufregend. Im Sommer war es schlicht und einfach widerlich.

Außerdem machte die Jahreszeit die Leute nervös, mit der Hitze wuchs auch die Ungeduld. Im Sommer wurde mehr getötet, das war wohlbekannt. Morde aus Leidenschaft, Familiendramen, Tobsuchtsanfälle am Steuer … Der sommerliche Müßiggang verwandelte noch den friedlichsten Feriengast in einen mörderischen Amokläufer.

Ganz zu schweigen von den Verhören, in Räumen ohne funktionierende Klimaanlage, mit grauen, surrenden Neonlichtern, die den Gesichtern etwas Ungesund-Wächsernes verliehen. Wenn man da rauskam, stolperte man ein paar Schritte durch das blendend helle Licht, bis man wieder Fuß fasste.

Nein. Ermittler war ein Winterjob. Seit seiner Ankunft in Québec war Joaquín Morales davon überzeugt. Dieses Jahr hatte er es zum allerersten Mal geschafft, einen ganzen Monat Urlaub zu bekommen. Er hatte jahrelang hart gearbeitet, Überstunden angesammelt, die übelste Drecksarbeit gemacht, aber jetzt hatte er tatsächlich seinen Sommerfrischler-Monat bekommen. Hieß das jetzt fröhliches Nichtstun? Ja und nein ...

Er und seine Frau zogen nämlich um, an die Baie-des-Chaleurs. Als Bildhauerin brauchte sie Platz, hatte sie gesagt. Die Kinder waren aus dem Haus, er hatte sich versetzen lassen, und jetzt war es so weit.

Sarah hatte ihn gebeten, als Vorhut vorauszufahren, fünf Tage vor ihr, um das Haus sauber zu machen und auf die Ankunft der Möbel zu warten. Er sah nicht wirklich die Notwendigkeit, aber sie hatte darauf bestanden. Sie sagte, das würde ihm guttun, jetzt, in der Mitte seines Lebens, einmal ein paar Tage allein zu sein und Bilanz zu ziehen.

»Bilanz ziehen«, das klang nach Frauen in den Wechseljahren, die sich mehrwöchige Meditationsretreats gönnten oder irgendwo im Süden mit ihren Freundinnen All-inclusive-Urlaub machten, um sich selbst »wiederzufinden«. Ihm gingen solche Sachen auf die Nerven. Er ging nicht jagen, nicht angeln, und irgendwo in einem Kloster herumzuhängen ... Selbst der Gedanke, wieder einmal nach Mexiko zu fahren ... Das Land hatte sich dermaßen verändert, seitdem er es verlassen hatte! Jedes Mal, wenn er in den letzten Jahren dort gewesen war, war irgendetwas schiefgelaufen. Er war in Mexico City von Straßenräubern überfallen worden, hatte sich im touristischen Zentrum von Cancún verlaufen, und die Kinder auf den Straßen seines ehemaligen Viertels hatten ihm auf Englisch geantwortet. Nein, Joaquín Morales verspürte weder das Bedürfnis, sich mit seinen Wurzeln auseinanderzusetzen, noch, von seiner Frau getrennt zu sein.

Dennoch leugnete er nicht, dass es ihm durchaus zu schaffen machte, dass er jetzt über fünfzig war. Obwohl er am liebsten kategorisch behauptete, dass Wechseljahre beim Mann lediglich eine Erfindung der Ratgeberliteratur seien, fühlte er manchmal eine ungreifbare Melancholie irgendwo in seinem Inneren aufkeimen. Aber hieß das, dass er »wieder zu sich selbst finden musste«? Ein bisschen Melancholie bedeutete ja noch lange nicht, dass er nicht mehr wusste, wer er war!

Nun gut. Sarah hatte darauf bestanden, also hatte er Ja gesagt. Er sagte oft Ja, wenn sie etwas vorschlug. Das machte vieles einfacher.

Er war gegen drei Uhr morgens losgefahren. Er konnte nicht schlafen, und wenn er schon so weit fahren musste, wollte er wenigstens den Sonnenaufgang am Fluss entlang genießen. Fünf Tage allein am Meer … Seine Frau würde ihm fehlen, ganz bestimmt. Während er auf sie wartete, würde er ein bisschen aufräumen. Er könnte die Zeit auch nutzen, um seinen eigenen Beschäftigungen nachzugehen: vor Tagesanbruch joggen, die Fischer beobachten, seine dreckigen Socken im Wohnzimmer herumliegen lassen, sich langweilige Filme voller Werbepausen im Fernsehen anschauen, Chips mit Barbecue-Aroma essen, sich draußen in ein Café setzen, um drittklassigen Tequila zu schlürfen, und den hübschen Touristinnen im Bikini nachsehen. Warum nicht? Auf dem Seitenstreifen des Lebens anhalten und zusehen, wie die Welt vorüberzog. Einfach mal ganz in Ruhe die Füße hochlegen. Danke und einen schönen Abend noch.

Diese Aussicht gefiel ihm. Das Auto und den Anhänger vollgestopft mit Gepäck, beendete er seine Reise pfeifend, wie ein Mann, der sich bereits angekommen wähnte und der sich sagte, dass er sich letztendlich auf sein neues Leben freute.

Und dann das.

Es musste gegen Mittag gewesen sein, als Morales in der Nähe der Île-aux-Pirates in Richtung Leuchtturm abbog. Im Hof seines neuen Hauses wartete eine Frau auf ihn, Anfang fünfzig, ironischer Gesichtsausdruck und die braunen, von weißen Strähnen durchzogenen Haare hinter ihren kräftigen Schultern zu einem Zopf geflochten. Marlène Forest sah ihm geduldig beim Ankommen zu. Das war das zweite Mal, dass Morales seiner neuen Chefin begegnete. Er stieg aus dem Auto.

»Sind Sie das Empfangskomitee?«

Sie hob eine Augenbraue.

»Hallo, Sergeant Morales. Hatten Sie eine gute Fahrt?«

»Ja.«

Ein Händedruck, in dem Morales seine Ferien zerbröseln fühlte.

»Wissen Sie, manche Leute wollen unbedingt alle Fälle für sich behalten. Ich nicht. Ich habe genug Arbeit, um anderen etwas davon abzugeben. Im Moment wachsen uns die Dinge zugegeben ein bisschen über den Kopf: Neben den gewöhnlichen Todesfällen und den zusätzlichen, die der Sommer so mit sich bringt, arbeiten wir gerade mit einem Sondereinsatzteam an einer großen Drogenermittlung. Das Team sollte uns eigentlich Arbeit abnehmen, aber Sie wissen ja, wie das ist: Die stehen einem die ganze Zeit im Weg rum. Deshalb freuen wir uns sehr, dass Sie jetzt hier sind.«

Morales befürchtete das Schlimmste ... »Wer hat Ihnen gesagt, dass ich heute ankomme?«

»Ihre Frau. Wir haben sie gegen zehn Uhr angerufen. Hatten Sie Ihr Handy abgeschaltet?«

»Ich habe Urlaub ...«

»Die Gaspésie ist kein Ort, an dem man sich Urlaub nimmt, Sergeant Morales. Vor allem nicht im Sommer. Sie haben um eine Versetzung gebeten, und ich freue mich, dass ich Sie als Erste dazu beglückwünschen kann.«

»Danke.«

»Haben Sie Hunger?«

»Das kann warten.«

»Es bleibt Ihnen sowieso nichts anderes übrig: Wir müssen uns die Leiche jetzt sofort anschauen, wenn wir wollen, dass sie heute Nachmittag zur Autopsie gebracht wird.«

»Wie bitte?«

»Das Autopsiezentrum ist in Montréal. Das ist weit weg, aber wir bekommen die Ergebnisse immer schnell. Sie werden sehen.«

»Hören Sie, Madame …«

Lässig ging sie zum Auto und öffnete die Beifahrertür. »Leutnant. Ich glaube, wir nehmen besser mein Auto. Ihres ist ja bis zum Anschlag vollgestopft. Ich bringe Sie nicht allzu spät wieder zurück.«

»Ich habe eine lange Fahrt hinter mir, ich muss das Haus vorbereiten …«

Sie drehte sich zu ihm. »Für die Ankunft Ihrer Frau? Wie romantisch, Sergeant, aber wir haben einen Toten auf dem Hals, und Ihre Tapeten können warten. Sie kriegen Ihren Urlaub schon noch, keine Sorge. Aber ein andermal. Jetzt gerade brauche ich Sie für eine Routineermittlung. Ganz bestimmt kein großer Fall, aber ich habe sonst niemanden.«

»Ich kann mir vorstellen, dass …«

»Stellen Sie sich so wenig wie möglich vor, Sergeant. Begnügen Sie sich mit den Tatsachen.«

Sie stieg ein, schlug knallend die Fahrertür zu, und schließlich folgte ihr Morales. Marlène Forest ließ den Motor an. Er warf noch einen letzten betrübten Blick auf sein Haus und wandte dann seine Aufmerksamkeit der Straße zu.

»Haben Sie die Leiche gesehen?«

»Nein. Heute Morgen war die Hölle los, und als ich erfahren habe, dass Sie unterwegs sind, wollte ich lieber auf Sie warten.« Sie fuhr ohne jede Eile.

»Auf mich warten?«

»Caplan ist ein kleines Dorf, Sergeant. Ich kenne den
Typen, der die Leiche gefunden hat, mit dem ist nicht gut
Kirschen essen. Letzte Nacht hat es einen Diebstahl oben bei
den Bauernhöfen gegeben, und der Vorschlaghammer, mit
dem der Einbrecher die Tür eingeschlagen hat, gehörte ihm,
also hat er schon eine Vernehmung durch eine etwas pedan-
tische junge Polizistin hinter sich. Er ist wahrscheinlich extrem gereizt. Anscheinend hat er der neuen Kollegin ganz
schön den Kopf gewaschen, wenn Sie verstehen, was ich meine …« Marlène Forest lächelte voller Genugtuung. »Kurz-
um, ich dachte, es wäre nicht gerade hilfreich, ihm am selben
Tag gleich drei Vernehmungen anzutun, verstehen Sie?«

»War er der Einbrecher?«

»Nein, nein. Es sieht nicht danach aus. Er ist ein guter
Kerl, der sein Werkzeug verleiht und dadurch in eine un-
angenehme Situation geraten ist. Vital ist ein schwieriger
Charakter, aber man muss ihm trotzdem eine Chance lassen: Er hat bei Sonnenaufgang eine Leiche rausgefischt, und
kaum war er zurück am Kai, hat er erfahren, dass jemand
sein Werkzeug bei einem Einbruch benutzt hat … Da kann
ein Mann schon wütend werden, oder nicht? Das nur, um
Ihnen zu sagen, auch wenn wir hier weit weg von der Stadt
sind, ist hier trotzdem einiges los, auf unsere Art, verstehen
Sie?«

»Wo fahren wir jetzt hin?«

»Die Polizeiwache ist in Bonaventure, aber jetzt fahren
wir zum Bestattungsinstitut der Gebrüder Langevin, nach
Caplan. Vital hat die Leiche frühmorgens gefunden, und die
Fischer haben sie dorthin gebracht, bis sie in die Autopsie
überführt wird.«

»Warum haben sie sie nicht am Tatort gelassen?«

»Am Tatort?« Sie lächelte wieder ihr spöttisches Lächeln.
»Schauen Sie mal nach links.«

Das Auto fuhr die Nationalstraße entlang, Richtung Westen.

»Sie haben sie mit einem Netz rausgefischt. Der Tatort, Sergeant Morales, ist das Meer.«

»Marie Garant.«

In den Statistiken der sommerlichen Badeunfälle tauchten hauptsächlich Männer auf. Ehrgeizige Schwimmer, wagemutige Kajakfahrer und betrunkene Fischer. Er hatte mit einem derartigen Todesfall aus Leichtsinn gerechnet, garniert mit einer Touristin mit rot geweinten Augen, die er dem diensthabenden Psychologen übergeben hätte.

Aber Marie Garant.

Eine Frau. Sechzig Jahre alt, bläulich und mager, verheddert in einem engmaschigen Netz, die weißen Haare salzverklebt, die Haut vom Meer ausgewaschen. Marie Garant. Als der Bestatter Langevin, durchaus mit der gebotenen Vorsicht, einen nicht weiter gekennzeichneten Leichensack öffnete, hielt ihn der Gerichtsmediziner Robichaud eilig zurück.

»Sachte mit Marie Garant …«

Morales streifte Handschuhe über und zögerte: Sollte er sie berühren? Jedes Mal war es dasselbe: Wie berührte man einen toten Menschen? Vor allem, wenn es sich um eine Frau handelte. Frauenleichen gegenüber verspürte er eine gewisse Scheu. Wenn sie am Leben wäre, könnte sie sich weigern. Drehen Sie nicht meinen Kragen um, nein, lesen Sie nicht die Marke meiner Kleidung, heben Sie nicht meinen Kopf, nehmen Sie nicht meine Hand, ich verbiete es Ihnen. Als Tote konnte sie nichts mehr verweigern. Tote Frauen konnten sich nicht wehren, und Morales war das unangenehm. Er würde es ja auch nicht zulassen, dass irgendein Fremder den leblosen Körper seiner Mutter entkleidete. Sanft und vorsichtig strich Morales Marie Garants Haare glatt, die aus dem Netz herausquollen. Ihr Gesicht herausholen? Das wagte er nicht. Es war Sache des Autopsieteams, sie von dem störenden Gewebe zu befreien, das sie umhüllte wie eine Mumie.

Also sah er sie lediglich an. Die schmalen Lippen, die geschlossenen Lider, sie hatte die Arme über der Brust gekreuzt, als hätte sie beschlossen, im Sterben die Position eines Kindes in der Wiege einzunehmen. Eine Bluse aus schlichter blauer Baumwolle, deren Knöpfe abgesprungen waren, wahrscheinlich, als sich der Körper in dem Netz verfangen hatte. Gut geschnittene Kleidungsstücke. Eine Baumwollhose, ebenfalls blau. Die Füße nackt. Hatte sie Schuhe getragen und sie im Wasser verloren? Sandalen? Eine Brille? Kein Schmuck, keine Ohrringe, Armbänder, Ringe, Halsketten, es sei denn, die Fischer hatten sie gestohlen. Leichte Falten zogen sich ihre Schläfen entlang, doch sie wirkte keineswegs zerbrechlich. Eher robust, trotz ihrer Weiblichkeit und ihres Alters. Eine ruhige Kraft in den Schultern. Selbstvertrauen und noch etwas anderes. Er sah sie noch einmal an, diesmal aufmerksamer. Was war es? Irgendetwas irritierte den Ermittler. Und auf einmal begriff Joaquín: Diese Frau war glücklich gewesen. Er trat einen Schritt zurück. Er fühlte sich unwohl angesichts eines derartigen Friedens, einer derartigen friedlichen Selbstgewissheit. Niemand war so glücklich, das konnte nicht sein. Weder lebendig noch tot.

Der Bestatter Langevin schloss den Sack wieder über Marie Garants Leiche. Marlène Forest war draußen geblieben und hatte den großen Schlittenhund der Langevins gestreichelt, der in einer Ecke der Veranda träge Wache hielt. Morales stellte fest, dass sie dabei war, die Ermittlung komplett auf ihn abzuwälzen, nur allzu froh darüber, sich einer Geschichte zu entledigen, an der Leute aus ihrem Dorf direkt beteiligt waren.

Die Männer gingen beinahe wortlos hinaus.

Morales wollte sich das Fischerboot ansehen gehen, aber Vital erwartete ihn auf der Wache für die Vernehmung, also bestand Marlène darauf, ihn und den Gerichtsmediziner direkt nach Bonaventure zu bringen.

Und wieder fuhr sie. Der Gerichtsmediziner erzählte. Er sprach langsam, mit belegter Stimme, als hätte er immer noch Marie Garant vor Augen.

»Vital Bujolds Mannschaft, von der *Manic 5*, hat sie herausgefischt. Gegen Viertel nach fünf. Sie haben ihr Netz eingeholt, und da war sie, zwischen der Scholle und den Seesternen. Sie haben ihren Leichnam ins Boot gelegt und ihn mit einer Plane abgedeckt, um ihn nicht anzusehen zu müssen oder damit die Sonne ihm nichts anhaben kann, mit Verlaub, ich weiß nicht. Anscheinend haben sie sie so bis zum Jachthafen zurückgebracht. Vital dürfte auf die achtundsechzig zugehen. Der andere Mann an Bord ist Victor Ferlatte. Ungefähr im selben Alter. Sie fischen schon seit Jahren zusammen.«

Auf der Rückbank bemerkte Morales, wie Dr. Robichaud ihn abschätzig musterte, als frage er sich, ob er dem Polizisten aus der Stadt vertrauen könne. Marlène hatte darauf bestanden, ihm die Ermittlung unterzuschieben, denn schließlich wusste sie, wie umstritten Marie Garants Geschichte hier war. Ganz offensichtlich war es dem Gerichtsmediziner unangenehm, dass sich ein Fremder in die Angelegenheiten des Dorfes einmischte. Obendrein auch noch ein Mexikaner ... Er würde ein Auge auf ihn haben, denn Ärger und Streitigkeiten gab es schnell in kleinen Dörfern wie diesem.

»Es ist bestimmt ein Unfall, aber eine Ermittlung muss ich leider trotzdem anordnen. Sie werden sehen, das ist schnell erledigt.«

Auch Morales beobachtete seinen Nebenmann. Wenn ein

älterer Herr wegen eines Todesfalls, der nicht einmal verdächtig erschien, eine polizeiliche Untersuchung anordnete, roch das nach einer tragischen Liebesgeschichte.

Der Gerichtsmediziner seufzte.

»Womit möchten Sie denn anfangen?«

»Wohnte sie in Caplan?«

Morales hatte fast keinen Akzent. Robichaud war überrascht …

»Ja und nein. Mit Verlaub, Sie müssen verstehen, dass sie ständig auf Reisen war. Mit ihrem Segelboot. Sie besaß ein Haus oben auf dem Felsen, aber sie war schon seit zwei Jahren weg. Wahrscheinlich war sie auf dem Rückweg aus dem Süden, als es passiert ist. Wir haben das Segelboot noch nicht wiedergefunden, aber das ist nur eine Frage der Zeit.«

»Ist sie ganz allein gesegelt?«

»Ja, Sergeant. Marie Garant war keine gewöhnliche Frau. Schon als sie fünf war, ist sie mit ihren Eltern segeln gegangen. Ihr Vater starb, und dann ihre Mutter. Als sie zwanzig war, ist sie ganz allein aufs Meer hinausgefahren. Alle waren dagegen, aber sie hatte ihren eigenen Kopf!

Sie war lange weg. Vier Jahre, fünf vielleicht. Mit Verlaub, sie führte wahrscheinlich ein gefährliches Leben. Das war die gute alte Zeit: Mit einem kanadischen Pass und einem soliden Segelboot konnte man bestimmt ganz gute Geschäfte machen, wenn Sie verstehen, was ich meine … Der Süden hat ihr vermutlich eine Menge Geld eingebracht. Aber genau weiß ich das nicht. Im Grunde wissen wir kaum etwas über Marie Garant. Doch wenn man es recht bedenkt, weiß man auch kaum etwas über seine eigene Familie. Und auch kaum etwas über sich selbst …

Wie dem auch sei, sie ist zurückgekommen. Eine schöne Frau. Sie trug bunte Kleider, lachte, ohne sich dafür zu schämen, und trank Rum. So etwas hatten wir hier mit Verlaub noch nicht oft gesehen … Sie hat geheiratet und wurde dann sehr schnell Witwe. Danach fing sie an, sich danebenzubenehmen. Ich habe gedacht, sie sei verrückt geworden. Vielleicht war sie es davor schon. Vielleicht sind wir es alle ein bisschen, wenn uns das Leben das Herz herausreißt.«

»Was meinen Sie mit ›sich danebenbenehmen‹?«

»Sie ging in Kneipen, trat um sich, fluchte, spuckte auf den Boden … Sie benahm sich eben daneben.«

»Spuckte auf den Boden?«

»Sie war nicht unbedingt ein guter Umgang, wenn Sie verstehen, was ich meine. Sie hat ihr Leben damit verbracht, in den Süden hinunterzufahren und wiederzukommen. Sie war oft jahrelang verschwunden. Man wusste nie, wann sie wegfuhr oder wann sie wiederkommen würde.«

»Also wusste niemand, dass Marie Garant in die Gaspésie zurückgekehrt war?«

»Niemand, mit Verlaub. Zumindest meines Wissens nach.«

»Ich brauche die Ergebnisse ihres letzten Gesundheitschecks, das Testament …«

»Ich bringe Ihnen die Untersuchungsergebnisse, ich war ihr Hausarzt. Sie war krank, aber gut medikamentös eingestellt. Ich bringe Ihnen alle Unterlagen mit. Ich werde mit dem Notar über das Testament reden. Er ist ein Freund von mir, er wird es schnell herausgeben.«

»Eine Liste der Leute, die sie gekannt haben, geliebt, gehasst …«

»Sie war nicht wirklich Teil unserer Gemeinschaft. Wahrscheinlich kam sie nur aus Nostalgie zurück. Nostalgie ist hier sehr verbreitet …«

»Gibt es eine Möglichkeit, festzustellen, welche Boote sich in dieser Nacht auf dem Meer befanden?«

»Es gibt keine Kontrolle des Seeverkehrs.«

»Und die Wetterbedingungen der letzten drei Tage?«

»Ja. Die wird Marlène für Sie heraussuchen.«

»Wir müssen das Segelboot finden. Gibt es hier in der Gegend einen Leuchtturmwärter, einen Jachthafen, einen Posten der Küstenwache?«

»In Rivière-au-Renard.«

»Wir müssen überprüfen, ob sie einen Notruf abgesetzt hat.«

»Da kümmert sich auch Marlène drum, nicht wahr, Marlène?«

»Ja, Dr. Robichaud.«

»Wenn Sie mir den Durchsuchungsbefehl unterschreiben, gehe ich mir ihr Haus anschauen.«

Sie hatten die Polizeiwache erreicht. Dr. Robichaud hob den Kopf, und Marlène stieg diskret aus.

»Mit Verlaub, Sergeant, in diesem Dorf ist vieles anders als da, wo Sie herkommen … Ich habe eine Ermittlung angeordnet, weil ich nicht anders konnte. Wenn jemand verstirbt, muss man die Gründe angeben, und ich bin alt genug, um zu wissen, dass einen die Behörden nicht mit ein paar getricksten Unterlagen davonkommen lassen. Wenn es nach mir ginge, hätte ich nichts angeordnet. Eine alte Frau, die auf See verstirbt, so was kommt vor … Vor allem, wenn sie auf ihrem Segelboot gelebt hat. Sie kam aus dem Süden zurück, und wir hatten sie schon seit Monaten nicht mehr gesehen, deshalb ist ihr Haus unbewohnt. Wir müssen jetzt das Segelboot finden. Aber dafür müssen wir herausbekommen, wo sie anlegte, wenn sie in der Gegend war, und das weiß keiner, denn Marie Garant war schon immer eine starrköpfige Frau, die niemand durchschaute.

Das Meer ernährt hier die Menschen, mit Verlaub, aber jede Familie zahlt dafür ihren Tribut ans Wasser. Hier ertrinken häufig Leute. Ein Fischer, ein unvorsichtiges Kind …

Jedes Mal muss man eine Ermittlung eröffnen. Und was findet man heraus? Ein Unfall, ein Missgeschick, ein Unglück. So ist das eben, wenn man am Wasser lebt. Aber trotzdem kommen wir nicht ohne das Meer aus. Sehen Sie, seit meiner Geburt hatte ich das Meer vor der Haustür. Ich habe meine ganze Kindheit über darin gespielt. Als ich zum Studium in der Stadt war, hat es mir so sehr gefehlt, dass ich zurückgekommen bin, und danach war ich nie wieder imstande, das Dorf zu verlassen.

Das Meer ist all das: die Welle, die dich weit hinausträgt und wieder zurückbringt. Ein Schlingern, das dich packt und in seinen Bann zieht, selbst wenn du wie hypnotisiert und gefesselt am Ufer stehen bleibst. Bis zu dem Tag, an dem es dich auswählt … Vermutlich ist das Leidenschaft … Eine Welle von tief unten, die dich weiter fortträgt, als du je gedacht hättest, und dich wie einen alten Schwachkopf auf den harten Sand zurückschleudert.« Er schloss die Augen, wie um Marie Garant noch einmal auf der erloschenen Leinwand seiner Augenlider vor sich zu sehen. »Morgen bekommen Sie Ihr Papier. Morgen. Heute bin ich alt und müde. Heute will ich nicht, dass irgendein Fremder rücksichtslos Marie Garants Haus betritt.«

»Wie bitte?«

Der Gerichtsmediziner wedelte unbestimmt mit der Hand, als verscheuche er die Bilder der Vergangenheit. »Langevin wird die Leiche zur Autopsie nach Montréal bringen. Fangen Sie mit der Vernehmung von Vital Bujold an. Er wartet schon seit Stunden. Danach stellen Sie endlich Ihre Koffer in Ihrem neuen Haus ab. Und morgen können Sie sich dann bei Marie Garant umschauen.«

Überrascht fragte sich Morales, ob er reagieren sollte. Auf einer sofortigen Begehung dieses Hauses bestehen. Und zwar auf der Stelle. Zeigen, dass er wusste, wie man eine Ermittlung führte, den Uhren der Gaspésie seinen Rhythmus aufzwingen. Aber er zögerte. Und während er noch zögerte, war es bereits zu spät.

* * *

»Wissen Sie, Sergeant … Sagt man Sergeant oder Ermittler? Himmel, Arsch und Zwirn, ich seh vielleicht nicht danach aus, aber ich hab einen verdammt anstrengenden Tag hinter mir. Und die Saison zahlt sich überhaupt nicht aus! Aber so was von überhaupt nicht! Sie sind nicht von hier, Sie können das nicht wissen … Und jetzt ist es schon so weit gekommen, dass wir mit unseren Ködernetzen Leichen rausfischen!«

Vital Bujold war nach seinem katastrophalen Fischzug kaum nach Hause gekommen, als man ihn auf die Wache nach Bonaventure bestellt hatte, wo er, wie es der Teufel wollte, die zweite Vernehmung an diesem Tag über sich ergehen lassen musste. Nicht nervös, aber eindeutig verärgert, wünschte er sich an einen anderen Ort. Er beherrschte sich. Morales setzte sich ihm gegenüber. Woanders zu sein, war ein Luxus für Urlauber.

»Wollen Sie mir erzählen, wie es passiert ist?«

»Ich habe nicht viel zu sagen. Ich bin gegen Viertel nach vier zum Fischen rausgefahren. Ich fahre immer vor den anderen raus, vor allem vor den Indianern! Die hätten Sie sehen sollen: Die Indianer sind erst um sechs rausgefahren! Wir haben nichts gegen die, aber das mit den Gezeiten haben die noch nie so richtig kapiert!«

»Und dann?«

Der Fischer seufzte. Er war gut fünfzehn Jahre älter als Morales, größer, kräftiger, aus dem harten Holz derer geschnitzt, die die hohe See nicht fürchteten. Auf einmal beneidete Morales ihn. Diese breiten Schultern, diese Kraft eines Mannes, der wusste, wo er hingehörte.

»Ich habe angefangen, meine Reusen einzuholen. Drei Hummer heute Morgen. Noch nicht mal ein großer dabei! Himmel, Arsch und Zwirn! Bald müssen wir dafür zahlen, dass wir fischen gehen dürfen … Als ich mir das Netz angeschaut habe … Ich werfe nur ein Netz aus. Für meinen Köder. Manchmal fange ich ein bisschen Scholle oder ein Wasserhuhn, die ich dann mit dem Hummer verkaufe. Wenn einer drin ist.« Sein Stuhl stand weit vom Tisch entfernt. Beim Sprechen machte er einfache, ehrliche Handbewegungen. »Wir waren gerade dabei, die Boje aufzusammeln, um das Netz einzuholen, da hat Victor geschrien: ›Wir haben was Großes erwischt – da zieht was!‹ Er hat das nicht so geschrien, wie ich es jetzt sage, er hat es geschrien und dabei gestottert, aber egal. Also bin ich ihm helfen gegangen, um sicherzugehen, dass alles glattlief, und dann hat Victor gesagt, dass er etwas Komisches sieht. Das hat er auch stotternd gesagt. Er stottert immer bei allem, was er sagt. Als er jung war, ist er in einen Brunnen gefallen. Seitdem stottert er bei jedem Satz. Ich kannte ihn schon vor seinem Unfall, aber ich habe mich daran gewöhnt. Ich bin geduldig, ich warte immer, bis er fertig ist, denn er mag das nicht, wenn jemand anders seine Sätze beendet.«

»Fahren Sie bitte fort.«

Morales sah aus dem Augenwinkel, wie der Fischer eine Augenbraue hob. Er hatte ihn unnötig gedrängt, das wusste er, aber heute war für niemanden ein Glückstag.

»Da gibts nicht viel zu sagen! Wir haben schnell gesehen, dass das eine Leiche war, also haben wir sie an Bord geholt. Wir haben sie nicht sofort erkannt, weil wir sie bei den Füßen erwischt haben. Wir haben gut aufgepasst und sie mit bloßen Händen rausgeholt, auch wenn das kein Spaß war. Himmel, Arsch und Zwirn! Ich weiß nicht, wie ihr von der Polizei das macht! Und auch nicht, wie die Bestatter das schaffen. Da sieht man mal wieder: Jeder ist eben für seinen Job gemacht ...«

»Wenn Sie es sagen ...«

Wieder eine Augenbraue, diesmal vielleicht verächtlich.

»Also haben wir sie an Deck hingelegt und eine Plane darüber ausgebreitet. Am Morgen fliegen eine Menge Vögel um uns rum. Die mögen das, wenn wir ihnen unsere Fischabfälle hinwerfen. Wir wollten nicht, dass die Möwen anfangen, der Leiche ins Gesicht zu picken.«

»Und danach?«

»Na, danach habe ich die Küstenwache gerufen. Die sind in Rivière-au-Renard, also kommen die nicht oft extra vorbei. Normalerweise schicken sie den Gerichtsmediziner. Er hat ein Boot, und er spielt gerne Hilfspolizist. Anscheinend passt ihnen das, denn sie rufen immer ihn an. In dem Fall gabs nicht viel zu tun: Sie haben uns gesagt, wir sollten zurückkommen, obwohl wir mit dem Reuseneinholen noch nicht fertig waren. Und das haben wir dann gemacht. Wir wollten ja sowieso nicht arbeiten, solange das da an Bord war. Wir haben auf sie aufgepasst, obwohl sie 'ne Irre war.«

»'ne Irre?«

Dem Fischer war etwas entschlüpft. Er hatte offener gesprochen, als ihm lieb sein konnte. Zu spät.

»Na, wie man halt so sagt. Eine, die immer irgendwo im Ausland unterwegs war. Sie fuhr weg, wir dachten, sie würde nicht mehr wiederkommen, und – peng! – eines Morgens war ihr Boot da!«

»Störte es Sie, dass sie auf Reisen ging? Oder dass sie wiederkam?«

»Wo kommen Sie her?«

Morales war das gewöhnt. »Aus Longueuil, am Stadtrand von Montréal.«

Vital Bujold nickte. »Ich sage nicht, dass man irre ist,

wenn man ins Ausland fährt. Ich sage, sie war irre, weil sie sich ziemlich seltsam benahm. Wie eine Wilde. Sie ist von ihrem Segelboot gesprungen und hat mit ihren Füßen auf den Seetang eingetreten! Auf den Seetang! Wer tritt denn schon den Seetang? Niemand! Da muss man schon eine gottverdammte Irre sein, um solchen Blödsinn zu machen!«

»Sie mochten Marie Garant nicht ...«

»Da bin ich nicht der Einzige. Marie Garant hat hier allgemein keiner gemocht. Aber das heißt nicht, dass wir sie tot sehen wollten! Kommen Sie bloß nicht auf irgendwelche Ideen! Ich habe sie bloß aufgefischt. In ihrem Alter hätte sich das nicht mehr gelohnt, ihr den Tod zu wünschen. Und in meinem Alter, Himmel, Arsch und Zwirn, hat man gelernt, niemanden umzubringen. Da weiß man, dass der Tod irgendwann von ganz alleine kommt. Aber machen Sie sich mal keine Sorgen: Eine alte Frau, die nach einem Sturz von ihrem Segelboot ertrunken ist, das wird keine große Ermittlung für Sie. Und der Rest, darüber herrscht Stillschweigen.«

»Worüber herrscht Stillschweigen?«

»Nichts.«

»Erzählen Sie es mir trotzdem ...«

»Was soll ich Ihnen erzählen?«

Vital rückte seinen Stuhl nach vorne, legte die Hände flach auf den Tisch, als würde er sich anschicken zu gehen. Irgendetwas hatte ihn nervös gemacht. Was? Joaquín Morales überlegte: Was konnte diesen Mann so ungeduldig machen? Wenn Vital wütend würde, würde er vielleicht etwas Sachdienliches sagen. Vielleicht auch nicht. Er sah nicht aus wie ein Typ, der sich leicht beeinflussen ließ.

Der Fischer sah ihn an, beherrschte sich und legte die Hände wieder in den Schoß.

»Na ja ... Wissen Sie, Ermittler, früher war alles anders ... Nehmen Sie zum Beispiel die Fischerei, das ist nicht mehr wie damals … Damals war die Bucht voll, und die Fischer haben eine Menge gefangen! Im Frühjahr haben wir fünf, sechs Haufen Hering an Land gebracht, drei bis dreieinhalb Meter hoch … Wir haben Handwagen vollgemacht und sie auf die Felder geschüttet, als Dünger für die Kartoffeln. Heute nehmen die dafür Stinte. Das ändert nichts am Geschmack … Aber das heißt, es gibt keinen Hering mehr! Auch keinen Kabeljau!«

Gerissen, der Fischer. Er versuchte, ihn abzulenken.

»Was hat das mit der Toten zu tun?«

»Na ja … Ich meine nur, dass sich alles verändert hat. Das Meer ist jetzt leer. Leer, leer, leer. Himmel, Arsch und Zwirn! Nicht mal genug Wasser ist mehr drin! Früher war das viel voller! Und es gab viel mehr Wasserleichen … Das war wirklich zum Verrücktwerden … Manchmal haben wir uns gesagt, das kann doch nicht sein, dass es so viele Unfälle gibt. Ich dachte immer, dass das Meer nicht so viele Leute verschlucken kann, aber die Ermittlungen haben es immer bewiesen: Ertrinken ohne Fremdeinwirkung, Unfälle …«

»Was ist mit Marie Garant geschehen?«

»Sie müssen verstehen, Sergeant: Früher war alles anders. Nehmen Sie zum Beispiel die Gezeiten … Früher war die Flut viel höher. Im Frühling und im Herbst gab es richtiges Hochwasser. Die Alten haben gesagt, das Meer ist schwer. Das Wasser war anders, die Wellen dicht und voller Salz – sie hinterließen Spuren auf dem Kai. Dieser Kai hier hätte eigentlich richtig schön gerade gebaut werden sollen, aber der Typ, der Ingenieur, ist nach dreißig Metern gestorben. Ertrunken. Und dann haben die schief weitergebaut, und jetzt sieht das so aus. Die Fahrrinne versandet die ganze Zeit, weil sich da so eine Art Strudel bildet …«

»Sie erzählen mir nichts über den Tod von Marie Garant!«

»Ich tue nichts anderes. Ich hole nur weit aus. Einzelheiten sind nicht so mein Ding. Als ich jung war, sagte meine Mutter zu mir: ›Deine Augen sind größer als dein Magen!‹ Über das Meer sagen das auch alle. Dabei stimmt es gar nicht, dass es so einen Hunger hat! Es stimmt nicht, dass das Meer an allem schuld ist. Meine Mutter ist vor Kummer gestorben. Wenn sie das heute Morgen gesehen hätte ... Himmel, Arsch und Zwirn! Daran sieht man mal wieder: Man weiß nie, was uns das Meer in die Netze wirft ...«

Morales sagte nichts.

»Na gut. Also, wenn Sie keine Fragen mehr haben, dann gehe ich mein Boot für morgen fertig machen ...«

Ein schlechter Tag. Morales wusste es noch nicht, aber die Gaspésie war für heute noch nicht mit ihm fertig. Ganz zu schweigen von Sarah ... Wie konnte das sein, dass sie nicht antwortete?

Kurz nach der Vernehmung ließ sich Morales von Marlène Forest nach Hause fahren. Als er vor der Tür stand, merkte er jedoch, dass er die Schlüssel für sein neues Heim in Longueuil vergessen hatte ... Er versuchte, Sarah anzurufen, um zu hören, ob möglicherweise irgendwo ein Zweitschlüssel lag, aber sie antwortete nicht. Weder zu Hause noch auf ihrem Handy.

Morales verzog überrascht das Gesicht. Nicht dass es mit Sarah irgendwie schlecht liefe, nein. Es war bloß, dass ... Wie sollte man sagen?

Dreißig Jahre zuvor war Joaquín Morales der Frau begegnet, die die Liebe seines Lebens werden sollte. Als junger Polizeirekrut in Mexico City machte er nachts Streifendienst und studierte tagsüber am Instituto para la Seguridad y la Democracia, um Ermittler zu werden. Er war 22 Jahre alt, pfiff den Mädchen in Miniröcken nach, verbrachte seine Ferien an den Stränden von Cancún und träumte von einer Schar braun gebrannter Kinder, die nackt durch das kristallklare Wasser der Karibik rennen würden. Als Vertreter der Ordnungsmacht mitten in den schönen 1970er-Jahren, in einem Land, das damals Umschlagplatz aller nur erdenklichen Drogen für Nordamerika geworden war, hatte er die Seele eines Superhelden und träumte von Gerechtigkeit. Als Spross einer rechtschaffenen, aufrechten und wohlmeinenden Familie war Joaquín Morales dazu geboren, Witwen und Waisen ihren Lumpen zu entreißen und ihnen Ballkleider zu schenken. Er hatte sich vorgenommen, die Grausamkeit zu bestrafen, die Schlaglöcher auf der Straße der Gerechtigkeit zuzuschütten und zum abgöttisch verehrten, doch gleichzeitig überaus bescheidenen Helden einer modernen Odyssee zu werden. Auf seiner Stirn leuchtete die Tugend, und Redlichkeit blühte wie eine Blume in seinem Knopfloch.

Eines Juniabends, als Mexiko im Vertrauen auf die Wachsamkeit des tapferen Beamten Morales in tiefem Schlaf lag, hatte dieser bei seiner Streife in der Nähe des internationalen Flughafens Benito Juárez eine junge Frau überrascht, die unter Tränen verzweifelt versuchte, sich bei Passanten verständlich zu machen, die zwar wohlwollend waren, deren Französischkenntnisse jedoch arg zu wünschen übrig ließen.

Der Streifenbeamte Morales hatte sein Fahrzeug geparkt und sich der schönen weinenden jungen Frau genähert. Er hatte derartig viele unanständige Geschichten über abenteuerlustige weiße Touristinnen gehört, dass er sie, obwohl er dies zu unterdrücken versuchte, äußerst begehrenswert fand. Mit ihren achtzehn Jahren, den verzweifelten Augen und ihrem zerknitterten Bauernrock war Sarah Blanchard der Inbegriff des Waisenkindes in Not, das die poetische Seele des potenziellen Superhelden in Wallung versetzte. Und auch seinen Körper.

Mit stolzgeschwellter, wenn auch objektiv betrachtet ziemlich mickriger Brust bahnte sich Joaquín Morales seinen Weg zu der jungen Dame, die er zu retten gedachte. Was war geschehen? Mithilfe anschaulicher Zeichensprache und eines zweifelhaften Englisch gab sie ihm zu verstehen, dass sie ins Ausland telefonieren wollte, aber nicht wusste, wie sie dies bewerkstelligen sollte, da die mexikanischen Fernsprecher sie mit einem Schwall aus spanischem Kauderwelsch überschütteten, das sie nicht zu entschlüsseln vermochte.

Sarah Blanchard hatte sich nämlich in ein Schlamassel hineinmanövriert, das lediglich ihre ungestüme Jugend wenn schon nicht zu rechtfertigen, so doch wenigstens zu erklären vermochte. Als einzige Tochter einer bürgerlichen Vorstadtfamilie hatte sie nach einem hitzigen Streit mit ihrer Frau Mama beschlossen, als aufstrebende Boheme-Jüngerin und Anhängerin der nebulösen Illusionen von Love and Peace gegen ihre Eltern zu rebellieren. Auf der Flucht vor dem heimischen Herd und auf der Suche nach Abenteuer hatte sie, in der sicheren Überzeugung, dass Reisen die Jugend bildeten, den ersten Flug in Richtung Mexiko genommen, wo sie, wie sie im Folgenden stets behauptet hatte, ein begeisterter Schreiberling erwartete, der sie mit Liebesbriefen bombardiert hatte. Der junge Mann hatte ihr beschrieben, wie sie vom Flughafen zu seiner Junggesellenwohnung käme, aber Sarah Blanchard, im Weglaufen eine ebensolche Anfängerin wie in Liebesdingen, hatte die Flughäfen verwechselt und einen Flug nach Mexiko City anstatt nach Cancún gebucht. So nah und doch so fern …

Sie hatte ihren Irrtum erst bemerkt, als sie bereits am Ziel angekommen und im übel riechenden Durcheinander dieser erdrückenden Stadt verzweifelt war. Wie töricht waren ihre

Träume von Freiheit und Reisen gewesen! Welche schwachsinnige Droge hatte sie inhaliert, um einfach so ein Flugzeug zu besteigen? Was machte sie da bloß? Kurz vor einer Panikattacke wollte sie ein Ticket für einen Rückflug erwerben. Sie war zum Schalter gerannt, hatte aber, ein Unglück kommt selten allein, nicht genügend Geld dabei. Zitternd, verzweifelt und unter Tränen hatte sie den Flughafen verlassen und war blindlings bis zu einer Straßenecke gelaufen. All ihren jugendlichen Stolz verachtend, hatte sie sich in die erstbeste Telefonzelle gestürzt, wo ihr, zwanzig Minuten und zahlreiche Taschentücher später, der zukünftige Sergeant Morales zu Hilfe geeilt war.

Mit der barmherzigen Hilfe des besagten Morales gelang es Sarah Blanchard, ihre Mutter zu erreichen und eine schlichte, saubere und sichere Pension zu finden, wo sie drei Tage verbringen sollte, bis das Geld der elterlichen Beschützer angekommen wäre, das es ihr endlich erlauben würde, ihr Ticket zu kaufen, um in den Schoß der Familie zurückzukehren.

Missbrauchte der junge Streifenbeamte Morales in der Zwischenzeit seine dienstliche Autorität, um die junge Ausreißerin zu verführen? Ganz und gar nicht! Eher das Gegenteil war der Fall. Sarah Blanchard, die sich für so viel Ungeschick vor einem derartig gut aussehenden, derartig jungen, derartig braun gebrannten und muskulösen mexikanischen Ordnungshüter schämte, wollte zeigen, dass sie, die sich so demonstrativ befreit gab, auf offener Straße Zigaretten rauchte und ohne Scham und BH durchsichtige Blusen trug, dass das kleine Mädchen aus der Vorstadt auch eine Frau war. Aus der Nachttischschublade des Vaters einer Freundin hatte sie vor ihrer Abreise ein paar Kondome stibitzt und sie für alle Fälle in ihre Handtasche gestopft. Am zweiten Abend, als sich der Streifenbeamte Morales bei ihr eingefunden hatte, um sie zum Abendessen in die

Stadt einzuladen, war ihm aufgefallen, dass die heiratsfähige Québecerin in dem reizenden, sauberen Kämmerchen, das sie gemietet hatte, die drei Gummis auf den Präsentierteller gelegt hatte, als, wie sie glaubte, subtile Einladung. Der Streifenbeamte Morales, der vor keinerlei Hindernis zurückschreckte, um seine Aufgabe, den rechtschaffenen Bürgern zu dienen, gründlich zu erfüllen, brachte schließlich die besagten, bereits ausgebleichten Gummis in der stürmischen Liebesnacht zum Bersten, die auf die scharf gewürzte mexikanische Mahlzeit gefolgt war.

So kam es, dass in jener Zeit der sexuellen Befreiung Sarah Blanchard gleichzeitig mit ihrer Reiselust eine Jungfräulichkeit verlor, die ihr längst altmodisch, lächerlich, ja sogar lästig erschien. Und so kam es weiterhin, dass ihre Mutter, nachdem ihr Töchterlein nach Hause gekommen war und dort festgestellt hatte, dass sie schwanger war, sich mit dem Instituto para la Seguridad y la Democracia in Verbindung setzte und dort den jungen Polizisten denunzierte, der, ebenso aufrecht wie stolz, rundum Zigarren verschenkte, seine wenigen Besitztümer zusammenpackte und pünktlich zu Weihnachten in Québec eintraf, um das geschwängerte Fräulein zu ehelichen.

Und so war Joaquín Morales schließlich kanadischer Staatsbürger geworden, hatte gelernt, das Grau des Novembers zu hassen, die Frostbeulen des Februars, den süßen, übel riechenden Gestank der Ahornsirup produzierenden *Cabanes à sucre*, und sich außerdem ein paar typische Québecer Flüche angeeignet. Er lernte, beinahe akzentfrei Französisch zu sprechen, wurde ein schlauer Polizist und brillanter Ermittler. Man rühmte sogar gelegentlich seine Beobachtungsgabe und die falkengleiche Geduld, mit der er seine Beute umkreiste und auch die hartgesottensten Verbrecher zum Aufgeben brachte.

Und vor allem hatte Joaquín Morales Sarah Blanchard geliebt. Leidenschaftlich. Bei seinem Eintreffen in Québec war ihm das Glück, Vater zu werden und seine hübsche weinerliche weiße Frau wiederzufinden, wie ein Schwall köstlicher Gewürze zu Kopf gestiegen und hatte einen derartigen Glanz in sein Leben gebracht, dass Sarah Blanchard, die sowohl seinem südländischen Charme als auch seiner aufrechten, hilfsbereiten Seele erlegen war, ihn ebenfalls jahrelang stürmisch geliebt hatte.

Und heute?

Zwei Kinder und dreißig Ehejahre später prallte Joaquín Morales schmerzhaft mit der Nase gegen die Ungewissheiten eines Lebens jenseits der fünfzig. War das normal, manchmal zu zögern, schwermütig zu werden, zu … zu zweifeln?

Warum nahm Sarah nicht ab? Sie hatte darauf bestanden, dass er fünf Tage vor ihr losfuhr … Er fragte sich jetzt, ob da nicht etwas faul war. Dann schüttelte er den Kopf. Die Entfernung, die beschwerliche Fahrt, die spöttische Art seiner Chefin und die unnötige Vernehmung hatten seine Gedanken durcheinandergebracht. Kein Grund zur Sorge, sagte er sich. Sie würde später zurückrufen.

Er stieg in sein Auto, dessen Achsen sich noch immer unter dem Gewicht des Gepäcks bogen, und fuhr schnell bis zu Vital Bujolds Boot.

Er sprang an Bord und sah sich um. Umsonst. Was hatte Vital zu verbergen? Der Fischer log ihn an, und Morales ahnte, dass er ihm nicht von heute auf morgen die Wahrheit aus der Nase ziehen würde. Marlène Forest lachte sich bestimmt ins Fäustchen, dafür, dass sie ihm diese Tote angehängt hatte …

Als über dem Kai die Nacht anbrach, fiel ihm schließlich

ein, dass er hungrig war, und da er das Licht eines Bistros bemerkte, kehrte er zu seinem Auto zurück und eilte zu dem letzten Restaurant, das im Dorf noch geöffnet hatte.

»Tja, wissen Sie was? Nicht dass ich Sie nicht bedienen will, aber um diese Uhrzeit hat die Küche schon zu.«

»Toasts, Käse ... Haben Sie gar nichts?«

Renaud musterte ihn von oben bis unten. »Gestatten Sie die Frage: Sind Sie Tourist? Wo sind Sie denn untergebracht?«

»Ich habe das Haus der Vigneaults gekauft, hinten bei der Île-aux-Pirates.«

»Ah! Dann sind Sie der Polizeiinspektor?«

»Sergeant Morales, ja.«

»Und, wenn ich fragen darf: Wo kommen Sie denn her? Aus Mexiko City? Punta Cana?«

»Aus Longueuil.«

»Ah. Na, das hätte ich nicht gedacht ...«

Am Tresen drehte ein Mann mit Römerkragen langsam seinen Kopf in Morales' Richtung.

»Na, wissen Sie was? Schließlich haben wir nicht alle Tage einen neuen Inspektor aus Longueuil hier in Caplan, also kann ich Ihnen eine Pizza aufwärmen, wenn Sie wollen. Es gab da ein Missverständnis bei einer Bestellung, und sie ist im Kühlschrank geblieben. Kommen Sie, setzen Sie sich an den Tresen, und wir plaudern ein bisschen ...«

Morales antwortete nicht. Er war dabei, die Nachrichten auf seinem Telefon zu überprüfen. Keine Neuigkeiten von Sarah. Vielleicht sollte er als Ermittler die Situation ausnutzen, um sich den aktuellen Dorftratsch anzuhören, aber er hatte auf gar nichts mehr Lust. Nicht heute Abend.

»Die Pizza, ja gerne. Aber ich setze mich lieber ans Fenster. Danke.«

»Ach.«

Auf einmal herrschte ein unbehagliches Schweigen.

»Na ja, dann setzen Sie sich eben hin, wo sie wollen.«

Morales bestellte ein Bier und begab sich schnell ans Fenster, während Renaud sich eine lächerliche Haube überzog, die »Küchenhilfe«-Schürze umband und einen Mordsradau in der Küche veranstaltete, als brächte er eigenhändig eine besonders gefährliche Peperoni um.

Das Segelboot finden. Das Haus durchsuchen. Das Testament überprüfen. Die Ergebnisse der Autopsie abwarten. Der Fall würde schnell erledigt sein. Was machte Morales nur auf einmal so unruhig? Marlène? Vital Bujold? Sein verdorbener Urlaub? Sarah?

»Arbeiten Sie an dem Todesfall von Marie Garant?«

Joaquín Morales hätte beinahe einen Infarkt bekommen. Renaud hatte sich auf leisen Sohlen herangeschlichen, wie ein Spion in einem schlechten Krimi, und sein Satz war explodiert wie eine Bombe aus dem Hinterhalt. Er stellte das Bier auf den Tisch.

»Ja …«

Der Wirt blickte sich um und beugte sich dann verschwörerisch an Morales' Ohr. »Ich könnte Ihnen eine Menge Sachen erzählen, ich bin nämlich über alles auf dem Laufenden, was hier vor sich geht, Inspektor …«

»Ah. Ja … Wunderbar. Danke.«

Bei jeder Ermittlung gab es so einen Typen, und ausgerechnet heute Abend musste Morales genau bei ihm landen. Was für ein Scheißtag.

»Wissen Sie was? Sie würden mit mir bestimmt nicht Ihre Zeit verschwenden …«

»Waren Sie ein Freund von Marie Garant?«

»Nein!«

»Ein Feind?«

»Pst! Nicht hier!«

Morales blickte sich um: Außer dem halb betrunkenen Pfarrer an der Theke war das Bistro leer.

»Warum?«

»Ich kann Ihnen eine ganze Menge erzählen, aber nur auf der Wache, bei einem echten Verhör, Herr Polizeiinspektor Morales …«

»Sie wollen, dass ich Sie zu einem Verhör vorlade?«

»Na ja, kommt drauf an …«

»Worauf denn?«

»Kommt darauf an, ob Sie die Wahrheit und nichts als die reine Wahrheit wollen …«

»Wunderbar. Morgen Nachmittag?«

»Ich kann morgen nicht, denn so ein Bistro macht ganz schön Arbeit, und meine Tage sind voll durchgeplant, also, ich beantworte gerne Ihre Fragen, aber das sollte nicht meinen Zeitplan durcheinanderbringen … Übermorgen?«

»Wunderbar. Vierzehn Uhr.«

»Morgens wäre besser, bevor ich aufmache.«

»Wunderbar. Halb zehn.«

»Gut. Und? Werden Sie mich vorladen?«

»Nein. Kommen Sie einfach auf der Wache vorbei.«

»Wollen Sie mir vielleicht Ihre Karte dalassen, falls ich zufällig dringende Informationen für Sie habe?«

»Sie können auf der Wache anrufen und mir eine Nachricht hinterlassen.«

»Und wenn Sie nicht da sind?«

»Ist das nicht meine Pizza, die da verbrannt riecht?«

Renaud spurtete davon.

Morales drehte sich zum Fenster, das die dunkle Nacht in einen Spiegel verwandelt hatte. Der Tisch schien länger zu werden, das Besteck vervielfachte sich, auf einmal standen zwei Bierflaschen da, und sein durchsichtiger Zwilling erschien. Er hasste das. Sich selbst gegenüberzusitzen und sich zu fragen, was er da machte, im Nirgendwo, auf einen Anruf und eine verbrannte Pizza wartend.

Draußen brach der Mond durch die Wolkendecke, das Meer erstrahlte, und die Fensterscheibe wurde wieder durchsichtig. Eine Gestalt trat langsam in den hellen Lichtkorridor, der wie ein riesiger Fingernagel an der Wasseroberfläche kratzte. Morales beobachtete sie. Sie stieg hinauf in Richtung Herberge, zögerte, wandte sich dem Strand zu.

»Das ist Mademoiselle Day.«

»Aha.«

Renaud stellte die Pizza auf den Tisch. Er hatte die verkohlten Ecken mit dem Messer abgekratzt.

»Das ist eine Touristin, die bei Guylaine, der Schneiderin, wohnt …«

»Renaud?«

Von der Theke rief der Mann mit dem Römerkragen nach dem Wirt.

»… Und wissen Sie was? …«

»Renaud!«

»… Die Sache ist die …«

»RENAUD!«

Der Pfarrer wollte noch ein Glas. Und zwar auf der Stelle.

»Wir reden darüber, wenn Sie mich verhören …«

Der Wirt entfernte sich und zwinkerte dem müden Polizisten verschwörerisch zu. Morales begann, seine Pizza zu essen. Heimlich beobachtete er die einsame weibliche Silhouette, die sich wie ein Scherenschnitt vor dem beleuchteten Hintergrund abzeichnete. Langsam und vorsichtig stieg sie hoch in Richtung Osten. Und er verlor sie aus den Augen. Warum rief Sarah nicht zurück? Seit ein paar Monaten kam es ihm vor, als glitten ihm die Fäden seines Lebens aus den Händen, verfingen sich an seinen Füßen, wickelten sich um seine Fußgelenke und brachten ihn zum Stolpern.

Er hing plötzlich durch, fühlte sich irgendwie alt und ... wie sollte er es beschreiben?

Eine Wolke verschluckte die Mondsichel, und in dem Fenster, das durch die Dunkelheit wieder zum Spiegel geworden war, blieb nichts zurück als der müde Abglanz seines eigenen Gesichts. Joaquín Morales sah sich an. Zweiundfünfzig Jahre. Die Zeit hatte in seinem Haar grau melierte Strähnen hinterlassen, wie Sternschnuppenspuren. Manche Leute sagten, das verleihe ihm einen gewissen Charme. Er sah sich selbst in die Augen. Alt und ... lächerlich.

Dann senkte er den Blick.

2. Kartierungen

Die *Alberto* (1974)

Als O'Neil Poirier sieben Tage später von Anticosti zurückkam, lag das Segelboot reglos, still und zugeschlossen da,
immer noch am Kai festgemacht, dort, wo er und seine
Männer es zurückgelassen hatten.

Der Fischer legte mit der *Alberto* an und ging zu dem Typ
vom Fischlager, um ihn zu fragen ... Ja, stimmt, da sei eine
Frau mit einem Baby auf dem Segelboot gewesen. Aber anscheinend habe sie in der Stadt zu tun gehabt, und einer der
Fischlieferanten habe sie mit seinem Lieferwagen mitgenommen, sie und den Säugling, das sei schon gut zwei, drei Tage
her. Dienstag oder Mittwoch. Der Fahrer könnte einem leid-
tun: eine Frau und ein Neugeborenes an Bord, wenn es da
mal keinen Ärger gab! Aber anscheinend zahlte sie gut, und
der Fahrer hatte gerade geheiratet, war nicht reich, das passte gut. »Du weißt bestimmt, wen ich meine, O'Neil. Daraîche,
der große Dürre, der nie ein Wort von sich gibt. Genau: Der
ist mit der Frau und dem Baby weggefahren.« – »Wann kommen sie wieder?« – »Der Fahrer ist gestern zurückgekommen. Er musste länger in der Stadt bleiben, der Lieferwagen
hatte eine Panne. Ein Getriebeschaden anscheinend. Das hätte auch einen Unfall geben können. Stell dir mal vor, mit dem
Neugeborenen! Das hätte vielleicht Ärger gegeben! Von ihr,
da weiß man nicht, wann sie wiederkommt. Daraîche hat ihr
seinen Dienstplan gegeben, und anscheinend hat sie gesagt,
sie setzt sich mit ihm in Verbindung.«

Und jetzt, hatte der Typ vom Lager hinzugefügt, finde
sein Chef, dass das Segelboot im Weg sei, also dächten sie

darüber nach, es zu verschieben und ans Ende des Kais zu bringen. O'Neil Poirier erwiderte, dass die Lastkähne der Mine von Schefferville hohe Wellen machten und damit die Gefahr bestehe, dass das Segelboot gegen die Kaimauer prallen würde. Und sinken. Der Typ vom Fischgeschäft zuckte mit den Schultern: Ihnen sei das egal, sie wollten bloß ungestört ihren Fisch abladen, und jetzt sei das Boot eben im Weg. Poirier sagte, er selbst habe es da festgemacht und er würde sich mit seinen Männern um die Sache kümmern.

Und das taten sie auch. Sie luden ihren Fang von der *Alberto* ab und nahmen den Einmaster kurzerhand neben sich. Danach zogen sie ihn langsam bis in die Mitte der Bucht, um den Kai und die Ablegestelle frei zu machen und um ihn aus der Fahrrinne der Lastkähne zu entfernen. Sie schleppten ihn bis zum Hummerfanggrund. Wenn die kleinen Fischkutter dort durchkamen, wäre das Wasser auch für das Segelboot tief genug. Sie lichteten ein bisschen abseits den Anker und zogen mit der *Alberto* an der Trosse, um sicherzugehen, dass das Boot nicht davontreiben würde. Da die Nacht warm war, schlief Poirier vorsichtshalber an Deck. Zwei Tage später, als die Männer weiterfuhren, lag der Einmaster immer noch an derselben Stelle. Sie hatten einen zweiten Anker an der *Pilar* befestigt (Poirier hatte sich den Namen des Segelboots zur Sicherheit gemerkt), einen Anker der *Alberto*, der auch bei schwerer See halten würde und an dem sie eine Treibboje an einer Ankerleine angebracht hatten. Wenn die Frau in ihrer Abwesenheit wiederkäme und weiterfahren wollte, ohne auf sie zu warten (was O'Neil befürchtete), bräuchte sie bloß den Anker zu lichten, und die Jungs könnten ihn bei ihrer Rückkehr dank der auf dem Wasser treibenden Boje wieder einholen.

Doch die *Alberto* hatte beinahe den ganzen Sommer lang Zeit, aufs Meer hinauszufahren und ihren Fang zu verkaufen, bevor die junge Mutter zurückkam, wieder an Bord ihres Segelboots ging und bis O'Neil endlich mit ihr reden konnte.

KARTIERUNGEN (2007)

Cyrille sagte, jede Wahrheit sei veränderlich und flüchtig. Alle, die zur See fahren, wissen das: Was aufs Wasser gelegt wird, zerbricht und fügt sich stetig neu zusammen. Anders. Er sagte, dass der Wind, die Strömung und der Seegang unersättlich seien und man wachsam sein müsse, sogar bei spiegelglatter See. Was jetzt wahr ist, straft dich in zehn Minuten Lügen. Er sagte, der einzige Grund für unsere Existenz sei die Unbeständigkeit der Lüge des Lebens.

* * *

Bis dahin hatte ich mich, wenn auch widerwillig, damit abgefunden, dass mich der Zufall zu meiner Bestimmung führen würde und mir früher oder später das Unbegreifliche widerfahren würde. Doch als Cyrille vor dem im Netz verfangenen Körper von Marie Garant auf die Knie gefallen war, hatte es mir zugegebenermaßen den Atem verschlagen. Für ein *Ave Maria* hatte mir in dem Augenblick einfach die Luft gefehlt.

Ich irrte eine ganze Weile lang umher, bis ich den Entschluss traf, und dann klingelte ich mitten in der Abenddämmerung an der Tür des Pfarrers Leblanc. Eine schwache Glühbirne, geschützt von einer wackeligen Wandleuchte, lockte eine fröhliche Schar von Sommerfliegen in den gelblichen Lichtkegel. Eine von ihnen war in der Kugel gefangen und summte fieberhaft. Ich wartete. Ich hatte verstanden, dass er oft im Bistro einen trinken ging. Es störte mich nicht, ihn zu stören. Ich suchte nach jemandem, der mir die Dinge erklären würde, und als Pfarrer sollte er Antworten parat haben. Auf die matte Glasscheibe war eine Taube gezeichnet, die auf ein Dreieck aus Licht zuflog. Ich klingelte noch einmal.

Schließlich öffnete Pfarrer Leblanc, sah mich verblüfft an und stellte sich so, dass er den Türrahmen blockierte. Seine Weinfahne wehte ihm ungefähr einen Meter weit voraus. Da er seinen Knien nicht zu trauen schien, lehnte er sich an die Türklinke, die ihn wacker stützte.

»Entschuldigen Sie die Störung, Herr Pfarrer, aber ich muss dringend mit jemandem sprechen.«

»Ich bin ehrlich gesagt nicht mehr in der Lage, noch jemand zu sein, Mademoiselle Day ...«

»Garant. Ich heiße Catherine Garant. Marie Garant war meine Mutter.«

Er kratzte sich im Nacken. »Sind Sie hier, um zu beten oder um zu plaudern?«

Wir waren im Türrahmen stecken geblieben, ich, weil ich reinwollte, er, weil er mich rauswerfen wollte.

»Ich hätte Sie nicht anlügen dürfen. Ich bitte Sie um Verzeihung ... Ich ... ich mache gerade eine schwierige Phase durch. Ich bin in die Gaspésie gekommen, um meine Mutter zu treffen, aber ... sie ist tot. Ich ... ich habe keine Antworten, und ich ... ich fühle mich alleine.«

»Was soll ich dagegen tun?«

»Ich weiß nicht ... Mich hereinbitten? Sie haben das Gelübde abgelegt, zu ...«

»Das einzige Gelübde, das ich abgelegt habe, Mademoiselle Garant, ist, vor dem Schlafengehen noch in Ruhe ein Gläschen zu trinken.«

»Sie sind betrunken.«

»Ehrlich gesagt, so was passiert. Sogar Alkoholikern. Sie werden mir doch nicht vorwerfen, dass ich ein Mittel gegen das Unglück suche, während Sie selbst mitten in der Nacht an meine Tür klopfen?«

Ich zögerte kurz, doch dann verlor ich die Geduld. Und richtete mich zu meiner vollen Größe auf. »Na eben, Herr Pfarrer! Ihr Gläschen können Sie morgen trinken! Ich habe nämlich mein ganzes Leben lang Steuern gezahlt für eine Kirche, in die ich noch nie einen Fuß gesetzt habe, und an dem einzigen Abend, an dem ich komme und um Hilfe bitte, werden Sie mich nicht rauswerfen! Den Rest des Jahres können Sie Ihren Rausch nach Herzenslust ausschlafen, aber heute Abend kommt es nicht infrage, dass sich der Mann Gottes hinter seinem Messwein versteckt, um mir zu verweigern …«

»Um Ihnen was zu verweigern, liebes Kind?«

»Eine Erklärung! Ich bin in die Gaspésie gekommen, um meine Mutter zu treffen, meinen Vater, einen Geliebten, irgendjemanden! Jemanden, der vielleicht Antworten hat! Aber niemand ist zur Stelle, und ich stehe mit leeren Händen da … Nicht einmal Sie wollen mit mir reden!«

Er ließ die ächzende Türklinke los und wich fünf schwankende Schritte zurück, um sich auf die Treppe zu setzen. Er seufzte. Die Stufen waren abgenutzt von schweren Schritten. Auf dem Geländer prangten Fingerabdrücke, und die Spalten im Holz vermittelten den Eindruck, krallenbewehrte Katzen hätten sich daran festgeklammert, um in den ersten Stock hochzuklettern. Die Wände waren von jenem müden Weiß, das Innenausstatterinnen eierschalenfarben nennen – ich hätte es als stumpfes, schmutziges Weiß bezeichnet. Ein trauriges Weiß. Die schwarze Soutane des Pfarrers Leblanc passte sich harmonisch in die Umgebung ein: zerknitterte Hose, ausgeleierter Gürtel, schmutziger Römerkragen über einem schweißfleckigen Hemd.

»Catherine, Sie klopfen an die falsche Tür.«

»Renaud hat mir erzählt, ein Priester hätte sein Haus geweiht und dass seitdem …«

Er fuhr sich mit einer faltigen Hand über die Stirn mit dem schütteren Haar und blickte mich mitleidig an. Endlich, dachte ich.

»Ist es das, was Sie wollen? Ein Wunder? Ganz ehrlich, Sie tauchen hier zur Unzeit mit Ihren kleinen Lügen auf, todunglücklich, und wollen von mir gesegnet werden, damit Sie in Frieden schlafen können?! Aber, mein armes Kind, wer schläft heutzutage schon in Frieden? Wer? Nennen Sie mir eine Person, die schlafen kann wie ein Murmeltier!«

»Ich verstehe nicht …«

Er erhob sich, ganz offensichtlich, um mich auf die andere Seite der Glastür zurückzubugsieren. »Das ist eben das Mysterium des Glaubens: Man versteht nicht, aber man lebt trotzdem weiter!«

»Sie sind nicht komisch mit Ihren Mysterien!«

»Komisch? Gehen Sie nach Hause, Catherine Day, Tochter von Marie Garant: Das Mysterium bleibt ein Mysterium, aber schlafen Sie in Frieden: Im Namen des Vaters, des Sohnes und des Heiligen Geistes, Sie sind gerettet!«

»Halleluja?«

»Hören Sie auf zu suchen und begreifen Sie, dass das Leben eine Chance ist! Ergreifen Sie sie! Lieben Sie einen Mann, setzen Sie Kinder in die Welt oder machen Sie es so wie Ihre Mutter und fahren Sie weg, aber stellen Sie sich Ihren Problemen ohne mich!«

Er drängte mich zum Ausgang, entschiedener, als ich es von ihm erwartet hatte. Während ich unfreiwillig zurückwich, spielte ich meinen letzten Trumpf aus.

»Gerade ist meine Mutter gestorben, und das ist alles, was Ihnen dazu einfällt?«

»Ja.«

»Dann erzählen Sie mir von meinem Vater! Wer ist mein Vater?«

»Ich werde Sie nicht anlügen, Catherine: Sie haben keine Mutter mehr, und der einzige Vater, den Sie hier zu finden hoffen können, ist Gott. Ansonsten hat der Mann, der vor Ihnen steht, nichts mehr zu sagen!«

»Das ist ungerecht!«

»Ihnen auch eine gute Nacht!«

Er schloss die Tür, und ich stand allein im gelblichen Lichtschein der schmutzigen Lampe. Die Fliege, immer noch gefangen in der durchsichtigen Kugel, prallte vergeblich gegen die knisternde Glühbirne.

* * *

Seitdem eine Frau an seinem Herzen herumgeschnippelt hatte, wurde Yves Carle von Schlaflosigkeit geplagt. Er streifte herum. Seit nun schon fünfzehn Jahren, und Thérèse sagte, im Winter sei es am Schlimmsten.

»Nicht auszuhalten. Und außerdem ist das bestimmt nicht gut für deine Gesundheit!«

Er zuckte mit den Schultern und hob die Arme zum Himmel.

»Du machst dir ganz umsonst Sorgen! Nach drei Bypass-Operationen ist mein Herz so widerstandsfähig wie eine Teflonpfanne!«

Er lächelte das zärtliche, beinahe schüchterne Lächeln, dem sie nicht widerstehen konnte.

»Du wirst nicht die Scheidung einreichen?«

»Bist du wahnsinnig? Wir sind viel zu alt, um uns scheiden zu lassen! Das wäre viel zu viel Stress!«

Und so erwachte Yves Carle Nacht für Nacht in den dunkelsten Stunden, wenn sich die Zeiger der Wanduhr nach rechts bewegten, starrte an die Decke, lauschte Thérèses nächtlichem Atem und stieg aus dem Bett. Sein Tag begann.

Das ganze Frühjahr über hatte Yves auf die Eisschmelze gewartet wie der Ahorn auf seinen Saft. Im nebligen Aprilwetter lag er auf der Lauer. Auf der Veranda sitzend, hatte er mit den Augen nach Stellen gesucht, wo das Wasser hervortrat, bis der Sommer gekommen war und das Meer seine wahre Natur zeigte. Nun war es eine Gewohnheit: Wenn die Milchstraße ihm die Route vorgab, setzte er die Segel und kam erst zurück, nachdem er den Fischern Guten Morgen gewünscht hatte. Thérèse sagte, das sei auch nicht besser, sie wache nun jede halbe Stunde auf und mache sich Sorgen, ihm könne ein Unglück zustoßen. Sie fügte hinzu, ganz egal, wie alt er sei, ein Mann »kann eine Frau einfach nie in Frieden schlafen lassen«!

In jener Nacht, als ich vergeblich an der Tür des Herrn geläutet hatte, war Yves Carle aufs Meer hinausgefahren. Vom Stundenzeiger mit Schlaflosigkeit geschlagen, löste er die Leinen, die ihn mit dem Festland verbanden, und setzte das Großsegel wie einen Vorhang unter dem sternenübersäten Himmel. Der Mond leuchtete hell, und Yves wusste genau, wonach er suchte.

Er hatte erfahren, dass Marie Garants Leiche entdeckt worden war, und es ging ihm nicht aus dem Kopf. Marie war aufgefischt worden. Und die *Pilar*? Gesunken? Yves Carle hatte sich das Boot gekentert vorgestellt, die Segel unter Wasser, schwer und aufgebläht. Und auch alles andere: die Teller, die Plastikgläser, die in dem umgekehrten Rumpf herumschwammen, die Werkzeuge, die Karten, die Schiffskartenzirkel, die durch das Wasser trieben und schwer gegen die Seitenwände prallten, die Bodendielen, die sich lösten … Die *Pilar* gesunken? Der Wind war nicht stark genug gewesen, um das Segelboot zum Kentern zu bringen, und wäre es

leckgeschlagen, so hätte Marie die Küstenwache alarmiert ...
Es sei denn, sie war über Bord gegangen, und die *Pilar* hatte
ihre Fahrt ohne sie fortgesetzt.

Diese Hypothese war Yves Carle am einleuchtendsten
erschienen.

Er hatte alle möglichen Routen in seine Seekarte einge-
zeichnet. Gerüchten zufolge war die Leiche nicht entstellt,
was darauf hindeutete, dass sie nur kurze Zeit unter Wasser gewesen war. Er hatte die Gezeitentabelle und den Strö-
mungsatlas überprüft, war schlafen gegangen, um Thérèse
nicht zu beunruhigen, und hatte abgewartet, bis es Zeit zum
Aufbrechen war.

Der Wind kam in dieser Nacht aus Westen, mit fünfzehn
bis siebzehn Knoten. In weniger als drei Stunden erreichte
Yves die Banc-des-Fous. Die Rivalität zwischen den Gemeinden Bonaventure-Caplan und Paspébiac war wohlbekannt,
also wäre es nicht weiter verwunderlich gewesen, wenn die
Seeleute aus Paspébiac das Segelboot gesehen und sich blind
gestellt hätten. Doch Yves Carle fragte sich, warum die Leute aus Caplan den Ermittler dann nicht auf die richtige Spur
gebracht hatten. Als hätte niemand das Segelboot wiederfinden wollen ... Zu viele Erinnerungen vielleicht. Oder sie
hatten Angst.

Yves umschiffte die Landzunge von New Carlisle und
fuhr an dem Felsen entlang. Er wusste, dass er dort das
Boot finden würde. Als er es jedoch aus der Ferne erblickte, zweifelte er und wünschte sich, es sei alles nur ein böser
Traum. Der Baum schlackerte von links nach rechts, und
die Einstiegsluke stand offen. Yves wendete und umkreiste
den Einmaster. Einmal, zweimal. Er barg die Segel, ließ den
Anker herunter.

Er beugte sich in den Niedergang und ergriff das Funkgerät.

»Küstenwache von Rivière-au-Renard, Küstenwache von Rivière-au-Renard, Küstenwache von Rivière-au-Renard, hier *Nachtflug, Nachtflug, Nachtflug*. Antworten Sie. Over.«

Der Typ von der Küstenwache reagierte sofort.

»*Nachtflug*, hier die Küstenwache von Rivière-au-Renard. Over.«

Um diese Uhrzeit gingen sicherlich nicht viele Funksprüche ein.

»Ich habe ein verlassenes Segelboot entdeckt, die *Pilar*. Die Polizei von Bonaventure sucht bestimmt danach, weil seine Besitzerin gestern ertrunken aufgefunden wurde. Over.«

Auf einmal fühlte Yves Carle sich alt. Müde. Der Küstenwächter fragte ihn nach seiner Position, bat ihn, vor Ort zu bleiben, die Finger von dem Segelboot zu lassen. Zu warten.

Yves Carle holte sein Handy aus der Tasche und wählte die Nummer von zu Hause. Seine Hand zitterte.

»Hallo?« Ihre Stimme klang schläfrig und besorgt.

»Thérèse? Ich bins, Yves.«

»Yves? Wo bist du? Ist dir etwas zugestoßen?«

»Mach dir keine Sorgen. Ich rufe bloß an, um dir zu sagen … na ja … dass ich dich immer noch liebe.«

Ein langes Schweigen unterbrach die Nacht. Er schloss die Augen.

»Hast du die *Pilar* gefunden?«

»Ja.«

»Mir tut das auch leid.«

Er schlug die Augen auf.

»Yves?«

»Ja?«

»Ich …«

»Ich weiß, Thérèse. Ich weiß. Geh jetzt wieder schlafen.«

* * *

Wenig dazu geneigt, ihre Männer nachts loszuschicken, um ein verlassenes Segelboot abzuschleppen, hatte die Küstenwache von Rivière-au-Renard die Schlepparbeit auf die Polizeiwache von Bonaventure abgewälzt, zumal diese ja schließlich mit dem Fall Marie Garant betraut war. Da besagte Wache jedoch nur über zwei Streifen verfügte, die bereits in der Gegend unterwegs waren, war man auf die Idee verfallen, den Gerichtsmediziner Robichaud anzurufen, der für seine freiwillige medizinische Arbeit auf See und seine bereitwillige Beteiligung an Polizeiangelegenheiten wohlbekannt war.

Deshalb sah Yves Carle wenig später die kleine Motorjacht des Dr. Robichaud herannahen, auf der sich als einzige Besatzung dessen Nachbar, Marc Lapierre, befand, der Sportfischer-Touren in der Gegend um Bonaventure organisierte. Yves hatte diesen Lapierre nie gemocht. Er war zu dürr, ein echtes Knochengerüst, und er blickte scheinheilig zu Boden, wenn er mit einem sprach.

»*Nachtflug, Nachtflug, Nachtflug*, hier *Blaues Wunder, Blaues Wunder, Blaues Wunder*. Antworten Sie. Over.«

Yves seufzte und ergriff das Funkgerät.

»*Blaues Wunder*, hier *Nachtflug*. Over.«

»Yves? Hast du das Boot betreten? Over.«

»Nein, Doktor. Ich habe mich nicht vom Fleck gerührt. Over.«

»Wunderbar. Wir kümmern uns drum. Aber bleib in der Nähe.

Blaues Wunder, over and out.«

»*Nachtflug*, over and out.«

Yves Carle zuckte mit den Schultern. Sollte er sich vielleicht einen Kaffee machen? Die Sonne ging mühelos über der Bucht auf. Das Wasser war flach, platt gedrückt vom nachlassenden Wind. Sie würden mit dem Motor zurückfahren müssen. Die kleine Motorjacht des Gerichtsmediziners machte einen Höllenlärm, der als lautes Echo in der Morgenluft widerhallte. In der Regel hassten Segler diese Art von Motorboot. Das war bekannt. Und umgekehrt genauso.

Yves Carle hatte sich fest vorgenommen, sich nicht weiter einzumischen, aber als er sah, wie sich der Gerichtsmediziner der *Pilar* näherte und an Bord des Segelboots sprang, ergriff er instinktiv das Funkgerät.

»*Pilar, Pilar, Pilar*, hier *Nachtflug*. Antworten Sie! Over.«

»*Nachtflug*, hier *Pilar*. Over.«

Als er hörte, wie sich eine Männerstimme als *Pilar* ausgab, fand Yves Carle das so widerlich, dass er am liebsten auf den Boden gespuckt hätte.

»Hören Sie, Doktor, ich bin nicht sicher, ob das eine gute Idee ist, an Bord von Marie Garants Segelboot zu gehen. Vielleicht sollten Sie lieber die Polizei ihre Arbeit machen lassen. Over.«

»*Nachtflug*, mit Verlaub, ich hole dieses Segelboot für die Ermittlung zurück. Und du kommst mit, weil du in der Angelegenheit Zeuge bist. *Pilar*, over and out.«

»*Nachtflug*, over and out.«

Yves Carle legte das Funkgerät mit einer wütenden Handbewegung auf und verfluchte den Gerichtsmediziner Robichaud. Er sah ihm dabei zu, wie er die Schote des Großsegels festmachte, damit sich der Baum nicht mehr bewegte, den Motor anließ und dann die *Pilar* selbst in Richtung Ruisseau-Leblanc steuerte. Unverschämtheit!

Der alte Seemann strich sich langsam mit der Hand über die Stirn. Was würden sie jetzt mit der *Pilar* anstellen? Yves ließ den Motor an, lichtete den Anker und folgte ihnen gehorsam nach Ruisseau-Leblanc. Lapierre war mit der Minijacht vorausgefahren und wartete bereits am Kai auf sie, an einen Lieferwagen gelehnt.

Yves ging so weit entfernt wie möglich vor Anker. Er war vielleicht Zeuge, doch beteiligen wollte er sich möglichst wenig. Der Gerichtsmediziner steuerte das Segelboot zur Anlegestelle, wo Lapierre einen Anhänger zurückfuhr, den er Gott weiß woher hatte. Und sie holten die *Pilar* an Land.

Es gehörte verdammt viel Selbstvertrauen dazu, um so einen Einmaster aus dem Wasser zu holen. Yves Carle wandte den Blick ab. Er litt, schweigend, während hinter ihm die Sonne aufging. Sogar Thérèse, die das Segeln hasste, würde ihn verstehen. Er ging hinunter in die Kabine und machte sich seinen Kaffee.

Die *Pilar* war ein Segelboot, das aufs offene Meer gehörte. Das war nicht bei allen Booten so, aber die *Pilar* war schon viel unterwegs gewesen. Wer so weit hinausfuhr, musste so sehr an der Welt leiden, dass er sie am liebsten hinter sich ließ. Yves Carle kannte sich damit aus. Wenn Thérèse gewollt hätte, wäre auch er weggefahren. Er hätte sie mitgenommen. Sie hätten kristallklares Wasser gesehen, felsige Inseln. Sie hätten gelernt, exotischen Fisch zu essen. Wenn Thérèse gerne gesegelt wäre, dann wäre es ... einfacher gewesen.

Yves trat nach draußen ins Cockpit, die Kaffeetasse in der Hand.

Es war die Stunde, in der die Pfiffe der Lummen über dem Wasserspiegel ertönten, die glatte Oberfläche aufwühlten und die Stille erschütterten, bis der Tag erwachte.

Er blickte auf. Die *Pilar* an Land, auf einem Anhänger.

Das Meer war leer.

»*Nachtflug, Nachtflug, Nachtflug*, hier *Blaues Wunder*. Antworten Sie. Over.«

Yves Carle streckte überdrüssig die Hand nach dem Funkgerät aus.

»Hier *Nachtflug*. Over.«

»Yves, du musst an den Kai kommen, um den Polizeiermittler Morales kennenzulernen. Over and out.«

»Over and out.«

Eines war sicher: Yves Carle würde zuerst in aller Ruhe
seinen Kaffee austrinken, bevor er auch nur einen Fuß an
Land setzen würde.

* * *

Morales dagegen wurde erst gegen sechs Uhr geweckt. Ein
wortkarger Beamter hatte an seiner Tür geklingelt, bevor er
mit seinen zwei übernächtigten Kollegen von der Spurensicherung, die ihr schläfriges Gähnen mit Koffein bekämpf-
ten, in einem als Privatwagen getarnten Polizeitransporter
losgefahren war, um die Fingerabdrücke an Bord der *Pilar*
zu sichern. Der Mann entschuldigte sich nicht und schien
sogar verärgert darüber, dass ausgerechnet er den Drecks-
job hatte, den Ermittler aufzuwecken, weil, wie er sagte, der
Gerichtsmediziner es nicht geschafft hatte, ihn auf seinem
Handy zu erreichen.

Morales murmelte dem Spurensicherer ein undeutliches
Dankeschön zu. Der zuckte mit den Schultern und ging
zurück an die Arbeit. Das Telefon hatte es nicht vermocht,
Morales zu wecken, weil dieser es absichtlich in seiner Ja-
ckentasche gelassen hatte. Er war spät nach Hause gekommen, hatte ein Fenster aufstemmen müssen, um in sein neues
Heim einzudringen. Danach hatte er mitten in der Nacht
das Auto und den Anhänger ausgeräumt, die Kisten quer-
beet in typisch männlicher Ordnung im Raum verteilt, bevor er, genau in dem Augenblick, als Yves Carle in See stach,
erschöpft ins Bett fiel. Grollend über das Schweigen seiner
Frau, war er eingeschlafen.

Marie Garant, den Gerichtsmediziner und die drei Spurensicherer verfluchend, stolperte Morales unter die Dusche,

stieß sich dabei die Füße an den Kisten, stellte fest, dass er keinen Kaffee mehr hatte, und fuhr schließlich ohne Frühstück zu dem Segelboot. Als er den Hügel von Ruisseau-Leblanc herunterkam, zuckte er überrascht zusammen: Jemand hatte den Einmaster an Land geholt. Warum? Der Bug war neun Meter lang. So etwas hatte er noch nie gesehen. Er war erstaunt über die Größe, das offenkundige Gewicht, die Eleganz des Seglers.

Er stieg aus und warf einen Blick ringsherum. Die Fischer waren nicht da, und ein Stück weiter weg schaukelte ein anderes Segelboot, das in den Wellen der Morgendämmerung vor Anker lag.

Dr. Robichaud kam auf ihn zu, mit dem entschlossenen Schritt desjenigen, der die ganze Nacht lang den Laden geschmissen hatte.

»Mit Verlaub, Sergeant, ich habe das Boot selbst zurückgeholt. Die drei Jungs von der Spurensicherung, denen Sie gerade begegnet sind, haben die Fingerabdrücke sichergestellt und eine Kiste voller Sachen für Sie im Cockpit zurückgelassen, damit Sie sehen, was sie ins Labor schicken wollen. Die bringen Sie am besten auf die Wache.«

Morales begriff, dass er gerade die zweite Gelegenheit verpasste, den Gerichtsmediziner in seine Schranken zu weisen. Eigentlich sollte er ihn daran erinnern, wer diese Ermittlung leitete und wie wichtig es war, nicht überall unnötig Fingerabdrücke hinzuklatschen. Aber er sagte nichts. Man suchte keinen Streit mit einem Dorf, in dem man sich gerade niederließ.

»Sie sind frühstücken gegangen und warten dann vor Marie Garants Haus auf Sie. Ich habe Ihnen die Adresse hier auf den Durchsuchungsbefehl geschrieben, um den Sie mich gestern gebeten haben.« Der Gerichtsmediziner reichte Morales einen Umschlag, den dieser in sein Auto legte. »Dann ruf ich mal den Notar an, damit er das Testament für Sie heraussucht.«

»Ich kann mich später darum kümmern, Doktor.«

»Nein, nein, er ist ein Freund von mir, wir sind das gewöhnt! Darf ich vorstellen? Das hier ist Yves Carle. Er hat die *Pilar* gefunden. Er kennt sich mit Segelbooten aus und kann mit Ihnen die Begehung machen.«

Morales wandte sich dem Neuankömmling zu. Er war weit über sechzig, und in seinem Blick lag eine unbestimmte Nostalgie.

»Sergeant Joaquín Morales. Ermittler bei der Québecer Polizei.«

Ein sachtes Kopfnicken von Yves Carle, und Morales fühlte sich hochtrabend und verklemmt mit seinem gestelzten Titel.

»Mit Verlaub, Yves, erzähl dem Ermittler, dass der Baum nicht gesichert war.«

»Der Baum war nicht gesichert, Sergeant.«

Befriedigt entfernte sich der Gerichtsmediziner und verschwand in seinem Wagen.

Allein mit Yves Carle, kam sich Morales einmal mehr lächerlich vor, ohne zu wissen, warum.

»Kennen Sie sich mit Booten aus?«

»Ein bisschen.«

»Können Sie mir etwas über das hier erzählen?«

»Das ist ein Alberg 30. Ein großes Hochseeboot.«

»Ich möchte, dass Sie mit mir zusammen die Begehung machen.«

Der Seemann nickte.

Morales holte eine Tüte aus seinem Auto.

»Wir müssen sterile Handschuhe und Überzieher für die Schuhe anziehen, damit wir keine Spuren am Tatort hinterlassen.«

Yves Carle nickte erneut. Schweigend streiften sie die Plastikausrüstung über und kletterten an Bord. Im Cockpit wartete eine Kiste auf ihn mit Gegenständen, die die Spurensicherung ausgewählt und in kleine Tüten gepackt hatte. Abgesehen davon erkannte Morales hier nichts wieder. Das war das erste Segelboot, das er besichtigte: Schnüre, Blöcke, kleine elektronische Anzeigetafeln, ein großer Kompass. Alles sah weitaus weniger aufregend aus als auf den Werbeplakaten für Reisen in die Karibik.

»Was genau ist ein Baum?«

Yves Carle stand aufrecht auf der Backbordseite. »Das ist der waagerechte Teil des Masts, hier, der das Großsegel von unten stützt.«

»Der Gerichtsmediziner sagte, er sei nicht gesichert gewesen …«

»Wenn man die Großschote lockert, da hinter Ihnen, dann gibt das dem Tauwerk Spiel, und der Baum schwingt hin und her.«

»Aha.«

Er war nicht sehr gesprächig.

»Könnte er mich ins Wasser stoßen?«

»Ja. Wenn er unerwartet zur Seite schwingt, könnte er Sie am Kopf treffen und ins Wasser stoßen.«

Morales fühlte sich immer noch ungeschickt vor diesem Seemann, der sich plötzlich bückte und schwarze Schmutzstreifen an Deck betrachtete. Morales kam seiner Frage zuvor. »Das waren die Leute von der Spurensicherung. Sie haben hier Fingerabdrücke sichergestellt.«

Yves Carle nickte. Ihn hatte der Ermittler gezwungen, Plastiktüten über seine Schuhe zu ziehen, aber diese Leute hatten das Segelboot beschmutzt, durchwühlt und Marie Garants Fingerabdrücke auf den salzigen Planken der Zeit sichergestellt. Und alle anderen. Alle, die sie gefunden hatten.

»Gehen wir rein?«

»Ja, ja. Gehen wir.«

Der Seemann stieg als Erster in das Segelboot der Toten hinab und ließ vorsichtig seine blassen Augen über den Kartentisch, die Pantry und Marie Garants Kabine in der Bugspitze schweifen. Morales trat ein, ein wenig zu groß für diesen beschränkten Raum, gerade als Yves mit überraschtem Gesichtsausdruck vor der Koje des Steuermanns stehen blieb. Er reckte seinen Hals, betrachtete prüfend das Bett, zog eine Augenbraue hoch. »Fällt Ihnen irgendetwas auf?«

»Nein, nein. Gar nichts, Sergeant.«

Morales hatte das gleiche Gefühl wie gestern bei dem Fischer Bujold. Der alte Seemann verheimlichte ihm etwas. Das war unangenehm, doch er hatte daraus gelernt: Die Leute aus der Gaspésie sagten nur, was sie sagen wollten.

Morales sah sich nun seinerseits um. Wonach suchte er? Nach einem Zeiger, der auf einen Täter wies, einer Einzelheit, die die Spur eines Verdächtigen erhellte, einem Beweis, den die Spurensicherer vergessen hatten? Eigentlich nicht, denn trotz des Umzugs, der Müdigkeit, der weiten Fahrt und des Alltagsärgers wusste Morales genau, dass die Unfalltheorie die plausibelste war. Natürlich durfte man nichts ausschließen, würde man an allen Polizeischulen auf der ganzen Welt sagen: Vom Suizid bis hin zum kaltblütig geplanten Mord war alles möglich, doch was brachte es, sich ständig in vagen Vermutungen zu verlieren? Als er noch jung war, war er jeder noch so unbedeutenden Spur nachgegangen. Inzwischen hatte er begriffen: Das war viel zu viel Aufwand für allzu wenige überraschende Ergebnisse! Natürlich kam es manchmal vor, dass eine Ermittlung aus dem Rahmen fiel, doch in der Regel …

Während Yves Carle an die Treppe gelehnt auf ihn wartete, ließ Morales sich Zeit. Er bewegte sich in den Räumen von Frauen nicht mit derselben Einstellung wie in denen von Männern. Bei Frauen wimmelte es oftmals von Gegenständen, Erinnerungen, alles war lebendig. Es gab bunte Stoffe, exotische Fotos, Porzellangeschirr. Es war verrückt, wie viel Schönheit und Behaglichkeit eine Frau ihrer Inneneinrichtung einhauchen konnte! Die Räume von Männern waren in der Regel entweder spartanischer oder unordentlicher. Morales hatte beobachtet, dass offensichtliche Leere häufig auf einen emotionalen Mangel hindeutete, vollgestopftes Übermaß hingegen auf bevorstehende Exzesse. Die Leiden der Männer waren verborgen und explosiv: Mord oder Selbstmord. Manchmal beides. Morales war zu dem Ergebnis gekommen, dass Männer traurig waren. Manchmal auch gewalttätig. Er ermittelte lieber in den Räumen von Frauen.

Dieser hier war ein Mysterium des Schweigens. Das Innere des Segelboots war eng, aber komfortabel. Einfache Holzregale an den Wänden des Bugs enthielten eine Fülle notwendiger Gegenstände: Plastikgeschirr, nautische Lehrbücher, Erste-Hilfe-Koffer. Alles war in einer praktischen Ordnung verstaut, die der Alltag vorgegeben hatte. Zeichen von Weiblichkeit? Gespannt und beinahe begierig suchte Morales nach Hinweisen auf sie – Marie Garant. Was wusste er über Frauen, die zur See fuhren? Nichts.

Er arbeitete sich zur Bugspitze vor, deren Tür offen stand. Ein Bett, ein winziger Schrank an der Seite. Er öffnete ihn: Kleidungsstücke. Schlicht. Ein paar Farben ohne großes Trara. Was nötig war, um gut auszusehen, ohne zu übertreiben. Ein leichter Duft nach Salz, nach Körper, ein weißes Haar auf der Schulter einer grünen Bluse … Als er den Schrank wieder schloss, hatte Morales einen Kloß im Hals. Er vermisste das, was für ihn Weiblichkeit ausmachte. Die Zärtlichkeit, die intimen Liebkosungen, den zerknitterten Rock, den er hochhob, während sie sein Hemd aufknöpfte, den Schweiß zwischen den Brüsten und auch anderes. Wenn sie sich vor der Dunkelheit fürchtete oder vor Mäusen, wenn sie sich Sorgen um ihr Make-up machte, wenn sie über einen wirklichen Kummer weinte. Heutzutage machten Frauen so etwas nicht mehr. Weiblichkeit war aus der Mode gekommen. Sie waren Feministinnen geworden, stark, unabhängig. Wenn sie Sex hatten, brachten sie sich selbst zum Höhepunkt. Sie wollten alles kontrollieren. Und Morales fühlte sich nutzlos. Alt und lächerlich.

Der Ermittler trat zurück, drehte sich um, besah sich die Koje des Steuermanns. Leer. Er öffnete die Schränke in der Kabine. Schnüre, Werkzeuge, ein Ölkanister, Ersatzteile und Gebrauchsanweisungen in den Schubladen.

Auch seltsame Gegenstände: Kompasse, Schiffskartenzirkel, Jean-Cras-Lineale, wie man sie auf Schwarz-Weiß-Fotos in nautischen Büchern sah und deren Nutzen Morales schleierhaft war. Alles war so wenig feinsinnig, so wenig feminin, dass es ihm fast wehtat für sie, diese Marie Garant, die ohne Mann einsam auf den Fluten des Meeres umhergesegelt war.

»Unter den Kissen der Sitzbänke sind die Trinkwassertanks.«

Morales drehte sich zu Yves Carle um, beinahe überrascht, dass er noch da war. »Aha. Danke.«

Er hob die Kissen hoch, öffnete die Vorratsbehälter. Kisten mit Lebensmitteln, Konserven und auch der Wassertank, ja genau. Ihm kam eine Idee, und er kehrte in Marie Garants Kabine zurück, hob die Bettmatratze hoch und öffnete den Stauraum darunter: Stoffsäcke. Yves Carle, der immer noch an die Treppe gelehnt dastand, machte nicht einmal einen Schritt vorwärts, als kenne er die unverrückbare Ordnung der Gegenstände auf See.

»Die Ersatzsegel. Wahrscheinlich ein Spinnaker. Das ist ein Segel, das kompliziert zu bedienen ist, und da sie allein und schon älter war, benutzte sie es wahrscheinlich nicht oft.«

»Aha.« Joaquín Morales spürte, wie ihn eine Welle der Enttäuschung überfiel. So wenige Hinweise auf sie …

»Unter den Bodendielen sind die Lenzpumpen …«

»Danke. Das reicht. Die Leute von der Spurensicherung haben sich ja sowieso schon umgesehen. Wir können rausgehen.«

Sie stiegen wieder hinauf ins Cockpit.

»Ist das hier auch ein Stauraum?« Morales öffnete den Sitz des Cockpits und hob fragend eine Augenbraue in Richtung Yves Carle.

»Fender, Festmacherleinen, Flaschenzug, Schwimmwesten, Gurtgeschirr, Handpumpe, Notfallpinne, Rettungsboot … Alles normal.«

Morales schloss den Stauraum wieder und blickte Yves Carle erneut an. »Wo haben Sie das Boot gefunden?«

»Es lag vor Anker, in der Nähe von Paspébiac.«

»Was gibt es da Besonderes?«

»Eine Untiefe.«

»Sie sind Seemann. Glauben Sie, es gab einen Grund dafür, warum Marie Garant über dieser Untiefe vor Anker gegangen ist? Wenn sie aus dem Süden zurückkam, lag Paspébiac nicht unbedingt auf ihrem Weg, oder? Warum war sie dorthin gefahren und nicht direkt nach Hause?«

Yves Carle zuckte mit den Schultern und ging von Bord. Morales wollte die Kiste mit den Gegenständen an ihn weitergeben, doch in diesem Augenblick kam der Gerichtsmediziner angespurtet, packte sie und stellte sie, überrascht von ihrem Gewicht, auf den Boden. Natürlich riss Robichaud sofort wieder das Wort an sich, und Morales sagte sich, dass er einen Weg finden musste, ihn auf höfliche Art und Weise loszuwerden.

»Yves hat das Boot bei der Banc-des-Fous gefunden. Erklär uns doch mal, mit Verlaub, warum du da unterwegs warst …«

»Ich war segeln, Doktor. Jeder weiß, dass ich vor allem nachts segele.«

»Die Banc-des-Fous ist eine Untiefe. Ein Treffpunkt für Dealer und Liebespaare. Das heißt, Sergeant, die Sache ist ziemlich eindeutig: Marie Garant geht da mit ihrem Segelboot vor Anker, um sich von der anstrengenden Reise zu erholen, macht eine falsche Bewegung, eine ungünstige Welle schleudert ihr den Baum gegen den Kopf, sie verliert das Gleichgewicht und geht über Bord …«

Yves' spöttisches Lächeln traf den Gerichtsmediziner wie eine Ohrfeige. Er mischte sich ein, er konnte offenbar nicht anders.

»Glauben Sie, was Sie wollen, aber kein Segelboot sucht über einer Untiefe Schutz vor schlechtem Wetter! Das ist zu gefährlich! Wegen des Seegangs besteht die Gefahr, dass der Kiel gegen Felsen prallt und den Bug zerstört. Wenn schlechtes Wetter aufkommt, muss ein Segelboot sicher im Jachthafen vertäut sein oder weit von der Küste entfernt. Jeder echte Seemann weiß das. Sie stellen hier Ermittlungen zum Tod einer Frau an, die segeln konnte, vergessen Sie das nicht.«

Yves Carle verstummte, senkte den Kopf wie ein Mann, der der Meinung war, er habe genug gesagt und dass man von nun an allein seine Schlüsse ziehen könnte. Der Gerichtsmediziner weigerte sich nachzugeben.

»Mit Verlaub, alle Seeleute hatten großen Respekt vor Marie Garant, aber niemand ist gegen eine Ungeschicklichkeit gefeit. Reden wir jetzt mal über das Testament, Sergeant. Der Notar darf es nicht öffnen, solange die Erben nicht ausfindig gemacht wurden. Er hat mir den Namen einer Erbin gegeben, aber bei ihr zu Hause hat er sie nicht erreicht.«

Yves Carle blickte auf. Eine Erbin. Eine Frau!

»Er sagt, wir sollten sie anrufen. Vielleicht wollen Sie das ja selbst übernehmen.«

Yves entfernte sich diskret. Im Grunde ging ihn das nichts an, und er hatte Lust, nach Hause zu fahren. Auf einmal hörte er etwas und winkte dem Ermittler.

»Entschuldigung ... In Ihrem Auto klingelt ein Telefon ...«

»Verdammt!«

Morales stürzte zu seinem Wagen, packte seine Jacke, durchwühlte sie hektisch, fand das Handy und nahm endlich ab.

»Hallo?«

»Wissen Sie was, Herr Ermittler? Hier ist Renaud Boissonneau. Und ich warte hier auf der Wache auf Sie, für mein Verhör ...«

»Monsieur Boissonneau? Wir sind für morgen verabredet, nicht für heute!«

»Wissen Sie was? Sie lassen hier gerade einen Kronzeugen warten ...«

»Einen Kronzeugen? Was wollen Sie damit ...«

Stimmengewirr in der Leitung.

»Sergeant Morales? Hier Leutnant Forest. Sie lassen schon seit geraumer Zeit einen wichtigen Zeugen warten.«

Renaud hatte ihn einfach an Marlène weitergegeben! Diese gottverdammte Nervensäge machte vermutlich gerade einen Mordsaufstand auf der Wache!

»Leutnant Forest, wir haben das Segelboot der Verstorbenen wiedergefunden und ...«

»Hier in der Gaspésie, Sergeant Morales, zählen Menschen mehr als Gegenstände, und die Kollegen von der Spurensicherung haben mir mitgeteilt, dass sie den Tatort bereits vor mehr als einer Stunde verlassen haben, also ...«

Morales drehte den Kopf, und was sah er da? Wie der Gerichtsmediziner Yves Carle nach Hause schickte! Morales winkte den alten Seemann zu sich her, stellte sich diskret vor ihn und hielt die Hand über das Telefon.

»Warten Sie kurz auf mich, Monsieur Carle ...«

»Entschuldigen Sie, aber ich habe nichts hinzuzufügen, und meine Frau wartet auf mich.«

Am Telefon wurde Marlène Forest langsam ungeduldig.

»Hören Sie mir zu, Morales?«

Morales zuckte zusammen.

»Ja, Leutnant Forest.«

Er sah ohnmächtig dabei zu, wie sich Dr. Robichaud mit einer wegwerfenden Handbewegung von Yves Carle verabschiedete, der wieder aufs Meer hinausfuhr und dabei vergessen hatte, die Plastiküberzieher über seinen Schuhen abzunehmen.

»In zehn Minuten auf der Wache. Ist das klar?« Sie legte auf.

Morales schaute noch einmal auf sein Telefon, doch der Gerichtsmediziner unterbrach ihn hartnäckig.

»Mit Verlaub, ich habe schon mit dem Notar gesprochen und Ihnen den Namen und die Telefonnummern der Erbin aufgeschrieben (zu Hause und bei ihrem Arbeitgeber), und Sie müssen jetzt nur noch ...«

Sarah hatte ihm drei Nachrichten geschickt. SMS.

Robichaud hielt Morales einen Zettel hin, den der Ermittler mit einer Hand ergriff.

»Danke. Ich rufe sie nachher gleich an.«

»Warum nicht jetzt sofort?«

Sarah schrieb, dass sie Zeit brauche. Dass sie sich um persönliche Angelegenheiten kümmern müsse. Dass sie möglicherweise etwas später nachkommen würde. Morales sammelte die Kiste mit den Gegenständen ein, die die Spurensicherer entnommen hatten. Was sollte das heißen, »Zeit brauchen«? Er schmiss die Kiste in den Kofferraum seines Wagens, während ihm der aufdringliche Gerichtsmediziner nicht von der Seite wich.

»Mit Verlaub, Sergeant, ich kann Ihnen behilflich sein. Sie wissen schon, wenn man sich vor Ort nicht auskennt ...«

Joaquín Morales setzte sich ans Steuer. Seine Frau musste sich »um persönliche Angelegenheiten kümmern«? Was für »persönliche Angelegenheiten«? Er verabschiedete sich mit einem Wink von dem Gerichtsmediziner.

»Danke für alles, Dr. Robichaud, aber ich muss weg, ich muss noch ein ›Verhör‹ durchführen.«

»Ein Verhör? Morales, Sie werden doch die Leute hier hoffentlich nicht zu hart rannehmen, oder? Hier läuft das nicht wie in Montréal oder in Mexiko! Wir müssen mal darüber reden, wie wir die Dinge hier handhaben, und zwar ...«

Er ließ den Motor an. Was sollte das heißen, »ein bisschen später nachkommen«? Fünf Tage Einsamkeit, genügte ihr das nicht? Spielte er womöglich gerade in einer Umzugskomödie den Gelackmeierten? Er fuhr den Hügel hinauf und ließ den Kai von Ruisseau-Leblanc hinter sich.

Robichaud würde seinen Satz allein beenden.

Am Tag zuvor, was ihm ewig lange her vorkam, hatte er noch von einem hellrosafarbenen Drink am Meeresufer geträumt. Bei seiner Ankunft auf der Polizeiwache von Bonaventure wäre Joaquín Morales jedoch bereits für einen heißen Kaffee in einem Pappbecher dankbar gewesen.

»Wissen Sie was? Bringen Sie mich bitte in einen echten Verhörraum. Hier ist es nämlich ein bisschen heiß. Haben

Sie keinen Raum mit verspiegelten Glaswänden? Ich schwöre, die Wahrheit zu sagen, nichts als die Wahrheit, und wie ging der Spruch noch mal weiter?«

Nachdem er den Anweisungen der Empfangsbeamtin gefolgt war, fand er Renaud Boissonneau mitten im Gespräch mit Leutnant Forest in der überhitzten, direkt nach Süden ausgerichteten Teeküche wieder, einem Raum, der nur aus Fenstern zu bestehen schien, die jedoch anscheinend bis in alle Ewigkeit versiegelt waren. Leutnant Forest spielte vor dem Mann, der ihr seit mindestens zwanzig Jahren die Hälfte ihrer sommerlichen Mahlzeiten servierte, stolz ihre Rolle als offizielle Gastgeberin. Natürlich war die Kaffeekanne leer.

»Leutnant? Könnten Sie mir bitte zeigen, wo sich mein Büro befindet?«

»Ihr Büro, Sergeant Morales? Tja … Sie sollten ja eigentlich gar nicht so früh hier anfangen und …«

Auf einmal flog hinter Morales die Tür der kleinen Teeküche auf. Sofort verlor Renaud Boissonneau das Interesse an den beiden anderen, wandte sich kurzerhand von Marlène ab, um sich den Hals nach der neu Angekommenen zu verdrehen.

»Na, na, na, wenn das nicht die kleine Joannie ist! Bist du Polizistin geworden?! Weißt du was? Die Uniform steht dir verdammt gut!«

Mürrisch wandte sich Marlène Forest wieder Morales zu, der seinen Blick reflexartig ebenfalls für einen Augenblick im Dekolleté der Rekrutin des Jahres versenkt hatte.

»Morales, ist das nicht Ihr Telefon, das da klingelt?«

»Hm? Äh … Ach ja!«

Schmollend zog sich Forest in ihr Büro zurück, während Morales drei Schritte zur Seite ging, um zu antworten.

»Hallo?«

»Sergeant Morales? Hier ist die Spurensicherung … Wir stehen vor dem Haus von Marie Garant und warten auf Sie …«

»Verdammt! Ich habe Sie vergessen!«

»Was machen wir jetzt? Sollen wir reingehen?«

In der Ecke der kleinen Küche wandte ihm Renaud Boissonneau den Rücken zu. Er war voll und ganz in sein zunehmend lebhafter werdendes Gespräch mit Joannie vertieft.

»Ähm …«

Morales fragte sich noch einmal, warum Dr. Robichaud am Tag zuvor gezögert hatte, bevor er ihm den Zutritt zu dem Haus erlaubte: Platzhirschgehabe, Machtmissbrauch, Überdruss eines alten Mannes, oder steckte etwas anderes dahinter?

Er wollte Marie Garants Haus unbedingt mit eigenen Augen sehen, bevor die Kollegen von der Spurensicherung es betraten und dort alles auf den Kopf stellten.

»Langsam zieht sich der Himmel zu, und wir haben keine Lust mehr, hier noch blöd rumzustehen.«

Der Zeuge Boissonneau ließ nicht von der hübschen Polizistin ab. Er schien Joannie genauestens über die Umsatzentwicklung des Bistros seit dem Beginn der Urlaubssaison unterrichten zu wollen.

»Ähm … Nein.«

»Was soll das heißen, nein?«

Der Ermittler schlich vorsichtig in Richtung Notausgang.

»Warten Sie auf mich …«

Der Zeuge drehte ihm immer noch den Rücken zu.

Schnell und behände durchschritt Morales die Hintertür und erreichte den Parkplatz.

»Ich bin in fünf Minuten da.«

* * *

In dem weißen Transporter, der vor Marie Garants Haus stand, warteten die drei Spurensicherer auf den Ermittler. Sie waren weiß Gott keine übereifrigen Menschen. Außerdem war heute Morgen schlechtes Wetter. Es hatte auf einmal zu regnen begonnen, und nun hatte der Regen eine Wand rund um ihr Fahrzeug hochgezogen. Sie konnten kaum das Meer am Ende der Mole sehen.

»Das soll schon wieder ein verregneter Sommer werden.«

»Ach, echt?«

»Ja.«

»Nächstes Jahr nehm ich meinen Urlaub, glaub ich, im September.«

»Hm.«

Es roch nach kaltem Kaffee und hart gewordenen Donuts. Sie warteten auf Sergeant Morales, der entscheiden würde, ob sie in Marie Garants Haus Fingerabdrücke sichern sollten oder nicht. Da tauchte auch schon ein alter Toyota in der Einfahrt auf.

»Ist das der Neue?«

»Sieht so aus.«

»Wo kommt der her?»

»Montréal, glaub ich.«

»Hast du ihn heute Morgen gesehen?«

»Jep.«

»Wie ist er so?«

»Wie alle anderen.«

Morales stieg aus und rannte im strömenden Regen zu dem Transporter. Der Beifahrer ließ sein Fenster halb herunter.

»Haben Sie einen sterilen Anzug für mich?«

»Gebt ihm eine Ausrüstung.«

Der sterile Anzug wurde in einer versiegelten Tüte durch das Fenster gereicht.

»Ich gehe mich umschauen und komme Sie danach holen.«

»Wie Sie wollen.«

Morales trabte im Regen los bis unter die Veranda, wo er sich aus seiner durchnässten Jacke schälte und den Anzug überzog. Das Fenster des Transporters ging wieder hoch.

»Der wird nichts finden.«

»Lass ihn machen.«

»Hm.«

»Der ist nicht von hier, oder?«

»Mexiko vielleicht …«

»Aber hat keinen Akzent …«

Allgemeines Schulterzucken.

»Wann ist er angekommen?«

»Diese Woche.«

Durch die Fensterscheibe konnten sie undeutlich den Ermittler erkennen, dem es gelungen war, die Tür zu öffnen, und der nun das Haus betrat.

»Der hängt sich noch rein.«

»Ist gerade erst hergezogen.«

»Ganz allein?«

»Seine Frau soll eigentlich nachkommen.«

»Die kommt nicht.«

»Hm.«

Nach und nach beschlugen die Fensterscheiben unter dem unregelmäßigen Hämmern des Regengusses.

»Bei wem ist da eingebrochen worden, bei den Bauernhäusern?«

»Bei den Bauernhäusern? Bei Clément.«

»Was ist weggekommen?«

»Anscheinend hatte er Geld in einem Safe.«

»Hm.«

»Sind die mit dem Safe abgehauen?«

»Nein. Sie haben ihn rausgeholt und dann aufgebrochen.«

»Hm.«

»Wie denn?«

»Die Polizei hat einen Vorschlaghammer im Straßengraben gefunden.«

»Ach, echt?«

»Den Vorschlaghammer von Vital Bujold.«

»Vital war aber nicht der Einbrecher, oder?«

»Natürlich nicht. Du weißt doch, wie Vital ist: Der verleiht sein Werkzeug. Das ist alles.«

»Hm.«

»Aber … Wem hat er denn seinen Vorschlaghammer geliehen?«

»Keine Ahnung. Er wills nicht sagen. Er hat gesagt, der Polizei würd er's erzählen, wenn die ihn danach fragen würden.«

»Und?«

»Anscheinend hat das Mädel, das ihn vernommen hat, ihn nicht danach gefragt.«

»Ach, nicht?«

»Du kennst doch Vital: Er sagt, die schleppt so viel Zeug mit sich rum, dass sie sonst nichts mitkriegt.«

»Was schleppt die denn mit sich rum?«

»Keine Ahnung. Ihre Pistole, ihre Dienstmarke, ihren Schlagstock. Zeug halt.«

»Das war bestimmt die kleine Blonde, die ihn vernommen hat. Wie heißt die noch mal?«

»Joannie.«

»Hm.«

»Lass den Motor an. Man sieht nichts mehr.«

»Mach die Heizung an.«

Der Motor rumpelte leise, der Regen fiel jetzt langsamer.

129

»Ah, da ist der Ermittler wieder. Er kommt raus. Hat nichts gefunden.«

»Was macht er da?«

»Er telefoniert.«

»Hm.«

»Mach mal das Fenster auf ...«

Das Fenster wurde halb heruntergelassen.

»Was sagt er?«

»Er streitet sich.«

»Hm.«

»Er hat Stress mit seiner Frau. Anscheinend muss sie sich um ›persönliche Angelegenheiten‹ kümmern ...«

»Die kommt nicht.«

»Hm.«

»Er sieht ziemlich sauer aus.«

»Hm.«

»Achtung, er kommt!«

Der Regen beruhigte sich kurz, lange genug, damit Morales mit wütenden Schritten den Transporter erreichen konnte.

»Und?«

»Vergessen wir's. Hier gibt es nichts zu finden.«

»Hm.«

»Alles in Ordnung, Sergeant?«

»Warum?«

»Einfach so.«

»Ganz genau, einfach so.«

»Na gut. Tschüss.«

Die Scheibe ging wieder hoch. Joaquín Morales rannte zu seinem Auto.

»Die kommt garantiert nicht.«

Und der Transporter verließ den Hof.

* * *

Er hasste das. Während seiner Arbeitszeit mit seiner Frau zu reden. Seitdem er ein Handy hatte, war das unvermeidlich. Die meisten seiner Kollegen aus der Stadt hörten gerne die Stimme ihrer Liebsten, die ihnen irgendwelche Nichtigkeiten ins Ohr säuselten: »Und vergiss nicht, noch beim Kiosk vorbeizugehen, ja? Ich habe einen Film ausgeliehen ...« Morales fand dieses Getue entsetzlich. Es war unangebracht, über Milchflaschen oder kitschige Filme zu sprechen, wenn ringsumher Mord und Totschlag herrschten. Wenn die dunkle Seite der Menschheit seine gesamte Aufmerksamkeit verlangte, musste das Nichtige warten können.

Er parkte seinen Wagen vor dem altehrwürdigen Haus des Notars, durchquerte mit wutentbranntem Schritt eine allzu lange Veranda und klingelte an der Tür.

Warum hinterließ sie ihm solche Nachrichten? Natürlich hatte er sie zurückgerufen! Und was war dabei herausgekommen? Nichts! Außer, dass sie sich heftig gestritten hatten, dass er Marie Garants Haus nur schlecht und oberflächlich durchsucht hatte und dass Morales in dem Augenblick, als der Notar Chiasson die Tür öffnete, fuchsteufelswild war.

Zugegeben, es war ungeschickt gewesen, seiner Frau zu sagen, es käme gar nicht infrage, ihre Ankunft für irgendwelche vermutlich vollkommen unwichtigen »persönlichen Angelegenheiten« zu verschieben, aber zog man immer Samthandschuhe an, wenn man außer sich war?

Und jetzt musste er sich auch noch mit einem alten Notar herumschlagen, der sich vom hohen Ross seiner Prinzipien herunter weigerte, das Testament in Abwesenheit der Erbin zu enthüllen.

»Monsieur Chiasson, einer meiner Kollegen auf der Wache von Bonaventure versucht gerade, Catherine Garant über die Verwendung ihrer Bankkarten aufzuspüren, aber das kann dauern ...«

Der Notar schüttelte ablehnend den Kopf.

Sarah hatte behauptet, dass sich ihr Ehemann nie für sie interessiere, dass ihm tote Frauen lieber seien (genau so hatte sie es ausgedrückt: »Tote Frauen sind dir lieber, Joaquín!«). In schneidendem Tonfall hatte er erwidert, dass Leichen manchmal weniger kalt seien als seine eigene Frau, worauf sie kurzerhand aufgelegt hatte.

»Sie haben es ganz schön eilig, Sergeant Morales. Sie schicken sich an, die Privatsphäre der Frauen Garant mit Füßen zu treten, indem Sie, ohne ihre Einwilligung, das Testament lesen wollen, das eine Mutter für ihre Tochter aufgesetzt hat.«

»Monsieur Chiasson, wenn Sie mich daran hindern, dieses Testament zu lesen, werde ich das als Behinderung einer polizeilichen Ermittlung betrachten.«

Der Notar Chiasson mit seinem Dreifachkinn zögerte, wie man zu seiner Ehrenrettung sagen musste, noch schweigend eine Minute lang, bevor er die erste Schublade zu seiner Rechten öffnete und ihr einen versiegelten Umschlag entnahm. Der alte Jurist ließ sich so viel Zeit wie möglich. Morales wartete regungslos.

Marie Garants Testament war kurz. Sie vermachte ihren gesamten Besitz ihrer Tochter, Catherine Garant. Ein Brief lag dem Testament bei. Morales bereute dermaßen, Sarah während seiner Arbeitszeit angerufen zu haben! Er bedeutete dem Notar, den Brief zu öffnen.

Dieser knurrte kurz wie ein übellauniger Bär, schlitzte sorgfältig den Umschlag auf und las schweigend das Schreiben. Nach und nach entfaltete sich sein fettes Kinn zu einem zufriedenen Lächeln.

»Wieso lächeln Sie?«, schnappte Morales.

»Einfach so. Es ist ja Ihre Ermittlung …«

»Was ist los?«

Scheinheilig grinsend reichte der Notar den Brief mit seiner wurstfingerigen Hand an einen Joaquín Morales weiter, der sich nun eher zum Mörder als zum Verteidiger der Gerechtigkeit berufen fühlte. »Nichts. Es ist nur so, dass …« Der gutmütige alte Mann unterstrich die Geste mit einem kurzen, ironischen Lachen. »Der Brief ist ein Gedicht …«

* * *

»Ich möchte bitte mit Madame Garant sprechen.«

»Geht es um Wohnraum oder Gewerbe?«

»Weder noch. Ich bin polizeilicher Ermittler und muss Madame Garant unbedingt erreichen.«

»Einen Augenblick. Ich verbinde Sie mit Monsieur Lapointe.«

Morales ließ die Fahrstuhlmusik über sich ergehen und schaukelte dabei nervös auf Marlènes Stuhl hin und her. Er versuchte, sich zu beruhigen.

Sein Zeuge war ins Bistro zurückgekehrt, nachdem er das abscheuliche Benehmen des »mexikanischen Inspektors aus Longueuil« bei dessen Vorgesetzter angeprangert hatte. Doch Leutnant Forest hatte ihm dies keineswegs übel vermerkt. Im Gegenteil, sie schien geradezu beglückt darüber, dass ein Kollege jenen Zeugen, der dermaßen für dieses kleine blonde Luder entflammt war, einfach stehen ließ. Sie begnügte sich damit, Morales vorübergehend ihr Büro anzubieten, mit dem Versprechen, dass er sich in einigen Tagen endlich an seinem eigenen Platz niederlassen könne. Denn anscheinend ließ sich der letzte, jüngst in Pension gegangene Kollege Zeit damit, seinen Schreibtisch zu räumen. Er spazierte herum, machte keinerlei Anstalten zu gehen und trank die Kaffeemaschine leer, anstatt seine Familienfotos einzusammeln. Marlène zögerte, den unverschämten Nachzügler vor die Tür zu setzen. Denn bekanntlich neigten depressive

Rentner dazu, ihre Dienstwaffe gegen sich selbst zu richten, und Leutnant Forest wollte kein Drama auf ihrer Wache. Morales zeigte vollstes Verständnis für die Situation. Nichts von alledem wäre passiert, hätte man ihn in aller Ruhe umziehen lassen. Man hatte ihn offensichtlich zu schnell eingestellt, und der Apparat hatte Sand im Getriebe.

»Paul Lapointe.«

»Sergeant Joaquín Morales, Ermittler auf der Polizeiwache von Bonaventure. Ich versuche, eine Frau namens Catherine Garant aufzuspüren. Man hat mir gesagt, sie arbeitet bei Ihnen.«

»›Hat gearbeitet‹ wäre zutreffender. Catherine ist gegenwärtig freigestellt.«

Siehe da! Morales hatte Erbinnen noch nie über den Weg getraut! »Kommt sie bald wieder?«

»Ich bezweifle, dass sie wiederkommt.«

»Wieso?«

Der Architekt legte seinen Bleistift nieder. Er trug ein blaues Hemd mit dünnen Streifen und dazu weder Krawatte noch Sakko. Er knöpfte seine Ärmel auf und krempelte sie hoch.

»Catherine hat uns verlassen, nachdem sie mehrere geliebte Menschen hintereinander verloren hatte. Sie hat ihre Stifte zusammengepackt und ihre Projekte an einen Kollegen übergeben. Falls sie jemals wieder zeichnet, dann ganz bestimmt als Freiberuflerin. Im Moment macht sie vermutlich eine schwere Zeit durch.«

Diese Floskel brachte Morales auf die Palme. Eine »schwere Zeit«! Wer machte denn keine »schwere Zeit« durch? Alle machten »schwere Zeiten« durch: die Toten, die Mörder, die Kollegen aus dem Büro … Und er, machte er nicht auch eine »schwere Zeit« durch? Das war noch lange kein Grund, Familienangehörige umzubringen und dann spurlos zu verschwinden! »Wissen Sie, wo ich sie erreichen kann?«

»Haben Sie bei ihr zu Hause angerufen?«

»Natürlich.«

»Dann weiß ich es nicht.«

Morales wusste, er musste die Befragung fortsetzen, auch wenn er keinen Nerv dafür hatte: soziale Kontakte, Freunde, Feinde, seit wann sie schon dort arbeitete … »Sie sagen … ähm … dass sie … eine ›schwere Zeit‹ durchmacht?«

»Schwermut, die berühmte Krise rund um die dreißig, Sie kennen ja die Frauen …«

Morales seufzte. Auf einmal fühlte er sich überdrüssig. »Immer weniger. Und Sie?«

»Nein, auch nicht wirklich …«

»Sind Sie verheiratet?«

»Die Ehe ist seit über vierzig Jahren nicht mehr in Mode, Sergeant. Auch das Leben zu zweit nicht mehr. Seit über zwanzig Jahren liebe ich dieselbe Frau, aber auch Liebe ist nicht mehr wirklich *in*. Wir sind ein modernes Paar, jeder hat seine eigene Wohnung.«

»Sind Sie treu?«

Der Architekt drehte seinen Stuhl und blickte durchs Fenster auf die Skyline von Montréal. Rechts davon erhob sich der Hausberg Mont Royal mit dem imposanten Kreuz darauf.

»Treu? Was heißt das schon?«

»Hatten Sie eine Affäre mit Catherine?«

»Ich würde liebend gerne mit Ja antworten.«

»Ist sie eine schöne Frau?«

»Ja.«

»Hat sie … ähm … besondere Freunde? Liebhaber? Einen festen Partner?«

»Ich weiß nicht genau, warum Sie nach Catherine suchen,

und vielleicht hat das, was ich Ihnen erzählen werde, nichts mit Ihrer Ermittlung zu tun ...«

Die Ampel an der Ecke der Rue Saint-Laurent schaltete auf Grün.

»Vor drei Jahren hat eine meiner Angestellten ihre Mutter verloren. Isabelle Arcand. Sie ist meine Sekretärin. Sie ist jung, kaum 25 Jahre alt, aber äußerst kompetent.«

»Hübsch?«

»Sehr hübsch. Blond, mit allem, was dazugehört. Stereotypen beiseite, Sergeant, aber: Meine Kunden sind in der Hauptsache Männer, und sie bewundern gerne eine schöne Frau, wenn sie ein Büro betreten. Das ist normal. Trotzdem würde ich keine Idiotin einstellen. Isabelle ist gut in ihrem Job. Aber Sie wissen ja, wie Frauen so sind. Stecken Sie zwei junge, hübsche in dasselbe Büro, dann gibt es einen Zickenkrieg.«

Morales sah noch einmal Marlènes triumphierendes Lächeln vor sich, als sie erwähnte, wie Vital der jungen Rekrutin den Kopf gewaschen hatte. »Hat Catherine sie gehasst?«

»Frauen hassen sich nicht. Sie verteidigen nur ihr Revier.«

»War Catherine eifersüchtig, weil Sie eine Beziehung mit Isabelle hatten?«

»Nein.«

»Dann verstehe ich nicht ganz, was Sie meinen ...«

»Als Isabelle ihre Mutter verloren hat, stopfte sie ihr Haus mit Gegenständen voll, die sie geerbt hatte: Nippesfiguren, Geschirr, Fotos, Bücher. Sie wissen schon: Der ganze Kram, mit dem einem Mütter auch nach ihrem Tod noch zur Last fallen. Isabelle hat alles genommen. Man muss sie verstehen: Sie ist ein Einzelkind, sie wollte die Sachen nicht irgendwelchen Leuten überlassen. Sie stellte ihre Dreizimmerwohnung damit voll.«

Draußen vor dem Fenster trieben zwei Frauen, die offensichtlich in einer Kita arbeiteten, eine Kinderschar mit gelben Signalwesten vor sich her. Der Tag neigte sich dem Abend zu, Lapointe wartete, bis die lärmende Gruppe vorbeigezogen war, bevor er weitersprach. Auch Morales war dankbar für eine Verschnaufpause.

»Wissen Sie, Sergeant, manche sagen, junge Leute suchen nach Liebe, andere, nach Freiheit. Meiner Meinung nach ist das alles Blödsinn. Sie erleben Abenteuer, sie verreisen, sie machen Party, aber wenn sie nach Hause zurückkommen, fühlen sich die jungen Leute einsam. Hilflos. Sie würden das nie zugeben, weil sie zu stolz sind, aber sie brauchen vor allem Trost.«

Joaquín Morales hatte die Tür geschlossen. An Marlènes Pinnwand hing ein Foto von einer beigen Katze. Und er? Wo waren seine beiden Söhne?

»Isabelles Verhalten konnte ich verstehen. Aber das von Catherine war mir schleierhaft. Als sie ihre Eltern verlor, hat sie, ob Sie's glauben oder nicht, überhaupt nichts behalten. Innerhalb von ein paar Wochen hatte sie alles verkauft: das Haus, den Garten, die Möbel und die Gegenstände darauf. Alles ...«

Und Sarah? Wo war sie? Nein, er durfte jetzt nicht an Sarah denken. Auch nicht an die fehlenden Möbel, das Durcheinander aus Kisten, Streitigkeiten und Missverständnissen, das ihm bevorstand.

»... Es war, als hätte sie auf einen Schlag ihre Wurzeln herausgerissen und wäre dabei in ein bodenloses Loch gefallen. Sie wissen, wie das ist, wenn man im Leichenschauhaus den Korridor entlanggeht. Alles ist grau gestrichen, sogar die Neonröhren leiden, und man muss trotzdem immer weiter, weil man manchmal einfach durch die Hölle gehen muss ... Isabelle hat sie besucht, um mit ihr zu reden, denn wir wussten, dass Catherine niemanden hatte. Keine Großeltern, keine Onkel, keine Geschwister, bloß eine weiße, spartanisch eingerichtete Wohnung. Extrem spartanisch. Aber Catherine hat sie vor die Tür gesetzt. Eine Woche später hat sie ihre Kündigung eingereicht.«

Lapointe ließ seinen Blick über die Tischplatte aus Mahagoni schweifen. Drei Tage lang hatte der Brief dort gelegen, bis er die Kündigung akzeptiert hatte.

»Ich erzähle das bloß, Sergeant, um Ihnen zu sagen, dass Catherine nicht auf der Flucht ist. Eher auf der Suche oder vielleicht im Urlaub. Aber es ist bestimmt ganz normal, dass sie ein bisschen durchatmet. Was soll sie denn hier finden? Überhitzte Nächte im Sommer, ein stilles Wohnzimmer, glühend heißen Asphalt, anonyme Bars und weißen Rum?«

Drei Fahrradfahrer rasten vorbei, überquerten gerade noch bei Gelb den Boulevard Saint-Laurent.

Und er, Joaquín Morales, was würde er finden, allein in dieser Gaspésie, die ihn so widerborstig empfangen hatte? »Danke, Monsieur Lapointe, das war alles, was ich wissen wollte.«

»Sergeant Morales?«

»Ja?«

»Catherine ist vermutlich nicht anders als die anderen. Sie sucht jetzt bestimmt gerade irgendwo Trost …«

ABDRIFT

Ich setzte mich in den Schaukelstuhl. Ein hölzerner Stuhl, ausgebleicht vom salzigen Wind, der ihn an stürmischen Abenden hin- und herbewegte.

Aus der Entfernung konnte man durch den dichten Nebel die verschwommenen Umrisse der *Pilar* erkennen, die auf dem Trockendock lag und aussah wie ein geprügelter Hund. Ich hatte noch nicht den Mut gehabt, hinunterzugehen und sie mir anzusehen.

Würden wir alle einmal so enden? Als dünne, leichenblasse, vom Meer ausgelaugte Körper auf dem vom Sommer ausgedörrten Boden? War das unsere Bestimmung? Auf dem Trockendock zu landen?

Der Himmel zog sich zu und versprach einen trägen Regen. Das Meer schlug hart auf die Kiesel des Strandes ein, die zu meinen Füßen klirrten wie Glasscherben. Die Silbermöwen ließen die Panzer der Krebse auf die Felsen fallen, um sie aufzubrechen. War der Ozean – grau und schwer, ohne Sonne und spielende Kinder – nicht einfach nur ein stilles Grab, das mit Korallenknochen klapperte?

»Lernst du, wie man sich in den Schlaf wiegt?«, hörte ich eine röchelnde Stimme sagen.

»Ja.«

»Kriegst du es hin?«

Ich antwortete nicht.

»Ich glaube, du strengst dich ein bisschen zu sehr an.«

»Ich habe auf dich gewartet, Cyrille, aber wenn du deine Ruhe haben willst, dann lasse ich dich in Frieden …«

»Nein. Bleib. Aber lass uns reingehen. Die Luft ist feucht. Gleich fängt es an zu schütten.«

»Okay.«

»Willst du den Schaukelstuhl mitnehmen?«

»Ja.«

Wir betraten sein Sommerhaus. Er lieh mir eine Wolldecke, und ich wickelte meine Schultern darin ein wie eine alte Frau, bevor ich es mir in dem hölzernen Schaukelstuhl bequem machte.

»Der Himmel ist voller Wasser.«

Ein kühler Wind rüttelte an den Moskitonetzen und drang in alle Ritzen ein. Cyrille atmete schwer, setzte Teewasser auf und nahm am Tisch Platz, um sein Haschisch zu zerbröseln. Seine Handbewegungen waren langsam, aber bestimmt. Das beruhigte mich. Wir hatten es nicht eilig. Es würde sowieso nichts passieren.

Es war Tag, doch das Sommerhaus war in ein Halbdunkel getaucht. Cyrille erhob sich, goss den Tee ein und zündete zwei weiße Kerzen an, die er auf den Tisch stellte. Sein Atem, der Regen, die salzige Gischt. Er setzte sich wieder, direkt ans Fenster. Wir rauchten zusammen.

»War sie das, die Frau, mit der du nicht in Löffelchenstellung geschlafen hast?«

Mit einem Mal wurde der Regen heftig. Er platschte auf die Holzveranda, den Strand, den Wasserspiegel, der zurückwich, wie ein Tier, das von einem wutentbrannten Herrn geschlagen wurde.

Cyrille drückte den Joint im Aschenbecher aus und ließ sich mit einem erschöpften Seufzer gegen seine Stuhllehne sinken. Seine nutzlosen Hände. Er trank einen letzten Schluck Tee, stellte seine Tasse auf den Tisch, erhob sich wieder, nahm den Aschenbecher und machte ihn über der Spüle sauber. Er war dürr. Sein blau kariertes Hemd, das zu warm für die Jahreszeit war, war viel zu weit und schlug Falten rund um seinen Hosenbund. Er hatte seinen Ledergürtel zwei Löcher enger gezogen. In letzter Zeit hatte er abgenommen, das konnte man an der Abnutzung des Leders erkennen. Er stellte den Aschenbecher wieder auf die Arbeitsfläche und ging, wie gebannt vom Fenster, hinüber, bis er seine Stirn gegen die Scheibe drückte.

Das Wasser rann vom Wellblechdach herab und versickerte in den Furchen, die es sich zwischen zwei Reihen abgeknickter und mit Sand bedeckter Chrysanthemen gebahnt hatte.

»Dieses Segelboot ... ich habe mein ganzes Leben lang auf dieses Segelboot gewartet.«

Die Fensterscheibe beschlug unter seinem pfeifenden Atem. Vom Sommerhaus aus konnte man nur noch die Mastspitze sehen.

»Gleich da oben ist die Ecke von ihrer Veranda ...«

»Ihrer Veranda?«

»Das Holzhaus kurz vor der Île-aux-Pirates ist Marie Garants Haus.«

Der Regen hatte das Meer weiß gefärbt.

»Als sie zum ersten Mal weggefahren ist ... ich weiß nicht mal, ob sie da überhaupt schon zwanzig war. Sie hatte keine Familie mehr. Ihr Vater arbeitete auf der Werft. Seine Familie stammte aus der Bretagne, und er war Schiffsbauer. Als er gestorben ist, war Marie wahrscheinlich ... kaum mehr als elf, zwölf Jahre alt. Die Anglos aus New Richmond stellten ihre Mutter als Hausmädchen ein, aber das war bloß Tarnung, weil ... weißt du was? Auch sie konnte Schiffe zeichnen. Motor- und Segelschiffe. Ihr Mann hatte ihr alles beigebracht, und die Anglos ließen sie heimlich zeichnen, damit es nicht aussah, als hätten sie eine Architektin eingestellt.«

Eine weiche Welle zog durch den Nebel.

»Aber dann ist auch sie gestorben, und ich schwöre dir,
Marie Garant war nicht alt genug dafür. Sie war achtzehn,
zwanzig … Sie hat sich den ganzen Winter über mit dem
Erbschaftspapierkram rumgeschlagen, und als der Frühling
kam, hat sie beschlossen, sich aufzumachen zu neuen Ufern.
Das war im Mai. Die Sonne war schön, aber der Wind gna-
denlos. Wir waren gerade fischen, als sie weggefahren ist.
Ich hab gesehen, wie ihr Segelboot auslief und Kurs auf das
offene Meer nahm, aber ich hab es nicht über mich gebracht,
ihr zu winken. Frag mich nicht, warum. Vielleicht erinnere
ich mich deswegen noch so gut an den Tag, weil ich mich
nicht von ihr verabschiedet habe.«

Seine Augen schillerten von Bildern der Vergangenheit
und verklärten Erinnerungen. »Ich war noch ziemlich jung,
Kleine, aber ich schwöre dir, meine Augen waren schnell alt
genug, um eine schöne Frau zu erkennen! Und Marie Garant, die fuhr auch noch zur See! Du kannst dir nicht vorstellen, was das für den Sohn eines Fischers bedeutet: eine
junge hübsche Frau, die einfach so die Segel setzt!«

Er kam zurück an den Tisch, zog einen Stuhl zu mir heran,
stellte ihn leicht schräg, sodass er das Meer sehen konnte,
und setzte sich hin, aufrecht und müde. Er legte seine Hände
auf die Knie. Zerbrechliche, zerknitterte Herbstblätter.

»Ich dachte, sie würde nie wiederkommen. Wahrscheinlich denken alle, die auf eine Frau warten, dasselbe. Aber
wenn die Frau, die du liebst, auf See ist, ist das noch schlimmer.«

Seine Stimme klang traurig, aber ich konnte nichts für
ihn tun, ich kam ja schon mit mir selbst kaum zurecht.

»Ich würde lügen, wenn ich sagen würde, ich habe fünf
Jahre lang auf sie gewartet. Wenn man jung ist, kann man
nicht warten, man hat es zu eilig zu leben, also beschäftigt
man sich, ohne es zu wissen, mit etwas anderem. Ich hab es

gemacht wie die anderen: Ich habe Fahrradfahren gelernt auf der Vortreppe der Kirche, Lakritzeklauen bei dem alten Sicotte, hab meine Cousinen hinter dem Schuppen meines Vaters geküsst, und wahrscheinlich musste ich auch zur Schule, um die Wintertage rumzukriegen ... Ich war ein Jugendlicher, ich hatte viel zu große Füße, und ich dachte, ich hätte das Leben noch vor mir.«

Cyrille stand auf. Unschlüssig zuckten seine Blicke zwischen der Mastspitze und der Spüle hin und her. Er nahm den Aschenbecher von der Arbeitsfläche, stellte ihn wieder auf den Tisch, kramte in seiner Tasche, holte sein Hasch raus und setzte sich wieder hin.

»Ist dir nicht kalt, Kleine? Alles in Ordnung?«

»Alles in Ordnung.«

»Ich dreh mir noch ein Medikament. Willst du was ab?«

»Nein, danke, ich hab schon genug.«

»Meine Schwester sagt nichts, aber sie mag es nicht, wenn ich zu Hause rauche.« Wie ein alter Wahrsager beugte er sich über seine magischen Kräuter, rollte sie zusammen und erfüllte das Haus mit diesem weißen Rauch, der enthüllte, was unter der Oberfläche des Lebens verborgen lag.

»Marie Garant ... Ist sie wiedergekommen?«

»Na, und wie die wiedergekommen ist«, röchelte Cyrille. »Genau am Johannistag ist sie wiedergekommen!«

Damals war es Brauch, den Johannistag unten am Strand zu feiern. Die Mädchen zogen sich ihre Sommermäntel über und setzten sich in die eigens mit bunten Girlanden geschmückten Boote. Die Männer steckten dubiose Flachmänner in die Innentaschen ihrer Jacken und plusterten sich auf. Während sie von ihrem ersten Fang erzählten, schielten sie zu den jungen Mädchen hin und boten ihnen heimlich ein Schlückchen Selbstgebrannten an.

Es gab eine Art Promenade, neben dem Fischkühlhaus, wo man am Nachmittag Tische für das Buffet aufstellte. Die Frauen machten Krustentierpasteten und Erdbeertörtchen, während die Männer sich an den improvisierten Feuern um das Grillfleisch kümmerten. Der alte Pfarrer sprach die Messe, seine Soutane raschelte im Wind, und diejenigen, von denen man wusste, dass sie Musik machten, holten ihre Instrumente heraus. Es wurde bis spät in die Nacht hinein getanzt, direkt auf dem Kai.

An dem Tag, als Marie wiederkam, war, wie Cyrille erzählte, das gesamte Dorf mit den Vorbereitungen für den Johannistag beschäftigt. Mitten am Nachmittag öffneten die Männer gerade die ersten Bierflaschen, als der ältere der Bernard-Brüder mit seinem linken Zeigefinger nach Südwesten zeigte: »Schaut mal! Da kommt ein Segelboot!«

Je näher der Einmaster kam, desto schneller wanderten die Ferngläser von Hand zu Hand. Dieser elegante Rumpf, der mit vier Knoten seelenruhig nach Caplan unterwegs war, war das die *Pilar*? Die Fischer wurden ganz still.

»Es war um die vier, fünf Jahre her, dass Marie Garant weggefahren war, aber wir hatten sie nicht vergessen. Ich sage ›wir‹, Kleine, denn wir waren drei Jungs in der Familie, und alle drei liebten wir dieselbe Frau! Also kannst du dir vorstellen, wie es uns ging. Unsere Herzen schlugen so schnell, dass wir keinen Ton herausbrachten!«

Sie ließ sich den ganzen Nachmittag lang Zeit. Gegen sechzehn Uhr barg sie das Großsegel und fuhr, mit einem Taschentuch um das Stag geknotet, auf den alten Holzkai zu. Sie war es wirklich. Marie Garant. Die Männer warteten auf sie, um ihr beim Festmachen zu helfen.

»Und dann ... dann sprang sie auf den Kai ...«

Um zu beschreiben, wie schön Marie Garant geworden war, hatte Cyrille nicht mehr genügend Worte. Bevor sie ihm über die Lippen kamen, wichen sie zurück und flohen schließlich, eingeschüchtert von ihrer Unzulänglichkeit.

Als Marie Garant in dem Sommer, als sie dreiundzwanzig Jahre alt war, wiederkam und ihren Fuß auf den Kai von Ruisseau-Leblanc setzte, wurde das Johannisfest zum Willkommensfest für sie. Es war, als hätte man nur für sie den Kai geschmückt und das Freudenfeuer, die Flaschen und den Hummer vorbereitet. Und als sei auch die Predigt nur für sie bestimmt gewesen, vermischte der alternde Kleriker seine männliche Begeisterung mit aus dem Zusammenhang gerissenen Bibelstellen, setzte den verlorenen Sohn und das Opferlamm gleich und behauptete, dass sich Johannes der Täufer nur ihretwegen vierzig Tage lang in der Wüste die Stimme aus dem Hals geschrien habe.

Wenn man Cyrille so hörte, hätte man glauben können, dass in jenem Sommer das Dorf im Rhythmus von Marie Garants Herzschlag gelebt hatte.

Sie hatte Geld. Woher hatte sie es, wie war sie dazu gekommen? Mysterium oder Schmugglergeheimnis, das war den Leuten egal. Sie renovierte ihr Elternhaus, strich es neu und richtete es wunderschön ein. Und alle boten an, ihr zu helfen.

Anstatt sich wie sonst nur einmal pro Woche zu rasieren, dufteten die Männer sogar beim Fischen nach Kölnisch Wasser und trugen auffällige breite Krawatten. Alle, bis zum letzten Geizhals, ließen heimlich vor Maries Haustür einen Krebs, einen Kabeljau oder einen Hummer zurück und gelegentlich auch ein oder zwei Früchte, an die sie einen Liebesbrief geheftet hatten, dessen Rechtschreibfehler ihre Mutter, Schwester oder Cousine im Austausch für eine Gegenleistung korrigiert hatten, die die hoffnungslos Verliebten ganze Abende lang beschäftigte.

In jenem Sommer wurde beim Fischhändler der Hummer

mit Spitzenschleifen um die Scheren verkauft, und das gesamte Dorf hatte aufgehört, Schimpfwörter zu verwenden. Die Frauen hatten ihre Röcke kokett um ein paar Zentimeter gekürzt, die Unterwäsche aus ausgeleierter Baumwolle war leichten Dessous und farbenfrohen Corsagen gewichen. Wenn man Cyrille Glauben schenkte, hatte Marie Garants Rückkehr die Dorfgemeinschaft von Caplan in den Zustand höchster Erregung und in einen erotischen Nervenkitzel versetzt. In den Schlafzimmern der Eltern wurde wieder gestöhnt und geseufzt, und Türen wurden flugs mit neuen Riegeln ausgestattet, um sich gegen die neugierigen Blicke aufgedrehter Kinder zu wappnen.

Selbst wenn man sich die Superlative wegdachte, in die die Nostalgie verflossene Geliebte hüllt, blieb in der Erzählung des Fischers genug Begeisterung, um zu begreifen, wie schön Marie Garant gewesen sein musste und wie sehr ihr Lachen seine hoffnungsvolle Jugend heraufbeschwor.

»Hast du sie geliebt, Cyrille?«

»Wie hätte ich sie denn nicht lieben sollen, Kleine?«

Wache über mich, Cyrille.

Der Regen erfüllte die Luft mit einer Feuchtigkeit, die die Kerzen langsam verbrannten. Er drehte sich zu mir. Neben mir verbarg das beschlagene Fenster das an Land gezogene Segelboot, aber wir wussten, dass es da war.

»Warum hast du sie nicht geheiratet?«

»Mein Bruder hat sie geheiratet. Sie hat sich für ihn entschieden.«

Sein Bruder? War Cyrille womöglich mein Onkel?

»Wie viele Kinder hatten sie?«

»Gar keine. Marie hat nie Kinder gehabt.«

Ich senkte den Kopf. Wenn er, der alte, verliebte Fischer, nicht wusste, dass ich existierte, wer sollte es dann wissen?

Er strich mit seiner großen, schweren Hand über den Holztisch, wie um die Zeit blank zu reiben, schüttelte den Kopf und schaute auf die Uhr. Wir hatten vollkommen das Zeitgefühl verloren, ich noch mehr als er. Der Regen hatte die Nacht viel früher anbrechen lassen als erwartet und tauchte das Sommerhaus in ein novembergraues Halbdunkel.

»Ich muss nach Hause zum Abendessen, Kleine. Meine Schwester wartet auf mich, und sie schimpft, wenn ich zu spät komme.«

Ich beruhigte mich. »Du wohnst mit deiner Schwester zusammen, Cyrille?«

»Ja. Ich habe letztes Jahr mein Haus verkauft. Das war zu viel Arbeit für mich. Meine Schwester hat nie geheiratet und das Haus meiner Eltern behalten. Da ist genug Platz für uns beide, und wenn wir uns streiten, dann komme ich ins Sommerhaus.«

»Soll ich den Stuhl wieder nach draußen stellen?«

»Nein, nein. Lass ihn da. Gehst du zu Guylaine?«

»Ja.«

Wir traten hinaus auf die Veranda. Der Regen stand wie eine Wand vor uns.

»Ich kaufe mir bei Sicotte etwas zum Mitnehmen und wärme es dann in der Herberge auf.«

»Sicotte kocht wirklich gut. Sogar besser als meine Schwester. Hast du seine Fischsuppe probiert? Probier sie mal, du wirst schon sehen!«

»Okay.«

Wir gingen zusammen bis ans Ende der Veranda, und kurz bevor er hinter dem Regenvorhang verschwand, drehte er sich zu mir um.

»Das tut gut, jemanden zu lieben, Kleine. Du solltest auch irgendwann damit anfangen …«

»Wir werden sehen …«

»Ich habe sie vielleicht nicht geheiratet … aber geliebt habe ich Marie Garant mein ganzes Leben lang.«

Der Sog des Meeres

Am nächsten Morgen erhielt Joaquín Morales, der erneut
sein improvisiertes Lager in der engen, überhitzten Teeküche
der Polizeiwache von Bonaventure aufgeschlagen hatte, eine
Nachricht, die ihn kaum verwunderte: Am Vorabend hatte
die Erbin an einem Automaten in der Gegend Geld abge-
hoben.

Wie konnte es sein, dass in diesem Tausendzweihundert-
Seelen-Dorf (den Friedhof eingerechnet) niemand dem Ermittler von ihr erzählt hatte? Die Sonne erhob sich im Nebel,
und große Schwaden stiegen zum Himmel empor. Wenn sie
ein Ferienhaus in der Gegend gehabt hätte, hätte man es ihm
gesagt. Es sei denn, niemand kannte sie …

Und wenn sie als Touristin gekommen war?

Boissonneau! Das Verhör … Wie lautete noch einmal der
Name, den der Zeuge erwähnt hatte, als er von seinen unglaublich wichtigen Offenbarungen sprach? Wenn es Garant
gewesen wäre, würde er sich daran erinnern. Morales nahm
sein Notizbuch, ging die Liste der hingekritzelten Telefonnummern durch, suchte nach seinem Handy, stellte fest, dass
er es im Auto vergessen hatte, verließ die Wache und lief
dabei Leutnant Forest über den Weg (»Sind Sie schon wieder
auf der Flucht, Morales?«), fand das Telefon, kehrte ver-
schwitzt in die überhitzte Teeküche zurück und wählte von
dort aus die Nummer des Bistros.

»Ja, hallo?«

»Monsieur Boissonneau, hier Sergeant Morales.«

»Wissen Sie was? Sie klingen ganz schön außer Atem.«

»Ich habe mich gefragt, Monsieur Boissonneau, wie war noch mal der Name der Touristin, von der Sie mir neulich abends erzählt haben?«

»Ich weiß nicht, wen Sie meinen ...«

»Doch doch, die junge Frau, über die ich Sie befragen sollte ...«

»Gestern haben Sie mich ganz schön versetzt, und ich bin völlig sinnlos auf der Polizeiwache rumgerannt, denn als ich nach dem Raum gesucht habe, wo das Verhör stattfinden sollte, war plötzlich der Beamte verschwunden, der mich verhören wollte! Und dann habe ich auf dem Rückweg glatt vergessen, was ich Ihnen erzählen wollte! Stimmt wirklich, Autofahren ist sehr schlecht für das Gedächtnis, ganz im Ernst!«

Verdammter Boissonneau! »Hören Sie, Renaud, es tut mir leid: Sie wissen, bei polizeilichen Ermittlungen kommen einem oft dringende Anrufe dazwischen. Sie haben recht: Ich hätte nicht so schnell weggehen sollen. Aber geben Sie zu, so unwohl haben Sie sich gar nicht gefühlt, in Gegenwart der hübschen Joannie ...«

»Bilden Sie sich bloß nichts ein!«

»Ich bilde mir gar nichts ein ... Aber ich muss wissen: Ist diese Frau, von der Sie mir erzählen wollten, etwa Catherine Garant? Wo, sagten Sie noch einmal, wohnte sie?«

»Catherine Garant? Nein, das sagt mir nichts ... Und wissen Sie, Inspektor, einfach so, am Telefon ... Man weiß ja nie, vielleicht werden wir ja abgehört, und das sind vertrauliche Informationen ...«

»Unmöglich. Ich schwitze gerade in der Teeküche auf der Wache von Bonaventure.«

»Wer kann mir das beweisen? Wer sagt mir, dass niemand Sie als Geisel genommen hat? Vielleicht bringe ich Ihr Leben in Gefahr, wenn ich jetzt irgendwas erzähle ... Wissen

Sie was? Mir ist das zu riskant. Sie hätten mich einfach gestern verhören sollen.«

Sergeant Morales lief im Kreis wie ein Löwe in einem gläsernen Käfig. »Und wenn ich bei Ihnen im Bistro vorbeikomme?«

»Na ja, Inspektor, nicht dass mich das nicht freuen würde, aber ein Bistro macht ganz schön Arbeit. Am besten vereinbaren Sie einen Termin.«

»Wie bitte?«

»Sagen wir einfach, Sie rufen mich in ein bis zwei Tagen wieder an, okay? Und bis dahin: viel Glück!«

Er hatte aufgelegt.

Joaquín Morales sah auf die Uhr: Der Morgen hatte kaum begonnen, und er kochte buchstäblich in seiner Teeküche. In irgendeiner Ecke lachte sich Marlène bestimmt ins Fäustchen. Er blätterte noch einmal sein Notizbuch durch, wählte eine Nummer und war schnell mit Paul Lapointe verbunden.

»Hier spricht Sergeant Morales. Wir hatten über eine Ihrer Angestellten gesprochen, Catherine Garant.«

»Catherine, ja … Freut mich, dass Sie mich anrufen, Sergeant.«

»Das freut sie? Warum?«

»Das sagt man eben so …«

Morales hatte das vermutet. Wer hatte in letzter Zeit schon Lust, sich mit ihm zu unterhalten? Nicht einmal seine Frau ging noch ans Telefon! Vielleicht hatte sie recht. Vielleicht unterhielt man sich als Ermittler irgendwann tatsächlich lieber mit den Toten als mit den Lebenden. Die Toten gaben sich ohne Umschweife preis, während die Lebenden mit Klauen und Zähnen das banale Geheimnis ihrer Betrügerei verteidigten. Sie hatten immer etwas zu verbergen. Morales traute ihnen nicht über den Weg.

»Ich möchte Sie bitten, mir von Catherine Garant zu erzählen. Von ihren Eltern. Gestern hatten Sie erwähnt, sie seien verstorben ...«

»Ja.«

»Eines natürlichen Todes?«

»Ihr Vater wurde vor zwei Jahren von einem Auto angefahren und starb. Ihre Mutter starb ein paar Monate später vor Kummer. Ein natürlicher Tod aus Kummer also.«

»Wenn Sie ›ihre Mutter‹ sagen ... meinen Sie damit Marie Garant?«

»Nein, Sergeant. Ich meine Madeleine Laporte.«

Endlich löste sich ein Faden aus dem Knoten der Geschichte. Morales setzte sich und ergriff einen Bleistift.

»Ich bin nicht sicher, ob ich Sie verstehe ...«

»Catherine Garant ist adoptiert worden.«

»Adoptiert?«

»Es war keine rechtsgültige Adoption. Eher eine Art Vormundschaft.«

»Vom Sozialamt veranlasst?«

Die Sekretärin kam diskret herein, doch Paul Lapointe bedeutete ihr, hinauszugehen, holte tief Luft und lehnte sich in seinem Stuhl zurück.

»Nein. Von der Mutter selbst. Eines Tages klingelte es vorne an der Tür. Madeleine ging aufmachen. Es war eine junge Frau. Sie hatte ein Baby auf dem Arm und wollte François sprechen. Madeleine zog es das Herz zusammen, verstehen Sie: Sie war unfruchtbar, und in dem Moment glaubte sie, dass ihr Ehemann mit einer anderen ein Kind gezeugt hatte ... Frauen reden sich schnell Sachen ein.«

»Vielleicht.«

»Sind Sie verheiratet, Monsieur Morales?«

»Ja.«

»Natürlich. Und treu?«

»Ja.«

»Aber Ihre Frau macht Ihnen das Leben schwer …«

Morales blieb stumm.

»Sie antworten nicht. Anscheinend macht sie Ihnen das Leben schwer.«

Morales drehte seinen Stuhl zum Fenster. Auf der anderen Straßenseite öffnete die Kirche von Bonaventure ihre roten Tore und ließ die kühle Luft der Bucht ein.

»War er der Vater?«

»Nein. Madeleine hatte sich umsonst Sorgen gemacht. François kannte Marie Garant seit ihrer gemeinsamen Kindheit in der Baie-des-Chaleurs. Marie Garants Mutter hatte für seine Eltern gearbeitet, wenn ich das richtig verstanden habe. Sie hatten sich seit über zehn Jahren nicht mehr gesehen, weil François' Mutter nach Montréal gezogen war.«

»Und sie wollte ihm ihr Baby anvertrauen? Ihm?« Morales sagte sich, dass er an manchen Tagen viel zu viele komische Dinge erlebte.

»Ihnen beiden, ja. Sie wollte das Kind nicht zur Adoption freigeben. Sie sagte, wenn den Eltern ein Unglück geschehen sollte, dann würde das Kind weiß Gott wohin geschickt, und sie würde es aus den Augen verlieren. Aber sie vertraute es ihnen an, in jeder Hinsicht, für … für immer.«

»Für immer?«

»So hatte sie es gesagt.«

»Waren sie einverstanden?«

»Ja. Madeleine war wie gesagt unfruchtbar. Sie haben Catherine sehr geliebt. Wie ihre eigene Tochter.«

»Hat Catherine ihre leibliche Mutter je wiedergesehen?«

Paul Lapointe war kurz irritiert. Er mochte diesen Ausdruck »leibliche Mutter« nicht. Das klang für ihn nach Geburtsmaschine.

»Nicht dass ich wüsste.«

Morales dachte an seine beiden Söhne. Wie lange hatte er sie schon nicht mehr gesehen? Zwei Wochen? Aber mit Jungs war das nicht dasselbe. Wenn er eine Tochter hätte, würde er wissen wollen, was sie so machte, mit wem sie sich traf. Jungs konnte man sich selbst überlassen.

»Und der Vater?«

»Welcher Vater?«

»Catherines leiblicher Vater? Hatte Marie Garant ihn erwähnt?«

»Nicht dass ich wüsste. Sie hatte einen Taufschein, als sie ankam, aber die Informationen waren falsch.«

»Falsch?«

»Ich sage Ihnen, was ich weiß, Sergeant. Nur Marie Garant könnte Ihnen mehr darüber erzählen …«

»Marie Garant wurde diese Woche tot aufgefunden.«

»Ah. Und Sie glauben, dass Catherine …«

»Ich glaube gar nichts, Monsieur Lapointe. Ich ermittle.«

»Ich verstehe … Haben Sie Catherine gefunden?«

»Noch nicht.«

»Wissen Sie was, Sergeant? Es würde mich nicht wundern, wenn sie in der Gaspésie wäre.«

»Sie meinen, um nach ihrer leiblichen Mutter zu suchen?«

»Ihrer leiblichen Mutter? Nein …«

»Ihrem Vater?«

»Warum sollte sie die beiden sehen wollen?«

»Um sie kennenzulernen?«

»Kennt man seine Mutter wirklich? Seine Eltern, seine Kinder … seine Frau? Kennt man sich selbst?«

»Was sollte sie sonst in der Gaspésie machen?«

Lapointe blickte auf seine schicken Lackschuhe.

»Catherine ist eine seltsame Frau, Sergeant. Sie war eine gute Mitarbeiterin, aber …«

»Aber?«

»Sie hatte etwas an sich, das aus dem Rahmen fiel. Eine Art chronische Unzufriedenheit. Als sei ihr der Alltag zu eng. Ich habe immer damit gerechnet, dass sie irgendwann weggehen würde.«

»Monsieur Lapointe?«

»Ja?«

»Wie hieß Ihr Freund, der Vater von Catherine Garant?«

»François Day. Er war ein bekannter Architekt.«

Day. Bingo! Das war der Name, den Boissonneau erwähnt hatte. Catherine Day. Und sie wohnte in der Näherei!

* * *

Ich strich mit meiner Hand über den Bug, und das Herz blieb mir im Hals stecken. Das Segelboot meiner Mutter. Die *Pilar*. Kam sie also so zu mir? Ich hätte eine Leiter gebraucht, um an Bord zu steigen.

Ich betrat das Café und frühstückte allein. Weit draußen auf dem Meer holte Vital seine Reusen ein. Cyrille war unauffindbar. Sogar die rothaarige Kellnerin hatte frei. Ich lehnte mich zurück, entspannte mich und wartete auf die Rückkehr der Mi'kmaq.

Es war Ebbe und das Wasser stand gefährlich tief, als sie sich in die Fahrrinne einfädelten, und unwillkürlich musste ich lächeln. Sie legten an und machten ihr Boot fest. Reusen waren an Deck aufgetürmt. Einer von ihnen setzte einen Lieferwagen zurück, und das Spektakel begann.

Eine nach der anderen landeten die Reusen auf dem Kai, hochgehoben durch die Kraft des riesigen Mi'kmaq, mit jenem erstaunlichen Feingefühl, das nur sehr starke Männer besitzen. Zwei Fischerhelfer kümmerten sich um die Fortsetzung der Operation, nahmen die Reusen und luden sie in den Lieferwagen. Es waren um die vierzig. Der Riese holte sie alle heraus, als wären es Erdbeerkörbchen.

Ich bezahlte mein Frühstück und stolperte verschlafen und ungekämmt nach draußen, um Jérémie beim Arbeiten in der Morgenluft zuzusehen, mit seiner männlichen Kraft und seinem undurchdringlichen Schweigen. Als er fertig war, zog er seine Handschuhe aus, seine Stiefel, seine Latzhose, den roten Schal, der seine langen Haare zusammenhielt, wischte sich die Hände ab und grüßte mich.

Ich errötete bis zum Hals und brach auf, um am Meer entlangzugehen.

* * *

Drei Achate. Echte. Aber ich hob sie nicht auf. Ich ließ mir Zeit auf meinem Rückweg zur Herberge und dehnte den Strandspaziergang so lange aus wie möglich. Das Meer schaukelte an diesem Morgen ruhig vor sich hin, und es war, als gäbe es mich gar nicht. Ich konnte gar nichts anderes denken: Hier gibt es mich nicht, ich bin niemand, und keiner erwartet etwas von mir.

Aber ich täuschte mich.

Als ich den Hof der Herberge erreichte, herrschte dort ein Durcheinander wie nach einem Kampf. Meine ganzen Sachen waren rücksichtslos nach draußen geworfen wor-den, lagen vollkommen durcheinander auf dem Parkplatz. Ein ratloser Renaud hielt nervös neben diesem Bündel von Frauenbekleidung Wache, von der er einen unmittelbar be-vorstehenden Angriff zu befürchten schien. Der Pfarrer kniete am Boden und sammelte Kleidungsstücke auf, die er ungeschickt zusammenzufalten versuchte, damit sie in den Koffer passten. Etwas weiter weg verbrannte Guylaine ir-gendetwas in einem alten Metallfass und verfluchte dabei alle Heiligen des Himmels.

»Was ist hier los?«

Renaud ging nervös auf und ab.

»Wissen Sie was? Ich sag das überhaupt nicht gerne, Mademoiselle Catherine, aber das hätten Sie nicht tun sollen.«

Ich bückte mich, um meine verstreuten Sachen aufzulesen. »Was hätte ich nicht tun sollen, Renaud?«

»Sie hätten nicht nach Marie Garant fragen sollen! Denn die Polizei findet das gar nicht komisch!«

Ich fuhr hoch und erstarrte. »Renaud? Haben Sie dem Polizeiermittler erzählt, dass ich auf der Suche nach Marie Garant war?«

Er wurde schlagartig rot. »Na ja ... Er wollte mich verhören, aber ich habe gesagt, ich könnte nicht. Und wissen Sie was? Ich habe Sie gar nicht absichtlich verraten, aber er hat mich gefragt, ob wir einen Verdächtigen hätten!«

»Was? Sie haben gesagt, ich sei ein Verdächtiger?«

Beschämt blickte er sich um, ohne zu wagen, mich auch nur kurz anzusehen. Wie ein ertapptes Kind. »Den Rest hat er sich selbst zusammengereimt, Mademoiselle Catherine, das schwöre ich Ihnen!«

»Sie haben mich ganz schön reingeritten, Renaud!«

»Na ja, Sie hätten uns eben nicht anlügen sollen!«

»Sie anlügen? Wann habe ich Sie angelogen?«

»Ich meine: Heißen Sie jetzt Catherine Day oder Catherine Garant?«

Der Pfarrer erhob sich und entfernte sich taktvoll, damit ich meine Kleidung zu Ende aufsammeln konnte. In großen Bündeln stopfte ich meine Sachen lose ins Auto.

»Ehrlich gesagt haben wir gar nichts weiter verraten, Catherine. Der Ermittler ist von alleine darauf gekommen, und er war in der Näherei, um nachzusehen, ob Sie dort sind. Jetzt gerade sucht er Sie vermutlich im Hafencafé. Er kommt bestimmt wieder. Nehmen Sie Ihre Sachen und verschwinden Sie!«

»Verschwinden wohin?«

Der Pfarrer war sichtlich niedergeschlagen. Renaud auch, aber ich war nicht in der Lage, ihn zu trösten.

»Wissen Sie was? Wenigstens haben Sie nichts verloren ...«

»Haben Sie etwas verloren, Renaud?«

»Nein, ich nicht. Aber schauen Sie Guylaine an: Sie verbrennt gerade Ihre Bettwäsche und Ihre Handtücher.«

Mein gesamtes Leben lag in wildem Durcheinander im Kofferraum eines Autos, und hier wurden meine verseuchten Überreste in einer rostigen Metalltonne verbrannt.

»Ehrlich gesagt: Gehen Sie, bevor er wiederkommt!«

* * *

Man musste die Dinge beim Namen nennen: Um Morales stand es immer schlimmer. Der Zufluchtsort in der Gaspésie, der eigentlich als vorruheständlerisches Liebesnest gedacht war, sah zunehmend aus wie eine abgelegene Junggesellenwohnung.

Während er sich mit Lapointe unterhielt, leuchtete auf seinem Handy eine Nachricht auf.

»Joaquín, ich brauche mehr Zeit als erwartet ...«

Was hatte das zu bedeuten? Was konnte ein Mann auf so etwas antworten?

Er war in der Näherei vorbeigegangen und hatte offensichtlich Guylaine Leblanc schwer erschüttert, als er nach Catherine Garant fragte, dann war er unten im Hafencafé gewesen, wo man ihm versichert hatte, die betreffende Touristin sei soeben gegangen, und nun fuhr er wieder hoch zur Herberge.

»Ich komme nicht nach. Jedenfalls nicht sofort.«

Morales verlor den Mut. Er hatte alles akzeptiert, sogar die Gaspésie, und jetzt ließ sie ihn im Stich! Was sollte man tun, wenn man von seiner Ehefrau abserviert wurde? Versuchen, sie zurückzuerobern? Wie ging das noch mal, eine Frau zu verführen? All das schien ihm so weit weg, verloren gegangen in der Zeit, zwischen durchwachten Nächten, Verdächtigen und Ermittlungen. Vor lauter Mord und Totschlag wusste er manchmal gar nicht, wo ihm der Kopf stand. Er hatte alle Hände voll zu tun, doch seine Arme waren leer, und sein Körper war ohnmächtig und hilflos. Wie kam es, fragte er sich, dass er mit fünfzig plötzlich als einsamer Mann dastand und wie ein Hänsel ohne Gretel nach den Brotkrumen suchte, mit denen er den Weg markiert hatte, auf dem seine Liebe auf der Strecke geblieben war? Wie kam es, dass er seine gesamte Zukunft geplant hatte und das Ungeplante ihn trotzdem traf wie eine Granate? Und ihn in Stücke zerriss?

»Kennen wir uns selbst?« Der Architekt hatte recht. Er hätte Lapointe erwidern können, dass er selbst sich auch nicht mehr kannte, dass er alt und lächerlich war und dass Sarahs Stimme auf der rauschenden Mailbox des Handys wie eine Fremde klang. »Ich schicke dir den Schlüsselbund per Eilpost.« Die Schlüssel. Ohne sie. Wo war sie bloß?

Und Marie Garant? Was hatte sie wohl dazu getrieben, immer wieder in die Ferne aufzubrechen? Wovor floh sie? Was hatte ihre Tochter in die Gaspésie geführt? Verdammt noch mal! Was trieb so viele Frauen dazu, wegzugehen?

Vielleicht war Catherine Garant deswegen hier: um nach Antworten zu suchen. Ihre Adoptiveltern waren tot, und sie erlaubte es sich, hierherzukommen, um die Bruchstücke ihres Lebens einzusammeln. Weil man sich nicht an Fragen ohne Antwort gewöhnen konnte. Joaquín Morales wusste, wovon er sprach, genau aus diesem Grund war er Ermittler geworden: um Antworten zu finden. Doch wie viele Fälle waren ungelöst geblieben? Und Sarah?

Er war so sehr in Gedanken, dass er zu schnell in die Einfahrt einbog und deshalb vor der Herberge abrupt auf die Bremse treten musste und dabei Renaud und den Pfarrer in eine Wolke aus Staub und Rollsplitt hüllte. Dies geschah so abrupt, dass die beiden Männer, die sich am Fuße der Treppe unterhielten, offenbar glaubten, als Nächstes würde der Ermittler über den Boden rollen und eine Handfeuerwaffe auf sie richten. Panisch reckte Renaud die Hände in die Luft, als sei er gerade dabei überrascht worden, wie er mit seinem neuen Messer eine Leiche zerteilte.

»Wo ist sie?«

»Ehrlich gesagt: Sie sind ganz schön nervös!«

»Ich suche nach Catherine Garant, und man schickt mich ständig im Kreis herum! Ich will wissen, wo sie ist!«

»Catherine Garant?«

Angesichts der Unverfrorenheit des Pfarrers ließ Renaud ungeschickt die Arme sinken und versuchte offenbar, seinen beschmutzten Stolz zu säubern.

»Wissen Sie was? Wir haben niemanden getroffen, der behauptet, Catherine Garant zu heißen. Nein. Jedenfalls nicht in letzter Zeit …«

Morales hielt sich zurück. Weder Renaud noch der Pfarrer waren gewillt, ihm die Sache leicht zu machen.

»Also, wo ist Catherine Day?«

»Catherine Day … Ah! Sie meinen die Touristin? Ein nettes Mädchen, nicht wahr, Herr Pfarrer?«

»Und so höflich.«

»O ja. Kann man wohl sagen.«

»Wo ist sie?«

»Wissen Sie was? Ich glaube, sie ist abgereist.«

»Abgereist? Was soll das heißen?«

»Ja, abgereist. Wissen Sie was, Inspektor? Es sieht so aus, als hätten Sie wirklich kein Glück mit den Frauen …«

»Ermittler! Ich bin polizeilicher Ermittler, kein Gesundheitsinspektor!«

»Wenn Sie sich immer gleich so aufregen, ist es kein Wunder, dass die Frauen sie einfach stehen lassen!«

Morales wandte sich ab und versuchte, in die Herberge einzudringen, doch die beiden Männer aus Caplan verstellten ihm flugs die Treppe. Das Durcheinander aus Füßen und Knien, das dabei entstand, erinnerte an einen wilden Springtanz in einer italienischen Pantomime.

»Monsieur Boissonneau, Sie behindern gerade eine polizeiliche Ermittlung!«

»Als Vertreter Gottes und Vertrauensmann in diesem Dorf kann ich Ihnen versichern, *Ermittler* Morales, dass ich nicht sehe, inwieweit Monsieur Boissonneau Sie bei einer Ermittlung behindert, die Ihnen ohnehin schon entglitten ist. Ehrlich gesagt sieht es eher so aus, als würden Sie sich selbst behindern …«

»Ich werde sie finden, mit oder ohne Ihre Hilfe! Lassen Sie mich durch! Ich werde die Spurensicherung losschicken, um Fingerabdrücke sicherzustellen …«

»Das Ergebnis wäre aber ehrlich gesagt … wie soll ich sagen … nutzlos!«

Die Auseinandersetzung endete auf der Stelle.

»Wie bitte?«

»Mademoiselle Day war krank.«

»Wissen Sie was? Infiziert sogar. Aber so was von infiziert.«

»Infiziert womit?«

»Ehrlich gesagt wissen wir das nicht. Frauenkrankheiten, Sie verstehen … aber schlimm genug, dass nicht nur eine sofortige Abreise, sondern auch eine vollständige Desinfektion der Räumlichkeiten notwendig war.«

»Bakterien gibts da keine mehr!«

»Was? Sie lassen gerade die Fingerabdrücke einer Mordverdächtigen verschwinden?!«

»Mord?«

»Herr Pfarrer, ist hier im Dorf ein Mord geschehen? Wer ist denn umgebracht worden?«

»Ich verstehe nicht, was er meint, Renaud …«

Morales versuchte ein letztes Ausweichmanöver, um in die Herberge zu gelangen, doch Renaud und der Pfarrer versperrten ihm hartnäckig die Treppe.

»Wissen Sie was, Inspektor? Sie wollen sich doch keine Bakterien holen, oder? Sie könnten schwer krank werden …«

»Was soll das sein? Eine Drohung? Wollen Sie mich einschüchtern?«

»Übertreiben Sie doch nicht so. Ehrlich gesagt wollen wir nur Guylaine vor Bakterien wie Ihnen beschützen. Sehen Sie, ihre Gesundheit ist angegriffen, und Sie sind ein bisschen zu aufgeregt für sie … und ehrlich gesagt beschützen wir auch Sie, denn sollte die Situation eskalieren, wären Sie vermutlich durch Ihre Ungeschicklichkeit für einen Hausfriedensbruch ohne Durchsuchungsbefehl verantwortlich. Sind Sie noch in der Probezeit, oder ist das eine feste Stelle?«

Was sollte er tun? Auf der Wache anrufen? Wer würde ihm zu Hilfe kommen? Marlène? Sie würde ihn auslachen. Die Jungs von der Spurensicherung? Bis er es geschafft hätte, diese Waschlappen zu überreden, ihn zu unterstützen, hätte Guylaine längst das ganze Haus gesäubert.

Auf einmal hatte Morales genug. Genug von dem Umzug, den ausweichenden Antworten auf seine Fragen, dem Seemannsgarn, den Anrufen, den Verdächtigen und von der Gaspésie. Von Sarah. Genug. Er drehte sich zum Meer, und seine Wut verwandelte sich in Mutlosigkeit, in Überdruss. Was war es, dem er da nachrannte, ohne es je zu fassen zu kriegen?

»Oh! Mein Gott!«

Renauds Ausruf brachte plötzlich alle auf den Boden der Tatsachen zurück.

»Wissen Sie was? Es ist schon nach elf! Ich muss los und das Bistro aufmachen!«

Er ließ die Herberge hinter sich, wie man einen alten Lumpen fallen ließ, und marschierte schnurstracks Richtung Bistro. Pfarrer Leblanc ging auf Morales zu.

»Die Gaspésie ist keine Gegend zum Ausruhen. Ehrlich gesagt funktionieren die Dinge hier anders als in der Stadt. Sie werden sich daran gewöhnen. Aber jetzt kommen Sie erst mal, wir gehen Mittag essen.«

Und Joaquín Morales nickte.

Der Mittag war feucht und viel zu sonnig nach dem schlechten Wetter am Vortag. Auf dem Weg zum Bistro fiel dem Ermittler wieder ein, wie sehr er es hasste, im Sommer zu arbeiten. Wortlos ließen sich die beiden Männer neben der Kirche nieder. Der Pfarrer bestellte zwei Biere. War er nicht genau deswegen hierhergekommen, fragte sich Morales. Um abzurutschen, den Boden unter den Füßen zu verlieren und sich selbst aufzugeben?

»Ehrlich gesagt frage ich mich: Wie stellen es die Ermittler in Montréal an, einen Schuldigen aufzuspüren?«

Die Biere kamen, eiskalt, mit Kondenswassertröpfchen an den Flaschen.

»Ah ja, das wüsste ich auch gerne. Ist das anders als hier auf dem Land?«

»Renaud, bring uns zwei Pizzen mit Meeresfrüchten. Sie sind doch nicht allergisch gegen Meeresfrüchte, oder, Ermittler Morales?«

»Nein.«

»Dann müssen Sie die probieren.«

Beleidigt wandte Renaud ihnen den Rücken zu und schwenkte theatralisch den Lappen, als stellte er pantomimisch eine ungerechte Verbannung dar.

»Wieso fragen Sie das, Herr Pfarrer?«

»Ehrlich gesagt bin ich in dieser Gemeinde für die Trauergottesdienste zuständig. Für gewöhnlich, scheint es mir, kommt der Autopsiebericht ungefähr gleichzeitig an wie der Leichnam. Nun ist aber Marie Garants Leiche noch nicht wieder in Caplan, was mich vermuten lässt, dass Sie gar keinen Autopsiebericht besitzen. Außerdem hatten Sie nicht die Zeit, besonders eingehende Verhöre durchzuführen, wie man mir gesagt hat …«

»Sie haben Ihren Beruf verfehlt, Herr Pfarrer: Sie hätten Ermittler werden sollen!«

»Ich sage Ihnen das, Monsieur Morales, denn ich finde Ihre Hartnäckigkeit gegenüber Guylaine Leblanc und Catherine Day vollkommen unvernünftig. Entweder Sie warten ab, bis Sie tatsächlich einen Durchsuchungsbefehl haben, bevor Sie ihnen Todesangst einjagen, oder Sie lassen als intelligenter Ermittler die Frauen aus diesem Dorf ein bisschen in Ruhe, anstatt ihnen wie ein tollwütiger Hund hinterherzurennen.«

Morales öffnete den Mund, doch ihm fehlten die Worte. In der Tat: Was hatte ihn zu dem Gedanken verleitet, dass es sich um Mord handelte? Die äußeren Anzeichen deuteten eher auf einen Unfall hin. Hatte ihn seine Wut auf Sarah womöglich auf eine falsche Spur gebracht? Wie oft hatte er jungen Auszubildenden schon eingeschärft, persönliche Gefühle um jeden Preis aus den Ermittlungen herauszuhalten?

Renaud kam zurück und knallte die beiden Pizzen auf den Tisch. »Guten Appetit!« Schmollend kehrte er hinter den Tresen zurück.

Genau in diesem Augenblick kam Dr. Robichaud mit federndem Schritt die Stufen zum Bistro empor und trat mit einem jugendlichen Elan durch die Tür, den man einem Mann seiner Leibesfülle gar nicht zugetraut hätte.

»Dr. Robichaud! Setzen Sie sich doch zu uns! Bei der Gelegenheit könnten wir gleich ein Gläschen Roten bestellen!«

»Dazu sage ich nicht Nein, Herr Pfarrer!«

»Renaud!«

Doch im Durcheinander des mittäglichen Andrangs brauchte der Wirt eine Weile, bis er erschien. Der Gerichtsmediziner begrüßte Morales und zog sich einen Stuhl heran.

»Ehrlich gesagt waren Monsieur Morales und ich gerade dabei, uns über die Ermittlungen zu unterhalten. Sagen Sie mir ganz offen, was Sie denken. Sie haben ja schließlich das Segelboot zurückgebracht …«

»Mit Verlaub, Herr Pfarrer, da ist keine andere Schlussfolgerung möglich als die, dass es ein Unfall war. Als ich das Boot betreten habe, war das Erste, was ich sah, dass der Baum gelockert war, und das heißt …«

Hinter ihnen ertönte ein Röcheln.

»Sind Sie der Ermittler, der aus Montréal gekommen ist, um die Umstände des Todes von Marie Garant aufzuklären?«

Morales, der seit dem Eintreffen des Gerichtsmediziners kein Wort gesagt hatte, fuhr in die Höhe und fand sich einem großen, ausgemergelten Fischer gegenüber, der unbemerkt hereingekommen war.

»Ja.«

»Sergeant Morales, mit Verlaub, darf ich Ihnen Cyrille Bernard aus Caplan vorstellen?«

Cyrille waren die Vorstellungen des Pfarrers und des Gerichtsmediziners offenbar vollkommen egal. Er hatte nur Augen für Morales. »Ich fische schon seit Jahren hier, und eins kann ich Ihnen sagen, Ermittler, und zwar, dass das alles verdammte Lügen sind! Marie Garant hätte nicht vergessen, den Baum festzustellen, und das Meer kannte sie schon so lange, dass es ihr niemals einen Schlag versetzt hätte!«

»Mit Verlaub, Cyrille, dein Seemannsgarn wird nichts am logischen Ablauf einer offiziellen Ermittlung ändern, die mit Strenge und Disziplin durchgeführt wird.«

»Mit Verlaub, Herr Gerichtsmediziner: Du kannst mich mal!«

* * *

Das Meer schlug seinen glänzenden Teppich gegen die harte Schieferwand der Steilküste, auf der die geisterhaften Gesichter der Schiffbrüchigen eingraviert waren. Auch wenn mich die helle Sonne blendete, die Silbermöwen mich böse anbrüllten und das herrschende Chaos mich zu vertreiben versuchte, würde ich erst abreisen, wenn ich Bescheid wusste. Der Doktor hatte mir verschrieben, die Sache durchzuziehen, über mich selbst hinauszuwachsen, nicht länger auf der Stelle zu treten, also würde ich nicht ohne Antwort hier weggehen. Und wohin auch?

Gestern hatte Cyrille mit dem Finger auf das Haus auf dem Felsen gedeutet, also hatte ich nicht gezögert. Als ich Guylaines Hof verließ, bog ich nach rechts auf die Nationalstraße, dann noch einmal rechts auf die Landstraße zur Insel und ein drittes Mal rechts, wo sich der Kiesweg teilte und in zwei entgegengesetzten Richtungen an der Küste entlangführte. Fünfhundert Meter unter Fichten hindurch, und da war es. Ein Holzhaus, auf drei Seiten von einer Veranda umgeben. Sehr weiß.

In all den Fantasiegeschichten, die ich mir in meiner Kindheit ausgemalt hatte, hätte ich mir niemals träumen lassen, dass ich mich zu meiner Mutter flüchten würde. Hinten am Wintergartenfenster fehlte ein Riegel. Ich konnte es öffnen und einfach hineinklettern.

Nun war ich also bei dir, Marie Garant. Als Einbrecherin im Haus meiner eigenen Mutter.

Ich sah mich um und fasste alles an. Ich irrte herum, eine Fremde, und versuchte in Beziehung mit den Räumen des Hauses zu treten. Ich hatte keinerlei Erinnerung an diese Hartholzverkleidung. War niemals die Treppe hinaufgerannt, hatte nie den Vorratsschrank leer gefressen und war nie an einem Weihnachtsabend unter einem Haufen Pelzmänteln eingeschlafen. Meine Kindheitserinnerungen waren wunderschön, vollkommen, warum bekümmerte mich der Gedanke, dass ich nicht in den Genuss der Erinnerungen gekommen war, die dieses Haus heraufzubeschwören schien – und die niemals existiert hatten? Denn seltsamerweise sehnte ich mich nach etwas zurück, das ich nie gekannt hatte. Es war eine unmögliche Vergangenheit, ebenso tot wie jene Frau mit der leichenblassen Gesichtsfarbe, die das Meer wieder ausgespien hatte. Warum fehlte sie mir so sehr, wo mir doch meine Adoptivfamilie stets jeden Wunsch von den Augen abgelesen hatte?

Im Wohnzimmer hingen überall alte Seekarten an den Wänden: die Gaspésie, die amerikanische Ostküste, die Karibik. Eine diagonal angebrachte Hängematte teilte den Raum in zwei Hälften. Im Esszimmer hing eine weitere Hängematte zusammengelegt an einem Haken. Im zweiten Stock ein Zimmer mit Ehebett. Verstaubte nautische Bücher, warme Anziehsachen, ein salziger Sprühregenfilm auf den Fensterscheiben, nichts besonders Persönliches.

Das andere, kleinere Zimmer war für ein Kind bestimmt gewesen. In den Schubladen befanden sich erstaunlich banale Gegenstände: Muscheln, am Strand gesammelte Steine, vom Salz ausgebleichte Holzstücke. Gegenstände ohne Ort und Datum, die nun keine Erinnerungen mehr enthielten. Auf dem Fensterbrett lagen noch mehr vom Meer glatt geriebene Steine und ein Stück Treibholz. Und daneben stand ein Schaukelstuhl. Ein Stuhl, der wartete, aufgestellt von einem Mann, der eine Frau anlächelte, der seine ganze Zärtlichkeit für sie aufgespart hatte, um sie hierherzubringen, sie in diesen Stuhl zu setzen, vielleicht ein Kind mit ihr zu zeugen, zumindest wollte er es.

Ich schloss die Türen im oberen Stockwerk wieder. Auch für mich würde die Hängematte ausreichen. Ich stieg die Treppe hinab, und da sah ich es. Auf dem Treppenabsatz, ein Foto. Eine Frau um die vierzig und ein junges Mädchen, siebzehn oder achtzehn Jahre alt, in Schwarz-Weiß, hinter ihnen das Meer. Meine Großmutter und meine Mutter an Bord ihres Segelboots und mein eigenes Gesicht, das sich in dem Glasrahmen spiegelte. Ich, Catherine Garant, Aug in Aug mit den Meinen. Drei Generationen von Frauen, die einander anblickten.

Ich stand lange vor diesem Foto. Draußen prallte das Meer noch immer wütend gegen den Felsen.

Plötzlich hörte ich ein Fahrzeug näher kommen. Ich rannte ans Fenster. Cyrilles Lieferwagen erschien auf dem Kiesweg. Er parkte im Schatten der großen Bäume und stieg dann mit einer Tüte in der Hand aus.

»Ich dachte, du hast vielleicht Hunger«, sagte er mit rasselndem Atem.

»Hast du mir was zu essen mitgebracht, Cyrille?«

»Brot, Kaffee, Butter und Eier.«

»Ich schließ den Kühlschrank an ...«

»Und stell einen Kessel mit Wasser auf den Herd, ich habe zwei Hummer zum Abendessen mitgebracht. Du hast doch noch nicht zu Abend gegessen?«

Ich schüttelte stumm den Kopf.

»Das wäre ja noch schöner, wenn man im Haus deiner Mutter plötzlich nicht mehr gut essen würde!«

Ich fuhr herum. Er sah mich so durchdringend an, dass es mir wehtat.

»Wer hat es dir erzählt?«

»Der Notar Chiasson«, antwortete Cyrille röchelnd. »Danach habe ich nach dir gesucht. Renaud hat erzählt, dass Guylaine dich aus der Herberge gejagt hat. Ich dachte mir, du müsstest hier sein.«

Ein langes Schweigen, zerhackt von Wellen und unausgesprochenen Fragen, dehnte sich zwischen uns aus.

»Lass uns die Hummer essen, bevor sie nicht mehr schmecken.«

Cyrille ging vor mir her in die Küche. Er zeigte mir, wie man den Schalentieren vor dem Kochen über die Stirn strich.

»Das macht ihr Fleisch zarter!«

Dann aßen wir in der Küche, die Fenster weit geöffnet, mit Blick auf die Bucht.

»Er will, dass du morgen zu ihm kommst«, röchelte Cyrille.

»Wer?«

»Der Notar.«

»Warum?«

»Hör auf, die Zangen zu zersäbeln! Schau mal, nimm das Messer und stich mit der Spitze genau hier rein, in das kleine Dreieck ... Gut, weiter so, und jetzt drück vorsichtig und dreh dabei das Messer.«

Ein warmer Wind fegte die stehende Luft aus der Küche und hauchte neues Leben hinein.

»Bloß weil man geerbt hat, darf man noch lange keine Hummer massakrieren!«

»Was?«

»Er sagt, du hast geerbt!«

»Geerbt? Was denn?«

»Das Haus, Kleine! Was willst du denn sonst noch? Ein Raumschiff? Du hast ein Grundstück in der Gaspésie geerbt.«

Ich war sprachlos.

»Was wirst du damit anfangen?«

»Keine Ahnung.«

Ich sammelte die Reste der Schalenpanzer ein und wischte den Tisch ab, während Cyrille sich gewohnheitsgemäß einen Joint drehte. Wir setzten uns nach draußen.

»Wo wohnst du denn normalerweise?«

»In Montréal.«

Er lachte leise und pfeifend, als er den Rauch ausatmete.

»Was ist los?«

»Gar nichts. Bei euch, da ist der Fluss noch ein Flüsschen!«

»Stimmt.«

»Was ist dein Vater von Beruf?«

»Architekt.«

Er nickte langsam.

»Meine Eltern waren Architekten, Cyrille. Alle beide.«

»Was soll das heißen, alle beide?«

»Marie Garant hat ihnen das Sorgerecht übertragen, als ich noch ein Baby war.«

»Dem Sohn von den Days?«

»Ja. Mein leiblicher Vater ist bestimmt ein Mann von hier, aber ich habe kein Foto von ihm im Haus gesehen …«

Er zog lange und pfeifend an seinem Joint, bevor er antwortete. »Leben deine Eltern in Montréal noch?«

»Nein.«

»Bist du deswegen hierhergekommen? Deine Eltern sind

gestorben, du hast erfahren, dass du adoptiert bist, und wolltest jetzt deine Mutter kennenlernen … War es deswegen?«

»Nicht adoptiert. Unter Vormundschaft. Ich habe es nicht ›erfahren‹. Ich habe es immer gewusst.«

»Du bist hierhergekommen, um deine Mutter zu treffen, und als sie ankam, war sie tot … Du musst ziemlich enttäuscht sein …«

Ich zuckte mit den Schultern. Wut und Frust stiegen mir ins Blut wie eine schwarze Flut. Ja, es stimmte: Ich war in die Gaspésie gekommen, um meine Mutter zu treffen, um mit Marie Garant zu sprechen, und ihr Tod nahm mir alles weg.

»Nicht enttäuscht. Wahnsinnig wütend!«

»Dafür gibts keinen Grund. Deine Mutter war ein guter Mensch.«

»Und mein Vater? Wer ist das?«

Er verschluckte sich an einer Marihuanawolke, hustete lange und schnippte den Rest des Joints weg, der irgendwo unter den Stufen der Veranda erlosch. Er ließ zwei Wellen vorüberziehen, bis das Meer, das sanft über den Strand glitt, die Erinnerungen aufdeckte wie ein siegreiches Blatt beim Kartenspiel.

»Das ist kompliziert.«

»Warum? Hat sie sich viel rumgetrieben?«

»Deine Mutter ging nicht mit dem erstbesten Typen ins Bett!«

»Okay. Dann erklär es mir!«

Er röchelte. »Was stand auf deinem Taufschein?«

»Alberto.«

»Alberto?«

»Heißt so dein Bruder, Cyrille?«

»Sehe ich aus wie ein Italiener? Nein, das ist nicht mein Bruder!«

»Wer ist es dann?«

»Ich weiß es nicht!«

»Hör zu, Cyrille … Renaud hat mir erzählt, dass die Leute aus dem Dorf Marie Garant nicht mochten. Ich hab es auch an Vitals Gesichtsausdruck gesehen, als er die Leiche zurückgebracht hat, und Guylaine hat mich rausgeschmissen! Irgendwann sollte mir vielleicht mal jemand erklären, was passiert ist, statt mir einzureden, dass sie wunderbar, schön und klug war, findest du nicht?«

Niedergeschlagen schüttelte er den Kopf.

»Warum willst du mir nicht davon erzählen?«

Er stand auf. Ich hatte die Frau beleidigt, die er liebte.

»Ich glaube, heute ist kein guter Tag, um dir zu helfen …«

»Kein guter Tag? Für wen? Für dich oder für mich?«

Stocksteif stieg er die Treppe hinunter.

»Cyrille! Ich verlasse die Gaspésie erst, wenn ich weiß, wer mein Vater ist!«

Er zögerte. »Wie alt bist du, Kleine?«

»Achtundzwanzig.«

Wütend kehrte er mir den Rücken zu, stapfte zu seinem Lieferwagen, stieg ein und fuhr im Rückwärtsgang zu mir. Durch das heruntergelassene Fenster schleuderte er mir zwei zornige Sätze hin. »Man merkt, dass dein Vater Architekt war! Wäre er Fischer gewesen, hätte er dir beigebracht, besser zu lügen!«

Er gab Gas, und der Lieferwagen verschwand zwischen den Fichten und hinterließ einen Vorhang aus Staub vor meinen Augen.

3. Kaimauern und Halteleinen

DIE *ALBERTO* (1974)

Noch bevor sie auf der anderen Seite des Riffs in die Bucht von Mont-Louis einfuhren, hatte er bereits den Mast erspäht, bemerkt, dass sich das Segelboot bewegt hatte, und sich auf das Schlimmste gefasst gemacht. Denn mit seinen dreiunddreißig Jahren bekam O'Neil Poirier langsam das verzweifelte Gefühl, dass ihm vielleicht niemals eine Frau ins Netz gehen würde.

Es lag nicht daran, dass er keine Frauen mochte (er war schließlich Seemann!), nein, aber man musste reden können. Um Wörter zu wetzen, Sätze zu schärfen und Kommas zu schmirgeln, brauchte es feine Werkzeuge. Bis man endlich seine Hand um die zarte Rundung einer weiblichen Taille schlingen durfte, war das Fingerspitzengefühl eines Bildhauers nötig. Das war etwas für einen Künstler, und er, O'Neil Poirier, hatte niemals etwas anderes als Mut auf dem Wasser und im Umgang mit dem Fischermesser besessen. Er verstand es besser, mit dem Meer zu plaudern als mit jungen Damen. Aber mit ihr wäre es … einfacher, da war er sich ziemlich sicher. Die Frau von dem Segelboot, die war nicht wie die anderen. Natürlich gab es durchaus auch noch andere junge Mütter und auch solche, die weiß Gott nicht von Pappe waren. Aber eine, die ganz allein segeln konnte, der mitten auf hoher See die Fruchtblase platzte und der man mit dem Kabeljaumesser die Nabelschnur durchschnitt, so eine würde er nicht so bald wiederfinden. Die würde ihm nicht davonsegeln, so wahr er der Kapitän der *Alberto* war!

Und ganz egal, welcher Süßwassermatrose der Vater ihres Kindes war! Er, O'Neil Poirier, wollte noch mehr Babys haben, sieben an der Zahl und gebräunt von der Sommersonne! Er würde diesen Meereskindern beibringen, wie man fischte, wie man Netze knüpfte, wie man mit dem Boot anlegte und wie man die Vögel auf hoher See auf Abstand hielt.

Als sich der Kapitän der *Alberto* an diesem frühen Septembertag dem Riff näherte, tanzte sein Herz auf den Wellen. O'Neil Poirier war nicht nur ein mutiger, sondern auch ein sensibler Mann. Er hatte gesehen, dass die Frau auf dem Segelboot allein war, aber vor allem hatte er gesehen, wie schön sie war.

HALTELEINEN (2007)

Cyrille sagte, die Tage auf See ließen sich nicht mit den Zeigern auf dem Zifferblatt zählen. Die Tage auf See vergingen mit dem Herunterlassen und Einholen von Reusen, mit morgendlichen Flauten oder starkem Seegang, mit dem Knüpfen von Knoten und mit unerwartetem Nebel. Ihre Dauer hinge von verzögerten Abfahrten, erhofften Ankünften und gerissenen Halteleinen ab.

* * *

»Hat Sergeant Morales Sie gefunden?«

»Nein.«

Der gutmütige dicke Mann nickte zufrieden mit seinem Dreifachkinn. Um das Büro von Notar Chiasson zu erreichen, hatte ich rechts abbiegen, an der Holzveranda entlang um das Familienhaus herumgehen und an einer Tür klopfen müssen, die früher wohl einmal zu einer Art Wintergarten gehört hatte.

»Er ist eine Nervensäge wie alle anderen. Ich hasse Ermittler. Sie wollen die Testamente noch vor den Erben lesen und stellen indiskrete Fragen. Sie wühlen im Dreck herum und hoffen, dass irgendwo etwas faul ist.«

Er bot mir einen Stuhl an und setzte sich gemächlich, aber förmlich an seinen Schreibtisch.

»Ich glaube nicht, dass ein Haftbefehl gegen Sie besteht.«

»Alle sagen, dass er nach mir sucht. Wenn ich nicht zu ihm gehe, hat es noch den Anschein, ich wäre schuldig und würde mich verstecken.«

»Schuldige werden durch Tatsachen überführt, Mademoiselle Garant, nicht durch den Anschein.« Eifrig holte er einen Stapel Unterlagen aus seinem Schreibtisch und begann sie mir in allen amtlichen Einzelheiten vorzulesen. Dabei stellte er unter Beweis, dass er in den Genuss einer klassischen Erziehung bei den Jesuiten gekommen war. Während ich an zahllosen Stellen das Erbrecht unterzeichnen musste, erbebte sein Dreifachkinn unter einer gut gemeinten Flut notarieller Erläuterungen. »Schätzen Sie sich glücklich: Oftmals sind Nachlässe mit zweifelhaften testamentarischen Auflagen verbunden, doch hier ist das nicht der Fall.«

Ich hob ironisch eine Braue.

»Man muss auch zugeben, dass es unangebracht gewesen wäre, wenn Marie Garant Sie zu töchterlichen Pflichten angehalten hätte …«

»In der Tat.«

»Und umgekehrt bürden sich manche Erben selbst die merkwürdigsten persönlichen Vorsätze auf, in dem Glauben, dass ihr Vater oder ihre Mutter gewollt hätten, dass sie dies oder das tun sollten. Auch derlei Probleme bleiben Ihnen erspart.«

»Ja.«

Schließlich hielt er mir die Unterlagen hin. »Unterzeichnen Sie hier und hier. Fügen Sie hier Ihre Initialen ein und unterschreiben Sie dort. Die Ermittlungen dürften bald abgeschlossen sein. Sobald das Boot von den Behörden freigegeben wird, können Sie darüber verfügen.«

Ich unterschrieb überall und legte dann den Kugelschreiber beiseite.

»Monsieur Chiasson? Wissen Sie, wo ich meinen Vater finden kann?«

Verdutzt öffnete er den Mund und ließ dabei sein Dreifachkinn in der Luft hängen. »Wie bitte?«

»Marie Garant war mit Cyrille Bernards Bruder verheiratet. Wissen Sie, wo ich ihn finden kann?«

»Haben Sie mit Cyrille geredet?«

»Ein bisschen …«

Er wollte beruhigend wirken, stand auf, umschiffte seine Papierstapel und schob eine rundliche Hinterbacke auf die glatt gerutschte Ecke des massiven alten Schreibtischs, der offensichtlich daran gewöhnt war, als Sitzgelegenheit missbraucht zu werden.

»Mademoiselle Garant … ich bezweifle, dass Lucien Bernard Ihr Erzeuger ist. Cyrille ist ein guter Freund von mir, und ich würde es vorziehen, dass er Ihnen diese Geschichte selbst erzählt. Abgesehen davon …« Er nahm einen Zettel und schrieb etwas auf. »Vielleicht könnten Sie auch Yves Carle aufsuchen.«

»Yves Carle? Wer ist das?«

»Das sollten Sie sogar tun.«

»Warum?«

Er neigte den Kopf und legte sein Kinn in nachdenkliche Falten. »Als er vom Tod Ihrer Mutter erfuhr, hat sich Yves Carle auf die Suche nach dem Segelboot gemacht. Er war es, der es gefunden hat.«

»Und?«

Er zog seine buschigen Brauen bis weit über die Brillengläser hoch und warf mir einen Blick zu, der keinerlei Widerspruch duldete. »Hören Sie … Ich glaube, es gibt ein Gesetz auf See, das besagt, dass jemand, der ein verlassenes Boot findet, es behalten darf.«

»Will er es behalten?«

»Yves Carle ist ein großartiger Seefahrer. Er hat Marie Garant viel zu sehr geliebt und hat viel zu großen Respekt vor der *Pilar*, um etwas Derartiges zu tun.«

»Er hat Marie Garant viel zu sehr geliebt?«

»Ich habe heute Morgen mit ihm gesprochen. Besuchen Sie ihn. Ich habe Ihnen hier seine Adresse aufgeschrieben.« Er reichte mir den Zettel und einen Umschlag, der auf seinem Schreibtisch lag. Ein geöffneter Umschlag, auf dem in geschnörkelter Schönschrift mein Name stand. »Ich musste ihn öffnen, weil der Ermittler eine Kopie verlangt hat. Es tut mir leid.«

Ich nahm den Umschlag, stand auf und steckte ihn in meine Tasche. »Danke für alles, Monsieur Chiasson.«

Liebenswürdig führte er mich bis zur Tür, verabschiedete sich mit einem Augenzwinkern und mit einer Herzlichkeit, zu der nur ein Dreifachkinnträger fähig war. »Sie sehen Ihrer Mutter so ähnlich, Mademoiselle Garant!«

»Ist das ein Kompliment?«

»Genau das hätte sie auch geantwortet.«

Mit leeren Händen, aber einer ganzen Tasche voller Papier stolperte ich an der allzu langen Veranda vorbei bis zum Meer.

Ich schaute im Sommerhaus vorbei, aber Cyrille war nicht da. Vielleicht besser so, denn vermutlich hätte der alte Fischer auch heute nicht auf meine Fragen antworten wollen.

Jérémie, der große Mi'kmaq, befestigte Reusen auf der Ladefläche seines Lieferwagens. Er trug eine weite Latzhose in auffälligem Orange. Er blickte mir tief in die Augen. Ich zögerte, dann kramte ich in meiner Tasche herum und holte den Zettel des Notars heraus. Yves Carle. Was hatte der mit meiner Geschichte zu tun? Ich las die Adresse und fuhr Richtung Osten.

Der Seemann bewohnte ein Haus im alten Stil mit einem Spitzdach wie dem von Marie Garant und einer gemütlichen Veranda zum Meer hin. Ich hielt das Auto in der Allee an, nicht allzu weit von der Straße entfernt, da ich mich scheute, unter den Bäumen hindurchzufahren.

Rechts neben dem Haus war eine Frau um die sechzig damit beschäftigt, Zimmerpflanzen umzutopfen. Sie wandte mir ihren roten Hut und ein sanftes, humorvolles Gesicht zu.

»Sind Sie die Tochter von Marie Garant?«

»Wenn man so will ...«

Sie musterte mich aufmerksam.

»Oh. Selbst wenn Sie nicht wollten, sehen Sie ihr viel zu ähnlich, um das Gegenteil zu behaupten.« Sie zog einen Handschuh aus und streckte mir eine faltige Hand entgegen.

»Herzliches Beileid, Mademoiselle.«

Langsam nahm ich ihre Hand. Es war das erste Mal, dass mir jemand für den Tod von Marie Garant sein Beileid aussprach, und plötzlich hatte ich den Eindruck, dass mich dieser Tod etwas anging.

»Kannten Sie sie?«

»Oh. Ich bin nicht sicher, ob irgendjemand Marie Garant kannte.«

»Ich würde mich freuen, wenn mir jemand von ihr erzählen würde ...«

»Keine Sorge: Alle Welt wird Ihnen von ihr erzählen wollen. Je weniger die Leute wissen, desto mehr können sie erfinden.« Sie zwinkerte mir zu und zeigte mit ihrer kleinen Umtopfschaufel in Richtung Meeresufer. »Yves ist bei seinem Boot.«

Am Ende des Grundstücks zeigte ein einsamer Steg aufs offene Meer hinaus. Ein Segelboot war dort festgemacht. Ich ging darauf zu. Im Cockpit stehend, war der fragliche Yves an einer Seilwinde zugange. Weiße Haare, blaue Augen, große Hände.

Er arbeitete sorgfältig und konzentriert. Ich sah ihm eine Weile schweigend zu. Da ich ziemlich viel Zeit in Jachthäfen verbracht hatte, wusste ich, dass es keine gute Idee war, einen Seemann zu stören, wenn er sich gerade um sein Boot kümmerte. Ohne aufzublicken, ließ er einen Satz auf den Steg fallen, wie man ein Bündel schmutzige Wäsche auf den Kellerboden warf.

»Die *Pilar* ist ein Alberg 30. Baujahr 1970. Sie ist nicht jung, aber dafür ein gutes Boot. Das lässt sich leicht weiterverkaufen, vor allem, weil Marie Garant in den letzten Jahren alles erneuert hat: den Awlgrip-Lack auf dem Bug, den Motor, die Segel, die Winschen, die Elektrik, das ist alles kaum zwei, drei Jahre alt ...«

»Verkaufen? Wieso?«

Er hob den Kopf, musterte mich von oben bis unten. Genau wie Cyrille. Ich rührte keinen Muskel.

»Kannst du segeln, Catherine Garant?«

»Ich bin gesegelt, als ich klein war. Mein Vater war François Day, aus New Richmond.«

Er kniff aufmerksam die Augen zusammen. »Henris Sohn? Du bist die Adoptiv-Enkeltochter von Henri Day?«

»Adoptiv-Enkeltochter, ja.«

Es war unmöglich, dass ein Seemann aus dieser Gegend nicht von meinem Großvater gehört hatte. Er war Schiffsbauer gewesen und ein wettererprobter Seemann, einer, der Stürme liebte. Irgendwann war er aufs Meer hinausgefahren und nicht zurückgekehrt. Seine Frau hatte ihren Sohn François nach Montréal gebracht, um ihn vom Wasser fernzuhalten.

»Mein Vater hatte immer ein Segelboot. Wir sind auf dem Lac Champlain gesegelt. Später hat er es verkauft.«

»Du hast es nicht gekauft?«

Nein.

»Das hätte ich machen sollen, aber mein damaliger Freund hasste das Segeln.«

»Willst du mit der *Pilar* auf einem See rumfahren?«

Ich wusste nicht, was ich antworten sollte.

»Ich bin noch nie auf dem Meer gesegelt. Ich weiß nicht, ob ich dafür gemacht bin …«

Er wirkte enttäuscht. »Das kannst bloß du selbst sagen.« Er wandte sich wieder seiner Winde zu.

»Wie weit kann ich mit so einem Boot fahren?«

Ich zeigte mit einem Kopfnicken nach Osten.

»In dieser Richtung kannst du einmal um die Welt fahren, wenn du willst.«

Ich fragte mich, was ich bei diesem Mann sollte. »Danke, dass Sie die *Pilar* zurückgebracht haben.«

Er zuckte mit den Schultern. Er ließ mir kaum eine Chance, aber ich zögerte, zu gehen. »Und Sie, Yves Carle? Sind Sie schon mal um die Welt gefahren?«

»Warum willst du das wissen?«

»Der Notar hat mir gesagt, dass Sie ein erfahrener Segler sind.«

Er betätigte den Mechanismus der Seilwinde. »Was weiß der denn schon! Das ist der einzige Typ in der ganzen Gaspésie, der keinen Fisch mag!«

Ich musste herzlich lachen. »Was ist denn los mit Ihrer Winde?«

»Nichts. Ich öle sie ein bisschen, wie ein alter Mann, der große Anstrengungen vermeiden will.« Er hob den Kopf und schenkte mir ein leises Lächeln. Endlich. Die Einwohner der Gaspésie ließen sich nur Stück für Stück erobern.

»Als ich jung war, wohnten wir in Percé. Mein Vater hatte zwei alte Fischerboote gekauft. Wir brachten Leute auf die Île Bonaventure. Ich war Fährmann. Erst mit ungefähr dreißig habe ich mir mein erstes Segelboot gekauft.«

»Was für eins war das?«

»Ein Jeanneau 25. Ich hatte es drei Jahre lang.« Mit dem

Schraubenzieher zeigte er auf Cockpit, Mast und Deck, das ganze Boot. »Danach habe ich mein Bénéteau gekauft.«

»Und was wird das Nächste für eins?«

»Das Nächste? Ich bin achtundsechzig Jahre alt. Das Nächste wird eine Totenbarke.« Er fummelte noch ein bisschen an der Seilwinde herum. »Vor ein paar Jahren bin ich bis zu den Magdalenen-Inseln rübergefahren. Weiter bin ich nie gekommen.«

»Warum?«

Er seufzte, als sei ich schwer von Begriff oder als sei das Leben zu mühsam. »Ich war zweiundzwanzig Jahre alt, als ich geheiratet habe.«

Zwischen dem Pfahlwerk des Stegs murmelte das Wasser.

»Bist du meiner Frau begegnet, als du angekommen bist?«

»Ja.«

»Sie hat das Segeln nie gemocht.«

Kaum ein Plätschern.

»Ich hatte mir vorgenommen, ich würde trotzdem wegfahren, wenn ich Rentner bin, aber vor zwei Jahren haben sie mir drei Bypässe gelegt …«

»Und heute?«

Er sah die Winde an, mit nutzlosen Händen. »Ich hätte früher fahren müssen. Es wäre gegangen. Ich hätte in den Süden fahren können und Schiffsmotoren reparieren … Wenn du geschickt mit den Händen bist, kannst du überall hin. Mir hat nur die richtige Gelegenheit gefehlt, um mich zu entscheiden. Oder die richtige Frau …«

»Ist es jetzt zu spät?«

Er tat so, als hätte er immer noch mit der Winde zu tun, aber ich sah genau, dass er fertig war. »Ja, es gibt ein Alter, in dem man weggehen kann. Wenn du nicht in dem Alter gehst, wo man Abenteuer erlebt, dann kommst du nicht mehr weg.«

Ein Plätschern, eine sanfte Woge gegen den Bug.

»Wenn ich gegangen wäre, wäre ich nie wiedergekommen. Also bin ich geblieben.«

»Warum? Ihrer Frau zuliebe?«

Er zögerte. »Hast du Kinder, Catherine?«

»Nein. Und Sie?«

Er starrte mich ein paar Sekunden lang an, und ich konnte die Leidenschaft in seinem Blick spüren. Dann wandte er sich ab. »Zwei. Und mein Ältester hat eine Tochter. Ich bin Großvater.« Yves Carle ließ endlich die Seilwinde liegen, lehnte sich mit dem Rücken gegen den Niedergang und blickte nach Südosten, dahin, wo alles möglich gewesen wäre. »Sie heißt Camille. Ich habe ihr das erste Fahrrad geschenkt. Ich hab eine Klingel drangemacht, und Thérèse hat bunte Girlanden um den Lenker gewickelt. Wenn die Kleine zu uns nach Hause kommt, rast sie den ganzen Abend lang mit ihrer Klingel und ihren Girlanden im Hof im Kreis herum. Seit zwei Jahren geht sie mit ihrem Vater und mir segeln. Letztes Jahr haben wir sie mitgenommen, einmal rund um die Île Bonaventure. Von hier aus dauert das drei Tage.« Er legte die Sätze einen nach dem anderen vorsichtig auf dem Steg ab. »Camille ist acht Jahre alt. Wenn sie zu uns kommt, hinterlässt sie überall im Haus Spuren mit ihren kleinen Fingern, und es vergehen immer ein paar Stunden, bis wir uns entschließen können, sauber zu machen.« Er sah mich an, und das Meerblau seiner Augen verschmolz mit dem Himmelblau von meinen. »Die Leinen, die uns wirklich festhalten, Catherine, sind nicht aus Nylon gemacht. Die kann man nicht lösen.«

»Meine Mutter hat das nicht davon abgehalten, wegzufahren.«

Er senkte den Bick, suchte nach einer anderen Beschäftigung. Er erinnerte sich wieder an die Seilwinde und schloss sie. Er räumte die Werkzeuge in einen kleinen Kasten, wischte sich die Hände ab und winkte mir zu. »Komm an Bord. Wir plaudern ein bisschen.«

Ich überprüfte meine Schuhsohlen, packte das Haltetau und kletterte an Deck. Ich wusste, dass er mich beobachtete, und ich wollte keinen idiotischen Anfängerfehler machen, wie über die Reling zu stolpern oder über die Genuaschote zu fallen.

Ich setzte mich ins Cockpit, während er den Werkzeugkasten in die Kabine brachte, und dort, im Inneren des Segelboots, öffnete er meine Büchse der Pandora.

»Weißt du, warum Marie die *Pilar* auf Vordermann gebracht hat, anstatt ein neues Segelboot zu kaufen?«

»Nein.«

»Das ist eine ziemliche Investition für ein altes Segelboot ... Hast du keine Ahnung, warum ihr das wichtig war?«

»Nein ...«

Er kam wieder zu mir. »Weil sie dich darauf zur Welt gebracht hat.«

Das Meer verstummte.

»Woher wissen Sie das?«

Er zuckte mit den Schultern. »Da gehört nicht viel Fantasie dazu: Entweder sie war hier oder auf See. Niemand wusste, dass sie schwanger war. Wahrscheinlich hat sie dich heimlich zur Welt gebracht.« Er stieg in das Cockpit, setzte sich mir gegenüber. Mehrere kleine Wellen zogen vorbei, ohne dass ich sie gezählt hätte. »Hast du die *Pilar* besichtigt, Catherine?«

»Noch nicht.«

»Es gibt da eine Steuermannskabine. Diese Art von Boot hat normalerweise keine Kabine im Heck. Das heißt, Marie hat sie einbauen lassen, weil sie vorhatte, mit jemandem zusammen zur See zu fahren.«

»Vielleicht hatte sie einen Geliebten …«

»Wenn du einen Geliebten hast, dann teilst du dein Bett mit ihm! Eine Kabine lässt du für Besucher einbauen. Oder für deine Tochter.«

»Sie hat mich nie eingeladen!«

»Nein. Ich hatte auch nie den Mut, wegzufahren. Aber das heißt nicht, dass ich nicht mein Leben lang davon geträumt habe.« Die Falten um seine Augen verschwanden. »Was wirst du mit der *Pilar* machen?«

»Als Erstes werde ich sie wieder zu Wasser lassen.«

»Na klar, ein Boot gehört nicht auf einen Parkplatz.« Er stand auf. »Willst du ein Bier?«

»Wie spät ist es?«

»Ich habe zuerst gefragt.«

»Okay.«

Er stieg zurück in die Kabine und hielt mir zwei Dosen hin. »Ich habe noch altes Tauwerk aufzuwickeln. Stört es dich, wenn ich das mache, während wir plaudern?«

»Nein.«

Er warf einen Haufen Taue ins Cockpit, während ich die Biere öffnete. Er kam wieder nach oben. »Ich habe gestern alles ausgetauscht: die Fallen, die Trosse, die Schote. Besser früher als später.«

»Und die hier werfen Sie weg?«

»Nein. Es ist immer nützlich, unnützes Tauwerk an Bord zu haben.«

Wir rollten seine Seile auf und tranken unsere Biere.

»Deine Mutter, die konnte segeln. Sie ist ganz schön rumgekommen mit ihrer *Pilar* … Meistens zog es sie nach Süden. Einmal ist sie, glaub ich, sogar rüber bis zu den Kanaren gefahren. Wenn ich sah, dass Marie die Segel setzte, hab ich sie ein Stück begleitet bis aufs offene Meer und bin dann wieder nach Hause gefahren.« Er legte eine Spule hin, trank einen

Schluck Bier. »Du bist enttäuscht. Du bist hierhergekommen, um einen großen Seemann zu finden, dabei ist hier bloß ein Großvater ...«

»Wenn ich woanders einen Mann wie Sie gefunden hätte, Yves, würde mich das Meer vielleicht nicht so sehr rufen ...«

»Willst du wegfahren?«

Ich drehte ein Tau in meiner linken Hand. »Ich weiß nicht, warum ich bleiben sollte.«

»Je länger du wartest, Catherine Garant, desto unwahrscheinlicher wird es, dass du wirklich gehst.«

»Wenn ich weggehe, Yves Carle, dann sehr bald.«

Er nickte.

»Kennen Sie die Route, die meine Mutter nahm?«

»Nein. Wahrscheinlich ist sie in ihrem Navi gespeichert, aber der Ermittler hat es mitgenommen. Er hat das Navi genommen, das Logbuch, die Erinnerungen. Seine Leute haben alles in eine Kiste gepackt, und er hat die Kiste in seinen Kofferraum geknallt wie einen leeren Kasten Bier. Die Gegenstände einer Toten ... Kannst du dir das vorstellen?«

»Lieber nicht.«

»Also wirst du dir deine Route wohl selbst aussuchen müssen.«

»Wir werden sehen.«

Wir waren fertig mit dem Aufwickeln der Taue. Yves Carle sicherte die Spulen und verstaute sie in dem hinteren Stauraum. Der blauäugige Seemann bückte sich in die Kabine, schmiss die leeren Dosen in die Spüle und stieg auf die Gangway, um von Bord zu gehen. Ich folgte ihm.

»Wann kannst du dir das Boot zurückholen?«

»Ich weiß nicht. Ich muss das Ende der Ermittlungen abwarten. Der Notar glaubt, dass sie bald die Siegel entfernen werden.« Auf einmal sah er ernst aus, besorgt, beinahe unbehaglich. »Der Ermittler aus der Stadt glaubt, der Baum hat sie am Hinterkopf getroffen und ins Wasser gestoßen. Sie warten bestimmt auf den Autopsiebericht, um die Unfallhypothese zu bestätigen.«

»Das wusste ich nicht.«

Er sprang auf den Steg und hielt mir die Hand hin. Ich nahm sie und stieg von Bord.

»Yves?«

»Ja?«

»Ich bräuchte Ihre Hilfe am Kai von Ruisseau-Leblanc. Irgendwann frühmorgens. Hätten Sie Zeit?«

»Ich werde da sein.«

Wir gingen schweigend den Steg entlang.

»Catherine …«

»Ja?«

»So ist deine Mutter nicht gestorben.«

Das Meer war spiegelglatt.

»Wenn wir zu ihrem Boot fahren, erkläre ich es dir. Wenn du es wissen willst.«

»Wenn wir zu ihrem Boot fahren, dann will ich es wissen. Ja.«

Thérèse war mit dem Umtopfen ihrer Pflanzen fertig, und ich begegnete niemandem auf dem Rückweg zu meinem Auto.

* * *

Zu sagen, Ermittler Morales sei sturzbetrunken gewesen, als er nach Hause kam, wäre ziemlich untertrieben gewesen. Er hatte sich buchstäblich von Pfarrer Leblanc abfüllen lassen, der (ehrlich gesagt) in Joaquín Morales die barmherzige Seele eines Laientrinkers erkannt hatte, der sich leicht ein paar Runden auf die Liebe der Frauen und den barmherzigen Gott aus der Tasche ziehen ließ. Der alte Gerichtsmediziner hatte diese freundschaftliche Feier gerne unterstützt (vielen

Dank, mit Verlaub), indem er ein paar Gläschen mitgetrunken hatte, die, wie man leicht erraten konnte, tatkräftig von dem wackeren Renaud Boissonneau eingeschenkt worden waren, der (Wissen Sie was?) fand, dass der Inspektor mit ein paar Gläschen hinter der Binde gleich viel besser aussah!

Als er nach Hause kam, wurde es langsam ein bisschen zu spät für das Abendessen. Morales hatte sein geradezu skandalös schlingerndes Auto mitten in das Wäldchen neben seinem Grundstück gesteuert. Kurz bevor er gegen die Bäume geprallt wäre, hatte er das Fahrzeug weise zurückgelassen, damit es sich an seine neue Umgebung gewöhnen konnte, und war, durch die Brennnesseln stolpernd, zu Fuß weitergegangen.

Er öffnete die Tür, warf sein verblichenes Sakko auf den erstbesten Kartonhaufen und betastete seine Taschen: Wo war sein Handy schon wieder hin? Denn er musste Sarah anrufen. Jetzt sofort! Er würde ihr, dieser Zicke von einer Ehefrau, sagen, dass sie mit dem Zirkus aufhören und auf der Stelle hier in die Gaspésie runterkommen sollte! Jawohl! Er verließ das Haus, stolperte wieder durch die Brennnesseln, kam zum Auto zurück, stocherte aufs Geratewohl im Dunkeln herum, fand nichts. Dann fiel ihm ein, dass sich das Telefon sehr wahrscheinlich in der Innentasche seines Sakkos befand.

Aber wo war nun dieses verdammte Sakko?

Die Frage verlangte angestrengtes Nachdenken … Er hatte es doch gerade noch gesehen …

Joaquín Morales wankte ins Haus zurück, fand das Sakko auf dem Kartonstapel im Eingang und dachte, plötzlich von einem Geistesblitz getroffen, dass er vielleicht zuerst duschen und seine Gedanken ordnen sollte, bevor er Sarah anriefe.

Er zog sich aus und stellte sich unter den lauwarmen Wasserstrahl. War es die Trunkenheit, die Wärme des Abends, das Wasser, das wie in langen Liebkosungen über seinen Körper lief? Auf einmal fühlte er sich erregt. Seit Monaten schon schliefen seine Frau und er getrennt. Seit Monaten! Er hatte es dem Pfarrer gegenüber erwähnt, und dieser hatte kategorisch bestätigt, dass das nicht hinnehmbar sei. Er hatte sogar um ein weiteres Glas ungeweihten Wein gebeten, um den bitteren Nachgeschmack herunterzuspülen. Dr. Robichaud hatte hinzugefügt, dass eine Frau ganz einfach zu wollen hatte! Worauf Renaud stotternd die Gläser neu gefüllt hatte.

Alle waren sich also einig, dass es jetzt reichte, Joaquín Morales inbegriffen. Als sie jünger war, hatte Sarahs warmer Körper stets vor Lust gebebt. Es handelte sich bestimmt um ein Missverständnis! Vielleicht würde es ausreichen, die eingeschlafene Begierde neu zu entfachen …

Morales kam aus der Dusche, nackt und erregt wie Adam, als er Eva erblickte, nahm das Telefon und rief seine bessere Hälfte an, die Stimme rau, sein Körper angespannt. Angeblich gab es ja Paare, die es am Telefon machten … Warum also nicht sie? Er wollte das: sich von einer Frau begehrt fühlen, von seiner Frau, er wollte ihr Stöhnen hören. Und er wollte einen Höhepunkt. Einen Höhepunkt, mitten in der weiten Nacht der Gaspésie, während vor dem Horizont enthemmte Wellen tosten!

Mit einer Hand wählte er die Nummer. In Longueuil hob sie ab.

Warum konnte man sich im Leben nicht ein Mal entspannen und einfach der Begierde folgen?

In seinen Fantasien hatte sich Morales halblaute Seufzer ausgemalt, unverständliche Worte, eine raue Stimme, die stoßweise stammelnd seinen Vornamen stöhnte. Stattdessen kam er nun in den Genuss der gewöhnlichen Ernüchterung: »Was redest du denn da?«, »Findest du das etwa witzig?« und »Schluss jetzt, ich rede mit dir!«. Und dann wurden die üblichen Vorwürfe durchkonjugiert: »Du hast mich noch nie verstanden! Du verstehst mich nie! Du wirst mich nie verstehen!« Sie türmten sich zwischen der zerknüllten Bettwäsche auf und ließen Joaquín Morales' Lust einschrumpfen. Man konnte sagen, was man wollte, aber das traditionelle Vokabular eines Ehestreits war trotz aller Klischees einfach nicht totzukriegen!

Als sie ihre Beschäftigungen der vergangenen Tage zur Sprache brachte, endlich die Gründe für ihre verschobene Ankunft erklärte und dabei den Namen Jean-Paul Lemire aussprach, sprang Morales aus dem Bett, schlüpfte in eine Jeans und ging hinunter ins Wohnzimmer.

»… Jean-Paul sagt nämlich, sie mögen meine Arbeit. Der Kontrast zwischen der Schwere der Kabel und der Leichtigkeit der Komposition erinnert sie an die allgegenwärtige Zerrissenheit der menschlichen Existenz. Auf der einen Seite die Unmöglichkeit, davonzufliegen, und auf der anderen das ewige Bedürfnis danach …«

Er hatte doch gestern eine Flasche Weißwein kalt gestellt …

»Hörst du mir zu?«

»Natürlich, Schatz …«

Er öffnete den Kühlschrank, blickte die Flasche an, zögerte, schloss die Tür wieder. Er bereute es. Er bereute, dass er sie angerufen hatte, bereute seinen Abend als einsamer Mann, bereute seine verlorene Begierde, er bereute alles.

»Jean-Paul hat gesagt, dass ich diese Sammler treffen sollte.«

Warum wollten Frauen, die immer glücklich, friedlich und treu gewesen waren, wenn sie fünfzig wurden, unbedingt Künstlerinnen werden? Um sich selbst zu verwirklichen? Verwirklichte *er* sich denn so besonders?

»Also, verstehst du, deshalb müsste ich noch ein bisschen bleiben.«

»Bei Jean-Paul. Ja, Schatz, jetzt verstehe ich …«

»Es ist nicht so, wie du glaubst, Joaquín! Ich müsste meine Karriere grundsätzlich überdenken und stärker international ausrichten. Ich müsste auch unbedingt mal …«

»In sein Schlafzimmer?«

»Sei bitte nicht so gehässig.«

»Gehässig? Sarah, seit Monaten schlafen wir getrennt, unter dem Vorwand, dass du …«

»Das hat nichts mit Jean-Paul zu tun, und das weißt du ganz genau! Ich habe es dir erklärt, Joaquín: Ich muss meine sexuelle Energie in schöpferische Bahnen lenken und …«

»Und wohin soll ich sie bitte lenken? Vielleicht könntest du ja mal mit Jott-Pe darüber reden, der hat bestimmt eine Theorie dazu.«

Warum musste es so enden? Er hatte sie angerufen, beschwipst und erregt. Er hatte seine Frau angerufen, Sarah, und er hatte sich erhofft … was? Ein erotisches Telefongespräch, ja! Und sie hätte sich ein bisschen bemühen können! Sie hätte sich ruhig für einen Augenblick vergessen können. Stattdessen … Wie hatte es nur so weit mit ihnen kommen können?

»Hör zu, Joaquín: Alles ist organisiert. Die Kinder und die Umzugshelfer werden mir helfen …«

»Ich will nicht die Möbel, ich will dich, Sarah! Hör zu: Gibt es keine Möglichkeit, das aus der Entfernung zu organisieren? Dein Agent kann doch bestimmt …«

»Nicht mein Agent, Joaquín, mein Galerist!«

»Jott-Pe.«

»Du magst ihn nicht, aber er ist gut.«

»Er will dir bloß an die Wäsche!«

»Joaquín, du beleidigst meine Kunst und …«

»Seit Monaten beleidigst du unsere Beziehung, Sarah.«

In diesem Augenblick klingelte es an der Eingangstür.

»Hast du heute Abend Besuch, Joaquín? Ich sehe, so sehr langweilst du dich gar nicht!«

»Du bist lächerlich! Ich …«

Sie legte auf.

Heftig riss er die Tür auf, halb nackt, die Haare durcheinander, mit finsterer Miene.

* * *

Als Ermittler Morales die Tür öffnete, wich ich zwei Schritte zurück.

»JA?«

Er sah extrem wütend aus.

»Geht … geht es Ihnen gut?«

»Was wollen Sie?«

»Sind Sie Ermittler Morales?«

»Ja.«

»Ich bin die Frau, nach der Sie suchen.«

Er erstarrte und blickte mir direkt in die Augen.

»Wie bitte?«

»Ich bin Catherine Garant.«

Mit mir hatte er offenbar am allerwenigsten gerechnet.

»Ähm … Wer hat Ihnen erzählt, dass ich hier wohne?«

»Sie sind in der Gaspésie, Monsieur Morales. Wenn Sie anonym bleiben wollen, müssen Sie woandershin ziehen.«

»Ja. Ich … ähm … Sie haben recht … Kommen Sie rein. Es ist ziemlich unordentlich hier, aber kommen Sie rein. Entschuldigen Sie bitte … ähm … Ich komme gerade aus der Dusche und …« Ungeschickt ging er sich einen Pullover anziehen, kam schwankend zurück und strich sich mit den Händen die Haare zurecht.

»Wie ich hörte, suchen Sie mich überall. Ich habe mir nichts zuschulden kommen lassen. Ich bin gekommen, um Ihnen das zu sagen.«

Er atmete tief ein und schien sich unwohl zu fühlen. Er sah aus, als hätte er getrunken. »Ja, ich habe nach Ihnen gesucht … Ich wollte Sie sehen, das ist normal, weil Ihre Mutter unter ungeklärten Umständen verstorben ist, und da Sie die Erbin sind …« Er betastete die Worte, eines nach dem anderen, und reichte sie nur zögernd an mich weiter. »Außerdem wohnen Sie nicht in der Gaspésie. Also, was … ähm … wozu sind Sie hier, Catherine Garant?«

Angesichts der Situation – wir standen nach wie vor im Eingangsbereich eines mit Kisten vollgestopften Wohnzimmers – war das in der Tat eine gute Frage.

»Ich bin in die Gaspésie gekommen in der Hoffnung, Marie Garant kennenzulernen. Ich habe Renaud Boissonneau am Tag meiner Ankunft davon erzählt. Er hat mir gesagt, die Leute hier mochten sie nicht, also habe ich nicht weiter nachgehakt. Das Dorf ist klein, ich hatte gehofft, ich würde ihr zufällig über den Weg laufen. Aber ich wäre ihr lieber lebendig begegnet, glauben Sie mir.«

»Warum wollten Sie sie treffen?«

»Komische Frage. Ich habe meine Mutter nicht gekannt. Ich hätte gerne mit ihr geredet, wenigstens ein Mal in meinem Leben.«

Eine ungeschickte Bewegung, und Joaquín Morales torkelte zwei Schritte zur Seite.

»Alles in Ordnung, Monsieur Morales?«

»Ja, ja …«

In seinem betrunkenen Zustand um Würde ringend, ging er um die aufgerissenen Kartons herum. Er stützte sich mit den Ellenbogen auf den Kamin und versuchte offensichtlich, eine Sherlock-Holmes-Pose einzunehmen. Doch statt mit einem Whiskyglas in der Hand in einem englischen Salon, dessen Fenster mit roten Damastvorhängen geschmückt waren, stand Morales inmitten seines Umzugschaos, was der Szenerie jegliche Würde nahm.

»Momentan ist die wahrscheinlichste These, dass es ein Unfall war …«

Ich dachte an das, was Yves Carle zuletzt zu mir gesagt hatte. »Angeblich kannte Marie Garant das Meer zu gut, um einen Unfall zu haben.«

»Sie sind naiv. Was soll das heißen, ›das Meer kennen‹? Dorftratsch. Wir reden hier von einer polizeilichen Ermittlung. Das Opfer hatte einen Bluterguss am Hinterkopf, wahrscheinlich aufgrund eines Zusammenpralls mit dem Großsegelbaum, wie die Autopsie bestätigen wird.«

Er hatte sich ein paar Brocken Seemannsvokabular angeeignet, das merkte man. Er ließ sie sich wie exotische Früchte auf der Zunge zergehen, versuchte tapfer, seinem Stolz eine Chance zu geben.

»Marie Garant kommt aus dem Süden zurück, stolz auf ihre Seemeilen, aber gealtert. Sie will in Bestform ins Dorf zurückkehren, so richtig Eindruck schinden, aber der Tag war lang. Daher beschließt sie, die Nacht außer Sichtweite zu verbringen und erst am nächsten Tag anzulegen. Sie will jung wirken und die Fischer mit einem behänden Sprung auf den Kai beeindrucken. Also geht sie bei der Banc-des-Fous vor Anker. Der Wetterbericht ist günstig, sie kennt die Gegend, keine Gefahr in Sicht. Aber sie hat sich bei der Rückreise überanstrengt, ihr Alter macht ihr einen Strich durch die Rechnung, und sie ist erschöpft. Eine ungünstige Welle zieht vorbei, und als der Baum, den sie nicht ausreichend befestigt hat, auf sie zu schwingt, hat sie keine Zeit, auszuweichen. Am Kopf getroffen, geht sie über Bord, ertrinkt, und ihre Leiche treibt bis ins Netz des Fischers Bujold.«

»Das ist eine Möglichkeit.«

»Die Küstenwache hat keinerlei Funkspruch empfangen. Auch auf ihrer Handyrechnung ist kein Anruf verzeichnet. Niemand wusste, dass sie auf dem Heimweg war. Keinerlei Fingerabdrücke auf dem Segelboot außer ihren eigenen. Nichts, was andere Hypothesen rechtfertigen würde.«

»Wunderbar. In diesem Fall ist es ja unnötig, dieses Gespräch fortzusetzen.« Ich schickte mich an zu gehen.

»Es sei denn, Sie besitzen andere Indizien?«

Ich hatte ihm den Rücken zugewandt, als er das sagte. »Indizien?«

»Denn natürlich gibt es andere Hypothesen: Selbstmord, Mord … In Bezug darauf traue ich vor allem rehäugigen Erbinnen nicht über den Weg. Denn oft sind gerade sie es, die ihre Vorfahren in der Badewanne ertränken oder sie vor einen Lkw schubsen …«

Ich erstarrte. Schließlich drehte ich mich zu ihm um. Die Haare standen mir zu Berge. »Wie bitte?«

»Ganz zu schweigen von eifersüchtigen Männern. Wissen Sie, wer Ihr Vater ist?«

»Nein. Und Sie?«

»Auch nicht. Aber es kann sein, dass Marie Garant mehrere Liebhaber hatte …«

* * *

Je länger er redete, desto mehr bereute Morales, was er da tat. Warum sagte er das alles? Weil er noch frustriert war?

»Ich glaube, Sie haben zu viel getrunken, Ermittler. Ich lasse Ihnen meine Handynummer da und gehe nach Hause.«

»Nein!« Plötzlich schämte er sich. »Nein …« Auf einmal verließ er seinen Kamin und ließ dabei auch sein pompöses

Auftreten zurück, um wieder zu einem gewöhnlichen Mann zu werden, der außer Atem war. »Mademoiselle Garant, ich … ähm …« Er strich mit einer versöhnlichen Handbewegung über sein Gesicht und näherte sich Catherine. »Wirklich, ich bitte Sie um Verzeihung. Ich bin vulgär.«

»Und lächerlich.«

»Ja. Ehrlich gesagt, seitdem ich hier angekommen bin, entgleitet mir alles: der Umzug, die Ermittlung … Ich … ähm … ich sollte eigentlich ganz in Ruhe Kartons ausräumen, joggen gehen, mich einrichten, entspannen … Aber so läuft es nicht, und …«

»Tut mir leid für Sie.«

»Ich wollte gerade einen Hummer essen … Haben Sie Hunger? Wir könnten ihn teilen …« Was hatte er denn da vor, fragte sich Morales? Wollte er sich an Sarah rächen? Nicht einmal das. Er fühlte sich alt und lächerlich und hatte nur das Bedürfnis danach, dass eine Frau Ja zu ihm sagte. Für ein Abendessen. Dass sie die Einladung annehmen würde. War das denn so dumm, ein bisschen gefallen zu wollen? Großer Gott, war das zu viel verlangt? »Ich habe eine gute Flasche Weißwein im Kühlschrank …«

* * *

Ich zögerte. Ich, Catherine Garant, stand aufrecht im Türrahmen dieses Hauses, und worauf wartete ich? Schon lange hatte mich niemand mehr zum Abendessen eingeladen, und ja, ich hatte Lust, mein eigenbrötlerisches Leben aufzugeben, zuzusehen, wie ein Mann für mich am Abend den Tisch deckte, und zuzulassen, dass die Nacht uns einhüllte.

Er streichelte zärtlich den Hummer und ließ ihn in das kochende Wasser gleiten. Gut zehn Minuten Kochzeit. Wir warteten beinahe schweigend, bevor wir uns nach draußen auf die Terrasse setzten. Die Sonne ging gemächlich unter, und unten am Felsen küsste das Meer die Steine mit seiner seidigen Brandung. Joaquín Morales war ein bisschen betrunken, das sah man an seinem zögerlichen Gang, doch er brach den Panzer auf, ohne mich mit klebrigem Saft zu bespritzen, und reichte mir die Stücke mit Fingerspitzengefühl.

»Woher kommen Sie, Monsieur Morales?«

»Aus Mexiko.«

* * *

Zum ersten Mal seit Jahren hatte er nicht »aus Longueuil« geantwortet. Ohne es zu bemerken. Und, immer noch unbewusst, damit beschäftigt, den Hummer zu zerlegen, begann er vom Meer zu erzählen, vom Süden, von Mexiko, vom Lärm, der die ganze Nacht andauerte, von den Gerüchen der Stadt, aus der er als Jugendlicher in ein Cancún entflohen war, das schöner war als heute, ohne Touristen, ohne Luxushotels. Da brannte einem der Sand unter den Füßen, und die Sonne trocknete einem die Haut, die das glasklare Wasser mit Salz überzogen hatte. Die Frauen, schön und braun gebrannt, lachten mit blendend weißen Zähnen und tollten in leuchtend bunten Bikinis in den Wellen herum. Man lud sie abends auf einen Tequila ein, und sie tanzten zauberhaft zum Klang vorbeiziehender Gitarren …

Als er von diesem Meer und der tanzenden Haut der Nacht erzählte, bekam er wieder einen Akzent aus dem Süden, einen Akzent, den er in der kalten Vorstadt von Longueuil zu verbergen gelernt hatte und den dieser Abend zu neuem Leben erweckte: Die »R«s rollten in der Brandung, die »U«s wurden rund und biegsam, die »O«s wurden weiblicher, rekelten sich, seufzten.

Der Alkohol entspannte ihn, er ließ den Ermittler hinter sich und wurde wieder zu dem fröhlichen Mann, der große, begeisterte Gesten in die orangefarbene Sonne des Westens schleuderte, sie auffing, kurz mit ihnen tanzte und sie dann vorsichtig auf der glatten Tischdecke absetzte. Sanfte, ausladende Gesten.

Die Dämmerung schlug in ein ruhiges Blau um, erleuchtet von einem Viertelmond, und er schlug vor, am Strand spazieren zu gehen. Die Wellen flüsterten, friedlich und dezent, weit entfernte Geschichten in einer fremden Sprache.

Sie irrten eine Weile schweigend umher und kehrten dann um, stiegen wieder die Treppe zum Balkon hinauf. Der kühle Fallwind der Nacht kam von den Bergen herab und blies ihnen den Duft von Nadelholz und feuchter Rinde mitten ins Gesicht.

»Nah am Meer, zwischen der Steilküste und den Bäumen, hängt morgens ein Dunst, der alles einhüllt und das Laub bedeckt. Als würde ein Schleier das Gesicht der Küste verbergen wie das schüchterne Lächeln einer jungen Braut. Wenn in Mexiko die Sonne aufging, hatte ich manchmal zu gar nichts Lust und ließ mich einfach vom Wind treiben, der das Ufer streichelte, den Strand entlangwehte und das Meer wieder hinaus in die Ferne schob ...«

Seine Stimme war ganz ruhig, sie war wie ein Anker in der Nacht.

»War das Ihr Traum?«

»Wie bitte?«

»In die Gaspésie zu ziehen, war das Ihr Traum?«

»Nicht wirklich ...«

»Manche Leute sagen, ein Tapetenwechsel kann uns nur guttun. Wenn man Sorgen hat, bringt einen das auf andere Gedanken ...«

»Und was ändert das an den Sorgen? Ich weiß nicht.«

»Warum sind Sie denn dann umgezogen?«

Er zuckte mit den Schultern. Auf einmal kam der Rest seines Lebens wieder hoch, die letzten dreißig Jahre, und es verschlug ihm den Atem. Was sollte er der jungen Garant antworten? Dass er im Alter von zweiundfünfzig Jahren allem entsagt hatte, was ihm Spaß machte? Dass er die Fähigkeit, zu träumen, verloren hatte? Dass er seine Wochen für gewöhnlich in einem grauen Alltagstrott herunterschrubbte und sich dabei nur selten Fragen stellte oder Pläne für die Zukunft machte? Dass er auf der Welle seiner Frau surfte, weil seine eigene keine Kraft mehr hatte und flach geworden war? Dass er es meistens so machte, denn so war alles weniger kompliziert? Wie sollte er erklären, dass er im Grunde nur keinen Ärger wollte, doch dass im Alltag das Unvermeidliche still und leise eingetreten war, ohne dass er es hatte aufhalten können? Dass er den Faden seiner eigentlichen Wünsche in dem verwickelten Knäuel der Tage verloren hatte, dass er nicht wusste, wie er sich aus diesen Verstrickungen herauswinden sollte, und dass er jetzt kein Wort mehr herausbekam?

Er drehte sich zu ihr. Sie war schön. Die Feuchtigkeit kräuselte ihr Haar vor ihrem Gesicht, die salzige Luft ließ sie unwirklich erscheinen, und als sie auf einmal ganz nah bei ihm stand, war es, als ginge irgendwo eine Tür ein kleines Stückchen auf. Der Wein stieg ihm zu Kopf, und die junge Garant duftete köstlich.

»Und Sie, Catherine? Haben Sie einen Traum?«

* * *

Ich zögerte. Ich, einen Traum? Ich blickte aufs Meer hinaus und stellte mir die Frage. Einen Traum? Ich schwieg lange. Irgendwann lehnte sich Joaquín Morales gegen das Geländer, und ich bemerkte, dass er mich ansah.

»Ich weiß nicht mehr, was Träume sind, Monsieur Morales.«

Und da tat er es. Er beugte sich über mich und küsste

mich. Das war die unlogische Folge unserer Begegnung, aber es gab Abende, an denen man vor lauter unvorhergesehener Ereignisse nicht zu Atem kam, und die Gaspésie ließ einen niemals in Frieden.

Die Hände verzweifelt aufs offene Meer hinausgestreckt, schrie ich auf, und das spröde Glas meines Schweigens zersprang in Tausende bunte Splitter, die sich über die Wellen ausbreiteten.

»Das Telefon ... das Telefon klingelt ...«

»Was?«

Ich kannte seinen Vornamen noch nicht. »Das Telefon klingelt ...«

Verwirrtes Schweigen auf der Veranda.

»Entschuldige, Catherine, ich ...«

Er ging ins Haus. Ich setzte mich dem Meer gegenüber, um durchzuatmen. Ich hatte Lust auf Erregung, darauf, wieder dem salzigen Geschmack des Lebens zu begegnen.

Gesprächsfetzen drangen zu mir, die ich einfach nicht überhören konnte.

»Nein, du störst mich nicht ...«

Er flüsterte Worte, die ich gegen meinen Willen hörte.

»Deine Karriere, ich verstehe, ja ...«

Und.

»Und alles, was wir vorhatten, Sarah? Unsere Beziehung?«

* * *

In diesem Augenblick spürte ich zum ersten Mal, dass ich aufbrechen würde. Dass auch ich den Horizont zu meinem Ziel machen würde. Ich stand auf, ging um das Haus herum, überquerte die Wiese, folgte der Hecke bis zur Einfahrt. Ich war wütend. Wie lange würde ich noch umherirren und Dinge tun, die nicht gut für mich waren?

Im Halbdunkel prallte ich gegen ein Auto. Als ich darum herumging, stiegen Yves Carles Worte wieder in mir auf, wie ein unverdauliches Echo: »Er hat das alles in sein Auto geknallt, wie einen Kasten Bier!« Ich zögerte nicht. Ich öffnete die Fahrertür und betätigte die Kofferraumentriegelung. Die Kiste war noch immer da, vergessen im Eifer des Gefechts.

Ich hob den Deckel an. Der Karton war voll mit Gegenständen, die in wasserdichte Plastiksäckchen gewickelt waren. Die Gegenstände meiner Mutter. Auf jedem von ihnen befanden sich noch Marie Garants Fingerabdrücke. Jeden von ihnen hatte sie berührt.

Ich nahm das Bootsnavi heraus. Bevor ich hergekommen war, wäre ich niemals auf die Idee gekommen. Wenn man mich gefragt hätte, was die letzte Kiste meiner Mutter enthielt, hätte ich nicht geantwortet: ein Navi. Aber was wusste ich denn im Grunde? Was wussten wir über die anderen, über unsere Mutter, die uns im Stich gelassen hatte, über verheiratete Männer, die uns küssten, über … über uns selbst?

Und was würde meine Kiste einmal enthalten? Ein paar abgetragene Schuhe, einen ausgefransten Schal, ein paar Kindheitsfotos auf dem Speicher einer gleichgültigen Festplatte?

Wer würde meine Geschichte erzählen wollen, wer meine einsame Spur nachempfinden? Wer würde nach meinem Tod eine Kiste für mich packen? Wer würde sich fragen, wo mich meine letzten Meilen hingeführt hatten? Würde ich Fingerabdrücke hinterlassen, die man nicht berühren konnte, geordnet, eingetütet, nummeriert, oder bloß einen heillos unordentlichen, wütend aus einem Fenster geworfenen Koffer?

Und Marie Garant? Wollte ich wirklich ihre Geschichte erfahren?

Es blieb mir nichts anderes übrig, als mit Ja zu antworten. Ich wollte nicht nur, ich musste sogar. Ich brauchte ihre Route, die vermutlich auf diesem Navi gespeichert war, eine rote Spur auf einem leuchtenden Bildschirm. Ihre letzten Meilen waren vermutlich in diesem Gegenstand gespeichert. Geheime Meilen, die nur ihr gehörten, die ihre Augen gesehen hatten, bevor sie im Wasser versunken waren.

Es war mir bewusst, dass ich in den Augen des Gesetzes ein Verbrechen begehen würde. Meine Hände waren feucht, als ich das Navi zurücklegte, den Deckel zumachte und die Kiste hochhob, aber sie zitterten nicht. Ich nahm die ganze Kiste mit, ohne irgendetwas zurückzulassen, und stellte sie in mein Auto. Marie Garants Erinnerungen gehörten nur noch mir.

Mein Herz schlägt im Rhythmus der Gezeiten. Und ich gehe an Bord. Ich gehe an Bord, ich lege ab, ich setze die Segel und drehe dem Festland den Rücken zu.

In aller Seelenruhe brachte ich die Kiste ins Haus meiner Mutter, stellte sie auf den Esstisch und ging schlafen.

Ketten, Seile, Ankerplätze

Als er die Akte auf dem Tisch der überhitzten Teeküche aufschlug, hatte Joaquín Morales nicht noch einmal zu Hause angerufen. Dabei hatte Sarah ihm befohlen: »Ruf mich zurück, wenn du wieder ansprechbar bist!«, bevor sie aufgelegt hatte. Doch nun waren auch bei ihm dunkle Sturmwolken aufgezogen.

Die beige Katze an Marlènes Pinnwand hatte ihn vertrieben. Schon wieder Rechenschaft ablegen und Leute, die einen anschauten. Er zog definitiv die kleine Küche vor.

Gestern hatte er eine andere Frau geküsst, und heute Morgen konnte er an nichts anderes denken.

Er schlug die Akte auf. Der Tod blickte ihm ins Gesicht. Mit einer schweren Hand fuhr Morales sich durchs Haar. Marie Garant. Papiere, Berichte, Fotos von ihr, ausgebreitet auf dem Tisch.

Und wenn das Telefon nicht geklingelt hätte? Was wäre dann passiert? Ehebruch? Wie viele Jahre war er nun verheiratet? Beinahe dreißig. Dreißig Jahre Treue, Arbeit, Vaterschaft und Kompromisse. Denn plötzlich sah das alles wie ein Kompromiss aus. Wo waren die Freude, der Genuss, die Erregung hin? Die Freiheit?

An diesem Morgen erstickte und explodierte er zugleich. Schuldgefühle? Wenn er die Augen schloss, stellte er sich vor, wie er vorsichtig Catherines Haut streichelte, ihre Haare, in denen der Schweiß perlte, er stellte sich ihr Stöhnen und ihre Zärtlichkeit vor, wie sie kam, wie sie sich aufbäumte … Schuldig? Glücklich? Erfüllt? Männlich? Was war schlimmer: nach einem Schuldigen zu suchen oder nach sich selbst?

Autopsiebericht: Alkoholrückstände im Körper, ein Schlag auf den Kopf mit schweren Schädigungen, ein Schädeltrauma, das vermutlich zum Tod geführt hätte, selbst wenn sie nicht ins Wasser geglitten wäre. Denn das war geschehen: Sie war rücklings umgefallen und ins Meer geglitten. Wasser in der Lunge.

Morales erinnerte sich an den Ausdruck von Glück auf Marie Garants Gesicht. Was hatte sie getan, um so glücklich zu sein? Sie hatte ihren Ehemann verloren, ihre Tochter weggegeben und ein unstetes Leben geführt. Sah so das Glück aus? Jeden Abend unter einem anderen Firmament zu schlafen? Niemanden zu haben, nirgendwo, der auf einen wartete? Vielleicht hatten Frauen eine Begabung für das Glück. Sie waren in der Lage, sich hinzugeben. Gestern Abend …

Gestern Abend? Ihr Geruch … Er hatte vollkommen vergessen, wie unterschiedlich die Gerüche, die Kurven, die Bewegungen und die Rhythmen von Frauen sein konnten. Ihre feuchten Küsse, ihre schlanken Taillen … Der Gedanke daran verwirrte ihn immer noch. Es war heiß in diesem Raum.

Komisch, dass die Leute sagten, das Meer hätte Marie Garant nicht töten können. Erwiesenermaßen war sie durch einen Unfall gestorben. Er blätterte den Autopsiebericht durch. Eine längere Ermittlung durchzuführen, wäre nutzlos. Wer hätte sie töten wollen, wo doch keiner wusste, dass sie bald zu kommen beabsichtigte? Es gab nicht einmal Verdächtige in diesem verdammten Fall! Morales lachte vor sich hin. Das war typisch für ihn. Da saß er und stellte Ermittlungen zum Tod einer Frau an, die angeblich viel zu erfahren war, um einen Unfall zu haben, die sich nicht umgebracht hatte und die auch niemand getötet hatte.

Identifikation der Fingerabdrücke, Bericht der Spurensicherung. Ärztliche Untersuchung. Fotokopie des Testaments. Hatte Marie Garant gewusst, dass ihre Tochter auf sie wartete? Waren sie verabredet gewesen?

Vielleicht sollte er Lapointe noch einmal anrufen. Er mochte die bedächtige Stimme des Architekten. Wovon hatte er letztes Mal gesprochen? Ach ja: von Trost.

Warum war Marie Garant dort vor Anker gegangen? Aus welchem Grund hatte sie dort angehalten? Wirklich aus Müdigkeit? Wenn sie mit ihrer Tochter verabredet gewesen war, warum hatte sie dann ihre Ankunft hinausgezögert? Das Ganze ergab keinen Sinn. Er musste etwas übersehen haben. Aber was? Etwas Wichtiges … Einen Zeugen? Ein Verhör?

Das Handy klingelte. Er blickte auf die Nummer: Sarah. Joaquín Morales ging nicht ran. Er legte das Handy vorsichtig auf den Tisch, als wollte er ihr nicht wehtun. Gestern hatte er eine Unbekannte geküsst.

Er fühlte sich alt. Vielleicht sollte man den Fall jemand anderem anvertrauen. Interessenkonflikt. Wie würde er dastehen, wenn er zugab, die Erbin und einzige Verdächtige in seiner ersten Ermittlung in der Gaspésie geküsst und gestreichelt zu haben? Vollkommen lächerlich natürlich.

»Ah! Sergeant! Hier erwische ich Sie endlich!«

Morales hätte beinahe einen Herzinfarkt bekommen.

»Wir hatten noch keine Gelegenheit, uns kennenzulernen: Ich bin Joannie.« Sie stand da vor ihm, einen Kaffee in der Hand, mit ihrem Dekolleté im freien Fall und der Polizeiausrüstung an den Hüften.

»Ähm … Sehr erfreut.«

»Joannie Robichaud.«

Er blickte von ihren Kurven wieder hoch zu ihrem Gesicht. »Robichaud …«

»Ja, die Nichte des Gerichtsmediziners. Er sagt, Sie machen einen guten Job.«

»Ähm … Danke.«

»Sie kommen aus Montréal, stimmts?«

»Ja.«

Sie kam näher, setzte sich halb auf die Tischkante. Ihre Brüste quollen förmlich aus der Uniform, Schlagstock und Handschellen baumelten an ihrer Taille. »Ich würde sehr gern in Montréal arbeiten. Hier sind die Leute so … Sie verstehen, was ich meine, stimmts?«

»Nein. Äh … Ja. Ja, ich verstehe.«

Sie schüttelte ihr blondes Haar, das sich vorteilhaft über den Ausschnitt ihrer olivgrünen Uniform legte. »Glauben Sie, dass es in Montréal eine Stelle für mich als Ermittlerin geben könnte?«

»Na ja … Man muss ganz unten anfangen und sich hocharbeiten …«

»Ich habe schon meinen ersten Fall gelöst, wissen Sie!«

»Ach ja?« Wie sollte man solche Frauen bloß anschauen? Früher wusste er, wie das ging, aber heute fühlte er sich überfordert von so viel explosiver Weiblichkeit.

»Ja, ein Einbruch, da oben bei den Bauernhäusern. Sie haben bestimmt davon gehört, oder?«

»Nein.«

»Der Typ hat bei sich selbst eingebrochen, um die Versicherungssumme zu kassieren!«

»Das kommt vor.«

»Er war wütend, als wir ihm die Beweise unter die Nase gehalten haben. Das ist nicht einfach in der Gaspésie: Alle kennen sich hier. Deshalb würde ich lieber in der Stadt arbeiten, vielleicht könnten Sie mir helfen …«

Auf einmal hatte er Lust, sie wiederzusehen. Catherine Garant. Ihre Haut zu berühren, unter ihrem sengenden Blick dahinzuschmelzen, Sand und Fels zu werden unter ihrem salzigen Körper. Er stand auf. Schnell. Zu schnell, aber es war ihm egal. Unter den weit aufgerissenen Augen der Rekrutin Robichaud stopfte er den Fall ungeordnet in die Akte zurück und klappte die Deckel zusammen.

»Sie werden mir doch helfen, Sergeant, oder?«

»Auf Wiedersehen, Mademoiselle.«

Morales kannte den Hinterausgang, es kam nicht infrage, plötzlich von Angesicht zu Angesicht vor Leutnant Forest zu stehen. Er verließ den Raum, ging um das Gebäude herum. Wo war Catherine? Irgendwo hatte er ihre Handynummer ...

»Sergeant Morales! Mit Verlaub, Sie habe ich gesucht!«

Noch bevor er sein Auto erreichte, lief der Ermittler dem Gerichtsmediziner in die Arme.

»Guten Tag, Dr. Robichaud.«

»Mit Verlaub, Langevin hat Marie Garants Leichnam in seine Leichenhalle in Caplan zurückgebracht, also haben Sie wahrscheinlich schon den Autopsiebericht erhalten ...«

»Ja. Ich wollte mir das eben bei mir zu Hause ansehen, denn ich habe hier noch kein Büro.« Morales versuchte sich zu seinem Wagen durchzuschlängeln, aber Robichaud verstellte ihm den Weg.

»Ansehen? Haben Sie schon eine Idee, zu welcher Schlussfolgerung Sie kommen werden?«

»Ein Unfall. Es gibt Spuren von Alkohol im Organismus. Ein Glas Wein, eine falsche Bewegung ...«

»Ich kann Ihnen bestätigen, dass bei der Entdeckung des Segelboots der Baum gelockert war.«

»Ja, ich habe auch Ihren Bericht.«

»Mit Verlaub, ich freue mich darüber, dass dieser Fall bald abgeschlossen ist, denn eine Tote, so etwas bringt Unruhe in ein kleines Dorf wie unseres ...«

»Ich glaube, das ist mir aufgefallen.«

»Ich musste auf der Ermittlung bestehen, aber ich hatte mit dieser Schlussfolgerung gerechnet.«

»Wunderbar.« Morales versuchte erneut, sein Auto zu erreichen, diesmal durch eine Finte, doch der Gerichtsmediziner ließ sich nicht abschütteln.

»Für die Bestattung ist im Testament nichts festgelegt. Also muss man die junge Garant bitten, sich darum zu kümmern. Wissen Sie, wo sie ist?«

»Nein … Und Sie?«

»Nein, aber irgendjemand muss ihr Bescheid sagen.«

»Ich kümmere mich darum.« Morales hatte schnell gesprochen. Zu schnell. Der Gerichtsmediziner hatte das gespürt.

»Sie haben sie kennengelernt? Eine hübsche Frau, nicht wahr?«

Jetzt wurde also er verhört. Mit dem Rücken zur Wand. Vielleicht sollte er es machen wie sie alle, sich durchschlängeln, ablenken, ausweichen. Sich dem Gegner entziehen.

»Ich bin gerade Ihrer Tochter über den Weg gelaufen. Joannie.«

»Sie ist nicht meine Tochter, sie ist meine Nichte.«

»Ja, Entschuldigung.«

»Mit Verlaub, ich habe kein Kind. Ich bin sogar mein ganzes Leben lang Junggeselle geblieben. Aber wenn ich einer so schönen Frau über den Weg gelaufen wäre, dann hätte ich alles getan, damit sie mir gehört, das schwöre ich Ihnen!«

Von welcher Frau sprach er da? Von Joannie? Von Catherine?

»Wissen Sie, was den Männern heutzutage fehlt?«

»Nein, Doktor, das weiß ich nicht.«

»Kühnheit! Durchsetzungsvermögen, mit Verlaub! Hören Sie: Wenn man verliebt ist, darf man sich nicht aufhalten lassen! Die Männer von heute wissen nicht mehr, wie man Jagd auf Frauen macht, so wie früher!«

»Da haben Sie wohl recht!«

Robichaud zwinkerte verdutzt, überrascht von einer derart lebhaften Zustimmung, während Joaquín Morales seine Unaufmerksamkeit nutzte, um sich an dem Gerichtsmediziner vorbeizudrängen, endlich sein Auto zu erreichen und ihm zum Abschied zuzuwinken.

Siegreich, stolz, mit klopfendem Herzen fuhr er bis ans Meer, hielt in der Parkbucht gegenüber dem Strand, wühlte in seinen Taschen, fand die Nummer, atmete tief durch und wählte. Es klingelte.

»Guten Tag. Hier ist die Mailbox von Catherine Garant. Hinterlassen Sie eine Nachricht.«

Der Pfeifton ertönte.

»Catherine, hier ist ... ähm ... Sergeant Morales. Ich ... ähm ... die Durchsicht der Akte Ihrer Mutter ... Marie Garant ... zeigt, dass ihr Tod in der Tat durch einen Unfall verursacht wurde. Ich gebe morgen meinen Bericht ab. Das heißt, dass Sie nun Ihr Erbe antreten können, wenn Sie möchten ... Der Leichnam ist wieder im Leichenschauhaus von Caplan eingetroffen. Sie können ... ähm ... darüber verfügen. So. Das war es, was ich Ihnen ... ähm ... offiziell mitteilen wollte. Falls nötig, können Sie mich jederzeit erreichen.«

Er legte auf. Puh. Sein Herz klopfte wie das eines Teenagers. Er wählte erneut die Nummer.

»Guten Tag. Hier ist die Mailbox von Catherine Garant. Hinterlassen Sie eine Nachricht.«

Erneut ertönte der Pfeifton.

»Guten Tag, Catherine. Hier ist Joaquín. Ich wollte ... ähm ... ich lade Sie für heute Abend zum Abendessen ein. Bei mir zu Hause. Ich koche ... ähm ... eine Paella. Gegen neunzehn Uhr. Ich erwarte Sie.«

Er legte auf.

Fischhändler, Supermarkt, Weinhändler. Er verbrachte den ganzen Tag damit. Im Kreis laufen, warten, wollen. Morales rasierte sich, betrachtete sich im Spiegel. Zweiundfünfzig Jahre, immer noch imstande, zu verführen.

Gegen sechzehn Uhr dreißig klingelte wieder sein Handy. Er sah auf die Nummer. Marlène Forest. Pech für den Leutnant. Er schaltete das Telefon ab. Sie würde seinen Bericht morgen bekommen. Bis dahin würden die Krisen der Welt wohl noch ein paar Stunden warten können.

Denn heute war er ein Verführer. Sein Eheleben war schwerfällig, ja sogar langweilig geworden. Warum sollte er sich die Gelegenheit entgehen lassen, noch einmal ganz von vorne anzufangen? Er war noch jung, voller Energie, er trainierte dreimal pro Woche. Er konnte noch gefallen, warum nicht? Und schließlich: Tat seine Frau nicht dasselbe?

Die Klingel an der Eingangstür ertönte, und Joaquín Morales blickte auf die Uhr. Achtzehn Uhr dreißig. Sie war früh dran, aber er war bereit. Er freute sich. Er hatte sich Zeit gelassen. Denn Paella war ein Gericht, das keine Eile duldete.

Er hatte das Gemüse vorbereitet, die Meeresfrüchte, die Schalentiere. Er hatte weder Hühnchen noch Kaninchen verwendet, sondern nur Krebs, Hummer, Shrimps, Kammmuscheln, Kaisergranat und Miesmuscheln. Er hatte bei der Vorbereitung des Abendessens Musik aufgelegt. Seine Gesten waren geschmeidiger und ausladender geworden, er summte vor sich hin, und bald merkte er, dass er tanzte! Joaquín Morales tanzte und lachte, während er seine Paella kochte!

Er hatte das weiße Tischtuch ausgebreitet, das Festtagsbesteck und -geschirr herausgeholt, das er schon in den ersten Kisten mitgebracht hatte, weil es sonst nie verwendet wurde.

Bevor er die Tür öffnen ging, hatte er die Kerzen angezündet.

»Rufen Sie nie zurück, Sergeant?«

»Leutnant Forest?«

Sie steckte die Nase in den Eingangsbereich und schnupperte.

»Mmh … Das riecht nach einem guten Abendessen …«

Was war das für eine verrückte Gegend, wo die Chefin wie eine eiskalte Ohrfeige zu unmöglichen Uhrzeiten bei romantischen Verabredungen aufkreuzte?

»Kerzen, Wein … Erwarten Sie jemanden?«

»Nein.«

»Sie sind ein Romantiker, Sergeant. Und diskret. Wann kommt noch einmal Ihre Frau an?« Sie lächelte spöttisch. Vermutlich hatte sie gesehen, wie er sich mit Joannie unterhalten hatte. Denn was konnte sie sonst vermuten?

»Sind Sie deshalb zu mir gekommen?«

»Nein. Ich habe schon zu Abend gegessen. Danke. Da Sie sich ja nicht dazu herablassen, auf die Wache zu kommen, und auch nicht antworten, wenn man Sie anruft, bin ich hier, um Ihnen mitzuteilen, dass ich Ihren Bericht für morgen erwarte.«

»Meinen Bericht?«

»Ihren Ermittlungsbericht, Morales. Sind Sie immer noch Ermittler, auch wenn Sie verliebt sind?«

»Ja, ja. Ich habe ihn schon fast abgeschlossen.«

»Sie haben einen guten Musikgeschmack …«

»Danke.«

»Wen erwarten Sie zum Essen, Morales?«

»Niemanden.«

»Kommen Sie morgen bei mir im Büro vorbei. Ich will Ihren Bericht sehen. Ach ja. Marie Garants Leiche ist wieder in der Leichenhalle von Caplan eingetroffen. Wir sollten

ihre Tochter benachrichtigen, damit sie die Vorbereitungen
für das Begräbnis treffen kann.«

»Ich werde es ihr ausrichten. Machen Sie sich keine Sorgen.« Morales warf einen Blick auf seine Uhr. Schon fast
sieben.

»Teilen Sie derartige Neuigkeiten immer bei Wein und
Kerzenlicht mit? Wenn Catherine Garant wie ihre Mutter ist,
dann bezweifle ich, dass Sie sie zu fassen kriegen ...«

Morales biss die Zähne zusammen. »Bis morgen, Leutnant.«

Sie lächelte spöttisch und zuckte die Schultern. »Bis morgen, Sergeant.«

Marlène Forest ging durch die Tür, und Joaquín Morales
verfluchte sie. Denn trotz allem wusste er, dass sie recht hatte. Von da an sah er einsam den Minuten beim Verstreichen
zu, wie den Noten eines traurigen Liedes, in dessen Rhythmus die Paella kalt wurde. Wie viel Verspätung war normal
für eine Frau? Er wusste es nicht mehr. Ehrlich gesagt fühlte
er sich nun, nach all dieser Aufregung ... überfordert. War
das typisch für Männer über fünfzig? Dass man überfordert
war?

Vielleicht war all das bloß Einbildung gewesen? Das
Flüstern, die Zärtlichkeiten, ihre Augen, die Körper, die sich
wölbten. Die Liebesnacht am Strand, in den blauen Mond-
strahlen, die das Meer widerspiegelte. Das Verlangen nach
ihr, die Sehnsucht, ihr Atem, der ihm die Haut verbrannte,
und noch viel mehr, was er sich heimlich erträumte, aber
nicht auszusprechen wagte: das brennende Bedürfnis danach, geliebt zu werden. Hatte er sich all das nur eingebildet?

Um einundzwanzig Uhr nahm er das Handy. Das Kerzen-
wachs tropfte auf die Tischdecke.

»Hallo?«

»Monsieur Lapointe? Hier spricht Joaquín Morales.«

»Sergeant?«

»Nein, nicht heute Abend. Der Fall ist sowieso abgeschlossen: Marie Garants Tod war ein Unfall.«

Paul Lapointe blickte auf die Uhr, schenkte sich ein Glas Portwein ein.

»Hatten Sie Catherine zum Abendessen erwartet?«

»Woher wissen Sie das?«

»Um diese Uhrzeit haben sich Verabredungen in Niederlagen verwandelt.«

Morales ließ schweigend ein paar Sekunden verstreichen.

»Ich bin alt und lächerlich, ganz besonders heute Abend.«

»Was hatten Sie denn gekocht?«

»Paella. Ein Rezept von meiner Großmutter mütterlicherseits, die Spanierin war.«

»Wissen Sie, Monsieur Morales, ich habe mein Leben lang wunderschöne Inneneinrichtungen entworfen, aber die Kurven einer Frau lassen sich nicht zeichnen. Schönheit kann man nicht einfangen. Von der Liebe ganz zu schweigen ...«

»Ich bin seit dreißig Jahren verheiratet. Meine Söhne sind ausgezogen, wir haben ein Haus in der Gaspésie gekauft, aber meine Frau lässt sich Zeit damit, nachzukommen. Vergangene Woche war ich wahnsinnig wütend darüber. Heute Abend weiß ich nicht einmal mehr, ob ich will, dass sie kommt ...«

»Ich kenne das.«

»Wie alt sind Sie, Monsieur Lapointe?«

»Genauso alt wie Sie, Monsieur Morales. Oder ein bisschen älter.«

»Sind Sie immer noch verliebt?«

»Ja. Aber es wäre gelogen, wenn ich sagen würde, ich hätte nie gezweifelt. Wenn eine schöne Frau mein Büro betritt, ihren Mantel auszieht und sich leicht wegdreht, wissen Sie, wenn ich aus dem Augenwinkel ihren Nacken sehe? Dann kommt es vor, dass ich zweifle. Aber jedes Mal, wenn meine Frau ihre Nylonstrümpfe auszieht, wird mir klar, was für ein Glück ich habe. Vielleicht ist das die Liebe, Monsieur Morales: ein Glück, das über jeden Zweifel erhaben ist.«

Morales dachte an Sarah. Er hatte sie wirklich geliebt. »Vermutlich hat mich das Glück verlassen.«

»Schauen Sie nicht so sehr nach Catherine. Frauen wie sie wissen selbst noch nicht, wohin mit sich. Da lohnt es sich nicht, hartnäckig zu sein.«

»Ich wache mitten in dem Chaos hier auf und frage mich, ob das wirklich der Ort ist, von dem ich geträumt habe.«

»Träumen wir die Träume, die wir träumen sollten? Ich weiß es nicht.«

»Sie ist nicht gekommen.«

»Geben Sie ihr nicht die Schuld. Sie ist nicht schuld an dem, was sie ist. Genauso wenig wie jede andere Frau. Keiner Frau kann man die Schuld an einer kalt gewordenen Paella geben. Es ist einfach schade drum. Oder besser so.«

4. Das Salz des Meeres

DIE *ALBERTO* (1974)

Das Erste, was O'Neil Poirier auffiel, als er den Wellenbrecher in der Morgendämmerung umschiffte, war seine Treibboje, die wie ein einsames Wrack ganz hinten in der Bucht dahinschaukelte. Er gab ein wenig Gas, auch wenn das nie eine gute Idee war, wenn man in einen Jachthafen einfuhr, weil ihm gerade das Herz in die Hose sank. Der Einmaster lag nah am Kai.

O'Neil Poirier ließ seine Männer die *Alberto* festmachen und ging mit einer schüchternen Vertrautheit auf das Segelboot zu. Als sie ihn erkannte, begrüßte ihn die Frau mit einer ausladenden Handbewegung und rief ihm zu: »Warten Sie, ich steige auf den Kai.«

Er sah ihr dabei zu. Er erkannte ihre Haare und ihre Hände wieder. Der Sommer näherte sich seinem Ende, doch er hatte nichts vergessen. Als sie vor ihm stand, erklärte sie ihm alles. Sie sei am Vortag wiedergekommen und habe den zweiten Anker gelichtet, um am Kai anzulegen und den Proviant an Bord zu holen. Es sei sehr nett von ihm gewesen, auf die *Pilar* aufzupassen. Danke. Sie habe das Segelboot hier zurücklassen müssen wegen des Babys … Den anderen Anker habe sie nicht einholen können, das müsse er verstehen, er sei viel zu schwer!

O'Neil Poirier stand schweigend da, knetete seine massiven Hände und verbarg sie schließlich in seinen Hosentaschen, während er ihr zuhörte. Sie könne nicht mit einem Säugling zur See fahren, das verstehe er bestimmt, das sei zu gefährlich. Er sah zu, wie sie sich bewegte. Wie alt sie wohl war? Dreißig? Etwas jünger vielleicht. Sie trug ihr Haar zu Zöpfen geflochten und hatte bereits wieder eine athletische Figur. Sie habe das Kind hier taufen lassen und es dann in die Stadt gebracht. Poirier nickte: Vermutlich zu ihrer Mutter, dachte er, und nur so lange, bis sie das Segelboot an Land gebracht hätte. Er verstand das. Er beobachtete sie zärtlich und lächelte, denn er würde sie alle beide aufnehmen in seinem Haus in Mont-Louis, genau hier an der Bergflanke. Dort war sogar noch Platz für andere Kinder. Sie erzählte inzwischen weiter. Sie habe eine gewisse Zeit in Québec verbracht, um das Baby abzustillen (sie hatte vorgehabt, dort zu entbinden, aber das Kind war zehn Tage zu früh gekommen!), und dann habe sie es nach Montréal gebracht, zu einem großzügigen Ehepaar. Er verstehe das bestimmt. Den Mann kenne sie noch von früher, aus der Gaspésie. Zuverlässige Leute. O'Neil Poirier zögerte: Sollte er ein Knie auf die Erde setzen, sie siezen? Wie machte man solche Anträge? Sie habe bei ihnen geklingelt und ihnen das Baby hingestreckt. Die Frau sei unfruchtbar, also hätten sie sofort Ja gesagt, Nuckelflaschen gekauft und die Papiere unterschrieben. Poirier fuhr zusammen: »Sie haben es zur Adoption freigegeben?« Nein, nicht zur Adoption, unter Vormundschaft gestellt. Das sei weniger kompliziert, schneller, und sie werde das Kind leichter wiederfinden können, falls dem Ehepaar jemals etwas zustoßen sollte. Aber daran denke sie lieber gar nicht erst. Na ja, er verstehe das bestimmt.

Der Kapitän der *Alberto* blickte aufs Wasser, plötzlich waren seine Schultern schwerer geworden. Nein, er verstand nicht.

Die Frau von dem Segelboot legte ihm die Hand auf den Arm. Eine kleine warme Hand auf seinem Männerarm, und sie bedankte sich. Der Wind drehe nach Westen, und da müsse man auslaufen, auch das verstehe er bestimmt. Er nickte mechanisch wie eine Marionette, während sie auf ihren Einmaster sprang, die Leinen löste, die Segel setzte, langsam aus seinem Blickfeld entschwand und mit dem Horizont verschmolz.

Es war noch nicht zehn Uhr, als sich die *Pilar* in der verschwommenen Ferne auflöste. Erst in diesem Moment, als das weiße Dreieck in seinen Augen verblasste, fiel Poirier, die Hände immer noch tief in den Hosentaschen, auf, dass er es nicht geschafft hatte, um ihre Hand anzuhalten.

SCHIFFSABDICHTUNGEN (2007)

Cyrille sagte, wenn man sich für das Meer entscheide, sei das wie eine Verlobung. Es streife uns den silbernen Ring der Sonne über den Finger, verspreche uns den Horizont und halte sein Versprechen. Er erzählte flüsternd, dass er seine anmutigen Tänze, sein Murmeln und Flüstern, sein lebhaftes Schlingern, seine nächtlichen Stürme, sein wütendes Gebrüll kennengelernt habe. Wehrlos sagte er, es sei eine harte, fordernde Braut, doch sei es ein Privileg, in der Morgendämmerung vor ihr auf die Knie zu fallen.

* * *

Vor dem doppelten Gartentor stand ein Hund in der allzu hellen Sonne des Spätnachmittags. Eine Art Husky-Schlittenhund-Labrador-Mischling mit sehr blauen Augen. Als ich den Klingelknopf am Eingang drückte, ertönte schweres, feierliches Glockengeläut. Es war müßig, darüber nachzudenken, welcher der Gebrüder Langevin öffnen kam, die beiden waren Zwillinge.

»Mademoiselle Garant! Ich habe mich so darauf gefreut, Sie kennenzulernen! Man spricht viel von Ihnen im Dorf …«
Er beobachtete mich neugierig.

»Sie sind also in die Gaspésie gekommen, um Ihre Mutter kennenzulernen?«

»Ja.«

»Dann sind Sie jetzt bestimmt enttäuscht.«

Ich wusste nicht, was ich darauf antworten sollte.

»Ach ja! Ich vergaß: Herzliches Beileid …«

»Danke.«

Er zog mich hinter sich her. »Hier ist der Ausstellungsraum, aber kommen Sie, wir unterhalten uns in meinem Büro. Da sind wir. Setzen Sie sich.«

Gepolsterte Sessel, Packungen mit Papiertaschentüchern, ein Ölbild (seidig glänzende Blumen in einem Glück verheißenden Lichtkranz) und ein Foto der Zwillinge, das hinter ihm an der Wand hing und seine Anwesenheit in diesem engen schwarz-beigen Raum verdreifachte.

»Mein Bruder ist gestern mit dem Leichnam Ihrer Mutter zurückgekehrt. Sie haben Glück im Unglück. Da wir von weit her kommen, haben sie uns im Autopsiezentrum von Montréal bevorzugt behandelt und uns schnell drangenommen. Mein Bruder hat um Ihretwillen in der Stadt übernachtet.«

Was sollte ich dazu sagen?

»Wir dachten uns, Sie wollten Ihre Mutter bestimmt sehen, also richtet mein Bruder sie gerade ein bisschen her. Er ist bestimmt schon fast fertig …«

»Ich weiß nicht, ob …«

»Seien Sie unbesorgt: Er macht sie schön für Sie!«

»Ich will sie nicht einbalsamieren lassen.«

»Er balsamiert sie nicht ein! Nein, nein. Er wird nur den Körper wieder in vorzeigbaren Zustand bringen, denn wenn Leichname von der Autopsie kommen, ist das kein schöner Anblick, und wir möchten nicht, dass Sie enttäuscht sind. Vor allem, wenn Sie sie nur ein einziges Mal sehen! Sie wollen also keine Einbalsamierung, sind Sie da sicher?«

»Ganz sicher.«

»Wunderbar. Ohnehin sind viele Leute enttäuscht, die ihren Angehörigen einbalsamieren lassen. Wissen Sie, was die zu uns sagen, wenn sie ihn sehen? Sie sagen, der Tote sieht nicht aus wie er selbst! Das ist normal: Beim letzten Mal, als sie ihn gesehen haben, war er ja noch am Leben! Ich habe mir da einen kleinen Trick ausgedacht: Wenn sie hereinkommen, dann spreche ich ein Gebet. Das beruhigt sie, und hinterher sagen sie, dass der Tote friedlich aussah. Dabei sind sie diejenigen, die friedlich sind! Der Tote ist ja schließlich tot! Bei Ihnen ist das zum Glück anders. Da Sie Ihre Mutter nicht gekannt haben, werden Sie nicht sagen können, dass sie nicht aussieht wie sie selbst …«

»Nein.«

»Also, wir sagen: keine Einbalsamierung?«

»Nein.«

»Was die Särge angeht, da haben wir eine große Auswahl! Sehr beliebt sind bei uns Holzsärge, weil die Leute sehr naturverbunden sind. Aber wir haben auch welche aus Stahl, wenn Sie wollen … Es sei denn, Sie ziehen eine Feuerbestattung vor. Das kommt immer mehr in Mode, aus ökologischen Gründen, und das würde es Ihnen ermöglichen, die Urne in unserem neuen Kolumbarium beizusetzen.

Wissen Sie, das Kolumbarium ist eine Lösung, die sich in Betracht zu ziehen lohnt, vor allem hier, wo die Friedhofsalleen nicht gepflastert sind. Stellen Sie sich vor, Sie beschließen eines Sonntags, ihre Mutter zu besuchen. Sie ziehen sich extra schick an, und dann, wenn Sie auf den Friedhof kommen, machen Sie sich die Schuhe schmutzig und rutschen im feuchten Gras aus. Es fängt an zu regnen, Ihnen wird kalt, Sie holen sich einen Mordsschnupfen … Das ist ein kleiner Besuch nicht wert! Im Kolumbarium dagegen ist immer schönes Wetter. Wenn es einmal regnet, nehmen Sie ein Buch mit und setzen sich für ein, zwei Stunden zum Lesen neben die Asche Ihrer Mutter. Ein schöner, beschaulicher Moment in angenehmer Gesellschaft!«

»Nein. Danke. Ich werde meine Mutter nicht feuerbestatten lassen.«

»Wir reden also über ein Begräbnis. Besitzen Sie eine Familienparzelle auf diesem Friedhof?«

Hatte meine Mutter eine Grabstätte? Ich hatte nicht darüber nachgedacht. Marie Garant, begraben in einer mit einem Familiennamen bezeichneten Parzelle, überragt von einem Stein, auf dem zwei Jahreszahlen standen, umgeben von der Familie, Ehemann, Eltern, Kindern, in Frieden ruhend in der fetten Erde? Sie, die nirgendwo anders Ruhe gefunden hatte als auf dem Wasser, sie sollte dort schlafen?

»Es gibt hier doch bestimmt ein Sammelgrab?«

»Ein Sammelgrab? Jetzt warten Sie mal! Wenn sie keine Parzelle hat, können Sie eine kaufen! Übrigens … haben Sie, ohne indiskret sein zu wollen, haben Sie eine Parzelle für sich? Denn Sie können auch eine Grabstätte kaufen, die groß genug für zwei ist!«

»Für mich?«

»Bei der Gelegenheit können wir uns gleich um Ihre Bestattungsvorsorge kümmern. Es ist immer gut, das erledigt zu haben! ›Was du heute kannst besorgen, das verschiebe nicht auf morgen‹, wie wir Bestatter sagen. Sie, ich … Irgendwann betrachten wir alle die Radieschen von unten, Mademoiselle! Es ist traurig, das zu sagen, aber so ist es nun mal!«

Würde ich wollen, dass man mich in eine Kiste sperrte und eingrub? In welcher Erde? Und für wen? Wer würde sich um meine sterblichen Überreste kümmern, wenn nichts mehr übrig wäre als meine zu Asche verbrannten Knochen in einem Schmuckkästchen? Wer würde auf die Knie fallen, um für mich zu beten?

»Lass sie in Frieden.«

Ich drehte mich um.

Im Türrahmen stand der andere Zwilling, ebenso groß, aber schlanker als sein Bruder. Er war gekommen, um dem

225

niemals versiegenden Wortstrom des Begräbnisverkäufers ein Ende zu bereiten.

»Hier ist mein Bruder, Mademoiselle, und er ist bestimmt gerade mit dem Körper Ihrer Mutter fertig. Sie werden sehen, Thanatologen sind die Künstler der Vergänglichkeit!«

»Schon gut, ich kümmere mich um sie. Geh du zu deiner Frau, sie hat dich vorhin gesucht.«

Der Verkäufer erhob sich aufgeregt. »Woher weißt du das?«

»Du hast dein Handy auf meinem Schreibtisch liegen lassen ...«

Das Telefon wechselte den Besitzer.

»Na dann, Mademoiselle, dann überlasse ich Sie jetzt dem Spezialisten! Er ist nicht sehr gesprächig, aber er weiß, was er tut. Schönen Tag noch!«

Im Handumdrehen verließ der Sarghändler den Raum und durchquerte eiligen Schritts die Ausstellungshalle. Man hörte, wie die Eingangstür sich öffnete, kurz innehielt und sich wieder schloss. Danach wurde es still in dem Bestattungsinstitut. Der Husky-Schlittenhund-Labrador-Mischling war hereingekommen. Er trottete langsam näher, setzte sich zu Füßen seines Herrchens. Im Gegensatz zu dem anderen wirkte dieser Zwilling vollkommen unaufgeregt. Und auch nicht gesprächig.

»Alles in Ordnung?«

»Ja.«

»Sie müssen meinen Bruder entschuldigen. Er war früher Autoverkäufer ...«

Ich erhob mich und ging auf ihn zu.

»Mein Beileid, Mademoiselle Garant.«

Er hielt mir eine feste Hand entgegen, die ich annahm. Er strahlte eine Art dumpfes, gelassenes Wohlwollen aus, das mich beruhigte.

»Muss ich sie mir wirklich ansehen?«

Er hockte sich hin, um seinen Hund zu streicheln. »Sie müssen nicht, wenn Sie nicht wollen. Aber man sagt, es sei besser. Das ist Teil der Trauerarbeit. Leuten, die einen Angehörigen feuerbestatten lassen, ohne den Leichnam gesehen zu haben, fällt es hinterher schwer, zu glauben, dass er wirklich verstorben ist.«

»Ich habe meine Mutter noch nie gesehen.«

Er streichelte weiter den zerzausten Hund. »Als die Fischer sie vor ein paar Tagen gebracht haben, war ich wie erstarrt. Vielleicht war das ein Kreislaufproblem, aber beschwören würde ich es nicht. Ich war nicht in der Lage, mich ihr zu nähern. Dabei habe ich keine Angst vor Leichen, aber ich konnte es einfach nicht glauben ...«

Er strich dem Tier langsam über das Fell.

»Warum lassen Leute ihre Kinder im Stich? Wissen Sie das?«

Er erhob sich, lehnte sich gegen den Türrahmen. Er legte mir keine unangebracht mitfühlende Hand auf die Schulter, versuchte nicht, mich mit künstlichen Worten für etwas zu trösten, das er nicht verstehen konnte. Er sah mich einfach an, blickte mir fest in die Augen. »Gehen wir.«

Wir verließen das Büro und stiegen die Kellertreppe hinab. Der Hund begleitete uns gemächlich. Ein beiger Korridor, ruhiges Neonlicht. Links ein Fenster, dahinter eine geschlossene, waldgrüne Jalousie. Der Mann blieb stehen, bedeutete seinem Hund, zu sitzen, wandte sich mir zu.

»Da der Körper nicht einbalsamiert ist, dürfen Sie sich nicht im selben Raum befinden wie Ihre Mutter. Ich muss Sie bitten, auf dieser Seite hier zu bleiben.«

Ich wusste nichts zu antworten.

Er ging quer durch den Raum, schaltete ein Licht hinter der Glasscheibe ein und öffnete die Jalousie.

Ich trete nach vorne an den Bug und schaue hinauf in die Morgendämmerung. Ich stehe aufrecht in der Dünung, das ruhige Wasser breitet den Horizont vor meinen Augen aus, und endlich füllt mein Körper sich mit Glück. Ich liebe dich, meine Tochter. Nur wo das Meer tanzt, fühle ich mich zu Hause. Meine Tochter, meine Liebe, kein Tag vergeht ohne dich, kein einziger, und wenn ich die Augen schließe, gibt es nur dich, mich und den Wind in unseren Segeln.

Er schloss die Jalousie wieder, löschte das Licht.

Ich wich drei Schritte zurück, bis meine Beine eine Bank berührten, auf die ich mich setzte. Der Thanatologe kam zurück. Er ging in die Hocke und streichelte den Hund.

»Wickeln Sie sie in ein großes weißes Laken. Legen Sie sie in einen Holzsarg, den einfachsten, den Sie haben, einen kleinen, schmucklosen Sarg, bloß eine Holzkiste, und begraben Sie sie in dem Sammelgrab.«

»Wann?«

»In zwei Tagen. Ich muss noch jemandem Bescheid sagen. Wir kommen direkt zum Friedhof. Ich werde den Pfarrer bitten, ein Gebet zu sprechen.«

Er nickte schweigend.

»Monsieur Langevin?«

»Ja?«

Der Hund betrachtete mich mit seinen blassen Augen.

»Sie wissen es bestimmt …«

»Was?«

»Warum wir leben, warum wir sterben …«

»Warum wir leben, nein. Aber ich weiß, dass wir sterben, wenn …«

Ich starrte ihn fragend an.

»Wenn unser Herz zu schlagen aufhört.«

ANTIFOULING

Ich holte mir bei Sicotte etwas zum Mitnehmen. Ich hatte vollkommen vergessen, dass eine ehebrecherische Paella auf mich wartete. Hätte ich mich daran erinnert, wäre ich trotzdem nicht hingegangen.

Ich betrat ihr Haus, das jetzt mein Haus war, und wärmte das Essen auf. Während ich aß, breitete ich alles vor mir aus. Den testamentarischen Brief, die Kiste, die Plastikbeutel. Ich hatte aufgehört, zu warten. Denn genau das hatte ich die ganze Zeit getan: gewartet, aber worauf? Dass ein Mann zu mir kommen würde? Dass mich ein Schicksalsschlag traf?

Ich war wütend auf die Liebe, weil sie mich enttäuscht hatte, auf meine Mutter, weil sie davongesegelt war, und auf meine Eltern, weil sie tot waren. Ich war wütend auf meine Arbeit, weil sie mich langweilte, auf meine Stadt, weil sie unpersönlich war, auf mein Leben, weil es nicht meinen Träumen entsprach.

Aber meine wirklichen Träume, die wahrscheinlich Marie Garant in meine Gene eingepflanzt hatte und die meine Eltern in mir zum Wachsen gebracht hatten, als sie mir beibrachten, wie man segelte, die hatte ich im trüben Licht meiner Feigheit verblassen lassen. Mein alter Doktor hatte mich hierhergeschickt, und ich hatte mir vorgenommen, endlich aus mir selbst herauszukommen. Doch ich implodierte immer noch.

Ich war frei, ohne Familie, ohne festen Freund, ohne Arbeit. Niemand, auf den ich warten musste, nichts, was es zu bereuen gab. Und was machte ich mit so viel Freiheit? Nichts.

Hier im Haus meiner Mutter gestand ich mir endlich ein, dass ich, im Gegensatz zu Marie Garant, die sich ihr Leben ausgesucht hatte, nie in der Lage gewesen war, irgendetwas mit dem meinigen anzufangen. Und ich befand meine Umwelt für schuldig, mich nicht zu unterhalten. Aus Faulheit oder Feigheit hatte ich mich schließlich im selbstmitleidigen Vakuum meines inneren Niemandslands eingeschlossen.

Vom Westfenster aus konnte man die *Pilar* in ihrem Anhänger aufragen sehen. Yves Carle hatte davon gesprochen, wegzufahren. Im Osten schaukelte ein vor Anker liegendes Segelboot sanft in der hellen Nacht. Manche Leute gingen fort, fuhren weg, egal, wie stark die Strömung war, wagten es einfach. Und ich? Worauf wartete ich, um endlich aus vollem Hals mein eigenes Lied anzustimmen, um mich endlich selbst singen zu hören? Darauf, dass mein Herz zu schlagen aufhörte?

Ich griff nach meinem Handy. Marie Garant würde in zwei Tagen begraben werden, ich brauchte vielleicht drei oder höchstens vier für das, was ich zu erledigen hatte, und um die Vorbereitungen zur Abfahrt zu treffen. Dieses Segelboot war an das Meer gewöhnt, und nach Yves Carles Aussage hatte Marie Garant es gut in Schuss gehalten. Der Wetterbericht kündigte ein paar Tage Sprühregen an, danach sollte es aufklaren.

Ich wählte die Nummer auf dem Zettel.

»Hallo?«

»Yves?«

»Ja?«

»Hier spricht Catherine. Ich bräuchte morgen früh Ihre Hilfe. Gegen vier Uhr am Kai?«

»Willst du die *Pilar* zu Wasser lassen?«

»Yves … Ich bin immer feige gewesen. Ich war nie mutig genug für meine Träume. Und jetzt möchte ich, dass mein Herz wieder zu schlagen beginnt.«

»Mach dir keine Sorgen, Catherine. Ich werde da sein.«

STAPELLÄUFE

»Oh, welch ein schöner Besuch! Mademoiselle Catherine!
Wissen Sie was? Letztes Mal, als ich Sie gesehen habe, hatte
ich gedacht, ich würde Sie nie wiedersehen! Schön, dass Sie
wieder da sind!«

»Renaud! Ich sterbe vor Hunger!«

Ich setzte mich an die Theke. Die Nacht war schlaflos
gewesen, der Vormittag hatte früh begonnen.

»Heißt das, Sie sind mir nicht mehr böse?«

»Ja, ich bin niemandem mehr böse.«

»Ah, das freut mich aber! Denn der Herr Pfarrer hat zu
mir gesagt, dass ich mich besser nicht eingemischt hätte und
dass ich es noch bereuen würde! Aber immerhin bekommt
man von solchen Geschichten Appetit! Hier, bitte sehr!« Er
legte die Speisekarte vor mich hin. »Ach übrigens, Mademoiselle Catherine, das Segelboot *Pilar* ist ja vom Stapel gelaufen! Das haben Sie ganz schön früh gemacht!«

Jérémie, der große Mi'kmaq, war auf mich zugekommen,
als sei das vollkommen selbstverständlich, und hatte uns mit
seinem Lieferwagen geholfen. Zum allerersten Mal hatte ich
das Segelboot meiner Mutter betreten.

»Als Mittagsmenü haben wir heute Seezungenfilet.«

»Okay. Einmal Seezungenfilet.«

Er notierte meine Bestellung auf einem Zettel.

»Hat Yves Carle Ihnen dabei geholfen?« Der Zettel fiel
ihm auf den Boden, er hob ihn auf.

»Ihnen bleibt auch nichts verborgen, Renaud.«

Yves Carle hatte mich bei meiner Besichtigung herumgeführt. Wir hatten uns überall umgesehen, versucht, die Spuren wegzuputzen, die die Ermittler hinterlassen hatten, die Takelage, den Motor, das Wassersystem überprüft, eine Liste der notwendigen Aufgaben erstellt. Er sollte am nächsten Tag wiederkommen, um mir bei der Wartung des Motors zu helfen.

»Wissen Sie was, Mademoiselle Catherine? Sein Segelboot lag ja heute Morgen hier vor Anker. Die *Nachtflug*. Ich habe sofort begriffen, was es da machte, als ich gesehen habe, dass die *Pilar* im Wasser war. *Pilar*. Boote haben schon komische Namen. Manchmal sind es Wortspiele wie *Blaues Wunder* oder *Privats-Fähre* und solches Zeug, und manchmal nehmen die Leute auch Namen von historischen Persönlichkeiten oder Gottheiten: *Marie-Antoinette, Poseidon* – sagt man dann DER oder DIE *Poseidon*?«

»Ich glaube, beides geht.«

Er schwirrte in Richtung Küche davon, gab die Bestellung weiter, kam zurück und beugte sich zu mir. »Ich habe nachgedacht und bin mir jetzt ganz sicher, dass Sie Marie Garant nicht umgebracht haben.«

»Danke schön.«

Während der Besichtigung hatte mir Yves seine Theorie zum Tod meiner Mutter erklärt. Ich begriff, warum Ermittler Morales auf diesen Fall angesetzt worden war: weil er die Vergangenheit des Dorfs nicht kannte.

»Und selbst wenn Sie die Mörderin gewesen wären, aus Familiengeschichten halte ich mich raus!« Er richtete sich wieder auf, drehte sich mit großer Geste um, schlüpfte in seine »Küchenhilfe«-Schürze, zog sein lächerliches Häubchen über, zischte ans Ende der Theke, öffnete den Kühlschrank und holte einen Kohlkopf heraus, dem ein grauenvolles Schicksal bevorstand. »Das war vielleicht ein Trara, den Ermittler zu beruhigen! Wir haben uns ganz schön angestrengt, damit er Sie in Frieden lässt, und Guylaine hat all Ihre Fingerabdrücke weggeputzt, als hätten Sie nie dort übernachtet!« Er kam zurück und ließ den Kohl mit einer mörderischen Zärtlichkeit auf das Schneidebrett rollen. »Sie hat alles aus dem Fenster geworfen, also konnten wir genau sehen, dass da nichts in Ihrem Koffer war, mit dem man jemanden auf einem Boot hätte umbringen können! Und wissen Sie was? Guylaine ist gar nicht mehr so wütend auf Sie. Aber Sie übernachten trotzdem besser nicht mehr in der Herberge! So was macht man nämlich nicht, in Guylaines Herberge übernachten, ohne zu sagen, dass man die Tochter von Marie Garant ist. Aber sie nimmt es Ihnen schon viel weniger übel. Sie hat sogar aufgehört, rumzubrüllen …« Er riss die ersten Blätter ab und warf sie weg. »Sie können das gar nicht wissen, weil Sie nicht von hier sind, Mademoiselle Catherine, aber Guylaine und Marie Garant waren dicke Freundinnen. Aber nachdem Guylaines Neffe in derselben Sturmbö ertrunken ist wie Marie Garants Ehemann – und zwar direkt am Abend nach der Hochzeit –, da war es mit der Freundschaft vorbei. Ich kann nicht alles verstehen, weil ich damals zu jung war. Außerdem ist Guylaines Neffe in demselben Kanu ertrunken wie meine beiden Brüder. Wir hatten also bei uns zu Hause genügend Leute zu betrauern und konnten uns nicht auch noch um die Trauer der anderen kümmern!«

»Marie Garant hat ihren Ehemann an ihrem Hochzeitsabend verloren?«

»Ja, Mademoiselle!« Er hielt einen Augenblick inne und hing seinen Erinnerungen nach. »Ich glaube, Guylaine hat Marie Garant die Schuld gegeben, weil man immer einen Sündenbock braucht. Und außerdem war der Schock so groß, dass ihre Zwillingsschwester verrückt geworden ist und versucht hat, sich umzubringen! Also wissen Sie was? Nach all dem Schmerz, da fand das niemand witzig, wie sich

Marie Garant aufgeführt hat!« Er streckte den Arm aus, ergriff ein Messer und zeigte mit der Spitze auf mich. »Aber ich freue mich sehr, dass Sie sich nicht von dem Tratsch beeinflussen lassen, weil das ja eigentlich nicht alles wahr sein kann! Auf jeden Fall war Ihre Mutter eine verdammt beeindruckende Seefahrerin, das ist sicher! Manche Leute sagen, man muss sich zwischen der Liebe und dem Meer entscheiden. Finden Sie, das stimmt?«

»Ich weiß nicht …«

Wenn Marie Garants Ehemann am Hochzeitsabend gestorben war, wer war dann mein Vater?

Der Küchenhelfer richtete sein Messer auf den Kohl.

»Renaud?«

Er hielt in der Bewegung inne. »Ja, Mademoiselle Catherine, was kann ich für eine wunderschöne Touristin wie Sie tun?«

»Ich verstehe nicht ganz, was am Tag der Hochzeit meiner Mutter passiert ist …«

Er legte schützend die Hand auf den Rücken des Gemüses, bevor er mir antwortete. »Da sind Sie nicht die Einzige! Aber Cyrille könnte Ihnen dazu etwas erzählen. Er war damals schon alt genug.«

»Er war heute Morgen nicht fischen. Die Mi'kmaq sammeln seine Reusen ein …«

»Ach, Mademoiselle Catherine, wissen Sie was? Auch wenn Vital sich immer über die Indianer aufregt, hat Cyrille es nur dem großen Jérémie zu verdanken, dass er dieses Jahr überhaupt fischen konnte! Denn Vital, der hätte keinen Finger gerührt, um ihm zu helfen, Mademoiselle!« Der Kohl ergab sich in sein Schicksal, als Renaud ihn auf der Suche nach dem schnellsten Weg zu seinem Herzen erneut in alle Richtungen drehte.

»Wie das?«

»Alte Eifersuchtsgeschichten, so was dauert lang zwischen zwei Männern …«

»Ist Vital nicht verheiratet?«

»Die Ehe hält ein Herz nicht davon ab, zu lieben, Mademoiselle Catherine! Das dürfen Sie nicht glauben!« Jetzt wurde der Kohl erdolcht. »Und wissen Sie was? Wenn Jérémie nicht seine Reusen einholen würde, hätte Cyrille nach kurzer Zeit die Fischereiaufsicht am Hals!«

»Was würden die mit ihm machen?«

»Sie würden seine Ausrüstung konfiszieren. Seine Reusen, seinen Fischereischein, sein Boot, seinen Lieferwagen, sein Sommerhaus, sein Hemd …«

»Das ist alles?«

In zwei Teile gespalten.

»Na ja, wenn Sie in der Nähe wären, würden die Sie vielleicht kurzerhand auch noch mitnehmen …«

Die Glocke in der Küche klingelte. Eine Pirouette, und der Tagesteller stand vor mir auf dem Tisch.

»Seeleute sind schon ein komisches Volk, Mademoiselle Catherine! Nicht total komisch, aber schon ein bisschen anders als die anderen Leute.«

»Finden Sie?« Ich nahm eine Gabel voll. Die Seezunge war gut.

»Na klar! Und nicht bloß Ihre Mutter … Wissen Sie was? Nehmen Sie zum Beispiel Yves Carle!«

»Yves Carle?«

In der Mitte durchgesägt, bot der Kohl nun sein Inneres der entfesselten Klinge seines Peinigers dar.

»Na ja, ich kenne die Angelegenheit nicht in allen Einzelheiten, weil er älter ist als ich, aber ich weiß, dass er Thérèse geheiratet hat, als er jung war. Danach haben sie ihre zwei Jungs gekriegt, und dann hat er sich eine Geliebte genommen, und sie haben sich scheiden lassen.«

»Aber nein! Yves Carle lebt immer noch mit Thérèse zusammen!«

»Genau das ist ja das Komische! Sie waren nämlich mindestens zwanzig Jahre lang getrennt, und plötzlich sind sie wieder zusammengekommen!«

Ein gnadenloses Hacken vernichtete das arme Gemüse.

»Was?«

»Thérèse war es, die ihn verlassen hat. Er hatte eine Geliebte, und sie hat die Scheidung eingereicht. Dann ist er zurück nach Percé gegangen – er kommt von dort. Er hat sich um die Jungs gekümmert, weil Thérèse damals einen Freund hatte, der Kinder nicht mochte. Und wissen Sie was? Irgendwann, das ist bestimmt schon zwanzig Jahre her, hatten sie die Scheidungsgeschichten satt und sind schließlich wieder zusammengezogen.« Renaud wischte sich die Hände, nahm seine lächerliche Haube ab, zog seine »Küchenhilfe«-Schürze aus und ging die Kundschaft abkassieren, während ich nervös den gesamten Rest meiner Seezunge auf einmal herunterschluckte. Mir fiel wieder ein, was mir Yves Carle über Festmacherleinen erzählt hatte, die man nicht lösen konnte. Hatte er mich vielleicht angelogen? Warum? Hatte womöglich auch er meine Mutter geliebt? Der Notar Chiasson hatte gesagt, dass Yves Carle Marie Garant *viel zu sehr* geliebt habe …

Ich schob meinen leeren Teller zur Seite.

»Sie sehen ganz schön ernst aus für eine hübsche Touristin!«

Zwei Frauen um die fünfzig, fröhlich und mit Sonnenhüten, verließen vor sich hin summend das Restaurant.

»Ich würde gerne mit Cyrille reden, aber ich weiß nicht, wo ich ihn finden kann. Er war nicht in seinem Sommerhaus …«

Mit großer Geste zog Renaud seine Haube und die Schürze wieder an, ergriff sein Messer wieder und reckte es über der zweiten Hälfte des Kohls in die Höhe.»Cyrille? Wissen Sie was? Der wohnt bei seiner Schwester. Das ist das große gelbe zweistöckige Haus da oben bei den Bauernhöfen, gleich hinter der Kurve, auf der Straße nach Saint-Siméon. Sie können es nicht verfehlen, es steht neben dem Friedhof, und neben dem Friedhof gibts nur ein einziges Haus.«

Und die scharfe Klinge sauste nieder.

»Wenn er nicht fischen geht, heißt das, er ist zu krank, um aus dem Haus zu gehen.«

Der Kohl erlitt ein derartig grausames Schicksal, dass ich kaum hinsehen konnte. Er hätte es sicherlich vorgezogen, in Würde zerteilt zu werden, aber in Renauds Händen gab es keine Gnade für Gemüse.

»Was hat er denn?«

»Krebs. Überall. Deshalb ist er letztes Jahr zu seiner Schwester gezogen.« Er fuchtelte zwei Fingerbreit vor meiner Nase mit dem Messer herum und zeigte damit in Richtung des unsichtbaren Hauses.»Er hat eine ganz schön anstrengende Behandlung hinter sich! War das jetzt eine Radio- oder eine Chemotherapie? Ich kenne mich mit dem Zeug nicht so gut aus, aber wenn die einem irgendeine Flüssigkeit spritzen, ist das doch eine Chemotherapie, oder?« Unbarmherzig richtete er seine Klinge wieder auf den Kohl, um ihn endgültig zu massakrieren.»Jedenfalls macht ihn das so schwach, dass er manchmal tagelang nicht rauskann. Ich weiß nicht, warum sie ihm das noch antun, weil, wissen Sie was? Cyrille ist todkrank … Dem bleibt nicht mehr viel Zeit … Wenn Sie mich fragen, wird der keinen Taschenkrebs mehr fischen.«

Geistesabwesend holte ich das Geld aus meiner Tasche. Mein Herz steckte in meiner Kehle fest, als ich die Hand ausstreckte, um die Münzen auf die Theke zu legen. Renaud bedeutete mir mit seiner Klinge, mich zu ihm hinzubeugen.

»Seien Sie vorsichtig, Mademoiselle Catherine: Wenn Sie da tagsüber hingehen, wird seine Schwester Sie nicht reinlassen, weil sie sagt, dass ihn das müde macht. Aber ich weiß, dass Cyrille froh wäre, Sie zu sehen, also sag ich Ihnen eins: Warten Sie den Abend ab. Nehmen Sie den Pfad ab Ruisseau-Leblanc nach oben. Das ist eine Abkürzung. Gehen Sie unter der Eisenbahnbrücke durch und dann weiter, und Sie kommen direkt zu dem Haus. Sein Zimmerfenster ist direkt über dem Brennholzstapel. Sie können es nicht verfehlen.«

Gerührt dankte ich ihm, bevor ich hinausging. Auf dem Tresen war der arme Kohl nur noch ein Haufen lebloser Abfall.

Und so kletterte ich über die aufgeschichteten Holzscheite zum allerersten Mal durch dieses offene Fenster. Es gab kein Moskitonetz. Der alte Fischer schlief tief und fest, ohne sich zu regen. Ich setzte mich in den einzigen Stuhl im Zimmer. Ein alter Holzstuhl, darauf ein abgenutztes Kissen. Ich wagte nicht, hin- und herzuschaukeln, um keinen Lärm zu machen. Cyrille rührte sich nicht, doch nach ein paar Minuten begann er mit rauer Stimme zu flüstern.

»Marie Garant war mit dem Meer auf Du und Du.«

Zwei Tränen quollen aus meinen Augen und bahnten sich salzige Wege über meine Wangen. Ich beweinte meine Mutter – ihre Einsamkeit, ihre Verzweiflung, alles, wovon ich nichts wusste, die Reue, die Vergebung vielleicht und ihren Tod.

»Ich sage das, ohne es wirklich zu wissen, Kleine«, röchelte er. »Wahrscheinlich hat sie sich nicht getraut, es wirklich zu duzen, aber gedurft hätte sie. Sie hätte es gekonnt, verstehst du?« Seine Lider waren immer noch geschlossen.

Ich schluchzte schweigend vor mich hin.

»Lange Zeit haben die Leute gesagt, sie sei verrückt. Sie sagten, sie sei verrückt, weil sie tagelang aufs Meer hinausfuhr, und wenn sie wiederkam, dann trat sie auf den Seetang ein. O Mann, wie sie auf den eingetreten hat! Es gibt kein verdammtes Stück Seetang im ganzen Jachthafen, das sich nicht an Marie Garants Schuhsohlen erinnert! Sie versetzte schnell mal jemandem einen Tritt und war auch sonst ziemlich hitzköpfig, aber verrückt war sie nicht ... Nimm dir ein Taschentuch, bevor du alles vollheulst, Kleine. Sie hatte allen Grund, wütend zu sein. Das Meer hatte ganz schön was auf dem Kerbholz, wenn du meine Meinung hören willst. Hörst du mich?«

»Ja, Cyrille.«

Er rührte sich kaum. »Marie Garant hat ihre Männer auf dem Meer verloren. Zwei Männer, Kleine. Ich weiß das, weil die beiden Männer meine Brüder waren. Der Erste ist gestorben, noch bevor sie ihn heiraten konnte. Der Zweite ...« Er röchelte wieder. »Von der Hochzeit mit dem Zweiten hab ich kaum was mitbekommen. Nur von Weitem, weil ich damals schon ein armer Kranker war. Aber auch er war tot, bevor sie ihn richtig lieben konnte ...«

Ich habe mich an der Welt und an der Liebe versucht. Mein Kleid war noch weiß, und meine Augen glitzerten von Messwein.

»Sie sind auf Hochzeitsreise gefahren, Kleine. Kannst du dir das vorstellen? Du hast gerade geheiratet. Du hast deine erste Liebe bei einem Fischereiunfall verloren, und dann heiratest du seinen Bruder ... weil du dir sagst, es kann nicht sein, dass der Tod noch einen Zweiten aus derselben Familie holt. Dass das zu ungerecht wäre und dass der Sensenmann selten so gemein ist ... Also bereitest du das Haus für dein künftiges Leben vor, du streichst ein Zimmer nach dem anderen, richtest ein Kinderzimmer ein … und hängst Schwarz-Weiß-Fotos von euren Vorfahren an die Wände, um die Generationen zu segnen, die du gebären wirst, weil du Vertrauen hast. Du füllst den Keller mit Konserven und eingelegtem Gemüse …«

Ich hatte alle Betten frisch bezogen, einen kleinen Blumenstrauß an den Giebel der Veranda gebunden.

Cyrilles Atem pfiff.
»Und dann machst du dich auf, um zu heiraten.«
Ich wagte kaum zu atmen. Heute Nacht würde ich die Geschichte meiner Mutter erfahren. Und auch meine eigene.
»Sie hatten nicht vorgehabt, so bald wiederzukommen. Sie hatten sich gesagt: Wir verbringen ein paar Tage auf dem Meer. Eine Hochzeitsreise mit dem Segelboot.«

Nicht lange, der kleine Strauß würde nicht vertrocknen.

»Bloß eine oder zwei Nächte. Es war sowieso schon Oktober. Aber am Tag der Hochzeit schien die Sonne ganz außergewöhnlich. Sie heirateten frühmorgens, um am späten Nachmittag aufzubrechen. Sie hatten frische Makrelen dabei und Champagner – Marie liebte solche Extravaganzen. Sie hatten sich gesagt: Wir werden an der Banc-des-Fous ankern, ganz in Ruhe essen und uns dabei in die Augen sehen. Und dann werden wir uns lieben.«

In meinem weißen Kleid, der See trotzend, klammerte ich mich an seinen Arm.

Cyrille drehte sich auf den Rücken und betrachtete den Winkel zwischen Wand und Decke. »Sie hatten kaum mit dem Abendessen begonnen, als Wind aufkam. Ein Wind, mit dem sie nicht gerechnet hatten ... wie das manchmal vorkommt. Sie sagten sich, es wäre nicht so schlimm.«

Wir lachten sogar, als der Regen kam. Wir tranken eilig unsere Flasche leer. Wir schworen uns, nicht festzusitzen, falls es auch noch hageln sollte.

Cyrille röchelte wieder. »Und dann kam die Sturmbö. Aber was für eine Sturmbö.«

Der schwarze Vorhang raste in der heulenden Nacht auf uns zu.

»Ich habe nie geglaubt, dass sie zu betrunken waren, um zu segeln. Hier segeln wir auf Sicht, sogar betrunken, sogar auf Drogen, sogar, wenn wir alt sind ... Eine Sturmbö, wie du sie dir nicht vorstellen kannst.«

Er wollte den Anker überprüfen. Unbedingt.

»Mein Bruder stieg an Deck. Er ist ausgerutscht und über Bord gegangen.«

Ich warf den Rettungsring mit aller Kraft. Er klammerte sich daran fest. Ich sah, wie er sich daran festklammerte.

»Es dauerte, bis sie versuchen konnte, ihm zu helfen. Marie musste mitten in dem Sturm den Anker lichten und mitten in der Nacht nach ihm suchen ... Sie hat lange gesucht.«

Ich kämpfte mit dem Meer.

»Sie hat Notrufe abgesetzt, doch die Funkantenne war ab-
gerissen … Ich bin sicher, sie hat alles getan, was sie konnte.«

Ich tat alles, was ich konnte, das schwöre ich.

»Besser als jeder Seemann, davon bin ich überzeugt. Auf
ewig.« Er verstummte, drehte sich erschöpft zur Seite, trank
durch einen Strohhalm etwas Wasser und schloss die Augen
auf seinem Krankenbett. »Sie kam halb wahnsinnig an den
Kai zurück, und die Leute sind rausgefahren, um meinen
Bruder zu suchen … Sie haben ihn nicht gefunden. Weder sie
noch die anderen. Er ist nie zurückgekommen …«

In der Stille des Zimmers schluckte ich meine Tränen
herunter. Wo war Cyrille an dem Abend gewesen, als sein
Bruder starb? Wer hatte Marie Garant empfangen, als sie
allein an den Kai von Ruisseau-Leblanc zurückkam? Wer
war hinausgefahren, um auf See weiterzusuchen? Wer waren »die Leute« gewesen? Ich wartete darauf, dass er weitersprach. Natürlich hoffte ich, ich würde meine Geschichte
erfahren, solange ich hier war, aber ich bezweifelte es bereits.
Ich wartete vergebens.

»Seitdem sie tot ist, schnüren mir die Erinnerungen die
Kehle zu.« Tränen hingen in seinen geschlossenen Wimpern.
»Du weißt das noch nicht, weil du jung bist, aber mit dem
Alter werden unsere Herzen immer dicker. Wenn die Erinne-
rungen hochkommen, ist es, als würden sie uns von innen
aufreißen …«

Ich erhob mich aus meinem Stuhl und setzte mich neben
ihn auf das Bett. Er öffnete einen Spaltbreit seine Augen, die
schwer von Müdigkeit und Bildern waren.

»Ich wäre gern mit dir aufs Meer hinausgefahren, Cyrille.«

»Ich auch, Kleine. Ich hätte dich gern an Bord dabeigehabt ... Der Sonnenaufgang hier ist viel schöner als in Bonaventure! Bei den Sonnenuntergängen geb ich zu: Da haben sie spektakuläre. Aber die Sonnenaufgänge ... Und das ist es, was zählt, denn es ist Morgen, und du hast noch einen neuen frischen Blick, deine Augen sind wie jungfräulich, weil sie ausgeruht sind, verstehst du? ... Das Fischen lohnt sich nicht mehr, bei dem, was du heute noch dafür kriegst, aber wenn du im Sonnenaufgang deinen Motor abschaltest und die Brise den glatten Meeresspiegel kräuselt ... dann fragst du dich nicht mehr, was du da tust.«

»Ich habe die *Pilar* zu Wasser gelassen, Cyrille.«

»Keinen Fuß würde ich auf so ein Boot setzen! Auf solchen Booten hast du immer Schlagseite! Da musst du immer aufpassen, dass du deine Suppe nicht verschüttest! Mir ist der flache Boden lieber, wo du deinen Fang verstauen kannst, aber ich kann verstehen, dass das was Poetisches hat, mit einem Segelboot zu fahren. Poetisch wie in einem romantischen Film ... Bevor Marie tot war, fandest du das bestimmt viel romantischer, oder? Jetzt ist es plötzlich weniger lustig ... Auf einmal fühl ich mich so alt, Kleine, das kannst du dir gar nicht vorstellen ... Und das hat nichts damit zu tun, wie alt ich wirklich bin.«

»Warum hast du mir nicht gesagt, dass du Krebs hast, Cyrille?«

»Krebs ... Mit so was geht ein Mann nicht gern hausieren ... vor allem, wenn du grade deinen Schuss Chemo gekriegt hast.«

»Ich dachte, du wolltest nicht mehr raus aufs Meer fahren, weil ...«

»Weil sie da gestorben ist? ... Du kennst mich schlecht, Kleine. Das Meer ist wie eine Frau: Wenn man beschließt, sie zu lieben, dann ist man bereit, dafür draufzugehen ... wenn du das nicht in Kauf nimmst, dann hast du an Bord nichts verloren.« Seine Augen waren schwer wie eine Herbstflut. »Das Meer, Catherine, da werde ich zum Sterben hingehen. Deswegen will ich mein Boot nicht verkaufen ... Wenn mein Leichentuch fertig ist, dann fahr ich aufs Wasser raus, weitab von der Küste und den Netzen. Ich kenne ein paar dunkle Ecken, tiefe Gräben ... Meine Brüder erwarten mich. Ich will bei ihnen sein, wenn es so weit ist ... Ich nehme mein Gras mit, rauche noch einen letzten Traum, und dann geh ich zu ihnen ... Und komm nie wieder rauf. Niemand wird mich wieder hochholen.«

Vom Bett aus sah ich draußen den Friedhof, auf dem sich ein grauer Stein an den nächsten reihte. Ich musste es ihm sagen, schließlich war ich ja auch deswegen gekommen.

»Cyrille ... Morgen werden sie Marie Garant begraben.«

Er atmete pfeifend ein.

»Ich habe gestern den Sarg ausgesucht. Sie wird hier begraben, neben deinem Haus.«

»Egal ob hier oder woanders, das macht keinen Sinn, Kleine! ... Wenn man das Meer liebt, wenn man mit ihm verheiratet ist und sein ganzes Leben lang darauf verbracht hat, dann darf einem das nach dem Tod keiner wegnehmen ... Das ist irgendwie unnatürlich, uns zu zwingen, in der Erde zu schlafen. Das Wasser hätte Marie Garant behalten sollen, ihr Haut und Knochen wegknabbern, sie verschlingen, ablagern und eine schöne Koralle aus ihr machen ... Sie wollen immer, dass wir das Salz der Erde sind! Warum können wir nicht das Salz des Meeres sein?«

Ich streckte mich neben ihm aus, legte meinen Arm um seinen pfeifenden Brustkorb. Er lächelte ein schönes Lächeln, schön wie ein Anker, der sich ohne einen einzigen Ruck aufholen ließ.

»Jetzt geh, Kleine. Die Behandlung macht mich krank. Ich bin lieber alleine, wenn ich krank bin, und reiße mich zusammen, wenn ich unter Leuten bin … Besonders vor einem hübschen Mädchen wie dir.«

Schweren Herzens legte ich ihm die Hand auf den Arm. Er schloss die Augen.

»Geh schon, Kleine … Geh schon.«

Was danach aus meiner Mutter wurde, hat nicht Cyrille mir erzählt. Cyrille wäre unfähig gewesen, mir zu sagen, dass die Frau, die ein ganzes Dorf wie die Rückkehr des Frühlings geliebt hatte, zum Inbegriff von Niedergang und Verfall geworden war. Vielleicht wäre er sogar unfähig gewesen, sich überhaupt daran zu erinnern, denn er hatte sie so sehr geliebt, dass sie für ihn immer wunderschön geblieben war.

Niemand erinnerte sich daran. Diese Erinnerungen waren in der Schublade der Vergangenheit verschlossen, und ich musste die Schlösser aufbrechen und sogar einige Teile davon erfinden, denn wenn sich die Gefühle einmischen, versagt das Gedächtnis.

Selbst Yves Carle war es schwergefallen, mit mir darüber zu sprechen, als wir am nächsten Tag das Motoröl der *Pilar* wechselten.

»Es ist nicht unbedingt so, dass sie verrückt war … Es ist eher so, dass sie … störte. Wir müssen das alte Öl rauspumpen.«

Er reichte mir die Pumpe.

»Wo ist denn das neue Öl?«

Er hielt mir die beiden Literflaschen hin.

»Und danach?«

»Danach wechselst du die Filter aus und schüttest das neue Öl in den Motor.«

»Nein! Was ist danach passiert?«

»Das ist unklar.«

Vielleicht war es gar nicht nötig, dass mir jemand das wenige erzählte, das es zu erzählen gab.

Also fahre ich weiterhin hinaus, trotz allem und trotz dir. Und jedes Mal, wenn ich die Segel setze, wacht er über mich.

Wahrscheinlich brüllte sie herum, fuhr ziellos aufs Meer hinaus. Wahrscheinlich sah man sie, wie sie lächerlich gegen den Wind ankämpfte und den Sturm verfluchte. Sie kam zurück, prallte hart mit dem Bootsrumpf gegen den Kai, sprang herunter, trat wie verrückt gegen Felsen, Algen und die Überreste von Krebsen, die die Silbermöwen auf den Strand geworfen hatten, um ihren Panzer zu zerbrechen und ihr Fleisch zu fressen.

Sie ging fast jeden Abend in die Kneipe. Sie besoff sich. Manchmal lachte sie ... Marie Garant war schön, aber von einer Schönheit, die jetzt wehtat. Sie war wütend auf das Meer, die Männer, die Liebe.

Wache über mich, Cyrille, denn ich ertrinke.

»Man hat mir erzählt, dass Cyrille sie eine Zeit lang beschützt hat.«

»Vor wem?«

Yves Carle erhob sich und setzte sich auf die Steuerbordbank. »In solchen Zeiten ist man sich selbst meist die größte Gefahr.«

Sein Herz hatte Cyrille Bernard schon lange der Frau der Meere geopfert, und als er Marie Garant leiden sah, spannte er eine Hängematte im Wintergarten seiner Schwägerin auf, um über sie zu wachen. Er schlief dort so lange, wie es nötig war.

*Wache über mich, vor dem beschmutzten Firmament. Wache
über mich, wenn sich die Nacht in Leichentücher hüllt, um
den Himmel zu bezwingen.*

Wenn sie sich abends in der Kneipe besoff, brachte er sie danach zurück nach Hause, egal, wie spät es war, und egal, in
welchem Zustand er am nächsten Morgen zum Fischen aufbrechen würde. Er trug sie die Treppe hinauf, die sie unbedingt hinunterwollte, bis zu dem Tag, als er ihr eine Hängematte im Wohnzimmer aufhängte, eine robuste Hängematte,
in der sie nachts schlafen konnte. Das Zimmer mit dem Ehebett und das Kinderzimmer versperrte er für den Rest ihres
unsteten Lebens.

*Wenn du mich wirklich liebst, reib die Gestirne blank, bis die
Sternbilder glänzen, damit ich durch den schwarzen Vorhang
meines Lebens noch einmal kurz die Gestirne sehe, ein Stück
von Kassiopeia, und damit ich endlich wieder wünschen darf.*

Manchmal machte sie Cyrille vielleicht Avancen in ihrer versoffenen Gehässigkeit. Die Haare schmutzig und der Leib
vom Trinken aus dem Gleichgewicht geraten, stand sie vor
ihm und forderte ihn vermutlich auf, einen hochzukriegen.
Vermutlich brüllte sie ihn an, beleidigte ihn unerträglich,
zog sich aus, während sie ihn beschimpfte, und er, der sie
unglücklich ansah, wird sie wieder angezogen haben, hartnäckig, sie gegen ihren Widerstand wieder ins Bett gelegt
haben, wieder und wieder, bis sie endlich aufgab. Erst dann
legte er sich erschöpft in seine Hängematte und weinte wie
ein Sünder im Angesicht der geliebten Frau, die sich vor seinen Augen zugrunde richtete.

Jede Nacht rüttelte ich an den Käfigen und scheuchte die Engel auf. Der Fischer wachte über mich. Liebte mich. Doch fuhr ich wieder hinaus. Denn ich musste das Meer leer trinken, bis zur bitteren Neige.

Manchmal dagegen machte ihr Wahn sie zärtlich, und sie, die nicht mehr in die Kirche ging und alle Heiligen vom Himmel holte, wenn sie böse wurde, betete zu ihm wie zu einem Gott. Vollkommen unerwartet sagte sie dann liebevolle Gebete auf, traurig und rein, wie ein kleines Mädchen am Grab seines Vaters. Vermutlich kam in diesem mitternächtlichen alkoholumnebelten Gemurmel wieder all das nach oben, was sie noch an frühlingshafter Schönheit in sich trug.

Behüte mich vor dem Sog der großen Flut. Leg deine Hand auf meine Stirn und nimm mir meine Angst. Leg deine Hand auf das Wasser.

Das seltsame Gedicht, das sie mir als Vermächtnis hinterlassen hatte, half mir, ihre lückenhafte Geschichte in meinem Kopf zu rekonstruieren. Je mehr ich erfuhr, desto besser passten die Bruchstücke zueinander und desto schmerzlicher fehlten mir genaue Zeitangaben.

Sie heiratete im Oktober. Vielleicht war sie bereits schwanger. Nein, bestimmt nicht. Ihr Ehemann starb in der Hochzeitsnacht. Cyrille zog in das Haus. Sie brüllte. Eine Woche lang, zwei Wochen lang, vielleicht länger. Aber sie musste ihr Boot für den Winter an Land holen, denn es kam nicht infrage, dass sie es ebenfalls zugrunde gehen ließ. Doch da das Fischkühlhaus den ganzen Kai einnahm, konnte Marie Garant die *Pilar* nicht dort herausholen. Sie musste also ihr Segelboot anderswo winterfest machen, bevor der erste Frost kam.

Sie brachte es nach Percé, und wem begegnete sie in jenem Herbst? Yves Carle, der sich gerade getrennt hatte. Er hatte vielleicht eine Geliebte, vielleicht auch nicht. Vielleicht verbrachte sie den Winter in Percé. Mit ihm? Yves war jung, fasziniert vom Meer und von Marie Garants Mut. Im Frühling wollte er mit ihr davonsegeln, aber Thérèse drängte ihm die Kinder auf (vielleicht, um ihn zurückzuhalten?), unter dem Vorwand, dass ihr Freund Kinder hasste.

»Yves? Hast du in jenem Frühling ihr Boot zu Wasser gelassen? 1974 in Percé?«

Er antwortete nicht.

»Jemand muss ihr geholfen haben, denn sie war schwanger. Du wusstest, dass sie schwanger war. Deshalb hat mich der Notar zu dir geschickt. Weil er die Daten angesehen hat, zwei und zwei zusammengezählt und begriffen hat, dass du es wusstest. Sie ließ das Segelboot heimlich wieder zu Wasser und wollte flussaufwärts nach Québec segeln, vermutlich, um dort im Klosterwaisenhaus ihr Kind zur Welt zu bringen. Aber sie schaffte es nicht. Weil das Wetter es nicht zuließ oder weil ich zu früh geboren wurde. Sie brachte mich auf dem Meer zur Welt, ohne Zeugen, schrieb einen falschen Namen für den Vater in den Taufschein, fuhr schnell nach Montréal, lud mich bei meinen zukünftigen Eltern ab und brach wieder auf … Und danach, Yves? Was ist dann passiert?«

Seine Worte waren wie ein schwieriges Geständnis.

»Sie war lange weg. Cyrilles Vater hat seine Fischberechtigung verkauft, und weil er kein Boot mehr hatte, ist Cyrille zum Arbeiten nach Alaska gegangen. Die Amerikaner haben Leute auf den Dampfern angeheuert. Das war gut bezahlt. Jedenfalls hat man auch ihn lange Zeit als verrückt bezeichnet. Manchmal muss er selbst daran geglaubt haben.«

»Wo ist Marie Garant hingegangen?«

»Aufs Meer. Dem Horizont hinterher. Es dauerte Jahre, bis sie wiederkam.«

»Warum? Warum fährt man aufs Meer, Yves?«

Er lächelte mich sanft an.

»Das Meer sucht man sich nicht aus, Catherine. Manche werden magisch von der großen Weite des Nordens angezogen, andere wollen ihr Haus nicht verlassen. Manche gehen in die Politik, andere wollen Kinder haben. Du fährst aufs Meer, weil das die einzige Tür ist, die sich öffnet, wenn du anklopfst, weil du mitten in der Nacht davon aufwachst, Catherine. Jedes Mal, wenn du anlegst, wenn du dich unter Menschen begibst, spürst du, dass du anders bist. Du fühlst dich fremd. Du fährst aufs Meer, weil du in der Welt keinen festen Boden unter den Füßen hast und dich bloß im Schweigen des Windes zu Hause fühlst.« Er starrte lange auf seine Füße. »Für uns Seeleute ist das Komplizierte nicht das offene Meer, sondern das Festland. Wir leben und wir sterben auf dem Meer, weil wir für den Horizont gemacht sind.«

Wir hatten die Wartungsarbeiten beendet, und es ging auf Mittag zu. Ich musste bald los, zur Beerdigung. Wir blieben noch einen Augenblick in der Kabine sitzen, als schlössen wir einen geheimen Pakt.

»Ich glaube nicht, dass die Liebe Marie Garant glücklich gemacht hätte.«

Sie war nicht zurückgekommen, um die Männer wiederzusehen, die sie geliebt hatte, sondern weil die Gaspésie ihr Zuhause war. Und um sich nach mir zu erkundigen. Ich wusste, dass sie heimlich kam und ging, aber ich hatte mich immer geweigert, wenn meine Eltern mir von ihr erzählen wollten. Wahrscheinlich hatte sie von ihrem Tod erfahren und sich gesagt, jetzt könnte sie mich vielleicht endlich treffen. Die Zeit verging. Sie war krank, wollte sich die Dinge von der Seele reden, mir die ganze Geschichte erzählen. Sie schrieb mir einen kurzen Brief aus Key West, traute sich endlich, sich mit mir zu verabreden, aber sie starb, bevor sie Caplan erreichte.

»Catherine?«

Gedankenverloren spielte ich mit dem tragbaren Navi meiner Mutter. »Was?«

»Wann bist du geboren?«

»Datum unbekannt, Yves.«

»Steht der Name des Vaters auf dem Taufschein?«

Ich schüttelte den Kopf. »Warum fragst du? Hast du Angst, ich könnte von dir Alimente einfordern?«

Ohne zu antworten, sah mich Yves Carle lange an und ging dann hinaus ins Cockpit.

Am Kai, wo der Einmaster festgemacht war, wartete ein Kunstwerk auf mich. Auf die halb verrotteten Planken hatte jemand Seesterne, Algen, Holzstücke, Muschelschalen gelegt, eine hübsche Collage, die an den Wind, das Meer, die offene See erinnerte. Und einen Hummer als Geschenk.

Yves Carle ging an Land. »Du hast einen Verehrer.«

»Blödsinn.«

Er sprang in sein Dingi. »Sag, was du willst, aber ich fahre seit über fünfzig Jahren zur See, und noch nie hat irgendein Fischer so ein Kunstwerk gemacht ...«

Ich sperrte das Segelboot ab, sammelte den Hummer und ein paar Stücke der Meereslandschaft ein.

Jérémie, der große Mi'kmaq, hatte mit seinen wettergegerbten Händen das Meer an Land geholt und mir seinen Fang zu Füßen gelegt. Ich hielt eine Weile nach ihm Ausschau, aber er war nicht mehr zu sehen. Ich ging nach Hause, wusch vorsichtig die Seesterne, die Muscheln und das Treibholz ab und legte sie zum Trocknen auf die Veranda. Ich dachte an all die Dinge aus dem Meer, die in Marie Garants Haus weiterlebten und die mir zunächst wie ganz banale

Gegenstände erschienen waren. Heimliche, liebevolle Erinnerungen.

Vom Esszimmerfenster aus sah ich, wie die dreieckigen Segel der *Nachtflug* an meinem Haus vorüberzogen und Yves Carle eine Hand zum Gruß hob.

Fender und Achterschlingen

Hatte Joaquín Morales die kalt gewordene Paella gegessen?
Ja. Verliebt oder nicht, Morales hätte niemals auch nur einen
einzigen Löffel Paella in den Müll geworfen. Er hatte lediglich den Wein gegen ein paar kalte Biere zu viel eingetauscht,
sich die ganze Nacht mit Magenschmerzen im Bett gewälzt
und war am nächsten Morgen vollkommen übernächtigt
aufgewacht. Gehorsam hatte er dann seinen Ermittlungsbericht auf Marlène Forests Schreibtisch gelegt, die ihm
die Erlaubnis erteilte, sich ein oder zwei Tage freizunehmen,
um das Haus sauber zu machen und vor der Ankunft seiner
werten Gattin wieder zu Kräften zu kommen.

Sarah hatte ihm einen Schlüsselbund zustellen lassen
und bereitete sich wie geplant auf den Ausbau ihrer internationalen Aktivitäten vor, begleitet von dem unerträglichen
Jott-Pe. Verschnupft antwortete Morales nicht mehr auf ihre
Anrufe. Was sollte er anderes machen? Schließlich hatte er
auch seinen Stolz!

Unsicher, welche Wendung die Ereignisse nun nehmen
würden, und voller Respekt für Catherines Trauer, räumte er
das Haus auf, ohne zu versuchen, sie wiederzusehen. Aller-
dings erledigte er zahlreiche Besorgungen im Dorf, nur für
den Fall, dass … Doch der Fall trat nicht ein.

Da seine Geduld längst überstrapaziert war, beschloss
Morales also an diesem Nachmittag, sich zu Marie Garants
Begräbnis zu begeben – die einem Unfall und sich selbst zum
Opfer gefallen war.

Er duschte lange, betrachtete seine dunkle Haut im Spiegel, wählte ein cremefarbenes Hemd aus und machte sich auf zur Kirche. Dort ließ er sich den Weg zu dem Friedhof neben den Bauernhäusern erklären (links über den Querweg, nach dem Stoppschild rechts), parkte etwas abseits und versank mit den Füßen im feuchten Gras ...

Er kam zu spät.

Unmerklich hob Pfarrer Leblanc eine Augenbraue und fragte sich insgeheim, ob es ihm gelingen würde, dem Ermittler Morales im Namen der sexuellen Abstinenz seiner Frau oder der wundersamen Wiederkehr der ehelichen Libido noch ein Glas Wein aus der Tasche zu ziehen, bevor er sich wieder seinen Gebeten zuwandte. Die Trauergäste waren so dünn gesät, dass man sie in einem Polizeibericht alle namentlich hätte aufführen können: Yves Carle, Cyrille und seine Schwester, Dr. Robichaud, der Notar mit dem Dreifachkinn, einer der Gebrüder Langevin, zwei oder drei überfromme Gemeindemitglieder, die grundsätzlich an allen Beerdigungen teilnahmen, sowie vier oder fünf Touristen, die mit einer gewissen Schamlosigkeit die anonyme Skulptur betrachteten, die 1922 zu Ehren des Schiffbruchs der *Freibeuter* und ihrer vier auf See verschollenen Besatzungsmitglieder Maurice und Émile Thibaudeau, Joseph Bujold und Ernest Hudon – alle aus Caplan – errichtet worden war.

Und natürlich war *sie* da. Catherine Garant. Sie hatte ihr langes kastanienbraunes Haar zu einem Dutt hochgesteckt und trug ein schickes, aber nüchternes Sommerkleid in Beige und Blau, gehalten von zwei schmalen Trägern, die das ungestüme Blut des Sergeant Morales in Wallung versetzten. Er konnte sich gar nicht sattsehen. Verborgen im Schatten eines Ahornbaums, überließ er sich seinen Fantasien wie ein triebgesteuerter Teenager.

Sie stand neben der Grube. Sie betete, schön wie die Jungfrau auf einem Kirchenfenster, die auf einer blendend weißen

Wolke über den wütenden Fluten schwebte. War Catherine womöglich gläubig? Für wen betete sie? Worum bat sie? Worum konnte eine Frau wie Catherine Garant wohl bitten? Neulich Abend war sie so ... So *was*, Morales? Er seufzte.

Neben ihr saß ein großer Hund, ein Husky-Schlittenhund-Labrador-Mischling. Etwas weiter entfernt standen wartend die schwarz gekleideten Männer und die Friedhofsangestellten.

Morales bereute es, dass er die Ermittlung so schnell abgeschlossen hatte. Er hätte die Dinge schleifen lassen können, mehrere Hypothesen und Widersprüche verfolgen, Vernehmungen durchführen. Er hätte die Ermittlungen vertiefen können oder so tun, als ob. Sich Zeit lassen und Catherine wiedersehen.

Sie hatte ihn nicht zurückgerufen, weder, um sich für die Informationen zu bedanken, noch, um sich für das versäumte Abendessen zu entschuldigen. Sie trauerte, das stimmte, aber nach den Küssen hätte er gedacht ... *Was* gedacht, Morales? Sarah hatte genau im entscheidenden Augenblick angerufen! Vielleicht hätte er nicht abnehmen sollen ...

Er hielt sich diskret im Hintergrund.

Wenn Sarah nicht angerufen hätte, dann hätte er ... Dann hätte er was? Sie betrogen? Morales sagte sich, dass er hier derjenige war, den man betrogen hatte. Das Alter spielte ihm übel mit, verriet einen seiner Träume nach dem anderen und zerstörte alles, was er sich so geduldig aufgebaut hatte.

Er fuhr zusammen. Über die Grube hinweg warf Catherine ihm einen Blick zu, den sie schnell zurücknahm, um sich am Grab ihrer Mutter zu sammeln – die Art von Blick, die man einem treulosen Geliebten zuwarf.

Pfarrer Leblanc begann mit dem letzten Gebet.

Auf einmal kam ein Auto angerast, bremste am Friedhofseingang, und Guylaine Leblanc, die Besitzerin der

Näherei, sprang heraus. Unter den verblüfften Blicken der Trauergäste stürmte sie auf die Grube zu, blieb einen Meter vor dem Grab stehen und spuckte aus Leibeskräften auf den rohen Holzsarg. Joaquín Morales war herbeigeeilt, um einzugreifen, doch Cyrille streckte eine Hand aus und sagte mit pfeifendem Atem:

»Lassen Sie sie.«

Sie war ohnehin schon wieder weg, hatte das Friedhofstor zugeknallt und den Kies mit quietschenden Reifen in alle Richtungen verspritzt. Pfarrer Leblanc nahm die Grabrede wieder auf, und Catherine starrte trotzig auf den kleinen Sarg aus unbearbeitetem Holz, als wollte sie deutlich machen, dass sie keinerlei Fragen beantworten würde. Alle bekreuzigten sich.

Morales ging zu seinem Auto zurück, und langsam kamen ihm Zweifel. Seltsam, dass die Schneiderin gekommen war, um auf Marie Garants Grab zu spucken. Er hatte keinerlei Ahnung, welche Motive hinter Guylaines Wut auf Marie Garant und ihre Tochter steckten. Um sein Gewissen zu beruhigen, müsste er wenigstens versuchen, es herauszufinden.

Morales stieg wieder in sein Auto und fuhr in Richtung Dorf. Er hatte das Bistro als Informationsquelle unterschätzt: Ein Ort des Tratsches konnte der Beginn einer gesamten Ermittlung sein.

»Ach, sieh mal einer an! Wenn das mal nicht der Herr Chefermittler höchstpersönlich ist, der pünktlich zum Aperitif kommt!«

Ein paar Sommergäste saßen dösend an den Bistrotischen und verlängerten ihr Mittagessen mit einem Digestif in der Hand. Renaud, zuverlässig auf seinem Posten, angetan mit seiner lächerlichen Haube und seiner »Küchenhilfe«-Schürze, häutete grausam Salatköpfe, die doch niemals irgendjemandem etwas zuleide getan hatten. An der Theke sitzend, betrunken und wild gestikulierend, ließ Vital eine Flut an »Himmel, Arsch und Zwirns« auf Victor herniederregnen, um seinem Zorn Luft zu machen.

»Himmel, Arsch und Zwirn, wenn das nicht die Polizei ist, die da auftaucht! Stimmt das, dass wir Sie immer noch nicht los sind? Stimmt das, dass Sie hier in der Gegend ein Haus gekauft haben?«

»Ja, an der Straße, die zur Insel führt.«

»Sie ziehen ganz in die Nähe von Ihren Opfern!«

»Sie waren nicht bei der Beerdigung …«

»Himmel, Arsch und Zwirn, das geht Sie überhaupt nichts an!«

Mühsam hievte sich der Fischer hoch, leerte sein Glas auf ex und legte das Geld auf den Tresen. Victor tat es ihm gleich. Hastig unterbrach Renaud die stürmische Exekution eines Salatkopfs, um Häubchen und Schürze abzunehmen und den beiden ihr Wechselgeld zu geben.

»Wissen Sie was? Wenn Sie gekommen sind, um meine Gäste zu ärgern, muss ich Sie vor die Tür setzen, ganz egal, ob Sie nun Gesundheitsinspektor sind oder nicht!«

»A-a-a-aber Vital hat a-a-a-angefangen.«

»Ich suche keinen Streit: Ich will bloß in Frieden gelassen werden!«

Morales setzte sich ganz in Ruhe an den Tresen. »Machen Sie sich keine Sorgen. Der Fall ist abgeschlossen.«

»Ja, schlecht abgeschlossen! Ist aber wahrscheinlich besser so …«

»Warum?«

Ohne ihn einer Antwort zu würdigen, steckte Vital sein Kleingeld ein und wankte in Richtung Ausgang.

»W-w-w-wo gehst du hin?«

»Zum Boot, Himmel, Arsch und Zwirn! Zum Boot!«

Victor folgte ihm und stieß im Türrahmen mit Pfarrer Leblanc zusammen, der nach Beendigung des Gottesdienstes kam, um seine von der Predigt ausgedörrte Kehle mit dem profanen Wein des Bistros zu benetzen. Renaud, wieder mit Häubchen und Schürze bekleidet, fuhr fort, den Salat zu zerkleinern. »Wissen Sie was, Herr Pfarrer? Vital hat Ihnen ein schönes warmes Plätzchen an der Theke hinterlassen! Glück für Sie, Inspektor. Der Pfarrer kommt gerade vom Begräbnis Ihres Opfers und kann Ihnen bestimmt alles erzählen!«

»Das ist nicht mein Opfer!«

Pfarrer Leblanc fing ein umherfliegendes Salatblatt auf und legte es zurück auf Renauds Brett. »Ehrlich gesagt hätte ich Ihnen nicht besonders viel mitzuteilen, denn Sie waren ja da.« Er setzte sich an den Tresen.

»Ja. Schöne Zeremonie.«

»Danke.«

»Ein bisschen spärlich besucht.«

»Die Familie war eher klein.«

»Cyrille Bernard, der Fischer, war mit einer Frau da …«

»Seine Schwester.«

»Stand er Marie Garant nahe?«

»Er war ihr Schwager, ja.«

»Wissen Sie was, Inspektor? Vor dem dritten Glas Rotwein kriegen Sie nichts aus dem raus …«

»Ehrlich gesagt würde ich gerne ein Gläschen Wein trinken …«

Morales hatte nur darauf gewartet, um ihn zum Reden zu bringen. »Renaud, ich glaube, ich lade den Herrn Pfarrer auf ein Gläschen ein.«

Renaud ließ seinen Salat stehen und wischte sich die Hände an seiner Schürze ab. »Es stört Sie doch nicht, wenn ich meine ›Küchenhilfe‹-Uniform anbehalte?«

»Behalten Sie sie an, Renaud. Wir sind daran gewöhnt.«
Erleichtert griff der Wirt nach einer Flasche. »Ein Glas
Rotwein?«

»Ja. Ein Bier für mich und ein Glas Messwein für den
dürstenden Priester.«

»Pfarrer. Ich bin kein Priester, sondern Pfarrer.«
Renaud reichte Morales ein Bier.

»Gibt es da einen Unterschied?«

»Na klar! Wissen Sie was? Ein Pfarrer hat eine Pfarrei,
während ein Priester, der hat … Was hat der noch mal, Herr
Pfarrer?« Er schenkte Pfarrer Leblanc ein Glas Rotwein ein.

»Ich bin nie ordiniert worden.«

»Ich setze das auf Ihre Rechnung, Inspektor …« Renaud
korkte die Flasche wieder zu und stellte sie auf den Tresen.
»Wissen Sie was? Für uns macht das keinen Unterschied.
Geweiht oder nicht geweiht, solange Sie Ihre Pfarrei fest im
Griff haben, Herr Pfarrer, sind wir zufrieden!«

»Ehrlich gesagt war ich Kirchendiener. Ich habe dem alten Pfarrer Bujold geholfen. Er stand dieser Pfarrei dreiundzwanzig Jahre lang vor. Normalerweise werden die Pfarrer
nach dem Rotationsprinzip versetzt, aber ich glaube, das
Bischofsamt hatte ihn vergessen.«

»Oder aber, die wollten ihn woanders nicht haben!«

Oder niemand wollte hierherkommen. Morales behielt
diesen Gedanken für sich, während Renaud die Schüsseln
mit einem traurig aussehenden Salat füllte.

»In der Gaspésie hatten wir es nie besonders mit der Kirche. Während der Prohibition sind wir nach Saint-Pierre et
Miquelon rübergefahren, um Alkohol zu holen … Und wir
haben Gras geraucht, lange bevor die in Montréal wussten,
wo Jamaika überhaupt lag!«

Renaud verschwand mit wackelig auf seinen Armen auf-
gestapelten Salatschüsseln in Richtung Küche.

260

»Ehrlich gesagt, Sie kommen aus der Stadt, wo alles schnell geht und auf die Minute genau getaktet ist, aber hier läuft die Zeit anders. Für viele Männer kann die Ewigkeit nicht länger sein als ein Sommer ohne Fisch.«

Renaud kam aus der Küche und wischte sich dabei die Hände an seiner Schürze ab. »Wissen Sie was? Schon komisch, dass die ausgerechnet Sie mit dieser Ermittlung betraut haben!«

Der Ermittler lächelte liebenswürdig. Ganz genau darüber wollte er nämlich sprechen ... »Wieso sagen Sie das, Renaud?«

»Weil Sie noch so viel lernen müssen! Jemand von hier hätte verstanden ...«

»Hätte was verstanden? Dass ein Kirchendiener Pfarrer sein kann?«

»Sie haben eben nicht den alten Pfarrer gekannt! Der war so ein Schluckspecht, dass er manchmal tagelang seinen Rausch ausschlafen musste! Und wissen Sie was? Der wachte an irgendeinem Morgen auf, war überzeugt, dass es Sonntag sei, und hielt uns eine Feiertagsmesse! Manchmal passte es genau, aber meistens wachte er am Montagnachmittag auf, manchmal am Dienstagmorgen. Und von seiner Predigt rede ich lieber gar nicht erst!« Renaud ergriff die Flasche, füllte das Glas des Pfarrers, korkte die Flasche wieder zu und stellte sie an dieselbe Stelle zurück. »Wissen Sie was? Ein Dorf mit einem versoffenen Pfarrer ist kein Spaß!«

»Ehrlich gesagt habe ich angefangen, ihn gelegentlich zu vertreten, wenn es uns nicht gelungen ist, ihn zu wecken.«

»Für uns war das vollauf genug ...«

»Ich wollte schon immer Pfarrer werden, aber mein Vater hatte ein Feld da oben bei den Bauernhäusern, und weil ich der einzige Junge war, hat er mich dabehalten, um ihm zu helfen. Als ich zwanzig war, haben sie mich mit der Nachbarin verheiratet ...«

Auf der anderen Seite des Tresens holte Renaud eine Portion ahnungsloser Tomaten hervor. »Der dicken Juliette!«

»Sie war erstaunlich. Ich wollte nie Kinder haben, aber sie hat es geschafft, vier Mal schwanger zu werden, und ich schwöre Ihnen, ich hatte nichts damit zu tun!«

»Wissen Sie was? Ohne Ihnen zu nahe treten zu wollen, Herr Pfarrer: Keines der vier sieht aus wie Sie, und untereinander sehen die sich auch nicht ähnlich!«

»Ehrlich gesagt stimmt das.«

»Man kann nicht sagen, dass Sie sich dem Wachstum der Familie entgegengestellt haben!«

»Ich habe sie machen lassen. Ich ging ins Pfarrhaus, und wenn der Pfarrer schnarchte, dann löste ich ihn ab. Ich habe das Brevier gelesen, den Papierkram für die Gemeinde erledigt, und irgendwann habe ich angefangen, bei der Messe für ihn einzuspringen. Ehrlich gesagt hat sich nie irgendjemand daran gestoßen.«

Morales trank lächelnd sein Bier aus. Renaud stellte ihm ein neues hin.

»Also, wissen Sie was? Als die Zirrhose den alten Pfarrer schließlich umgebracht hat, hat niemand darauf bestanden, dass wir einen neuen anfordern!«

»Ehrlich gesagt war mir das ein bisschen unangenehm, bis zu dieser einen Nacht, als ...«

»Ah! Ja! Erzählen Sie ihm von der Nacht Ihres Wunders!«

»Eines Nachmittags sind drei junge Männer aufs Meer hinausgefahren ...«

»Wissen Sie was? Der älteste Bernard-Sohn hatte sich gerade mit Marie Garant verlobt und ist zusammen mit Jeannot rausgefahren, der gerade aus Québec zurückkam. Sie wollten das unter Männern feiern. Aber was passierte dann?

Vielleicht sind sie zu lange wach geblieben, vielleicht haben sie zu viel getrunken, auf jeden Fall ist ein Unfall passiert! Erzählen Sie, Herr Pfarrer!«

»Ehrlich gesagt haben wir niemals wirklich erfahren, was genau passiert war, aber der älteste Bernard-Sohn ist ins Wasser gefallen ...«

Morales trank sein Bier nun langsamer. Wie viele Männer, die mit Marie Garant verlobt oder verheiratet gewesen waren, waren ertrunken?

»Aber was ist dann passiert? Cyrille hatte sich an Bord versteckt, weil er noch ein Jugendlicher war und neidisch auf die anderen, denn er wollte auch rausfahren! Als sein Bruder über Bord gegangen ist, ist er aus seinem Versteck gekommen und wollte ihm helfen. Sagen Sie ihm das, Herr Pfarrer!«

»Es war dunkel, ein Sturm braute sich zusammen, und ungeschickt, wie er in dem Moment war, hat er sich, ehrlich gesagt, in den Fischernetzen verfangen ...«

Renaud fuchtelte, mitgerissen von dem beschriebenen Ereignis, frenetisch herum, immer noch bewaffnet mit dem Küchenmesser, das ringsum Tomatensaft verspritzte.

»Also, was ist dann passiert? Jeannot hat Cyrille da rausgeholt und ihn nach Hause gebracht, aber er war tot, auch er mausetot! Erstickt in dem Fischernetz!«

»Sie sind gegen vier Uhr morgens zurückgekommen.«

»Und da, wissen Sie was? Da sind *Sie* gekommen ...«

»Ich war bei uns zu Hause eingesperrt, mit den Kindern und meiner dicken Juliette. Ich schaute hinaus in die stürmische Nacht und betete für die Fischer.«

»Wie da der Donner von den Felsen widerhallte! Puh!«

»Auf einmal klopfte die Tochter Bernard an meine Tür. Ich machte auf, sie kam rein, sehr ehrerbietig, und bat mich: ›Sie müssen kommen und ein Totengebet am Kai sprechen,

Herr Pfarrer. Für meine beiden Brüder.‹ Ihre Mutter hatte sie geschickt. Was sollte ich darauf antworten? Die arme Kleine war in Tränen aufgelöst.«

»Wissen Sie was? Wir konnten bei dem Sturm ja schließlich nicht den Pfarrer von Bonaventure holen! Und was hätte der schon tun können? Der kannte die Bernards ja nicht einmal! Die letzte Ölung ist schließlich eine ziemlich persönliche Angelegenheit …« Der Bistro-Chef legte endlich seine Klinge nieder und wischte sich die Hände ab.

»Ehrlich gesagt habe ich nicht gezögert.«

»Wenn die Sie wie einen Pfarrer behandelt haben, dann heißt das, Sie waren tief drinnen auch einer!« Renaud ergriff die Flasche, füllte das Glas, korkte die Flasche wieder zu und stellte sie zurück auf den Tresen. Er schob Morales noch ein Bier hin, obwohl dieser kaum trank.

»Ich bin im Pfarrhaus vorbeigegangen, habe die Soutane angezogen, das Weihwasser und das Chrisam-Öl geholt und bin hinunter zum Kai gerannt. Als ich ankam, sanken alle auf die Knie.«

»Wissen Sie was? Berufung hat nichts mit irgendeinem Papier zu tun, so wahr ich Renaud Boissonneau heiße!« Renaud verschwand in Richtung Küche, wahrscheinlich, um einen Topf zu holen, der in einem besonders lauten Stapel steckte.

Pfarrer Leblanc hob die Stimme, um weiterzureden. »Ich habe beiden Brüdern die letzte Ölung verabreicht, und nach dieser Nacht sprachen mich plötzlich alle Leute mit Herr Pfarrer an. Ehrlich gesagt wartete ich die ganze Zeit darauf, dass man mich ersetzen würde, aber niemand kam. Ich habe sogar den Pfarrer von Bonaventure um Rat gebeten. Er hat mir geantwortet, die Kirche hätte nicht genügend Pfarrer. Er fügte hinzu, da ich ja daran gewöhnt sei und wir alle Gottes Söhne seien und da ich wisse, was ich zu tun habe, sei es besser, wenn ich mich selbst um die Pfarrei kümmere. Ich verstand, was er meinte. Wenn wir den Antrag gestellt hätten, hätte er zusätzlich zu den Gemeinden von Bonaventure, Saint-Siméon und New Carlisle auch noch unsere betreuen müssen.«

Renaud, der aus den Tiefen der Küche zurückkehrte, war nichts von dem Gespräch entgangen. Sein Topf war ganz offensichtlich zu klein. Er zögerte.

»Im Grunde war es ihm lieber, dass Sie weitergemacht haben, das war weniger Arbeit für ihn.«

»Ja. Meine Frau ist weg, ich weiß nicht, wohin, meine Kinder sind unter der Haube, und mein Feld habe ich verkauft. Ich bin ins Pfarrhaus gezogen. Ehrlich gesagt fühle ich mich hier sehr wohl. Ich habe ein großes Haus, meine Schwester hilft mir im Haushalt, und meine Predigten sind auch nicht dümmer als die eines anderen.«

»Wissen Sie was? Guter Durchschnitt, würde ich sagen.«

»Nur eine Sache mache ich nicht: Die Beichte abnehmen …«

Renaud füllte den Topf. Zu klein. »Wir plaudern lieber …«

»Ich ziehe es vor, dass meine Schäfchen ihre Sünden für sich behalten. Ich möchte mir nicht ihre Geheimnisse aufbürden.«

»Jedem seine Geheimnisse, und die Schäfchen sind wohlbehütet!« Renaud zögerte, dachte an das Geschirr, das er waschen müsste, und warf den Rest der Tomaten in den Müll. »Was würden Sie tun, wenn Arseneault käme, um zu beichten, dass er ihnen heimlich Kinder angehängt hat? Wissen Sie was? Sie könnten ihm nicht vergeben, und dann hätten wir einen Interessenkonflikt!«

»Ich will es lieber gar nicht wissen.«

»Wissen Sie was? Er und Dodier, das ist sicher! Und es würde mich nicht wundern, wenn der kleine Nachzügler von Ferlatte wäre. Kahler Kopf und schiefe Zähne! Ferlatte hätte den Kieferorthopäden bezahlen sollen!«

»Familiengeschichten sind immer kompliziert.«

Morales trank einen Schluck.

Renaud stellte den Topf ab. Mit dem Lappen in der Hand wischte er den überschwemmten Tresen. »Apropos Familie: Guylaine hat sich heute noch keinen Kaffee geholt. Ich hoffe, Ihre Schwester ist nicht krank, Herr Pfarrer ...«

Morales musterte den Pfarrer.

»Guylaine Leblanc ist Ihre Schwester?«

»Ehrlich gesagt, ja.«

»Die Schneiderin, die auf Marie Garants Grab gespuckt hat, ist Ihre Schwester?«

»Vor Gott und den Gräbern.«

»Warum hat sie das getan?«

»Jeder hat irgendwelche Ticks. Meine Schwester auch.«

»Aber ... warum hasste sie Marie Garant?«

»Ich bin vielleicht ein Trinker, aber keine Plaudertasche. Stellen Sie ihr die Frage selbst, nicht mir.«

Renaud nahm die Flasche und schüttete den Rest des Inhalts in Pfarrer Leblancs Glas. »Wissen Sie was? Ihre Flasche ist leer, Inspektor, soll ich noch eine aufmachen?«

Morales hatte den Kopf woanders. »Sie haben gesagt, dass Cyrille Bernard an jenem Tag in dem Fischernetz erstickt ist, nicht wahr?«

»Ehrlich gesagt stimmt das nicht. Sie haben ihn ins Krankenhaus gebracht, und er ist davongekommen.«

»Wissen Sie was? Das ist ein ganz schönes Wunder, nicht wahr?«

»Er war eineinhalb Jahre lang im Krankenhaus und konnte seitdem nie mehr normal atmen. Aber er ist noch ganz schön lebendig, glauben Sie mir!«

»Sonst könnte ihn der Krebs nicht umbringen!«

»Wurde die Leiche des anderen Bruders gefunden?«

»Nein, aber wissen Sie was? Das ist normal: Die Toten treiben hier immer raus aufs offene Meer! Unmöglich, sie zurückzuholen!«

»Eine traurige Geschichte. Ein paar Tage später hätte der junge Mann heiraten sollen ...«

»Wissen Sie was? Marie Garant fand das gar nicht lustig!« Morales hatte auf diese Vorlage gewartet.

»Er war Marie Garants erster Verlobter und nicht ihr Ehemann?«

»Ja. Er ist über Bord gegangen. Im Suff.«

Der Pfarrer schüttelte den Kopf, ebenfalls im Suff, oder einfach, weil es ihm leidtat.

»Jeannot hat gesagt, dass er alles getan hätte, um ihn zu retten, aber wissen Sie was? Da bin ich mir ganz und gar nicht sicher!«

»Wer ist Jeannot? Ein Mann aus dem Dorf?«

Auf einmal verstummten Renaud und Pfarrer Leblanc und blickten einander peinlich berührt an. Der Pfarrer trank sein Glas aus und erhob sich, plötzlich in Eile, die Stufen zu seinem Pfarrhaus zu erklimmen. »Ehrlich gesagt habe ich zu tun. Einen schönen Tag noch, Ermittler. Wiedersehen, Renaud.«

Der Wirt räumte die Flasche weg. »Wissen Sie was, Inspektor? Sie müssten noch zahlen, bevor Sie gehen.«

* * *

Nach der Beerdigung hatte ich keinen Leichenschmaus organisiert. Für wen auch? Cyrille ging nach Hause, müde, schwer und traurig. Yves kehrte zu seiner Frau zurück, sie erwarteten die Kinder zum Abendessen.

Ich fuhr nach New Richmond, um mir in der Eisenwarenhandlung Ersatzteile zu besorgen, bevor ich wieder an den Kai hinunterging. Ich musste das Schiff aufräumen und sichergehen, dass ich schnell auslaufen konnte, in der nächsten oder übernächsten Nacht.

Ich dürstete danach, meine größten Segel zu setzen, die mächtigen Winde hineinzulassen und die Pilar *durch den Seegang zu steuern.*

Als ich ankam, stand Jérémie in Cyrilles Boot und arbeitete. Ich ging langsamer, er grüßte mich.

»Danke«, sagte ich zu ihm.

Er nickte mir wortlos zu, und ich erinnerte mich, dass er mir wie ein Mast aus hartem Holz erschienen war, als ich ihn zum ersten Mal gesehen hatte. Ich dachte, er könnte ebenso gut ein Markstein sein oder gar ein Leuchtturm.

Eingeschüchtert ging ich bis zum Segelboot weiter, wo ich die Ersatzteile, die Lebensmittelkonserven und ein paar Gegenstände einräumte, die ich aufheben wollte. Ich blickte auf die Uhr: Der Tag verging schnell, und ich wollte noch einen Mittagsschlaf machen. Ich schloss das Boot ab und begab mich in Richtung Auto.

»Na, Himmel, Arsch und Zwirn! Wenn das nicht die Tochter von Marie Garant höchstpersönlich ist, die uns da besuchen kommt! Habe die Ehre!« Aufrecht in der Mitte des Kais stehend, ließ er mich nicht vorbei. »Du hast es nicht besonders eilig gehabt, uns zu erzählen, wer du wirklich bist, oder?«

Ich hatte Vital seit dem Tag nicht mehr gesehen, als er Marie Garants Leiche in seinem Netz herausgefischt hatte.

»Jetzt verstehe ich, warum du unbedingt Cyrille sehen wolltest! Cyrille hier, Cyrille da …«

»H-h-h-hör auf, Vital!« Je länger Victor beruhigend auf ihn einredete, desto lauter brüllte Vital.

»Und Guylaine? Hat sie dir gesagt, warum sie dich rausgeschmissen hat?«

»Du m-m-m-machst ihr Angst!«

Fassungslos wich ich langsam zurück.

»Was ist los, Vital? Hat dich der Fisch gebissen?« Leise war Jérémie dazugekommen. Nachdem er nun einen Gegner gefunden hatte, der ihm gewachsen war und gegen den er seine Wut entfesseln konnte, ließ Vital seinen Zorn noch etwas höherkochen. Er trat gefährlich nah an den Mi'kmaq heran.

»Himmel, Arsch und Zwirn! Jetzt mischt sich auch noch der Indianer ein! Das wundert mich nicht, denn sie war ja schließlich auch eine Wilde!«

»Beruhig dich lieber ein bisschen, Vital, denn wenn hier jemand wie ein Wilder aussieht, dann du …« Jérémie stand ruhig da wie ein Fels und strahlte eine Bedrohung aus, die genau vom selben Ort herrührte wie meine Angst und Vitals Zorn: aus der Mitte der Brust, dort, wo der Körper sich anspannte und zu einer Mauer werden konnte. Er stellte sich zwischen uns. Ich konnte Vital nicht mehr sehen, sondern nur noch Jérémies Rücken, einen breiten Rücken, wie aus massivem Holz, den ich am liebsten berührt hätte, um mir Mut zu machen. Vitals Stimme klang ein klein wenig leiser, aber er sagte es trotzdem. Er spuckte es aus wie ein Stück Hass, stieß es wie ein Kriegsbeil zwischen ihm und mir in den Boden.

»Deine Mutter war bloß eine Irre! Guylaine hat dich rausgeschmissen, Garant, weil deine Mutter eine gottverdammte Hure war!«

Auf einmal packte Jérémie Vital, hob ihn hoch und warf ihn ins Wasser. Ich wich zurück, getroffen von den Worten des Fischers, die die Luft wie eine Schockwelle erbeben ließen. Ich konnte nichts anderes tun, als zurückzuweichen, mich Schritt für Schritt zu entfernen. Dabei hatte ich Vital am Tag nach meiner Ankunft so attraktiv gefunden. Ich rannte zu meinem Auto.

Ich sah nicht, wie Dr. Robichaud aus dem Hafencafé kam, und hörte auch nicht, wie er fragte, was los sei, aber ich vernahm Jérémies Antwort aus der Ferne:

»Vital hat angefangen, Doktor. Er hat gesagt, das Wasser steht zu niedrig, um aufs Meer zu fahren. Jetzt schau mal, Vital: Wenn es tief genug für dein großes Maul ist, ist es auch tief genug für mein Boot!«

Ich blickte mit einem Auge in den Rückspiegel. Mitten auf dem Kai stand Jérémie, der große, starke Mi'kmaq, und schaute hinaus aufs Meer. Ohne es zu wissen, hatte er einen unauslöschlichen Markstein auf meine Karte der gaspesischen Küste gesetzt.

* * *

In ihren Nestern in der Felswand breiteten die friedlichen Kormorane nur zögerlich die Flügel aus, die sie zum Schlafen geschlossen hatten. Der Wind fegte über den grauen Stein und riss heimlich an ihrem Gefieder. Der Morgen brach an, und das Meer begann zu sprechen.

Morales wälzte sich hin und her. Bilder wie im Fieberwahn verfolgten ihn. Marie Garant, blau und mager, ausgestreckt auf dem Boden des Fischerboots, öffnete die Augen. Ihre Pupillen hatten die hypnotische Form leerer Muscheln. Ihre Züge verwischten wie Fußspuren im Sand, fortgespült von den Wellen aus dem Westen. Ihr Gesicht verwandelte sich in das von Catherine, dessen süße Lippen murmelten: »Das Meer hätte ihr das nicht angetan!«, ein Vorwurf, auf den Sarahs Stimme als Echo antwortete: »Was tust du mir an?« Seine Frau verschwand langsam, mit gebrochenem Herzen. Er versuchte, sie zurückzuhalten, streckte die Hände nach ihr aus, aber Sarahs Körper bestand nur noch aus Wasser, nur noch aus Meer, nur noch aus Wellen, und ihre Hände lösten sich auf, ihre Finger schmolzen wie Salz.

Endlich erwachte er. Fünf Uhr, und sein Laken war vollkommen durchgeschwitzt. Der Wind heulte wie wahnsinnig und rieb sich an dem harten Felsen.

Er stand auf, trank seinen Kaffee. Je mehr er darüber nachdachte, desto mehr zweifelte er an der Unfallthese, aber er hatte Schwierigkeiten, sich das einzugestehen, weil es ihn im Grunde ein bisschen demütigte, dass ihn die Einwohner der Gaspésie zum Narren gehalten hatten. An diesem Morgen fragte er sich, was er nicht verstanden hatte. Oder vielmehr: Hatte er diese Geschichte überhaupt verstanden?

Warum hatte Marie Garant an der Banc-des-Fous geankert? Warum mochte Vital sie nicht? Weil sie sich danebenbenahm? Wen sollte es stören, dass eine Frau Seetang mit den Füßen trat? Warum hatte die Schneiderin Catherines Fingerabdrücke weggeputzt und war gekommen, um auf Marie Garants Grab zu spucken? Yves Carle und Cyrille Bernard hatten ihm gesagt, Marie Garants Tod sei kein Unfall, warum hatte er ihnen keine einzige Frage gestellt? Und da war noch etwas … Irgendetwas war ihm entgangen, da war er sich sicher. Was? Denk nach, Morales, sagte er sich. Was verbarg der Wind vor ihm?

Wie ein Apnoetaucher, der nach einem langen Tauchgang wieder nach oben stieg und mit benommenen Augen versuchte, die Sonne zu sehen, atmete Joaquín Morales tief durch. Es kam ihm vor, als sei ihm die gesamte Ermittlung entglitten. Er hatte wichtige Informationen nicht weiterverfolgt, Vernehmungen versäumt und den Fall wie ein müder Ermittler halb fertig zu den Akten gelegt. War es das, was aus ihm geworden war? Ein alter, lächerlicher Ermittler, der versuchte, trauernde Waisen zu verführen?

Er ging hinaus auf die Veranda, die gleichmütig über dem Meer lag. Er schämte sich, wäre am liebsten vor sich selbst geflohen. Mechanisch stieg er die Stufen hinab. Immer schneller. Stellte seine Tasse ab. Immer schneller. Rannte. Er joggte am Wasser entlang, nahm den Weg nach Westen, wo die Brandung toste. Er musste alles überprüfen. Die Ermittlung komplett neu aufrollen, alles erneut abklopfen: das Festland und das Meer, die Menschen, ihre Geheimnisse, ihre Niederlagen. Und er musste sich ihnen stellen.

Als er Ruisseau-Leblanc erreichte, stellte Morales fest, dass sich das Segelboot im Wasser befand. Richtig, es war gestern auch schon da gewesen. Wer hatte es zu Wasser gelassen? Catherine? Er wurde langsamer, ging hinaus auf den Kai. Ein Fischer war auf einem Boot zugange. Vermutlich kehrte er gerade zurück, trödelte noch im Ruderhaus herum. Morales ging auf ihn zu.

»Entschuldigen Sie …«

Der Fischer wandte ihm den Rücken zu.

»Sind Sie Cyrille Bernard?«

Der alte Mann war mager, eingefallen, erschöpft. Sein Atem ging pfeifend. »Ja.«

»Sie haben neulich zu mir gesagt, ich hätte mich im Fall Marie Garant getäuscht.«

»Ich habe meine Meinung nicht geändert.«

»Hätten Sie noch Informationen zu dem Fall?«

»In Bezug auf was?«, röchelte der alte Fischer. Immer noch mit dem Rücken zu Morales, schien er etwas zu verbergen, das der Ermittler nicht zu sehen vermochte.

»Marie Garants Tod.«

»Ich verstehe nicht, worauf Sie hinauswollen.«

»Sind Sie sicher, dass Sie mir nichts zu sagen haben?«

Endlich drehte sich der alte Fischer um. »Hör mal, Sherlock Holmes … Ich habe gerade meine beste Freundin begraben, und bald sterbe ich … Also red hier nicht um den heißen Brei herum. Wenn du eine Frage hast, stell sie mir direkt, oder hau ab!«

Morales wich einen Schritt zurück, es war ihm unangenehm, den alten Mann gestört zu haben. »Mein Beileid, Monsieur Bernard, zum Tod Ihrer Freundin.«

Der Fischer nickte, wandte sich ab, wohl um etwas zu überprüfen, und kam schließlich aus dem Ruderhaus. Erschöpft trat er auf den Kai hinaus.

»Schlechter Tag zum Fischen heute?«

»Wir sind fertig, bis zur Taschenkrebssaison.« Schwer atmend setzte Cyrille den Weg zu seinem Lieferwagen fort, begleitet von einem hartnäckigen Morales, der sich nicht abschütteln ließ.

»Monsieur Bernard, Sie haben neulich zu mir gesagt, dass Marie Garant keinen Unfall hatte. Warum? Wenn Sie etwas wissen, können Sie mir bestimmt helfen, Licht in die Umstände …«

»Das interessiert mich nicht.«

»Marie Garant war Ihre Schwägerin, und es interessiert Sie nicht, zu erfahren, wie sie gestorben ist?«

»Nein.«

»Soll ich daraus folgern, dass Sie sie nicht besonders mochten?«

Cyrille fuhr herum. Obwohl der Ermittler deutlich jünger und stärker war, wich er vor dem großen Fischer zurück.

»Sie haben recht! Ihr Tod interessiert mich nicht! Wissen Sie, warum? Weil ich die lebende Marie Garant geliebt habe! Marie Garant mit ihrem Lachen und ihren Wutausbrüchen! Marie Garant, die ganz allein übers Meer fuhr … egal, was die Leute dazu sagten! Marie Garant mit ihrem herzförmigen Mund, den Augen Richtung Horizont und ihren zerzausten Haaren … Wissen Sie, was Ihr Problem ist? Wissen Sie, warum Sie Ihre Schuldigen nicht finden werden?«

»Warum?«

»Weil Sie nicht wissen wollen, wer sie war, wie sie gelebt hat, was sie liebte. Sie wollen gar nichts wissen! Sie hängen so sehr an ihrer Leiche, dass Sie sich nicht mehr daran erinnern, dass das mal eine lebendige Frau war! Sie haben nach einer Lösung für Ihre Akten gesucht, und Sie haben eine gefunden. Es ist nicht die richtige, aber wen stört das schon?« Der alte Fischer nahm den Weg zu seinem Lieferwagen wieder auf.

»Mich stört das!«

Cyrille drehte sich nicht einmal um. »Das stimmt nicht! Sie sind ein schlechter Ermittler. Wahrscheinlich haben die Ihnen deswegen diesen Fall untergeschoben. Eine alte Frau, die irgendwo in der Gaspésie auf ihrem Segelboot stirbt, das interessiert wahrscheinlich nicht die großen Spezialisten, oder? Die schicken Sie los, weil sie wissen, dass es kein wichtiger Fall ist – genau Ihre Kragenweite … Und dann liegen Sie trotzdem völlig daneben!«

»Sie reden Unsinn!«

Cyrille öffnete die Fahrertür des Lieferwagens und wandte sich damit Morales zu, der sich an seine Fersen geheftet hatte. »Ach ja? Dann fragen Sie doch Yves Carle, der wird Ihnen bestätigen, dass Sie Ihre Schlüsse zu schnell gezogen haben, dass man Sie an der Nase herumgeführt hat. Er wird Ihnen sagen, dass es unmöglich ist, dass der Baum Marie ins Wasser gestoßen hat! Sie haben die Ermittlung schnell abgehakt, weil Sie zu viel Angst haben, die echten Schuldigen anzuklagen!«

»Wenn Sie die Schuldigen kennen, warum nennen Sie sie mir dann nicht?«

»Ich? Was weiß ich denn schon? Ich bin kein polizeilicher

Ermittler. Ich bin bloß ein Fischer«, röchelte er. »Ein alter, müder Fischer.«

Cyrille war bereits in seinen Lieferwagen gestiegen. Anstatt die Straße zu benutzen, nahm er den Feldweg ab Ruisseau-Leblanc, fuhr unter der Eisenbahnbrücke hindurch und verschwand im Wald.

Als Cyrille Bernard weg war, kehrte Morales an den Kai zurück, ging bis zu dem Segelboot. Catherine hatte mehr schlecht als recht die Spuren beseitigt, die die Kollegen beim Sichern der Fingerabdrücke hinterlassen hatten. Morales schlug sein Notizbuch auf und holte sein Handy heraus.

»Hallo?«

»Yves Carle?«

»Ja.«

»Hier spricht Sergeant Morales.«

»Ich bin auf dem Wasser, Sergeant. Fassen Sie sich bitte kurz.«

Morales fühlte sich lächerlich, blieb aber standhaft. »Ist es möglich, dass der Baum des Segelboots Marie Garant von Bord gestoßen hat, indem er sie am Kopf traf?«

Yves Carle lachte ironisch am Telefon. »Marie lag vor Anker. Das Großsegel war gerefft und mit der Persenning abgedeckt. Um das Großsegel zu reffen, hat sie bestimmt die Schote gespannt. Also konnte der Baum nur schwerlich gelockert sein.«

»Ich kann Ihnen nicht ganz folgen …«

»Um das Großsegel um den Baum zu falten, muss der Baum unbeweglich sein.«

»Aber noch einmal … Eine Nachlässigkeit, ein ungeschicktes Manöver, ist das möglich?«

»Nein. Der Baum hätte vielleicht *Sie* von Bord stoßen können, aber nicht Marie Garant.«

»Wollen Sie mir damit sagen, dass das Boot ihr nicht wehtun wollte?«

»Hören Sie … Marie Garant war, wenn man die Haare mitrechnet, ungefähr einen Meter dreiundfünfzig groß – fragen Sie Catherine, die hat den Sarg ausgesucht. Der Baum ist auf einen Meter fünfundsiebzig eingestellt. Das heißt nicht, dass ihr der Baum nicht wehtun wollte, das heißt, dass er es gar nicht konnte!«

Morales schaute das Segelboot an. Was war er für ein Idiot gewesen!

»Entschuldigen Sie mich, Sergeant, ich muss jetzt auflegen …« Yves Carle legte auf, und Morales rannte nach Hause zurück, um zum zweiten Mal an diesem Tag kalt zu duschen.

Er nahm ein reichhaltiges Mittagessen zu sich, ordnete die Kisten im Wohnzimmer, um ein bisschen besser vor sich selbst dazustehen, während er das Ausmaß seines Unverständnisses begriff. Als er seine eigenen Kisten von einem Zimmer ins nächste schleppte, fiel dem erfahrenen Ermittler blitzartig die Kiste mit den Gegenständen von der *Pilar* ein, die er im Kofferraum seines Autos vergessen hatte. Er rannte zum Auto, das Catherine nach dem verunglückten Hummer-Dinner gewissenhaft um seine kostbare Fracht erleichtert hatte. Kurz nach der Abendessenszeit klopfte er vergeblich an Catherines Tür, fuhr dann auf der Wache von Bonaventure vorbei, bis er schließlich in Renauds Bistro landete.

»Wissen Sie was, Inspektor? Wenn das so weitergeht, können Sie in meinem Bistro bald eine neue Polizeiwache eröffnen!«

»Ich habe das Auto von Leutnant Forest gesehen. Ist sie hier?«

»Vorne am Fenster. Soll ich Ihnen ein kleines Bier holen?«

Aber Morales stand schon vor dem Tisch seiner Chefin.

»Sergeant Morales, ich hoffe, Sie sind glücklich mit Ihren zwei freien Tagen? Kommen Sie gut mit dem Umzug voran?«

»Leutnant, ich muss mit Ihnen reden.«

»Ich erwarte jemanden ...«

Er bemerkte, dass sie eine elegante weiße Spitzenbluse trug und eine Kette aus Meereskieseln.

»Ich brauche nur fünf Minuten.«

»Ich gebe Ihnen zwei.«

»Ich will die Ermittlungen zum Tod von Marie Garant wieder aufnehmen. Ich glaube, dass die Sache aus der Bahn geraten ist, weil ich die Gegend und vor allem das Meer nicht kenne. Ich habe Gründe, zu vermuten, dass Marie Garant ein eindeutiges Motiv hatte, um an der Banc-des-Fous vor Anker zu gehen, dass sie dort vielleicht jemanden getroffen hat und dass ihr Tod kein Unfall war.«

»Das klingt, als hätten Sie einige Spuren vernachlässigt ...«

In diesem Augenblick erschien Robichaud, der Gerichtsmediziner, glatt rasiert und nach Kölnisch Wasser duftend. »Mit Verlaub, ich wusste nicht, dass der Sergeant mit uns zu Abend isst ...« Er stellte sich wartend neben Marlènes Tisch auf. Morales, der immer noch dastand, bemerkte nicht, dass er den Durchgang versperrte.

»Nein, ich bleibe nicht zum Abendessen, danke schön. Ich bin nur vorbeigekommen, um Leutnant Forest um Erlaubnis zu bitten, die Ermittlungen zum Tod von Marie Garant noch einmal aufzurollen ...«

»Suchen Sie nach einem Grund, die Erbin wieder anzurufen?«

»Wie bitte?«

»Mit Verlaub, wir sind über Ihr kleines Abenteuer im Bilde ...«

Morales spürte, wie er errötete, aber er sprach weiter.
»Hören Sie, Leutnant: Der Baum ist zu hoch, als dass er Marie Garant hätte treffen können …«

»Marie hätte auf eine der Cockpitbänke steigen können. Segler machen so etwas oft.«

»Ich habe ernsthafte Gründe, zu vermuten, dass mich jemand daran hindern möchte, diese Ermittlung erfolgreich zu Ende zu führen.«

»Und wir haben, mit Verlaub, ernsthafte Gründe, in Ruhe zu Abend essen zu wollen, Sergeant, und jetzt reicht es mit Ihren Hirngespinsten!«

Morales ließ nicht locker. »Man hat mir sogar eine Kiste mit Gegenständen gestohlen, die auf dem Segelboot sichergestellt wurden!«

Marlène Forest hüstelte, bevor sie ihr Urteil abgab. »Ich glaube nicht, dass es einen Anlass gibt, den Fall noch einmal aufzurollen, Sergeant.«

»Hören Sie, Leutnant …«

»Nein, Morales! Sie werden jetzt mir zuhören! Und zwar aufmerksam!« Sie zeigte mit einem dermaßen energischen und drohenden Zeigefinger auf Morales, dass Renaud Boissonneau, der gerade mit der Speisekarte auf dem Weg zum Tisch war, in Habachtstellung erstarrte. »Sie haben wichtige Zeugen auf der Schwelle des Vernehmungsraums stehen gelassen, Sie haben es versäumt, technische Einzelheiten zu überprüfen, die jedem Anfänger aufgefallen wären, Sie haben Beweisstücke verschlampt. Trotz allem sind die Schlussfolgerungen der Ermittlung logisch, und es handelt sich eindeutig um einen Unfall. Ich werde Ihnen die Erlaubnis geben, den Fall noch einmal aufzurollen, wenn Sie mir eine Spur bringen, die ausreichend stichhaltig ist. Ansonsten, wenn Sie weiterhin unbedingt all Ihre Schnitzer aufzählen wollen, werde ich nicht zögern, in Ihrer Akte zu vermerken, mit welcher Nachlässigkeit Sie gehandelt haben, ist das klar?«

»Wissen Sie was? Das ist klipp und klar!«

Boissonneau legte die Speisekarten auf den Tisch und verschwand wieder hinter seinem Tresen. Morales wich einen Schritt zurück. Der Gerichtsmediziner nutzte das aus, um einen Stuhl heranzuziehen und sich endlich einen Platz zu sichern.

»Mit Verlaub, machen sie mal langsam mit der Erbin … Sind Sie nicht verheiratet?«

Kochend vor Wut verließ Morales das Bistro, stieg in sein Auto und fuhr hinunter zum Kai. Die Boote waren leer. Die Zeit des Fischens war vorüber. Was sollte er tun? Er hatte die Ermittlung in den Sand gesetzt, und die Gaspésie würde ihm keine Chance geben, das war klar. Aber er würde eine Möglichkeit finden. Er trat auf die Kupplung und wollte schon nach Hause zurückkehren, aber kurz bevor er die gepflasterte Allee nahm, die auf die Nationalstraße führte, bremste er. Was war das für ein Feldweg, den Cyrille heute Morgen genommen hatte?

Der Ermittler bog links ab und folgte dem Pfad. Manchmal war Neugier die beste Ratgeberin. Rund vier Kilometer, und er kam zwischen einem Haus und dem Friedhof an.

Da war ein Mann auf dem Friedhof. Morales erkannte einen der beiden Thanatologen, die bei Marie Garants Begräbnisgottesdienst anwesend gewesen waren. Er hielt an, stieg aus und ging auf ihn zu. Der Mann trug Stiefel und schaufelte das Erdreich rund um einen Grabstein wieder zu.

»Kann ich Ihnen helfen?«

»Arbeiten Sie hier?«

»Gebrüder Langevin, Begräbnisdienstleistungen aller Art, ewige Zufriedenheit garantiert, für Sie und alle Menschen, die Sie lieben.« Er drückte Morales die Hand und holte eine Visitenkarte heraus, die dieser geistesabwesend einsteckte. »Gerade gewähren wir dreißig Prozent Preisnachlass auf Feuerbestattungen. Das gilt auch für Ihre persönliche Bestattungsvorsorge. Sie wissen, es gibt nichts Besseres als Feuerbestattungen, vor allem, wenn Sie sich dafür entscheiden, die Asche in unserem neuen Kolumbarium unterzubringen. Nehmen Sie zum Beispiel einen Tag wie heute. Es nieselt, und das Gras ist nass. Sie suchen nach Einkehr am Grab eines Menschen, der Ihnen nahestand, und auf einmal haben Sie nasse Füße! Das versuche ich unseren Kunden zu erklären: Es gibt nichts Besseres als das Kolumbarium für einen bequemen und sorgenfreien Besuch.

Vor allem, seitdem die Murmeltiere hier überall ihr Unwesen treiben! Können Sie sich das vorstellen? Sie kommen an das Grab Ihrer Mutter, um ein bisschen zu beten, und was sehen Sie da aus der Erde kommen? Ein Murmeltier, das gerade drei Blumen aus dem Strauß des Nachbarn gerupft hat und wieder nach unten klettert, um unter dem Grabstein seine Jungen zu füttern! Ich habe zu meinem Bruder gesagt, dass so etwas absolut unmöglich ist! Ich habe Fallen aufgestellt. Vielleicht übertreibe ich ein bisschen, aber man muss sie umbringen. Ich komme morgen wieder. Wenn Sie mich fragen, muss man sie sehr schnell erwischen. Aber keine Angst: Ich glaube nicht, dass sie in der Nähe von Marie Garant gegraben haben.«

»Wie kommen Sie darauf, dass ich gerade an diesem Grab Einkehr suche?«

»Ich habe Sie beim Gottesdienst gesehen. Das war kein besonders schönes Begräbnis.« Der Langevin-Bruder (welcher genau, war schwer festzustellen) schien bereit, weiterzureden. Morales regte ihn offenbar dazu an.

»Warum sagen Sie das?«

»Weil ich nicht verstehe, warum die Tochter ihre Mutter im Sammelgrab bestattet hat. Schauen Sie hier …« Langevin zog den Ermittler einige Schritte weiter. »Schauen Sie: Die Familie Garant besitzt eine Grabstätte. Ich habe das überprüft, dort ist noch Platz! Ich habe Catherine Garant angerufen, um mit ihr darüber zu sprechen, aber sie wollte nichts davon wissen: ein Brettersarg im Sammelgrab! Mein Bruder sagt, wir müssen das respektieren, aber ich finde das seltsam. Warum soll man seine Mutter in einem düsteren Winkel direkt am Wald bestatten, wenn man sie doch hier besuchen könnte? Wenn man den Kiesweg nimmt, macht man sich kaum die Füße schmutzig! Das ist wirklich keine praktische Entscheidung!«

Langevin hatte recht. Morales untersuchte den Grabstein, der kaum zwei Schritte vom Eingang entfernt war. Warum hatte Catherine diese Entscheidung getroffen?

»Waren Sie heute schon bei dem Sammelgrab?«

»Nein. Ich war gerade auf dem Weg dorthin, um nachzusehen. Aber ich bin sicher, da ist kein Murmeltier.«

»Ich begleite Sie.«

»Gehören Sie zur Familie?«

»Nein, ich bin polizeilicher Ermittler. Ich war mit der Untersuchung von Marie Garants Tod betraut.«

»Machen Sie sich keine Sorgen. Sie war wirklich tot.«

Morales sagte sich, dass Bestatter wirklich einen eigenartigen Humor besaßen.

»O nein! Sagen Sie mal, was hat denn der Totengräber da wieder für eine Sauerei gemacht?! Bestimmt war er schon wieder betrunken!«

In der Tat war das Grab nur unzureichend zugeschüttet. Die Erde war überall verstreut, der Rasen schmutzig. Im Handumdrehen nahm Langevin seine Schaufel und machte sich daran, die Grabstätte in Ordnung zu bringen.

»Sehen Sie, warum ich so auf dem Kolumbarium bestehe? Ich sage ja die ganze Zeit …«

»Warten Sie! Und wenn irgendjemand Marie Garants Grabstätte geschändet hätte?«

Der Bestatter hielt inne, hob den Kopf zu Morales. »Was reden Sie da? Eine Grabstätte schänden? Auf unserem Friedhof? Sie sind vollkommen verrückt! Kein Mensch würde so etwas tun! Nicht hier! Ich klopfe das kurz noch ein bisschen glatt, und …«

»Hören Sie sofort auf, Monsieur Langevin! Rühren Sie diese Grabstätte nicht mehr an!«

Langevin drehte sich zu Morales. »Wie bitte?«

Morales nahm sein Handy – das war die Gelegenheit, von der er geträumt hatte, um Marlène zu überzeugen.

»Ich werde darum bitten, den Fall wieder aufzurollen …«

Aber Langevin war damit gar nicht einverstanden und machte sich plötzlich wieder an die Arbeit – mit Höchstgeschwindigkeit!

»Hören Sie auf!«

»Nein, Herr Ermittler! Ich lasse nicht zu, dass Sie meinen Friedhof durcheinanderbringen! Niemand öffnet hier Grabstätten! Niemand, nicht einmal Sie!« Er trampelte schnell die Ränder des Sammelgrabs platt.

Morales starrte ihn verblüfft an und zögerte. Der Bestatter hatte recht. Leutnant Forest anzurufen, darum zu bitten, den Fall neu aufzurollen, die Grabstätte öffnen zu lassen … Das waren Gedanken, für die man ihn hier, in einem so kleinen Dorf, noch lange hassen würde. Ganz zu schweigen von Catherine … Es gab bessere Möglichkeiten, eine Frau zu verführen, als die Leiche ihrer Mutter zu exhumieren … Er steckte sein Handy wieder ein.

»Sie haben recht, Monsieur Langevin. Es wäre blödsinnig, etwas Derartiges anzunehmen.«

»Es ist sowieso Regen für heute Abend und für morgen angekündigt. Das macht sich ganz von alleine sauber.«

Morales verabschiedete sich von dem Bestatter und kehrte zu seinem Auto zurück. Im Vorbeigehen bemerkte er, wie in einem Fenster des Hauses ein Vorhang zugezogen wurde. In der Einfahrt parkte der Lieferwagen des Fischers. Cyrille Bernard würde er sich morgen vornehmen. Zunächst hatte Morales beschlossen, Catherine noch einmal zu besuchen. Und diesmal hartnäckig zu bleiben.

* * *

An diesem Abend saß ich noch lange auf der Veranda im Schaukelstuhl. Ich folgte dem sanften Rhythmus der Wellen. Der Südwind drehte auf West, das Auge der Sonne, halb geschlossen über dem grau gewordenen Horizont, kündigte Regen an. Am übernächsten Tag sollte es wieder aufklaren.

Ich dürste nach dem Horizont. Ich hisse mein Herz wie ein Segel, um den Westwind einzufangen.

Meine Zeit in der Gaspésie ging dem Ende zu. Ich war mit der Überholung des Segelboots fertig, hatte auf dem Navi die Route gelesen, der meine Mutter gefolgt war, und war mit Yves Carle noch einmal meine Manöver durchgegangen. Was ich hier zu tun hatte, war beinahe abgeschlossen. Eine einzige Frage beschäftigte mich noch, und ich gab mir 24 Stunden, um sie zu beantworten. Danach, Antwort oder nicht, würde ich die Leinen losmachen.

Schlafen zwischen Himmel und Meer, zwischen hundertachtzig Grad Sternen und hundertachtzig Grad Wellen, während der Wind um den Bug braust und mit seinem machtvollen Atem meine Segel füllt.

Ich trank meinen Kräutertee und döste kurz ein, erschöpft von den letzten Tagen.

* * *

Joaquín Morales ließ sein Auto etwas abseits stehen und ging zu Fuß bis zum Haus. Da war sie, auf der Veranda. Er stellte fest, dass ihm etwas äußerst Beunruhigendes widerfuhr: Je näher er kam, desto weicher wurden ihm die Knie – und desto weniger fiel ihm ein, was er ihr eigentlich sagen wollte.

Sie war in ihrem Stuhl eingeschlafen. Er stieg die fünf Stufen hinauf und betrachtete sie. Wie berührte man noch einmal eine Frau? Sollte er die Hand ausstrecken? Sie streicheln? Ihre Haare anfassen? Sein Herz klopfte wild. Seit Tagen hatte er davon geträumt, und jetzt hatte er, der ständig Kriminellen trotzte, plötzlich Angst vor einer schlafenden Frau? Ja. Er hatte Angst. Angst, sie könnte aufwachen, ihn wegstoßen, ihn ablehnen, laut aufschreien. Diese schlafende Frau war eine tickende Zeitbombe.

Alles in ihm flehte: »Sag nicht Nein zu mir, Catherine, nicht heute. Mein Leben ist ein solches Durcheinander, und alles um mich ist so hohl und stumm und leer. Du bist meine Hoffnung. Ich klammere mich an dich wie an einen Rettungsring. Du schläfst, und während du dich ausruhst, ertrinke ich, werde in die Tiefe gezogen von meiner abwesenden Frau, von dieser Ermittlung, die mich lächerlich macht, von meiner Einsamkeit, von deiner Anwesenheit. Du begräbst deine Mutter, aber ich sinke auf die Knie. Ich berühre deine Schulter, ganz langsam, lass mich ein bisschen näher kommen, sag nicht Nein, ich flehe dich an, lass mich deinen jungen Körper an meinen ungeschickten, fünfzig Jahre alten Körper pressen, lass mich dich an mich ziehen und deinen Kopf auf meine Schulter legen.«

Sie wachte auf und öffnete die Augen.

»Ermittler Morales?«

»Joaquín.« Er hockte vor ihr auf dem Boden. »Du hast das Segelboot wieder zu Wasser gelassen?«

»Ja.«

Er rührte sich nicht. Zögerte. »Hast du … ähm … Hast du meine Nachrichten bekommen, vor ein paar Tagen?«

»Ja.«

»Du bist nicht zum Abendessen gekommen …«

»Nein.«

»Ich habe auf dich gewartet.« Er blickte ihr tief in die wasserblauen Augen und versuchte, eine Reaktion darin hervorzurufen. »Neulich Abend, Catherine, als wir uns geküsst haben …«

* * *

Ich schüttelte den Kopf.

»Neulich Abend, Joaquín Morales, haben Sie mich geküsst, ja, und nach den Küssen, den Liebkosungen, den Schreien der Silbermöwen sind Sie nach drinnen gegangen und haben zu ihrer Frau gesagt, dass Sie sie lieben!«

»Nein, hör zu …«

»Sie haben so getan, als wäre nichts, als wäre sie nichts!«

»Das stimmt nicht!«

»Ich habe meinen Körper an Sie gepresst, Joaquín Morales, und drei Minuten später habe ich gehört …«

Und genau in diesem Augenblick hatte ich beschlossen, wegzugehen. Und nun war mir klar, dass es die richtige Entscheidung war.

»Hör zu … Ich … ähm …«

»Ermittler Morales, Sie haben die Ermittlungen zum Tod meiner Mutter abgeschlossen. Sie haben hier nichts mehr verloren.«

Er erhob sich, offensichtlich peinlich berührt.

»Catherine …«

»Joaquín Morales, ich will, dass mein Herz wieder zu schlagen beginnt, aber nicht in den Armen eines Mannes, der lügt!«

»Der lügt?«

»Ja!«

Er beugte sich erneut über mich. »Was weißt du denn von Lüge, Catherine Garant? Was weißt du denn von Liebe? Sag es mir! Wie alt bist du? Dreiunddreißig Jahre, kein Kind, kein fester Partner! Du weißt nicht, wie das ist! Wenn ein Mann eine Frau nach dreißig Jahren Ehe fragt, ob sie ihn noch liebt, und sie ›Ja, ja …‹ antwortet und dabei an das Abendessen denkt und diese Art von Fragen, um ganz ehrlich zu sein, lächerlich findet. Wenn du nach ihrem Blick suchst, ihren Lippen und du zurückgewiesen wirst: ›Hör auf, ich habe etwas anderes zu tun!‹ Wenn deine Hände leer sind, Tag für Tag, und dein Körper schreit … Was soll das heißen, Treue? Vielleicht ist es meine Ehe, die zu einer Lüge geworden ist!« Beim Sprechen war er wieder aufgestanden.

»Das ist nicht mein Problem …«

»Doch, das ist es! Du kannst nicht einfach so eines Abends in meinem Haus auftauchen und sagen: ›Ich bin die Frau, nach der Sie suchen‹, mich fragen, wovon ich träume, zulassen, dass ich dich berühre, und hinterher ganz unschuldig tun!«

»Ich wünsche Ihnen einen schönen Abend, Monsieur Morales …« Ich stand auf, um ihm zu bedeuten, dass er gehen sollte, aber ich hatte mich in der Entfernung verschätzt und prallte plötzlich gegen ihn.

»Hör auf, wegzulaufen, Catherine …«

5. Festgemacht am Horizont

Das archimedische Prinzip

Cyrille sagte, dass das Meer selbstgenügsam sei und auch wir es sein sollten. Er sagte, im Angesicht der Wellen ginge der Lüge vom vielen Herumzappeln die Luft aus und sie würde untergehen wie ein Stein. Er fügte hinzu, dass nur Ehrlichkeit uns retten konnte, wenn sich der Wind erhob und unsere Segel sich verfingen.

* * *

An jenem Morgen packte ich mein gesamtes Gepäck und ging hinunter zum Kai, um das Boot fertig zu beladen. Gegen Abend sollte es aufklaren, und ich wollte im sanften Licht des angekündigten Vollmonds die Leinen losmachen.

Das Fischen war vorbei, aber Jérémie war da, geduldig wie der aufgewühlte Sand am Strand.

Er half mir, die Taschen bis zum Boot zu tragen.

»Gehst du weg?«

»Ja.«

»Für lange?«

»Ja.«

In seinen Augen lag Zärtlichkeit. Beim Sprechen blieben seine Hände reglos. Friedlich.

»Darf ich auf dich warten?«

Ich wusste nicht, was ich sagen sollte. Langsam nickte der riesige Mi'kmaq.

»Als deine Mutter weggegangen ist, hat Cyrille auf sie gewartet. Das hat er mir erzählt.«

»Marie Garant wollte nicht, dass jemand auf sie wartet.«

»Er hat sie geliebt.«

»Nein. Er hat es geliebt, auf sie zu warten, er hat es geliebt, sie zu lieben, aber er hat meine Mutter nicht wirklich gekannt. Ich bezweifle, dass irgendjemand sie wirklich gekannt hat. Seitdem ich hierhergekommen bin, habe ich festgestellt, dass niemand meine Mutter wirklich gekannt hat. Jeder hat sich sein eigenes Bild von ihr gemacht, um seine Wut zu kanalisieren, seine Niederlagen, seine gescheiterten Liebesgeschichten, aber niemand wusste, wer sie war, niemand wusste, dass sie ein Kind hatte, niemand kann mir sagen, wer mein Vater ist, niemand wusste, wo sie hinfuhr, und auch nicht, wann sie wiederkommen würde. Es ist einfach, einen Traum zu lieben, eine Fantasie, eine unerreichbare Frau, aber vielleicht hätte Cyrille, wie irgendein anderer Mann, im Alltagstrott sie und ihr starkes Bedürfnis nach Unabhängigkeit irgendwann sattgehabt.«

»Vielleicht auch nicht.«

»Ich weiß nicht, was Liebe ist, Jérémie. Ich habe nicht gelernt, wie man liebt. Ich weiß nicht, wie die das machen, diese Paare, die dreißig Jahre lang durchhalten, die einander immer noch verträumt anschauen, die sich jung kennengelernt haben und ihre Versprechen wirklich halten.«

»Du willst es nicht versuchen?«

Ich wandte mich zum Meer.

Mit offenen Augen blickte ich auf dieses Meer, das treu und mächtig dalag und mich zu rufen schien. Das Rauschen der Brandung klang für mich wie Sirenengesang, und das letzte bisschen Zögern, das in meinem wankelmütigen Herz noch übrig war, löste sich auf im feuchten Salz des Morgens.

Ich wollte die Gaspésie verlassen. Die Leute, die ich hier kennengelernt hatte, lebten in der Vergangenheit, der Nostalgie, der Sehnsucht nach einer Zeit, die niemals wiederkommen würde, und alle hatten sich darauf geeinigt, sie so zu lieben. Das einzig Schöne an der Gegenwart war die Erinnerung an das Gestern, und nichts konnte dem Vergleich damit standhalten. Die großen fischreichen Sommer, die Kais voller Segel, der Reichtum der Touristen und sogar der Glanz der Sonnenuntergänge waren überhaupt nicht mit denen von früher zu vergleichen. Wenn ich blieb, würde mich die Vergangenheit nicht loslassen. Ich wollte aufwachen und die Zukunft vor mir sehen.

»Ich fahre aufs Meer hinaus, Jérémie. Ich will nicht, dass jemand auf mich wartet.«

»Die Männer, die auf deine Mutter gewartet haben, haben nie um Erlaubnis gefragt …«

Er winkte mir, und ich sah zu, wie er sich entfernte. Dann stieg ich an Bord, um meine Sachen einzuräumen.

* * *

Morales drehte sich im Kreis. Keine Neuigkeiten von seiner Frau, aber er dachte lieber nicht zu viel darüber nach. Er hatte immer noch nur seine paar Kisten und lebte in einem Haus, das so gut wie leer war. Das war ihm recht. Nicht dass er besonders asketisch gewesen wäre, nein, aber Hausarbeit war wirklich nicht seine Stärke. In diesem Fall war es einfach besser, kein Wort über den gegenwärtigen Zustand des Wohnzimmers zu verlieren.

Er knallte das schmutzige Geschirr vom Mittagessen in die Spüle zu dem der letzten Tage und fuhr wieder hoch zum Friedhof. Er machte weiter wie ein heruntergekommenes Jahrmarktskarussell, das sich trotzig rumpelnd im Kreis drehte. Er stellte sich unter Cyrille Bernards Fenster, um den alten Mann heimlich zu beobachten.

Cyrille hob den Kopf und sah Morales.

»Kann ich reinkommen?«

»Erinnern Sie mich daran, dass ich einen Riegel an das Fenster mache.«

Während Cyrilles Atem pfiff, stieg Morales durch den Fensterrahmen. »Ich muss mit Ihnen reden.«

»Wieso das? Ihre Ermittlung ist abgeschlossen!«

»Ich habe einen Bericht abgegeben, weil man einen Bericht von mir verlangt hat. Aber Sie hatten recht neulich: Ich wäre kein guter Ermittler, wenn ich nicht herausfinden würde, wer Marie Garant getötet hat. Deswegen bin ich zu Ihnen gekommen.«

»Sie sind vielleicht lustig!«

»Warum?«

»Ich sage zu Ihnen, dass Sie unrecht haben, und dann suchen Sie nach einer anderen Schlussfolgerung. Sie sind wie ein Wetterfähnchen im Sturm, das irgendwo hinzeigt, ohne den richtigen Wind zu finden. Die Vögel finden ihn sofort, obwohl sie nur ein ganz kleines Gehirn haben.«

»Ich muss Ihnen ein paar Fragen stellen, Monsieur Bernard.«

»Ganz genau. Jetzt werden Sie mich bitten, Ihre Fragen zu beantworten ... Das werde ich machen. Und dann? Dann werden Sie meine Version mit der der anderen vergleichen und sich aussuchen, wer lügt und wer Ihre Lügengeschichte am besten wasserdicht macht, stimmts? Ich bin zu alt für diesen Blödsinn.«

»Wenn alle lügen, dann sagen Sie mir die Wahrheit! Was haben Sie zu verlieren?«

»Ich? Nichts. Aber hier wird Ihnen niemand die Wahrheit über Marie Garant sagen. Nicht weil wir nicht wollen, sondern weil unser Gedächtnis nachlässt, weil unsere Erinnerungen trügerisch sind. Die Zeit ist schon verlogen genug, aber dann kommen die Gefühle dazu und machen das

Bild noch unschärfer. Es sind bloß alte, ausgebleichte Fotos übrig, verkrustete Empfindungen, die in all den Jahren irgendwo auf dem Tresen eingetrocknet sind und die Sie jetzt mit einem Schwall kochendem Wasser unbedingt auflösen wollen. Sie kommen von weit her, um uns so wehzutun.« Der alte Mann schloss die Augen, sichtlich erschöpft. Der Ermittler zögerte.

»Sagen Sie mir bloß eines, Cyrille. Wer war mit Ihnen zusammen auf dem Fischerboot Ihres Vaters, an dem Tag, als Ihr Bruder starb? An dem Tag, als Sie Ihren Unfall hatten?«

Cyrille Bernard hob den Kopf. Halb im Bett liegend wie ein Skelett im Todeskampf, brachte der Fischer den Ermittler mit einem Blick zum Zurückweichen.

Aber Morales ließ nicht locker. »Hören Sie zu, Cyrille …«

»Nein! Jetzt hören *Sie* zu! Denn ich stelle mir auch Fragen!« Röchelnd setzte er sich in seinem Bett auf. »Die Frau, die ich geliebt habe, ist tot, umgebracht von einem Mann aus meinem Dorf. Vielleicht war es ein Unfall, vielleicht auch nicht. Aber alle vermuten, dass er es war. Denn in einer Gegend wie dieser hier, da trägst du dein Geheimnis mit dir rum wie einen Karnevalshut. Dieser Mann wird sein ganzes Leben lang einen Sack voller Reue mit sich rumschleppen, um den ich ihn nicht beneide. Die Art von Sack, die immer schwerer wird, je weiter du gehst, die dich mitten auf der Straße zu Fall bringt und die du ganz alleine tragen musst. Er weiß, dass wir es wissen. Was haben wir davon, wenn Sie ihn festnehmen? Nimmt uns das unseren Schmerz? Schenkt es uns Gerechtigkeit? Gerechtigkeit für wen? Das bringt Marie nicht zurück. Die wahre Gerechtigkeit ist das schlechte Gewissen des Täters, und Ihre Berichte haben damit überhaupt nichts zu tun! Dieser Mann wird keinem mehr was zuleide tun. Außer sich selbst. Ihre Ermittlung ist nutzlos.«

Fassungslos wandte der Ermittler sich ab. Die schwersten Lasten waren die, die niemand sah. Das war ihm wohl bewusst. Jeder Mensch trug schwer an sich selbst, bei jedem Schritt und sogar im Sitzen. Warum sollte er also weitermachen, hartnäckig weitersuchen, irgendjemanden bestrafen wollen? Was wäre weniger lächerlich: hier aufzugeben oder mit Gewalt weiter nach der Wahrheit zu suchen?

»Marie Garant ist tot, und Sie sind hierhergekommen, um zu ermitteln. Warum? Was haben Sie denn davon, Berichte über Berichte zu schreiben? Wer wird Ihre Berichte lesen? Papier, nichts als Papier! Warum sind Sie so hartnäckig? Es geht Ihnen bestimmt nicht um die Gaspésie! Und noch weniger um Marie Garant!«

Joaquín blickte nach draußen. Der Morgen bedeckte den Friedhof mit einem trotzigen Nebelschleier. »Es geht mir um Catherine …«

Cyrille kniff forschend die Augen zusammen.

Morales sah immer noch nach draußen, doch im Grunde blickte er ins Leere. »Es geht mir um sie. Oder um mich selbst. Ich weiß nicht mehr.«

In der Reglosigkeit erlosch irgendwo zwischen Bett und Tür ein Nachtlicht mit Zeitschaltuhr, und die plötzliche Dunkelheit ließ den nebligen Friedhof etwas heller erscheinen.

»Ich bin gerade zweiundfünfzig geworden. Zweiundfünfzig, Sie wissen, wie das ist … Man geht zum Arzt – weil man plötzlich einen Arzt braucht – und muss sich Geschichten über Cholesterin, die Leber, das Herz anhören, über alles, was nicht mehr so gut funktioniert wie früher. Es wird einem gesagt, dass man nicht zu viel trinken soll, nicht mehr rauchen und dafür besser schlafen. Und man lässt sich die Prostata untersuchen.«

Trotz des Regens glitzerte der Dunst in der aufgehenden Sonne.

»Ein Mann um die vierzig ist immer noch verführerisch und männlich. Fünfzig Jahre, das ist … das ist ein halbes Jahrhundert, der Anfang des Alters, die Falten und die Speckrolle hier, die ich nicht mehr loswerde, trotz aller Zärtlichkeit. Zärtlichkeit! Nach dreißig Jahren Ehe und zwei Kindern, Tupperware-Partys und morgendlichem Mundgeruch gehört schon einiges dazu, auf seine Frau zuzugehen und einfach so einen hochzukriegen. Ich schaffe das nicht mehr so wie früher. Ich brauche jetzt Zeit, Vorbereitung, ein bisschen Wein … Was macht ein Mann, der älter wird, mit seinem Leben?« Joaquín Morales wandte sich Cyrille zu, der mager unter seinen Decken lag.

»Ich beneide Sie darum, dass Sie Ihr ganzes Leben lang eine Frau geliebt haben.« Der alte Mann rührte sich nicht.

»Seitdem ich hier bin, träume ich von einer anderen Frau. Davon, meine Frau zu betrügen. Sie haben von Reue gesprochen. Ich sollte mich untreu fühlen, aber wem oder was untreu? Ich weiß nicht mehr, wer ich bin … Ein Mann um die fünfzig, der seine Ehe, seine Karriere gegen die Wand fährt? Seitdem ich in die Gaspésie gekommen bin, kann ich mich nirgendwo mehr verstecken. Ich mache mich zum Narren. Ich sehe aus wie ein Clown, der an einem ganz normalen Wochentag einen Karnevalshut trägt …«

Cyrille sah ihn immer noch forschend an.

»Deshalb möchte ich die Ermittlung abschließen. Meine Hartnäckigkeit hat nichts mit Marie Garant zu tun, Sie haben recht. Nicht einmal mit Catherine, und auch nicht damit, dass ich unbedingt die Wahrheit erfahren will. Es geht dabei nur um mich selbst, Monsieur Bernard. Es geht darum, mir zu beweisen, dass ich nicht total am Ende bin. Alt und lächerlich.«

Joaquín Morales senkte den Blick, aus Scham oder weil er endlich seine Scham losgeworden war.

Cyrille röchelte. »Machen Sie den Schrank auf. Da ist eine Flasche drin und zwei Gläser. Ich denke, wir trinken jetzt einen Whisky zusammen, Ermittler Morales. Ohne Eis. Und plaudern ein bisschen …«

WETTERVORHERSAGE

Yves Carle hatte es gesagt: Je länger man zögerte, desto schwerer kam man weg. Mein Gespräch mit meinem Kinderarzt schien schon ewig zurückzuliegen. Und vor mir breitete sich das Meer aus.

An diesem Tag stieg ich zum letzten Mal durch Cyrilles Fenster.

»Schau beim Raussteigen nach links und rechts, denn dieses Fenster wird langsam zu einer Autobahn!« Sein Atem pfiff beim Sprechen.

»Lassen dich die Frauen nicht in Ruhe, Cyrille? Wenn das so weitergeht, dann landest du doch noch irgendwann in Löffelchenstellung im Bett, ob du willst oder nicht!«

»Nicht bloß die Frauen! Heute Morgen ist der Ermittler hier eingestiegen.«

»Morales?«

»Der würde gern mit dir ins Bett gehen, aber nicht bloß in Löffelchenstellung! Der hält es kaum aus vor Liebe zu deinen schönen Augen!«

»Er muss es wohl aushalten, Cyrille, ich gehe nämlich weg.« Lange trotzte ich seinem meerblauen Blick. »Ich habe genug davon, mich wegzudrehen – in Zukunft will ich das Meer vor mir haben, und um mich herum.«

»Stark wie ihre Mutter, die junge Garant. Ein Frauengeschlecht, das den Männern das Herz bricht!«

»Wir machen das nicht mit Absicht.«

»Das weiß ich schon, Kleine! Ihr macht das nicht mit Absicht, aber trotzdem trampelt ihr auf unseren Herzen rum.«

Ich setzte mich neben ihn ins Bett.

»Das ist schon in Ordnung so. Wir lieben das, euch zu lieben. Und wir sind bereit, auf euch zu warten. So dumm sind wir.«

»Ich weiß nicht, warum meine Mutter weggefahren ist. Aber ich glaube, ich weiß, warum sie immer wieder zurückkam ...«

Als er wieder zu sprechen begann, hatte er Tränen in den Augen, und seine rasselnde Stimme war schwerfällig und traurig. »Die Gaspésie ist ein ungerechter Landstrich, Kleine. Da hast du das leer gefischte Meer und die Erde, die nichts abwirft. Und dann hast du die Touristenstraße nach Percé. Alles andere ist alt, Kleine ... und lebt in der Erinnerung. Du tust gut daran, wegzugehen. Das ist vielleicht kein Ort für eine schöne junge Frau wie dich ...«

»Du wirst mir fehlen, Cyrille.«

»Nein, Catherine. Tu das nicht. Lebe nicht mit dem, was fehlt, lebe mit dem, was da ist.«

Keine Welle unterbrach unser Schweigen.

Er sprach langsam weiter. »Ich kriege immer weniger Luft. Wenn ich einatme, ist da immer mehr Wasser. Das Meer steigt in meinen Bronchien an. Siehst du, Kleine ... wenn meine Lunge keine Luft mehr will, dann nehme ich mein Boot und fahre raus aufs Meer. Weit. Weiter als die Banc-des-Fous. Ich werde nicht ankern. Ich werde den Motor abschalten ... und zuhören, wie die Wellen sanft gegen den Bug schlagen. Wenn es Tag ist, werde ich zusehen, wie die Sonne überall ihr Licht verspritzt. Wenn es Nacht ist ... dann sehe ich ein letztes Mal dabei zu, wie sich überall am Horizont die Sterne in den Wellentälern niederlassen ... Ich werde nicht warten, bis sie mich mit Morphium umbringen, verstehst du? Ich werde die Marienmedaille meiner Mutter in die Hand nehmen ... und meine Schuhe ausziehen. Das ist wichtig: Man klopft nicht mit Fischerstiefeln an den Füßen an das Tor zum Paradies! … Manche kommen in den Himmel, indem sie sechs Fuß unter die Erde hinabsteigen. Ich komme durch das Meer … Ich kann nicht schwimmen, wirst du sagen, aber das macht nichts, Marie wird da sein. Sie wartet auf mich … Weißt du, was ich hoffe, Kleine? Ich hoffe, dass Flut sein wird … Einfach nur das: eine schöne, große Herbstflut, die mich mitnimmt aufs offene Meer …« Er blickte mir ein letztes Mal tief in die Augen. »Ich auch, Catherine, ich fahre auch bald aufs Meer hinaus … Das heißt, wir werden uns wiedersehen.« Er lächelte ein schönes Lächeln. »Jetzt geh, Kleine … es ist Zeit.«

»Cyrille … Ich habe noch eine Frage …«

Er nickte. Er hatte darauf gewartet. Wir alle wollten Antworten, da konnten wir gar nichts dagegen machen. »Geh und frag Vital, Kleine.«

»Vital?«

»Morales war vorhin bei ihm, aber … jetzt ist der Ermittler bestimmt wieder auf der Wache … Geh zu Vital, bevor du wegfährst …«

Ich küsste Cyrille auf die Stirn, mit all der Zärtlichkeit, die meine Mutter ihm hätte schenken sollen. Er versank wieder in seinem Bett. Ich kletterte durch das Fenster und fand mich im regnerischen Halbdunkel des Friedhofs wieder. Ich nahm meinen ganzen Mut zusammen. Wenn ich weggehen wollte, musste ich damit rechnen, dass nichts mehr so wäre wie zuvor, falls ich zurückkehren würde, und akzeptieren, dass ich für niemanden verantwortlich war.

* * *

Vitals erste Reaktion war gewesen, raus auf die Veranda zu kommen und dem Ermittler seinen Zeigefinger direkt in die Brust zu bohren.

»Himmel, Arsch und Zwirn, was haben Sie hier verloren?«

Morales wich keinen Millimeter zurück. »Monsieur Bujold, ich muss Ihnen eine Frage stellen.«

»Ist Ihre Ermittlung nicht abgeschlossen?«

»An dem Tag, als Sie Marie Garants Leiche gefunden haben, haben Sie bei der Vernehmung gesagt, Sie hätten diese Frau gehasst. Und dann haben Sie alles getan, um meinen Fragen aus dem Weg zu gehen.«

»Was wollen Sie?«

Der Regen fiel, fein und warm. Vital forderte ihn nicht auf, hereinzukommen. Morales blieb beharrlich auf der Vortreppe stehen.

»Ich habe mich gefragt, warum Sie Marie Garant gehasst haben. Ich habe mir gesagt: Man hasst eine Frau nicht, weil sie Theater macht, alle Frauen machen irgendwann Theater.«

Vital Bujold sagte kein Wort.

»Was ich auch noch seltsam fand, war, dass die Zwillingsschwester Ihrer Frau, die Schneiderin Guylaine Leblanc, denselben Hass auf Marie Garant verspürt wie Sie. Und dann habe ich verstanden, dass das möglicherweise etwas mit dem Tod Ihres einzigen Sohnes Guillaume zu tun hatte, der gemeinsam mit Renaud Boissonneaus Brüdern in dem großen Sturm ertrunken ist, der auch Marie Garants Ehemann an seinem Hochzeitsabend dahingerafft hatte ...«

Vital wich einen Schritt zurück.

»Ich sagte mir, dass das Getue von Marie Garant, die ihren Mann verloren hatte, Sie vermutlich alle beide nicht nur an den Tod Ihres Sohnes erinnerte, sondern auch an die Reaktion Ihrer Frau, die versucht hat, sich ...«

»Ich habe nichts mit dem Mord an Marie Garant zu tun. Nichts!«

»Ich weiß.«

Vital holte tief Luft. Er blickte hinaus aufs Meer und verschränkte die Arme vor der Brust. »Wie lautet Ihre Frage?«

»In der Nacht des Mordes an Marie Garant wurde Clément Marsil, der oben bei den Bauernhäusern wohnt, sein Tresor gestohlen. Die Ermittlung hat ergeben, dass er das Verbrechen selbst vorgetäuscht hat, um die Versicherungssumme zu kassieren.«

»Himmel, Arsch und Zwirn, das würde mich wundern, er war bei seiner Schwester in Gaspé!«

»Am nächsten Tag wurde der Tresor gemeinsam mit Ihrem Vorschlaghammer in dem Graben hinter seinem Haus gefunden.«

»Ich verleihe oft mein Werkzeug.«

»Die Polizistin, die in dem Fall ermittelte, hat vergessen, aufzuschreiben, wem Sie am Vortag Ihren Vorschlaghammer geliehen hatten.«

»Die schleppte viel zu viel mit sich rum, um an irgendwelche Fragen zu denken!«

»Deswegen bin ich jetzt hier.«

Vital seufzte.

»Himmel, Arsch und Zwirn! Das wurde auch langsam Zeit …«

WETTERBERICHT

Als sich am Nachmittag der Nebel langsam auflöste, klopfte ich an Vitals Tür. Niemand antwortete, aber die Tür war nicht verriegelt. Also öffnete ich.

Ich ging hinein und dachte, ich würde nach ihm rufen, aber ich konnte es nicht. Ich erstarrte vor dem Anblick, der mich erwartete. Das Haus, das makellos in Schuss war, hatte etwas Altmodisch-Weibliches, das überhaupt nicht zu dem Eindruck passte, den ich von dem Fischer hatte. Spitzenvorhänge, eine bunte Tischdecke, Flickenteppiche, Rahmen mit fröhlichen Kinderfotos darin, Schaukelstühle, gläserne Deckenlampen mit Blumenmotiven und vor allem, vor dem Fenster, das nach Westen zeigte: sie. Eine Frau, das leblose Ebenbild von Guylaine, schaukelte langsam hin und her und hielt dabei reglos zwei Stricknadeln in den Händen. Ihre Augen blickten starr und ausdruckslos vor sich hin.

Ich grüßte sie zweimal. Keine Antwort. Ich ging zu ihr. Ihre Lippen murmelten etwas, und sie begann wieder zu stricken. Ich trat den Rückzug zur Tür an. Da stand er, im Eingang. Vital.

»Ich wusste, dass du kommen würdest.« Seine Stimme war so leise, als käme sie aus dem Inneren der Erde. Ich begann am ganzen Körper zu zittern. Mein Mund öffnete sich, doch ich bekam kein Wort heraus. Er trat einen Schritt zurück, bedeutete mir, hinauszugehen. Die Stricknadeln füllten das Schweigen mit ihrem Klappern. Wir setzten uns auf eine Holzbank auf der Veranda. Meine Hände zitterten so stark, dass ich sie gegen die Bretter drückte, um sie zu beruhigen.

»Himmel, Arsch und Zwirn! Irgendwann macht mich
das noch wahnsinnig …«

Meine gesamte Energie konzentrierte sich auf meinen
Atem, und ich hörte die Stimme des Fischers durch einen
Nebel, der sich langsam auflöste, je mehr ich mich an die
Seltsamkeit dieser Begegnung gewöhnte. Das Klappern der
Nadeln strickte in der leeren Luft. Die Wellen sammelten
sich am Fuße des Felsens.

»Ich lebe nicht in der Erinnerung. Natürlich finde ich,
dass sich das Fischen nicht mehr lohnt, und mir ist völlig
klar, dass das Meer leer gefischt ist, aber ich sehne mich
nicht nach früher. Für mich bedeutet die Vergangenheit
Elend. Das Elend meiner Mutter, die zu jung gestorben ist,
das meines Vaters, den die Regierung übers Ohr gehauen
hat, und die Schläge auf den Hinterkopf. Ich hab nie was
anderes gekannt. Himmel, Arsch und Zwirn! Niemand hier
hat irgendwas anderes gekannt! Kein einziger Frankokanadier ist vom Fischen reich geworden! Bloß die Anglos! Alle,
die was anderes ausprobieren wollten, sind in die Karton-
und Papierfabrik gegangen. Himmel, Arsch und Zwirn, war
das eine Fabrik! Weißt du, warum sie die zugemacht haben?
Weil zwei Drittel der Männer Krebs gekriegt haben! Die Fabrik schließt, die Bosse hauen ab – wen sollen die Krebs-
kranken dann noch verklagen? Und wo? Es ist ja keiner
mehr da! Und was hätten die Männer davon? Zehntausend
Dollar? Wozu? Um im Krankenhaus zu sterben, in einem
Einzelzimmer? Wenn sie schon sterben, dann lieber in einem
Vierbettzimmer, da sind sie wenigstens nicht alleine!«

Eine Welle, zwei Wellen.

»Die Gaspésie ist ein Arme-Leute-Land, sein einziger
Reichtum ist das Meer, und das stirbt gerade. Es ist ein Land
aus lauter Erinnerungen, ein Land, das die Klappe hält und
niemandem auf die Nerven geht, eine Elendsgegend, für die

nur die Schönheit des Meeres entschädigt. Und wir klammern uns daran fest wie Habenichtse, wie Sünder, die Trost brauchen.«

Die Nadeln klapperten immer noch. Er ließ noch zwei Wellen vorüberziehen, dann sah er mich an.

»Hat dich das Testament zu mir gebracht?«

»Nein. Cyrille.«

Überrascht fuhr er zusammen.

»Cyrille ... Cyrille, was ist der? Fünf oder sechs Jahre jünger als ich? Das ist nicht viel, aber genug, dass wir nie zusammen Fahrrad gefahren sind. Als Kinder waren wir keine Freunde. Später, als Marie Garant schön wurde, sind wir beinahe Feinde geworden. Himmel, Arsch und Zwirn! Ich könnte dir wirklich nicht sagen, wen von all den Männern um sie rum sie wirklich geliebt hat.«

»Alle vielleicht.«

Er warf mir einen unentschlossenen Blick zu. »Vielleicht. Sie hat Lucien geheiratet, weil ihr erster Verlobter tot war. Jeannot hat ihn umgebracht, als sie zusammen zum Fischen rausgefahren sind. Cyrille war dabei. Er hatte sich auf dem Schiff versteckt. Er wär auch beinahe gestorben. Seitdem ist er behindert. Er wird nie erzählen, was passiert ist, aber ich bin sicher, dass sich die Jungs um sie geprügelt haben. Wenn du mich fragst, hat Jeannot sogar versucht, Cyrille umzubringen. Er hat wahrscheinlich gedacht, er ist tot, und ihn dann mit zurückgebracht. Sie haben gesagt, es war ein Unfall, aber danach war Cyrille nicht mehr imstande, mit Jeannot zu reden. Wenn es bloß ein Unfall ist, hast du nicht so eine Wahnsinnswut auf einen Typen! Aber jetzt macht der Krebs Cyrille fertig, wenn das so weitergeht, wahrscheinlich noch vor der Taschenkrebssaison ...«

Drei, vier Wellen.

»Am Hochzeitsabend war ich betrunken. Als ich jung

war, ließ ich mir keine Gelegenheit zum Feiern entgehen. Marie und Lucien fuhren am späten Nachmittag los. Sie hatten früh geheiratet, um ihre Hochzeitsreise auf dem Meer zu machen ...« Er rührte sich kaum, die Unterarme auf die Knie gestützt. Langsam rieb er seine Hände gegeneinander. »Irène, meine Frau, schmollte, weil ich so besoffen war. Irgendwas ist passiert, ich weiß nicht, was, aber sie hat ein Stück von ihrem Kleid zerrissen. Guylaine hat zu ihr gesagt, sie sollte mit in die Näherei kommen, sie würde ihr das flicken. Also kam sie davor kurz zu mir und hat mich gebeten, auf Guillaume aufzupassen.« Er holte tief Luft. »Mein Sohn war zehn Jahre alt. Die Geburt war schwierig gewesen, und der Arzt hatte uns gesagt, wir könnten keine weiteren Kinder haben. Meine Frau und ihre Schwester waren verrückt nach ihm. Guylaine war jung, aber sie war schon immer eine alte Jungfer, also hatte sie nichts Besseres zu tun, als sich um den Kleinen zu kümmern und ihn zu verwöhnen. Himmel, Arsch und Zwirn! Ich hab ihn auch geliebt, natürlich, ich hab ihn wie verrückt geliebt, aber was hätte ich sonst noch für ihn tun können? Die Frauen rannten ihm die ganze Zeit hinterher: ›Guillaume, mach dies nicht! Guillaume, mach das nicht! Guillaume, komm und probier doch mal die Hose an, die Tante Guylaine für dich genäht hat!‹ Ich wollte das Gegenteil tun: ihn in Frieden lassen und ihm Männersachen beibringen, damit er kein Feigling wird.

Aber nichts von dem, was ich gemacht habe, war je in Ordnung. Nichts. Was hätte ich denn machen sollen? Was weiß ich denn? Was hätte ich denn sonst noch machen können? Ich durfte ihn nicht zum Fischen mitnehmen, nicht zum Schwimmen, nirgendwohin! Die Frauen haben mit mir geschimpft, als wäre ich ein Kind: ›Sprich nicht so mit ihm! Du tust ihm weh! Er ist sensibel!‹ Manchmal hab ich mich gefragt, ob ich überhaupt sein Vater sein durfte! Himmel,

Arsch und Zwirn! Ich wäre gern so ein moderner Papa gewesen, der von Philosophie und solchem Zeug erzählt, aber
das liegt mir nicht! Das hab ich nicht zu bieten! Man kann
nicht von mir verlangen, was ich selbst nicht bekommen
habe! Ich hatte bloß den Fisch, der sich nicht lohnte, das
Arbeitslosengeld im Winter, die kleinen Schwarzarbeitsjobs
und die Schläge auf den Hinterkopf! Also war ich nie in der
Lage, mit meinem Jungen zu reden!« Er senkte den Kopf.
»Ich hatte schon zu viel getrunken. Das Fest war in vollem
Gange. Ich weiß noch, wie Guillaume zu mir gekommen ist,
um zu fragen, ob er mit den Boissonneau-Brüdern mit dem
Kanu rausfahren durfte. Was hätte ich denn sagen sollen?
›Spiel nicht so nah am Wasser?‹ Wir wohnen am Meer, Himmel, Arsch und Zwirn! Ich sag ihm doch nicht zwanzig Mal
am Tag, dass das gefährlich ist! Die Frauen betüddelten ihn
sowieso schon zu sehr. Ich habe Ja gesagt. Wahrscheinlich
hab ich Ja gesagt. Ich weiß es nicht mehr …«

Es hatte aufgehört zu regnen, und die Sonne begann den
Nebel zu wärmen.

»Die Frauen haben sich Zeit gelassen, ich habe weiter-
getrunken. Ich weiß nicht mehr, wie spät es war, als Wind
aufkam. Irgendjemand hat gesagt, dass Wind aufkam. Ich
dachte, ich sollte mal besser die Festmacherleinen an meinem Boot überprüfen. Warum fiel mir das ein und nicht
mein Junge? Ich weiß es nicht! Vielleicht habe ich bloß eine
Ausrede gesucht, um zum Kai runterzugehen, um nachzusehen, wo die nach ihrer Hochzeit hingefahren waren …

Ich bin zum Boot runtergegangen, hab einen Joint geraucht. Das Wetter wurde immer schlechter. Ich hab mich im
Ruderhaus eingeschlossen, mich auf meine Bank gelegt, bin
umgefallen und eingeschlafen.

Marie hat mich aufgeweckt. Sie klopfte wie eine Irre
gegen mein Boot, als ob sie alles kaputt schlagen wollte.

Sie hatte noch ihr Brautkleid an, aber das Brautkleid war schmutzig und zerrissen. Ihre Haare fielen ihr über die Schultern, ihre Schminke machte ihr große Gespensteraugen, ich hatte sie noch nie so schön gesehen …

Sie zitterte, sie schrie, dass sie mit der Suche noch nicht fertig sei, dass sie zurückmüsse. Es war niemand auf dem Kai! Niemand außer mir. Marie Garant in ihrem dreckigen Brautkleid, die mich um Hilfe bat, um ihren Mann zu suchen, der ins Wasser gefallen war! Ich war doch bloß ein armer Fischer! Was sollte ich denn machen, Himmel, Arsch und Zwirn? Ich hab sie an Bord genommen, und wir sind losgefahren …

Wie haben so gründlich gesucht, wie es ging. Ich habe die Küstenwache alarmiert, aber die hatten eine Menge Notrufe, und es dauerte Stunden, bis sie da waren! Es hat drei Tage lang geregnet. Drei Tage lang! Das war ein Nebel, den konnte man mit dem Messer schneiden. Der alte Marticotte würde es dir erzählen, wenn er noch am Leben wäre, dass alle Jungs bis zum Umfallen gearbeitet haben und dass der Vater Bernard geweint hat, als man ihm den Rettungsring gebracht hat, in dem sein Junge nicht drinsteckte. Himmel, Arsch und Zwirn! Wir haben ihn nie wiedergefunden.

Am Abend des dritten Tages, als wir zurückgekommen sind, schmiegte Marie sich an mich. Ich hatte ihr etwas zum Anziehen geliehen. Es war ihr alles viel zu groß. Sie war immer noch schön. Sie war die ganze Zeit schön! Victor wartete am Kai auf uns. Er sagte, ich sollte nach Hause kommen, und zwar schnell. Er blickte Marie an, ohne ein Wort zu sagen, aber das sollte nicht heißen, dass er einverstanden war. Das hieß nur, dass er das Maul halten konnte.

Ich ließ Marie am Kai zurück, Victor sagte, er würde sie nach Hause fahren. Als ich losfuhr, schrie sie wie am Spieß. Sie wehrte sich so sehr, dass drei Männer sie festhalten mussten. So hat sie angefangen, auf den Seetang einzutreten. Himmel, Arsch und Zwirn, wie die auf den Seetang eingetreten hat, meine Marie …«

Er stand auf. Die Stricknadeln hatten aufgehört, die Zeit zu zählen, aber die Wellen schlugen immer noch gegen den Felsen. Er lehnte sich gegen die Hauswand.

»Und dann bin ich nach Hause gekommen. Als ich hier reingekommen bin … Weißt du, was das ist – Stille? Eine Stille … Es war, als hätte es klick gemacht, und auf einmal habe ich begriffen, dass etwas passiert war, dass jetzt mein Albtraum begann und dass ich nie wieder daraus erwachen würde.

Ich habe nach Irène gerufen. Sie hat nicht geantwortet. Ich habe nicht einmal meine Stiefel ausgezogen. Die Zimmertür stand offen. Mir schlug das Herz bis zum Hals.

Meine Frau war nicht die beste Frau der Welt, und ich habe sie nicht auf Händen getragen wie in den Romanen, aber ich habe sie geliebt. Sie hatte ihre Fehler, sie war herrschsüchtig, und ihre Schwester war anstrengend, aber sie war eine Frau, die hart gearbeitet hat, die wusste, wo sie hingehört, und die richtig nett sein konnte. Sie fand, dass ich zu viel trank, aber sie hat nicht Nein gesagt, wenn ich mich an sie schmiegte. Sie war zärtlich. Das ist es: zärtlich. So was gab es hier nur selten, und tief in mir drin wusste ich, dass ich Glück hatte.«

Drei, vielleicht vier Wellen zogen langsam vorbei.

»Im Zimmer war alles durcheinander, als hätte sie sich mit all ihrer Kraft gegen irgendjemanden gewehrt. Sie hatte einen kleinen Tisch umgeworfen, auf dem eine Schmuckfigur aus Glas stand. Die war zerbrochen, und sie hatte sich damit den Bauch aufgeschlitzt. Lauter Glassplitter steckten in ihren Händen und in ihrem Bauch. Sie atmete nur noch ein kleines bisschen. Fast gar nicht mehr. Himmel, Arsch und

Zwirn! Ich bin kein großer Philosoph, aber ich weiß, wann ich meine Frau ins Krankenhaus bringen muss! Ich habe sie vom Boden aufgehoben, ich habe sie zum Auto getragen und sie, so schnell ich konnte, nach Carleton gebracht. Ich habe sie aus dem Auto herausgeholt, und dann habe ich sie in die Notaufnahme gebracht, sie auf eine Trage gelegt und so lange rumgebrüllt, bis von überallher Ärzte gekommen sind, und die haben sie mitgenommen.

Die ganze Zeit, während die an ihr herumgeschnippelt haben, bin ich in der Notaufnahme sitzen geblieben. Ich hatte noch immer meinen Hochzeitsanzug an, seit vier Tagen. Er stank nach Fisch, nach einer anderen Frau und dem Blut meiner Frau. Das Blut meiner Frau, Himmel, Arsch und Zwirn, das war überall: auf dem Krankenhausboden, draußen auf dem Asphalt und drinnen im Auto. Wenn ich reich gewesen wäre, hätte ich den Wagen hinterher verbrannt. Aber ich konnte es mir nur leisten, ihn sauber zu machen und mit den Flecken zu leben.

Irgendwann in der Nacht kam ein Arzt, um mich zu holen. Er hatte Augenringe und sah todmüde aus. Das Wartezimmer war leer, also setzte er sich neben mich. Er in seinem sauberen Krankenhauspyjama und ich in meinem dreckigen Hochzeitsanzug. Er tat so, als würde er den Gestank nicht mitkriegen, aber das war unmöglich. Vielleicht war es aber auch eine Abwechslung für ihn, bei dem ganzen Desinfektionsmittelgeruch. Er lehnte seinen Kopf gegen die Wand, die Hände auf seine Schenkel gelegt. Ich erinnere mich an seine Hände, weil ich mir gesagt habe, dass diese Hände an den Handgelenken und dem Bauch meiner Frau herumgeschnippelt hatten, und bei dem bloßen Gedanken kriegte ich schon Lust, loszuheulen wie ein Kind. Er rührte sich kein Stück. Er teilte mir mit, was Sache war, und starrte dabei weiterhin an die Decke, und das war besser so, denn ich hätte es nicht ertragen, wenn er mich angeschaut hätte.

Er hat zu mir gesagt, sie hätte versucht, sich umzubringen, sie hätte viel Blut verloren, aber das wäre nicht das Schlimmste. Er hat gesagt, dass der nervliche Schock zu schlimmen Hirnschäden geführt hätte und dass ich jetzt sehr tapfer sein müsste. Ich hab mich gefragt, was wohl ›schwere Hirnschäden‹ sind, aber ich hab keine Fragen gestellt.

Ich hab auch verstanden, dass ich sie nicht mitnehmen durfte, weil er sie zur Beobachtung dabehalten wollte. Er sagte mir, dass ich sie sehen könnte, aber nicht lange. Er hat zu mir gesagt: ›Danach gehen Sie nach Hause, duschen Sie und legen Sie sich hin. Sie werden Ihre ganze Kraft brauchen.‹ Himmel, Arsch und Zwirn! Ich erinnere mich an diese Worte, denn Kraft habe ich seitdem keine mehr.«

Er starrte auf das Ende der Rampe direkt vor ihm. Er hätte irgendwo hinschauen können, er sah sowieso nichts. Man hörte immer noch das Meer, der Regen ließ nach.

»Es muss gegen drei Uhr morgens gewesen sein, als ich ins Zimmer kam. Sie schlief, leichenblass in ihren weißen Laken. Da waren lauter Maschinen um sie herum. Ich war so schmutzig, dass ich mich nicht traute, sie anzufassen. Ich hatte Angst, sie dreckig zu machen. Angst, sie könnte kalt und tot sein. Das ist bescheuert, ich weiß: Egal, wie viel Biep-biep-biep die Maschinen machten, aber Himmel, Arsch und Zwirn, ich hatte Angst, sie könnte tot sein.

Ich hab mich neben sie gesetzt und hab mit ihr geredet. Ich wusste nicht, was ich sagen sollte. Ich hab von meinem letzten Fischzug erzählt. Ich hab von der Musik erzählt, die auf dem Boot lief, von Victors schlechten Witzen, dem Gewicht der Fische und dem Preis, zu dem ich sie verkauft hatte. Ich hatte nichts anderes zu sagen. Himmel, Arsch und Zwirn, wir sind so was von bescheuert, wenn das Leben uns am Wickel hat! Ich war dabei, meine Frau zu verlieren, und ich hab ihr erzählt, was der Fisch gekostet hatte!

Irgendwann kam eine Krankenschwester rein und hat sich vor mich hingehockt, wie wenn man mit einem Kind redet. Sie hat gesagt, ich soll nach Hause gehen und mich ausruhen. Das hat mich zurück in die Wirklichkeit geholt. Ich hab mich daran erinnert, dass ich ein Mann war, ich stand auf und bin nach Hause gefahren, in meinem vollgebluteten Auto.

Es musste gegen fünf Uhr morgens sein, und alles stand noch da wie vorher. Das Blut im Zimmer war getrocknet, und es roch modrig. Ich war ganz allein. So was von allein! Ich dachte, ich müsste sauber machen, bevor mein Junge zurückkommt, aber mein Junge ist niemals zurückgekommen.«

Er betrachtete seine nutzlosen Hände.

»In der Woche darauf habe ich meinen Sohn begraben und meine Frau nach Hause geholt. Meine Frau, die den Verstand verloren hatte und ihn niemals wiederfinden würde. Die Socken strickt. Himmel, Arsch und Zwirn! Beschissene Wollsocken für ihren Jungen!

Und während mein Sohn vom Sturm davongetragen wurde und meine Frau so wahnsinnig wurde, dass sie sterben wollte, war ich mit Marie Garant aufs Meer hinausgefahren, anstatt auf meine Familie aufzupassen ...«

Er drehte sich zu mir. Ich blickte ihm fest in seine blauen Augen. Wellen zogen vorbei, doch ich zählte sie nicht.

»Vielleicht kann ich mir selbst nicht vergeben, vielleicht bin ich deshalb so böse auf deine Mutter ...«

Seine Stimme zitterte.

»Es wundert mich nicht mal, dass sie ausgerechnet in meinem Netz gelandet ist! Ich habe sie zu sehr geliebt, als dass sie mich in Frieden lassen würde. Und das hat sie immer gemacht: das nach oben gebracht, was besser unten geblieben wäre! Sie ließ nie etwas untergehen, Himmel, Arsch und Zwirn! Sie hätte nie aufgehört, zu brüllen und auf den beschissenen Seetang einzutreten! Nein. Sie ließ uns nicht in Frieden. Sie war so hart zu uns, dass es wehtat. Und man darf sich doch wohl wünschen, im Vergessen zu versinken. Man darf sich doch wohl wünschen, zu vergessen …« Er starrte mich mit weit aufgerissenen Augen an. »Wann bist du geboren, Catherine Garant?«

»Weiß nicht. Zwischen dem 20. Mai und dem 20. August.«

»Ah.«

»Ich wüsste es gerne, aber der Taufschein ist gefälscht. Da steht Anfang September, und das kann nicht sein. An der Stelle meines Vaters steht ›Alberto Garant‹. Ich habe Nachforschungen angestellt: Den gibt es nicht. Das ist ein erfundener Name.

»Alberto. Das klingt wie ein Bootsname.«

Er erhob sich, blickte mich ein letztes Mal an, beugte sich vor und gab mir einen äußerst zärtlichen Kuss auf den Kopf.

Und dann kehrte er ins Haus zurück. Durch das Fenster sah ich, wie er zu seiner Frau ging, sie sanft beim Arm nahm und sie vorsichtig zur Treppe begleitete, die sie aneinandergeschmiegt hinaufstiegen.

Auf den Zehenspitzen ging ich die Stufen hinab und schloss leise die Tür hinter diesem Tag. Vor mir zählte das Meer weiterhin Wellen, und mein Segelboot erwartete mich.

Leinen los

Morales parkte seinen Wagen neben dem Haus. Von drinnen ertönten pfeifende Atemzüge.

»Sie können durchs Fenster steigen, es ist offen!«

Er kletterte durch den Fensterrahmen. »Sie sehen heute besser aus, Cyrille ...«

»An manchen Tagen gewöhnt man sich daran, dass man stirbt.«

Morales sagte lieber nichts dazu.

»Und, haben Sie in letzter Zeit Papiere gewälzt?«

Der Ermittler zog sich einen Stuhl ans Bett, mit Blick auf das Fenster. Er hatte den Nachmittag auf der Wache von Bonaventure verbracht und dort so richtig Krach geschlagen. Er hatte die Wiedereröffnung des Falles erzwungen, die Alibis überprüft, Widersprüche gefunden, falsche Zeugen überführt, Schlussfolgerungen über den Haufen geworfen und einmal mehr festgestellt, dass die Welt war, wie sie eben war. Jetzt war ihm wohler.

Draußen färbte die Dämmerung den Himmel mit roten und orangefarbenen Linien. Am Friedhofsrand erschien ein Auto und blieb stehen. Der Bestatter Langevin stieg aus, strich sich die Haare zurecht, schüttelte seine Hose aus.

»Ja, eine ganze Menge.«

»Und, haben Sie Ihre Antworten gefunden?«

»Ein paar. Wenn ich mir die Zeit genommen hätte, Marie Garants Gesundheitsakte genauer durchzulesen, hätte ich bemerkt, dass sie krank war ...«

»Seit drei Jahren.«

»… und dass sie Medikamente brauchte.«

Langevin ging quer über den ganzen Friedhof.

»Aber ihre Vorräte gingen zur Neige, und sie brauchte ein neues Rezept. Ihr Hausarzt wusste, dass sie bald wiederkommen würde, denn sie hatte einen Termin bei ihm. Er wusste auch, dass Marie Garant immer einen Umweg über die Banc-des-Fous machte, um ihren verstorbenen Mann zu grüßen, wenn sie zurückkam oder wieder nach Süden aufbrach. Er konnte sie also mit ein bisschen Glück an diesem entlegenen Ort abpassen, wo sie bei ihrer Rückkehr anhalten würde.«

Langevin bückte sich, wahrscheinlich nach einer Drahtschlinge, die er am Vortag ausgelegt hatte, und richtete sich mit einem siegessicheren Grinsen wieder auf.

»Warum sollte er sie abfangen? Weil er verliebt in sie ist – und zwar schon seit Langem. Als er mit dreiundzwanzig Jahren erfuhr, dass Ihr Bruder Marie Garants Verlobter war, ist er verrückt geworden vor Eifersucht. Sie sind zusammen aufs Meer hinausgefahren. Vermutlich ahnte Ihr Bruder nichts Böses, weil sie Freunde waren. Aber das Ganze nahm eine schlimme Wendung. Sie haben sich geprügelt, und er stieß Ihren Bruder über Bord. Vielleicht hat er versucht, ihn wieder herauszuziehen, aber das Wetter war zu schlecht. Sie waren auf dem Boot dabei. Auch Sie mussten sich prügeln, aber Sie waren jung, und er war stärker als Sie. Er hat versucht, Sie mit den Fischernetzen zu erdrosseln und es so hinzustellen, als hätten Sie sich selbst darin verfangen, als Sie ihrem Bruder zu Hilfe eilen wollten. Er hatte gehofft, er könnte Sie zum Schweigen bringen, doch Sie haben überlebt. Wieso haben Sie ihn nicht angezeigt?«

»Es war Nacht, und ich hatte heimlich Bier getrunken. Ich war nicht sicher, ob ich alles richtig mitbekommen hatte … Mein Bruder war tot. Die ganze Welt hätte mich als Lügner beschimpft.«

»Haben Sie deswegen diese Atemprobleme?«

»Der Krebs macht die Sache bestimmt nicht besser.«

Morales nickte und beobachtete weiterhin Langevin, der zu seinem Auto zurückgekehrt war.

»Marie Garant ist alt geworden. Sie muss regelmäßig ärztlich behandelt werden, und er sagt sich, nachdem er ein Leben lang gewartet hat, wäre sie jetzt vielleicht bereit, ihn zu heiraten.«

»Marie hat Jeannot Robichaud nie geliebt. Sie war krank, aber nicht verrückt. Das hätte sie nie getan!«

Langevin öffnete den Kofferraum des Wagens und holte eine Schaufel heraus. Er kehrte zu der Falle zurück.

»An diesem Abend also fährt er an die Banc-des-Fous, und wie er es erhofft hat, ist sie da und liegt vor Anker. Sie ist gerade angekommen. Er macht neben ihr fest, bietet ihr ein Glas Wein an und fängt an, von Liebe zu reden. Sie macht sich lustig über ihn, denn sie ist schlagfertig, und er schubst sie. Sie fällt hintenüber, schlägt sich den Kopf an, wird ohnmächtig und rutscht ins Wasser. Es ist stockdunkel. Robichaud ist alt, er weiß, dass er nicht in der Lage sein wird, sie zu retten. Und wie würde er dastehen, wenn er die Küstenwache rufen würde? Wie ein lächerlicher alter Mann, der nicht in der Lage war, seine Kränkung über eine enttäuschte Liebe zu beherrschen, und der eine Frau getötet hat, vielleicht zufällig, vielleicht auch nicht.«

Langevin beugte sich über die Falle und gab dem Murmeltier mit einem kräftigen Schaufelschlag den Gnadenstoß.

»Also macht er das Boot sauber. Mit chirurgischer Gründlichkeit. Da er groß ist, schlägt er sich den Kopf am Baum an, und so kommt er auf die Idee, die Großsegelschote loszumachen, um einen Unfall vorzutäuschen. In seiner Eile denkt er nicht daran, dass der Baum zu hoch ist, um Marie Garant zu treffen ...«

»Sie sind gar nicht so schlecht, wenn Sie sich ein bisschen anstrengen.«

Langevin nahm das Tier, befreite es aus der Schlinge und trug es in die bewaldete Ecke.

»Er kommt mitten in der Nacht nach Hause, hofft, dass niemand ihn gesehen hat, aber durch einen ungünstigen Zufall begegnet er Marc Lapierre, dem Führer für Anglertouren. Lapierre kommt von oben, von den Bauernhäusern – er war bei Clément Marsil. Die beiden sehen sich an, peinlich berührt, grüßen sich kaum und gehen nach Hause.«

Langevin grub ein Loch.

»Am nächsten Morgen, als der Gerichtsmediziner erfährt, dass Marsil sein Tresor gestohlen wurde, begreift er, dass Lapierre der Schuldige ist. Vor allem aber folgert Lapierre, dass Robichaud Marie Garant getötet hat, und schließt mit ihm ein Geschäft ab. Die beiden Männer geben sich gegenseitig Alibis: Sie sagen, sie hätten in dieser Nacht zusammen Karten gespielt. Der Gerichtsmediziner bittet Leutnant Forest (die in ihn verliebt ist), die Ermittlung zu dem Tresordiebstahl an seine Nichte Joannie zu übergeben, und sorgt dafür, dass die junge Frau die Schlussfolgerungen zieht, die ihm gelegen kommen.«

Langevin legte das Tier in das Loch und begrub es.

»Das Segelboot wollte Robichaud eigentlich am nächsten Tag holen, aber Yves Carle kam ihm in der Nacht zuvor. Robichaud hat es trotzdem zurückgebracht und die Gelegenheit ausgenutzt, um überall seine Fingerabdrücke zu hinterlassen. Also haben wir bei der Untersuchung des Falls seine Abdrücke außer Acht gelassen.«

»Sie klingen beinahe wie ein richtiger Ermittler …«

Mit dem Schaufelrücken klopfte Langevin auf das Erdhäufchen und kehrte dann sichtlich befriedigt zu seinem Wagen zurück.

»Gerade wird Lapierres Haus durchsucht, Robichaud hat als Gerichtsmediziner gekündigt, Joannie ist verzweifelt, und Leutnant Forest weiß nicht mehr, wo ihr der Kopf steht. Alle streiten sich um irgendwelche Kleinigkeiten. Ich lasse sie ihre schmutzige Wäsche lieber allein waschen.«

Cyrille atmete schwer.

»Manchmal sage ich mir, die größte Strafe für einen Mann ist es, ohne Liebe zu leben.«

Langevin ließ den Motor an und verließ den Friedhof. Morales drehte sich zu Cyrille.

»Ich weiß nicht, wer die Kiste mit den Gegenständen gestohlen hat, die Marie Garant gehörten, ich glaube, es war Catherine ...«

»Wenn die Ermittlungen abgeschlossen sind, dann brauchen Sie die ja auch nicht mehr.«

»Aber es bleibt noch eine Frage offen, Cyrille.«

»Welche?«

»Wer hat das Grab geschändet?«

»Welches Grab?«

»Irgendjemand hat Marie Garant ausgegraben.«

»Ich verstehe nicht, wovon Sie sprechen, aber ich war das bestimmt nicht! Ich hätte gar nicht die Kraft.«

Morales betrachtete einen Augenblick lang Cyrilles sterbenskranke Gestalt. »Sie haben recht, Cyrille: Marie Garant hatte es verdient, ins Meer zurückzukehren.«

Der alte Mann hob eine Braue.

Morales sprach eilig weiter. »Das haben Sie gut gemacht, Sie beide.«

Cyrille Bernard nickte und schloss die Augen. Durch das Fenster leuchtete hell die Nacht – die Irrlichter und die Gespenster ruhten in Frieden.

An jenem Abend ging Joaquín Morales nicht zu Catherine. Auch nicht in Renauds Bistro. Er ging nach Hause und ließ die Uhr ticken, bis es Tag wurde. Sarah versuchte, ihn zu erreichen, aber er antwortete nicht. Er brauchte etwas Zeit, um seine Entscheidung zu treffen.

Er aß allein zu Abend, ein würziges Lachsfilet, und dachte über die Waage nach, die das Bedürfnis nach Trost und das Glück der Liebe gegeneinander abwog.

Die Wolken machten einem klaren, frisch gewaschenen, sternglänzenden Himmel Platz, und Morales setzte sich mit einem Glas Rotwein auf den Balkon, mit Blick aufs Meer. Er musste an Paul Lapointe denken.

Er nahm sein Telefon in die Hand und rief den Architekten an.

»Sergeant Morales? Wie geht es Ihnen?«

»Ich musste die Schlussfolgerung der Ermittlung korrigieren: Marie Garant starb durch Totschlag.«

»Totschlag?«

»Ja, ein verschmähter Liebhaber hat sie gestoßen.«

Auf seinem Bett sitzend, trank Lapointe in kleinen Schlucken ein Glas weißen Portwein. Die Badezimmertür stand halb offen, und er beobachtete seine Frau, die sich vorsichtig mit federleichten Gesten abschminkte.

»Ein verschmähter Liebhaber? In ihrem Alter? Marie Garant muss eine umwerfende Frau gewesen sein ...«

»Wie ihre Tochter ...«

Sie begann mit der Grundierung. Mit einem leicht befeuchteten Frotteehandtuch wischte sie die Farben weg und entblößte die Umrisse ihres Gesichts.

»Catherine ist ein Trugbild, Monsieur Morales.«

»Ich glaube nicht, nein.«

»Die Schönheit einer jungen Frau ist immer trügerisch. Wenn meine Assistentin Isabelle mein Büro betritt, weiß ich, dass meine Kunden unterschreiben werden. Ihre Schönheit lockt sie in die Falle.«

Morales würde ihm gerne erzählen, dass er Catherine in die Arme genommen hatte, dass er sie hochgehoben hatte, ins Haus getragen, geküsst, liebkost. Ihm sagen, dass er sich wieder jung und voller Energie gefühlt hatte. Ganz genau: voller Energie!

»Sie haben mir vom Glück der Liebe erzählt …«

Paul Lapointes Frau nahm eine Ecke des Handtuchs, schürzte ihre Lippen und wischte ihren Lippenstift ab.

»Das gibt es, Monsieur Morales. Und wenn wir ihm beim Abschminken zusehen, nimmt es uns den Atem.«

»Wie bitte?«

»Schminkt sich Ihre Frau?«

Sie waren nicht weiter gegangen. Catherine hatte ihn sanft zurückgewiesen. Sie hatte Nein gesagt. Sie hatte hinzugefügt, dass sie genügend Lügen gehört, genügend Täuschungen gesehen hatte, dass sie jetzt Ehrlichkeit und einen klaren Horizont wollte. Er hatte verstanden.

»Ich werde mich scheiden lassen.« So, er hatte es gesagt. Nur deswegen hatte er Paul Lapointe angerufen: um das mit lauter Stimme zu formulieren, um es aus seinem eigenen Mund zu hören und es für sich selbst zu einer Tatsache zu machen, bevor er es Sarah mitteilte.

»Sind Sie sicher?«

In dem hellen Licht, das durch den Türspalt fiel, rieb sich Lapointes Frau vorsichtig die Augenlider.

»Ja.« Joaquín hatte im Kopf sogar bereits die Ansprache vorbereitet, die er Sarah morgen halten würde. Ein paar Vorwürfe in Bezug auf den langen Aufenthalt in der Stadt mit dem unerträglichen Jott-Pe, gefolgt von ergreifenden Worten über sein Bedürfnis nach Jugend und Leidenschaft. Denn auch er wollte sich entfalten, schließlich hatte er alles für

Sarah geopfert, und jetzt wäre er damit dran, sich um »persönliche Angelegenheiten« zu kümmern. Er wollte seinem Leben als Mann, seinem Bedürfnis zu lieben eine zweite Chance geben.

»Denken Sie in Ruhe darüber nach, Monsieur Morales.« Paul Lapointes Frau wusch ihr Gesicht mit kühlem Wasser, tupfte sich ab und bemerkte, dass ihr Ehemann sie beobachtete. Sie lächelte. Der Architekt legte auf.

Ein Südwestwind wehte über die Baie-des-Chaleurs, und Joaquín sah zufrieden einem weit entfernten Segelboot nach, dessen Bug seine Spur im Mondschein zog. Er leerte sein Glas, ging ins Bett und schlief ein, ungeduldig und müde zugleich, wie ein verliebter junger Mann.

Segel setzen

Er hatte nicht viel geschlafen, nein. Er war früh aufgestanden und hatte es eilig, sein Leben zu verändern. Er hatte versucht, Sarah anzurufen, um so schnell wie möglich die ehelichen Formalitäten hinter sich zu bringen, die ihn quälten, doch er war auf dem Anrufbeantworter gelandet. Vermutlich war sie mit dem unerträglichen Jott-Pe beschäftigt. Joaquín hatte ihr eine Nachricht hinterlassen, »Ruf mich zurück«, und war hinunter zum Kai gegangen.

Die *Pilar* war nicht da, aber das bereitete ihm keine Sorgen: Vermutlich fuhr Catherine spazieren. Er betrat das Hafencafé, um auf ihre Rückkehr zu lauern. Wenn sie anlegen würde, würde er auf sie zukommen und sie zum Abendessen einladen. Sie würde verstehen.

Er stieß die Tür des Cafés auf.

»Wissen Sie was? Sie macht genau das Gleiche wie ihre Mutter!«

»Ehrlich gesagt, ja.«

Renaud Boissonneau und Pfarrer Leblanc saßen da, vor zwei halb aufgegessenen Gemüseomelettes, die längst kalt geworden waren.

»Inspektor! Wissen Sie was?« Der Wirt des Bistros hatte Tränen in den Augen.

Morales lächelte: Boissonneau besaß dramatisches Talent. »Was ist los, Renaud?«

»Es geht um Catherine Garant!« Ein Schluchzer unterbrach ihn. »Sie ist weggefahren! Einfach so!«

Morales erstarrte. »Weggefahren? Spazieren?«

»Ehrlich gesagt, nein.«

»Sie ist gestern zu uns ins Bistro gekommen und hat es uns einfach so mitgeteilt, vor ihrem Teller Jakobsmuscheln!« Renaud Boissonneau versuchte einen Faustschlag auf den Tisch, wobei seine Tasse umfiel, stellte sie wieder hin und türmte Papierservietten in der Pfütze auf. Die rothaarige Kellnerin kam herbei, wischte den Schaden weg und wandte sich dem Ermittler zu.

»Setzen Sie sich ruhig. Ich komme dann und bringe Ihnen den Kaffee.«

Aber Morales schaffte es nicht. Er stand regungslos da, verständnislos, während Renaud und Pfarrer Leblanc ihre Bitterkeit in kleinen Schlucken herunterspülten.

»Ich habe sogar meine ›Küchenhilfe‹-Schürze an den Chefkoch zurückgegeben!«

»Ehrlich gesagt nimmt einen das ganz schön mit, wenn jemand weggeht.«

»Denn wir mochten sie, unsere wunderschöne Touristin, und so was macht man einfach nicht, für immer wegfahren!«

Für immer? Morales betrachtete den Horizont. Das Meer war in gleißendes Licht getaucht, ein kräftiger Wind setzte den Wellen Gischtkronen auf. »Sie täuschen sich bestimmt ...«

»Sie ist gestern Abend weggefahren.«

»Wissen Sie was? Wir haben den ganzen Abend lang ganz geknickt dagesessen!«

»Es war eine klare Nacht. Wir haben gesehen, wie ihr Boot die Bucht durchquert hat.«

Auf einmal durchfuhr ihn die Erinnerung wie ein Dolchstoß. Er hatte zugesehen, wie ein Segelboot im Mondschein davongefahren war. Das war also sie gewesen? Die für immer wegfuhr?

Und weil in der Gaspésie niemals Ruhe herrschte, klingelte ausgerechnet in diesem Moment sein Telefon. Mechanisch nahm Morales ab und entfernte sich drei Schritte weit.

»Hallo!«

»Joaquín? Ich bin es …«

»Ich?«

»Sarah. Deine Frau.«

Ihm fehlten die Worte. Zum ersten Mal seit dreißig Jahren hatte er die Stimme seiner Frau nicht auf Anhieb erkannt. Denn er war mit den Gedanken woanders, auf diesem Boot mit gesetzten Segeln, das ihm den Rücken zuwandte.

»Joaquín? Bist du da?«

Er antwortete nicht.

»Du hast mir eine Nachricht hinterlassen.«

Morales verließ das Hafencafé.

Warum war er gestern Abend nicht zu Catherine gefahren? Warum hatte er gewartet, bevor er ihr seine Entscheidung mitteilte? Sie wusste nicht, dass er sich scheiden lassen würde. Sie war weggefahren, ohne es zu wissen! Wie könnte er sie jetzt noch erreichen?

»Du sagst nichts. Wir haben schon seit Tagen nicht mehr miteinander geredet …«

Er ging auf das Meer zu. Auf Catherine. Bei ihr war er so … jung, war er …

»Joaquín?« Sarah blieb hartnäckig.

»Gestern habe ich die Sammler aus New York getroffen, und ich … Ich überlasse das Jean-Paul. Es tut mir leid, Joaquín. Entschuldige bitte … mein Zögern, meine Zweifel. Du fehlst mir.«

Jetzt müsste er es ihr sagen. Damit sie nicht mehr weitersprach, damit sie sich nichts einredete. Also redete Morales. Er sagte ihr, dass er längst woanders sei. Weit weg, leicht. Dass es zu spät sei. Verstand sie ihn? Sein Leben sei in Bewegung, eröffne ihm neue Möglichkeiten! Das alles erklärte er ihr … Oder hätte er ihr gerne erklärt. Denn eigentlich war sie es, die redete.

»Wenn du willst, kann ich heute noch losfahren. Ich kann die Jungs bitten, sich um den Umzug zu kümmern. Ich … ich komme zu dir in die Gaspésie.«

Möglichkeiten? Wirklich? Wenn Catherine von seinem Scheidungsvorhaben erfahren hätte, wäre sie dann trotzdem aufgebrochen?

Morales starrte hinaus auf das offene Meer. Die *Pilar* war irgendwo da, am Ende des Horizonts.

»Joaquín?«

Gegen seinen Willen erkannte er seinen Vornamen in der Stimme seiner Frau.

»Ja, Sarah. Ich höre dir zu.«

»Ich … ich weiß, wir schlafen nicht oft genug miteinander …« Sie fügte hinzu, dass sie sich alt und ungeschickt fühlte, ausgebremst vom Alltag und dem Eindruck, lächerlich zu sein. Sie beteuerte, sie fände ihn gut aussehend, noch mehr als früher. Und sie hatte immer noch Lust auf ihn. Hier oder anderswo. Egal wo. Warum nicht dort. Dort, am Meer.

»Und du?«

Während sie redete, wurde Morales klar, dass er nicht allein war. Auf dem Kai blickte ein großer Mann vom Volk der Mi'kmaq wachsam hinaus aufs Meer. Im Boden verwurzelt wie ein Leuchtturm, suchte auch er den Horizont ab.

Auf einmal fühlte Morales sich … alt. Überfordert. Überflüssig. Lächerlich.

Er senkte den Kopf.

Zu seinen Füßen, aus der glatten Oberfläche einer Pfütze, sah ihn sein Spiegelbild an. Ja. Selbst wenn sie es gewusst hätte, wäre Catherine Garant weggefahren. Für immer. Er hatte sich etwas eingeredet. Gib es zu, selbst wenn es wehtut,

Morales, mit allem, was das bedeutet: ein Schmerz tief im Magen, ein Loch, eine Leere.

»Ich liebe dich immer noch, Joaquín.«

Er schloss die Augen und sah auf einmal diese Bilder vor sich, die er seit Jahren in sich trug und die auf einmal aus der Tiefe emporstiegen: seine Frau, die ihre Nylonstrümpfe auszog, die sich abschminkte, die ihren Lippenstift wegwischte und die vorsichtig ihre Lider abrieb. Das Glück der Liebe.

Er atmete tief ein und schlug die Augen auf.

»Ich dich auch, Sarah. Ich liebe dich auch, immer noch.«

Und er drehte dem Meer den Rücken zu.

MEERESTÖCHTER

Cyrille sagte, das Meer sei eine Patchworkdecke. Nur am Morgen seien unsere Augen klar genug und bereit zu bewundern, wie das hervorbrechende Licht des Sonnenaufgangs alles in ein Mosaik verwandelt. Cyrille hatte recht. Über der Baie-des-Chaleurs probiert die wogende Morgenröte ihre Farben aus, verteilt das Scharlachrot bis hin zu meinem Bug und schleudert mich auf die korallenrote Leinwand des offenen Meeres.

* * *

Ich war mitten in der Nacht losgefahren, hatte mich davongestohlen, denn ich wollte meine ersten Meilen in Freiheit unter dem sternbedeckten Himmelszelt zurücklegen. Ohne jegliche Reue machte ich die Leinen los. Ich setzte die Segel und fuhr hinaus aufs offene Meer, vorangetrieben vom seitlichen Wind, mit dem großartigen Gefühl, in See zu stechen.

Gegen ein Uhr gesellte sich die *Nachtflug* auf meinem Kurs zu mir. Wir waren parallel nebeneinanderher gesegelt, nicht weit voneinander entfernt. Auf einmal hatte Yves Carle leicht den Kurs geändert, um sich meinem Rumpf zu nähern. Er zeigte auf eine Bucht.

»Die Banc-des-Fous!«

»Ich weiß.«

Unsere Stimmen hallten über dem Wasser wider.

»Wer hat dir davon erzählt?«

»Ich bin neulich nachts hierhergefahren …«

Ich steuerte hinaus auf das offene Meer. Er winkte mir mit ausgestrecktem Arm zum Abschied zu.

* * *

Neulich nachts hatte kein Mond geschienen. Es war finster gewesen. Ich hatte mir dunkle Kleidung angezogen. Der Himmel war voller Wolken, keine Irrlichter. Ich war nicht durch das schmiedeeiserne Tor hereingekommen, auf dem die Buchstaben der ewigen Ruhe, RIP, in einem Blumenkranz standen, sondern war dem Waldrand gefolgt.

Ich brauchte nicht die Alleen zu zählen, ich wusste ganz genau, wo die Erde frisch aufgeschüttet war, im Schatten der hohen Bäume, wo sie den gealterten, ertrunkenen und geschundenen Leib meiner Mutter hingelegt hatten. Ich ging hin, mit langsamen, festen Schritten. Ohne sie eines Blickes zu würdigen, ging ich um die grauen, gleichgültigen Steine der anderen herum und stand schließlich vor ihr und bat sie um Verzeihung für meine schmutzige Kleidung, meine Arbeitsstiefel, für meine Schaufel, die neben ihr eindrang. Ich grub die weiche Erde auf. Ich spürte, wie die Tränen flossen, wie sie auf ihr Grab fielen, den heiligen Ort unseres verpassten Wiedersehens.

Meine Tochter, ich vermache dir die Pilar, *und von nun an gehört der Horizont dir.*

Das war keine Grabschändung.

Ich öffnete den Holzsarg. Da war sie, weiß, in dem Leichentuch, das der Thanatologe genäht hatte. Mühsam hob ich ihren Körper aus der Grube, obwohl er leicht war. Ich legte sie ins Gras und schüttete das Grab mit Erde zu, so gut ich konnte. Und dann dachte ich, dass sie es sowieso erfahren würden und ich nicht entkommen würde, aber egal. Ich versteckte die Schaufel im Wald und ging zurück zu ihr, die brav dalag und mit geschlossenen Augen im Morgentau auf mich wartete. Mama.

Ich hatte mir geschworen, sie nicht zu lieben, aber ich konnte nichts dagegen tun. Ich nahm sie in die Arme, vergab ihr, und nun würde ich ihren Körper den Fluten zurückgeben, in denen sie in Frieden ruhen durfte, jenseits meiner Ängste, jenseits der Versprechen, die ich mir selbst gegeben und die ich angehäuft hatte wie Fallstricke für meine eigene Freiheit.

Ich zerriss das Leichentuch. Ich presste Marie Garants kalten, bläulichen Körper an meine Brust und ging Schritt für Schritt in Richtung Auto.

Am Rande des Friedhofs erschien er. Ich hörte seinen pfeifenden Atem.

»Wenn du das Boot nimmst, wissen sie sofort, dass du es warst. Wir legen sie in meinen Lieferwagen und nehmen dann mein Boot. Das ist sicherer.«

* * *

Ich überprüfe die Route auf dem Navi. Die Sonne zieht auf ihrer Runde Richtung Süden weiter. Auf dem offenen Meer gleitet ein Fischerboot dahin. Ich nehme das Fernglas: ein Kutter, die *Delgado*. Und ich weiß, dass irgendwo, unsichtbar, Jérémie über mich wacht. Ich setze das Fernglas ab und drehe mich ein letztes Mal nach Norden um.

Wer ist mein Vater?

Ich weiß es nicht. Inzwischen kenne ich alle Männer, die Marie Garants Weg gekreuzt haben, und habe versucht, die Reihenfolge zu rekonstruieren. Zu viele Männer haben meine Mutter geliebt. Um den Namen meines Vaters zu erfahren, müsste ich mein Geburtsdatum kennen. Das Datum, das mir einen Namen geben würde. Ohne diesen ersten Tag, an dem ich auf dem Wasser zur Welt kam, werde ich für immer zwischen den blauen, zärtlichen Blicken mehrerer Männer umherirren. Marie Garant hat mir keinerlei Hinweis hinterlassen. Vielleicht wollte sie gar nicht, dass ich es erfahre. Also trage ich für immer mehrere Vätergesichter in mir.

Und was kümmert es mich überhaupt, woher ich komme? Der Tag liegt vor mir, ausgebreitet auf dem Meer. Ich bin ein buntes Sammelsurium, ein zersplittertes Kirchenfenster – das Licht der aufgehenden Sonne beleuchtet meinen Weg wie ein Kaleidoskop. Ich habe vielleicht keine Antwort, doch der Horizont gehört mir.

Die *Delgado* (2007)

Fünf Uhr dreißig. An Bord der *Delgado* erwachen O'Neil Poirier und seine Söhne. Dieses Jahr fischen sie im Golf des Sankt-Lorenz-Stroms.

Vom Ruderhaus aus sieht O'Neil dabei zu, wie seine Söhne – Männer inzwischen! – die Körbe einholen, die sie gestern ins Wasser geworfen haben, um die Fahrt des Kutters zu verlangsamen.

Die Sonne geht auf, und ein dreieckiges weißes Segel zeichnet sich vor dem Meer ab. Mechanisch nimmt er sein Fernglas und stellt die Linsen ein. Die *Pilar*. Er reibt sich die Augen, um sicher zu sein, was er da liest, schaut erneut genau hin. Er hat richtig gesehen. Die *Pilar* und eine Frauengestalt im Cockpit! Er ist fünfundsechzig, zu früh verwitwet und einsam, und sein Herz zieht sich zusammen.

Das ist sie! Die Frau, die er niemals geheiratet hat!

Er greift nach dem Funkgerät. Zögert. Was soll er ihr sagen? »Hallo, hübsche Kapitänin, erinnerst du dich noch an den Tag, als ich dir geholfen habe, dein Kind zur Welt zu bringen? Ich hatte damals einen Kutter, die *Alberto*!«

Er hält inne. Was würde das für einen Eindruck machen? Denn O'Neil Poirier war noch nie geschickt mit Worten gewesen. Übrigens hat keiner der Männer von der *Alberto* diese Geburtsgeschichte jemals weitererzählt. Niemandem. Was auf dem Wasser passiert, bleibt auf dem Wasser. Aber erinnern tun sich alle noch daran! Poirier untersucht den Kalender. Die Kleine ist letzten Monat dreiunddreißig geworden, genauer gesagt, am Zwölften. Sie hätte zehn Tage später zur Welt kommen sollen, das hatte ihre Mutter ihm erzählt, aber sie hatte es so eilig zu leben!

Er sieht noch einmal das Segelboot an.

Vielleicht ist es unmöglich, eine Frau zu lieben, die zur See fährt. Es gibt Frauen, um deren Hand man nicht anhält. Die man niemals heiraten wird. Er selbst ist nirgendwo so glücklich wie auf dem Wasser. Im Grunde weiß er, dass der Ozean einen immer für sich allein haben will.

Also legt O'Neil Poirier das Funkgerät wieder hin. Einen Augenblick lang vergräbt er seine großen Hände in seinen Taschen, dann lächelt er und geht zurück zu seinen Fischernetzen.

Danksagung

Man lernt das Meer nur langsam kennen. Glücklicherweise hatte ich großzügige Verbündete. Sylvain Poirier und Marlène Forest von der *Douce Évasion*, ich habe euch viel zu verdanken.

Ich danke den Seeleuten, die mich die Liebe zum Segeln gelehrt haben: Tom und Marie-Sylvie, Jean-Phylip, Michel, Yvan und Sylvie, Caroline, Diane, Dave und Caro, Bine, Stéphane und Julie. Dank an die Leute vom Segelclub Berthierville (besonders an Claude Milot und Yves Carle), vom Segelclub Bonaventure, vom Jachthafen von La Grave (besonders an Luc, Sylvain und Le Pistorlet) und an viele andere.

Ich danke auch allen Bewohnern der Gaspésie, die mich herzlich aufgenommen haben: Michelle Secours (Frëtt), Guylaine, Renaud, Lancelot, Laurie, Cyrille und Jack von der Baie-des-Chaleurs; Michel Chouinard aus Sainte-Flavie; O'Neil Poirier aus Cloridorme; Rob, Bob und Jérémie aus Gesgapegiag.

Dank an die Ermittler Jean-Yves Roch und Serge Caillouette sowie an die unvergleichlichen Bestatter Landreville. Dank an Leutnant Jean Joly.

Dank an Mathieu Payette und an Gilles Jobidon für ihre Kommentare und an meinen Lektor Jean-Yves Soucy, dessen wachsames Auge einen Ermittler in einen Helden verwandelt hat. Dank an Rogé für das wunderschöne Titelbild und an das Team von VLB (natürlich ganz besonders an Myriam).

Ich danke dem Conseil des arts et des lettres du Québec und dem Conseil des arts du Canada. Man kann nicht oft genug sagen, wie notwendig künstlerische Förderprogramme sind.

Vielen Dank vor allem an meinen Freund Pierre-Luc, der das Licht im Leuchtturm auch an stürmischen Abenden brennen lässt.

Danke schließlich an all diejenigen, die mir über meine Internetseite roxannebouchard.com Kommentare oder Fischergeschichten schicken möchten, die ich mit Vergnügen lesen werde.

Roxanne Bouchard, 1972 in Saint-Jérôme, Québec, geboren, schreibt neben Romanen auch Theaterstücke und Essays. Sie ist für ihr literarisches Schreiben mit einer Reihe von Preisen ausgezeichnet worden, etwa dem Prix Robert-Cliche. Mit *Der dunkle Sog des Meeres* stand sie u.a. auf der Shortlist des Prix France-Québec und war nominiert für den First Book Award des Edinburgh International Book Festival.

Frank Weigand hat zahlreiche Theaterstücke sowie Sachbücher ins Deutsche übertragen. Zusammen mit Sonja Finck übersetzte er Romane von Jocelyne Saucier und Sophie Bienvenu aus dem Québec-Französischen.